KB036398

흡혈귀

흡혈귀

吸血鬼

에도가와 란포 지음

이종은 옮김

도서출판 b

• 차례 •

흡혈귀

吸血鬼

1930년 9월 27일부터 1931년 3월 12일까지 〈호치신문〉에 연재되었다. 에도가와 란포는 『흡혈귀』가 탐정소설이라기보다는 '괴기, 잔혹, 모험 활극' 이라고 말하지만, 파란만장한 사건 전개를 위해 지금까지 란포 소설에 등장했던 트릭과 아이디어를 총망라했다 해도 과언이 아니다. 『마술사』에 서 예고한 대로 아케치의 연인 후미요가 탐정 조수로 활약하며, 훗날 '소년탐 정단'을 이끌 고바야시 소년이 처음으로 등장한다. 작품 속 사건 발생 시점은 1929년 9월 말부터 11월 중순까지로 추정된다.

결투

테이블 위의 와인글라스에는 두 잔 다 물처럼 투명한 액체가 8부쯤 담겨 있다.

정밀한 계량기로 잰 것처럼 정확히 8부다. 두 잔은 형태가 같고, 위치도 자로 잰 것처럼 1부 1리[1]의 차이 없이 테이블 중심에서 똑같이 떨어져 있었다.

만약 심술궂은 아이가 나타나 어느 잔을 택하는 것이 이득일지 눈을 부릅뜨고 비교한다고 해도 쉽게 선택하지 못하리라.

두 잔은 내용부터 외형, 위치에 이르기까지 신경질적이라 할 만큼 과도하게 균등해 왠지 이질감이 느껴졌다.

테이블을 중심으로 커다란 등나무 의자 두 개가 대칭적인

. . . .
1_ 1부分=0.3cm, 1리厘=0.3mm.

위치에 가지런히 놓여 있었고, 의자에는 두 남자가 인형처럼 예의 바르게 앉아 있다.

아직 단풍이 들지 않은 초가을의 시오바라鹽原 온천, 시오노유鹽の湯 A 료칸 3층 복도다. 활짝 열린 유리창 밖은 온통 푸르렀고, 밑에는 지붕이 지그재그 모양으로 욕장까지 길게 나 있었으며, 잎이 무성한 나뭇가지 아래로 가노마타가와강鹿股川의 물결이 어른어른 보였다. 뇌수가 핑 돌아 마비될 것처럼 여울의 울림이 끊이지 않았다.

두 남자는 여름이 끝날 즈음부터 료칸에 묵은 온천 요양객이다. 한 사람은 서른대여섯 가량의 중년 신사로, 안색이 창백하고 좀 멍청해 보일 정도로 얼굴이 길며 마른 체형에 키가 컸다. 또 한 사람은 스물네다섯밖에 안 되는 잘생긴 청년. 아니, 미소년이라고 하는 편이 오히려 적절할지 모른다. 마치 영화배우 리차드 바델메스[2]가 일본인으로 변신한 것 같은 얼굴로, 영리하면서도 천진난만해 보이는 청년이다. 날이 다소 쌀쌀한 탓에 두 사람 모두 료칸에 구비된 솜옷을 유카타 위에 걸쳤다.

두 잔의 와인글라스뿐 아니라 그걸 바라보는 두 남자의 모습도 무척 괴이했다.

그들은 마음의 동요를 표출하지 않으려 무던히 애썼지만, 얼굴이 점차 창백해지고 핏기를 잃은 입술은 바싹바싹 말랐으며

....

2_ Richard Barthelmess. 미국 배우. G. W. 그리피스의 <흩어진 꽃잎>으로 일약 스타가 되었고, 하워드 혹스의 <새벽의 출격>, <천사만이 날개를 가졌다> 등의 대표작을 남겼다.

호흡이 가빠졌다. 하지만 잔을 바라보는 두 눈만은 초롱초롱 빛났다.

"자네가 먼저 고르게. 두 잔 중 하나를 집어 들라고. 약속한 대로 자네가 오기 전에 치사량의 다이얼[3]을 이 중 한 잔에 섞어 놓았으니. …… 조제는 내가 했으니 나는 컵을 선택할 권리가 없지. 자네 모르게 표시해 놓았을 수도 있으니."

연장자인 신사는 허스키한 저음으로 혀가 꼬이지 않게끔 아주 천천히 말했다.

맞은편의 잘생긴 청년이 고개를 살짝 끄덕이더니 테이블 위로 오른손을 뻗었다. 무시무시한 운명의 잔을 고르기 위하여.

똑같아 보이는 두 개의 유리잔. 청년의 손이 2치[4]쯤 더 오른쪽으로 갈까 왼쪽으로 갈까, 그 찰나의 우연에 따라 울건 웃건 되돌릴 수 없는 생사의 운명이 결정될 것이다.

가엾게도 청년의 이마와 코끝에는 구슬 같은 진땀이 배어 나왔다.

그의 오른손 손가락은 허공을 파닥이며 어느 잔을 택할지 안절부절못했다. 마음은 급하지만 손가락이 말을 듣지 않는 듯했다.

그동안 신사도 청년 이상으로 큰 고통을 맛봐야 했다. 그는 어느 것이 '죽음의 잔'인지 똑똑히 알고 있었기 때문이다.

청년의 손가락이 머뭇머뭇 좌우로 움직일 때마다 그의 숨결도

....
3_ 수면제의 일종. 1914년 독일에서 발명되었으며 무색무취하고 약효가 강하다.
4_ 약 6cm. 1치寸=3.03cm.

변했다. 심장이 터질 것처럼 쿵쾅거렸다.

"빨리 집어 들게."

신사가 참다못해 소리쳤다.

"자네는 비겁해. 내 표정을 보고 그 잔이 어느 건지 알아내려는 거잖아. 비겁한 행동이야."

듣고 보니 무의식적이긴 했지만, 속 보이게도 상대의 표정이 조금이라도 변하는지 안절부절 살피며 독배를 피하려 했다.

그걸 깨닫자 청년은 수치심 때문에 얼굴이 한층 창백해졌다.

"눈을 감으시죠."

그는 말을 더듬었다.

"그렇게 내 손가락의 움직임을 보고 있는 댁이야말로 잔인하잖습니까. 그 눈이 무섭네요. 어서 눈을 감으세요."

중년 신사는 말없이 두 눈을 감았다. 자신이 눈을 뜨고 있으면 피차 고통만 배가되리라는 걸 깨달았기 때문이다.

청년은 이제 어느 잔이라도 집어 들어야 했다. 아무리 비수기라도 온천 료칸에는 보는 눈들이 있다. 꾸물대는 사이에 방해자라도 끼어들면 성가시다.

그는 단단히 마음먹고 오른손을 뻗었다.

……이 무슨 기묘한 결투인가! 하지만 국가가 결투를 금지하는 현대 사회에서 결투를 위해 남은 수단은 그것밖에 없었다. 예전처럼 검이나 권총을 사용해 상대편을 쓰러뜨리면 오히려 승리를 거둔 자가 살인범으로 처벌받는다. 그런 건 결투라 할 수 없었다.

그래서 생각해낸 것이 현대식 극약 결투였다. 그들은 각자 준비한 '자살' 유언장을 가슴에 품고 잔을 비우는 즉시 방으로 돌아가 이불 속에서 조용히 승부를 기다리기로 약속했다. 유언장은 미리 공개했고 한 점의 기만도 없다는 걸 서로 확인했다.

두 사람은 그 온천 료칸에서 우연히 운명의 여인을 만났다. 그리고 피를 토하듯 사랑했다. 그들로서는 일생일대의 사건이었다. 미친 듯한 연애 전쟁! 그들의 체류 기간은 하루하루 연장되었다. 그렇게 한 달이 지났건만 승패는 아직 결정되지 않았다.

상대 여성은 두 사람에게 관심은 있었지만 끝까지 누구인지 확실히 선택하지 않았다. 그들은 거의 한 시간마다 번갈아 가며 달콤한 자부심과 가슴이 쥐어뜯기는 질투를 느껴야 했다. 이제는 더 이상 고통을 견디기 힘들었다. 여자가 선택하지 않으면 그들 스스로 결정할 수밖에 없었다. 둘 중 누가 물러설까? 예측불허였다. 그렇다면 결투를 하자. 옛날 기사들처럼 당당하게 목숨을 건 결투를 하면 된다. 사랑에 미친 두 남자는 그렇게 합의했다. 웃어넘길 수 없는 미치광이 같은 짓이었다.

미타니 후사오三谷房夫(잘생긴 청년의 이름이다)는 마침내 오른쪽 잔을 쥐었다. 그리고 눈을 감고 테이블에서 차가운 유리잔을 들어 올렸다. 이제 돌이킬 수 없다. 그는 주저할까 봐 두렵다는 듯이 와인글라스를 입술에 갖다 대었다. 눈을 감고 창백한 얼굴로 기세 좋게 천장을 올려다봤다. 잔 속의 액체가 치아 사이로 단숨에 흘러 들어갔다. 목젖이 꿀꺽하고 움직였다.

긴 침묵이 흘렀다.

눈을 감은 미타니 청년의 귀에 묘한 소리가 들렸다. 계곡의 세찬 물살 말고도 천식을 앓듯 씩씩거리는 소리도 들렸다. 상대방 숨소리였다.

그는 깜짝 놀라 눈을 떴다.

이게 어찌 된 일인가. 중년 신사 오카다 미치히코岡田道彦가 도깨비처럼 툭 튀어나온 두 눈으로 남은 잔을 뚫어지게 쳐다보고 있었다. 어깨는 부자연스럽게 들썩거렸으며, 땀이 맺히고 흙빛이 도는 콧방울을 보기 흉하게 실룩거렸는데, 당장이라도 정신을 잃고 쓰러질 듯한 단말마의 호흡이었다.

미타니 청년은 이토록 끔찍한 공포의 표정은 난생처음 봤다.

그렇다. 그가 이겼다. 그가 쥔 잔은 독배가 아니었다.

오카다는 의자에서 비틀거리며 일어나 도망치려 했지만 간신히 마음을 다잡았다. 그는 맥없이 의자에 털썩 주저앉았다. 그 순간, 흙빛의 뺨은 눈에 띄게 홀쭉해지고 숨소리는 흐느끼듯 격렬해졌다. 너무 참혹한 결투 아닌가. 마침내 그가 독배를 들었다.

서서히, 아주 서서히, 떨리는 손목이 마른 입술로 다가갔다.

오카다 미치히코는 극약이라는 걸 뻔히 알았지만 결투자의 의지를 보이며 잔을 비워야 했다.

하지만 잔을 든 손이 그의 비장한 오기를 배반하고 비참하게 부들부들 떠는 바람에 잔 속의 액체가 테이블 위로 뚝뚝 떨어졌다.

자신이 들이킨 액체가 불안했던 미타니 청년은 고통스러워하는 오카다를 보면서도 나쁜 패에 당첨된 쪽이 오카다라는 사실을 전혀 모르는 양 오카다도 자신과 마찬가지로 반반 확률의 악운을 두려워한다고 믿는 듯했다.

오카다는 기세 좋게 잔을 입에 가져갔지만, 입술 바로 앞에서 멈추고 말았다. 마치 눈에 보이지 않는 손이 방해하는 것처럼.

"아, 잔인하다."

미타니 청년은 얼굴을 돌리며 무심결에 중얼거렸다.

그 혼잣말이 상대의 적개심을 폭발시켰다. 오카다는 고통 때문에 처참해진 안색으로 마지막 기력을 모아 극약 잔을 입술에 댔다.

바로 그 순간, 외마디 소리가 들렸다. 쨍그랑, 잔이 깨지는 소리도 들렸다. 오카다의 손에서 미끄러진 와인글라스가 마룻바닥에 부딪히며 산산이 깨진 것이다.

"뭐 하는 거야."

격노한 오카다가 숨을 헐떡이며 소리쳤다.

"나도 모르게 실수했네요. 용서해주세요."

미타니는 뿌듯한지 눈가까지 붉혀가며 말했다. 실수는 무슨, 그는 고의로 상대의 잔을 떨어뜨린 것이다.

"다시 하자. 다시 할 거다. 자네 같은 애송이의 은혜 따위 입고 싶지 않아."

오카다는 응석받이처럼 소리쳤다.

"아, 그럼."

청년은 화들짝 놀라며 되물었다.

"나쁜 제비에 당첨된 건 당신이었나 보죠? 지금 깨진 잔에 그 약이 들어 있었군요."

그 말을 들은 오카다의 얼굴에 순간 '이런 낭패가' 하는 표정이 스쳤다.

"다시 하자. 이런 바보 같은 승패가 어디 있나. 다시 하자고."

"당신은 비겁하군요."

미타니 청년은 경멸의 빛을 띠며 말했다.

"다시 하자니, 이번에야말로 독이 든 잔을 내게 마시게 하겠다는 말이잖습니까. 댁이 그렇게 비겁한 사람인 줄 알았다면 이런 짓은 하지 않았을 텐데. …… 나는 당신이 고통스러워하는 걸보고 참을 수 없었습니다. 게다가 이미 난 액체를 다 마신 상태였죠. 그게 극약이든 아니든 승패는 결정된 거죠. 내가 몇 시간 지나도 죽지 않는다면 내가 이긴 거고, 죽는다면 당신이 이긴 건데, 당신이 그걸 꼭 마셔야 할 이유가 없잖습니까."

듣고 보니 그 말이 맞는다. 이 승부의 목적은 사랑이지 상대의 목숨이 아니다. 승부가 가려졌으면 굳이 남은 사람의 생명을 빼앗을 필요는 없다. 하지만 적의 잔을 깨버린 미타니 청년은 비참하게 목숨을 구한 오카다에 비해 몇 배나 더 남자로서 위신을 세웠다. 옛날이야기의 기사처럼 눈부신 활약이었다. 오카다는 그 점이 분했다. 연장자인 그에게는 분명 참기 힘든 치욕이었다.

하지만 그는 계속 다시 하자고 주장할 용기도 없었기에 어색한 얼굴로 침묵했다.

그때 복도 안쪽 방에서 쾅 하는 소리가 났다.

결투하던 두 사람은 승부에만 열중하느라 전혀 눈치채지 못했지만 조금 전부터 그 방과 옆방 사이의 맹장지[5] 뒤에서 그들의 대화를 엿듣는 사람이 있었다. 그가 숨어 있다가 방 복판으로 걸어 나온 것이다.

야나기 시즈코柳倭文子! 눈이 부실 정도로 품위 있는 그들의 연인이다.

야나기 시즈코.

이 사람을 위해서라면, 서른다섯의 오카다와 스물다섯의 미타니가 요즘에는 좀처럼 보기 드문, 이상하기 짝이 없는 결투를 생각한 것도 결코 무리는 아니었다.

수수한 무늬의 광택 없는 홑옷. 검은 비단 띠에 놓인 아주 화려한 자수, 고급인데다가 광택 있는 옷깃 취향, 소매 사이로 풍기는 향기. 실제로는 미타니 청년과 동갑인 스물다섯이었지만 그녀는 나이에 비해 훨씬 현명했고, 미모는 스물도 안 된 소녀처럼 아름답고 천진했다.

"내가 들어오면 안 되는 거였나요?"

시즈코는 다 알고 있으면서 서로 거북하게 노려보는 두 사람이 겸연쩍지 않도록 고개를 갸웃한 채 꽃잎처럼 예쁘게 입술을 찡그리며 말했다.

두 남자는 할 말이 없다는 듯이 긴 시간 침묵했다.

오카다 미치히코는 시즈코가 아까 그 모습을 봤다고 생각하니

....
5_ 襖. 방과 방 사이에 칸을 막아 끼우는 미닫이문. 문살에 종이를 바른 형태인 장지障子와는 달리 맹장지는 종이로 두껍게 안팎을 싼다.

더욱 격해진 수치심에 자리를 박차고 일어나 요란한 발소리를 내며 방을 가로질러 반대편 복도로 걸어갔다. 그는 조금 전 시즈코가 숨어 있던 옆 방 맹장지 앞에서 남은 두 사람을 돌아보며 몹시 독기 어린 말투로 말했다.

"하타야나기畑柳 미망인, 그럼 이제 영원한 이별입니다."

그는 이상한 말을 남긴 채 복도 밖으로 모습을 감췄다.

하타야나기 미망인이라니 대체 누구를 말하는가. 여기는 야나기 시즈코와 미타니 청년밖에 없는데. 하지만 그 말에 시즈코의 안색이 확 변하는 듯했다.

"저 사람은 역시 알고 있었네."

시즈코는 한숨을 쉬며 미타니 청년에게는 들리지 않을 정도로 나직하게 중얼거렸다.

"여기서 우리가 하던 이야기를 다 들으셨습니까?"

겨우 정신을 가다듬은 미타니는 멋쩍게 아름다운 얼굴을 올려다봤다.

"네, 하지만 일부러 들은 건 아니에요. 우연히 이 앞을 지나다가 그렇게 된 거죠. 다시 돌아갈 수도 없고."

그녀의 뺨에는 혈색이 돌았다. 말로는 눈치 빠르게 잘 대처했지만, 자신을 위해 이런 소동을 벌였다고 생각하니 역시 부끄러운 마음을 떨칠 수 없었다.

"우스꽝스럽다고 생각하시겠죠?"

"아니에요, 어쩌다가 이런 일까지."

시즈코는 숙연히 대답했다.

"정말로 제게는 과분한 일이라 생각해요."

그녀는 잠시 말을 멈추고 입을 한 일─ 자로 다문 채 엉뚱한 곳을 바라봤다. 우는 얼굴을 보이고 싶지 않았기 때문이다. 하지만 그녀의 눈은 어느새 글썽이는 눈물로 반짝였다.

시즈코의 오른손은 테이블 끝에 걸쳐져 있었다. 가늘지만 마디가 잘록한 흰 손가락. 예쁘장하게 잘 손질된 복숭앗빛 손톱.

미타니 청년은 연인의 눈물을 외면하고 아무렇지 않다는 듯이 아름다운 손가락을 바라봤으나 어느새 얼굴이 창백해지고 호흡도 거칠어졌다. 하지만 그는 가까스로 상황을 모면했다. 눈을 질끈 감으며 시즈코의 희고 잘록한 손가락을 꽉 잡았다. 시즈코는 손을 빼지 않았다.

두 사람은 서로 얼굴을 쳐다보지 않기 위해 손끝에만 마음을 쏟으며 한참 동안 서로의 따뜻한 혈온을 느꼈다.

"아, 드디어 ……."

청년이 환희에 차서 속삭였다.

시즈코는 눈물을 머금은 눈에 아스라한 동경의 빛을 띤 채 미소만 보낼 뿐 한마디도 하지 않았다.

바로 그때였다. 이게 웬일인가. 복도에서 황급한 발소리가 들리고 드르륵 맹장지가 열리더니 섬뜩하게도 방금 물러갔던 오카다 미치히코가 살기등등한 얼굴로 나타난 것이다.

방에 들어온 오카다는 두 사람의 모습을 보고 멈칫했다.

그들은 몇 초간 서로 어색하게 노려봤다.

오카다는 들어올 때부터 무슨 영문인지 오른손을 두툼한

잠옷 품에 넣고 있었다. 품 안에 뭔가를 숨긴 모양이다.

"방금 영원한 이별이라고 말하고 나간 내가 왜 돌아왔는지 아십니까?"

그는 창백한 얼굴을 보기 싫게 찡그리며 히죽히죽 웃었다.

미타니와 시즈코는 미치광이 같은 그의 태도를 어떻게 받아들여야 할지 알 수 없어 아무 말도 하지 않았다.

기분 나쁜 침묵이 계속되는 사이, 오카다는 놀랄 만큼 극심한 경련을 두 번쯤 일으켰다. 잠시 후 그의 웃는 얼굴이 서서히 일그러졌다.

"다 틀렸다. 나는 역시 무능력한 남자야."

그는 힘없는 목소리로 독백처럼 중얼거렸다.

"기억해 두시오. 내가 여기 이렇게 다시 온 것을. 잘 기억해 두라고."

그 말을 하기 무섭게 그는 뒤돌아서 뛰다시피 방을 나갔다.

"당신은 알고 있었습니까?"

미타니와 시즈코는 어느새 방에서 몸을 바싹 붙이고 앉아 있었다.

"그 남자는 품 안에 단도를 쥐고 있었습니다."

"어머나!"

시즈코는 섬뜩하다는 듯이 청년에게 더 바싹 다가갔다.

"그 남자가 불쌍하다고 생각하지 않으십니까?"

"비겁해요, 그 사람. 목숨이 위험했는데 당신이 정말 남자다운 마음으로 구해준 거잖아요. 그런데도……"

오카다를 경멸하는 동시에 미타니를 한없이 사모하는 마음이 그녀의 표정에 또렷이 드러났다.

독약 잔을 떨어뜨려 깬 행동에 그토록 감명을 받으리라고 미타니도 예상치 못했다.

이야기 중에 두 사람은 어느새 또 손을 잡고 있었다.

그 방은 기묘한 결투를 벌이기 위해 일부러 고른 장소였다. 가장 불편하고 적막한 방을 료칸에는 알리지 않고 잠시 무단으로 사용하고 있었는데, 누가 묵는 방이 아니었기에 고용인들이 시중들러 들어올 염려는 없었다.

스물다섯의 두 연인은 아이처럼 천진난만하게 모든 근심을 잊고 복숭앗빛 연무와 숨 막히게 달콤한 향기가 가득한 세계로 빨려 들어갔다.

무슨 이야기를 나눴는지 시간이 얼마나 흘렀는지 전혀 알 수 없었다.

정신을 차려보니, 곁방에서 하녀가 조심스럽게 말을 걸었다.

두 사람은 꿈에서 깬 듯 겸연쩍게 앉은 자세를 고쳤다.

"무슨 일이냐."

미타니가 화난 목소리로 물었다.

"저기, 오카다 씨가 이걸 두 분께 전해달라고 부탁의 말씀을 남기셨습니다."

하녀는 네모난 종이 꾸러미를 내밀었다.

"뭘까……. 사진 같은데."

미타니는 떨떠름하게 꾸러미를 열어 내용물을 확인하는데,

오히려 옆에서 들여다보던 시즈코가 더 공포에 질려 비명을 지르며 자리를 박차고 일어섰다.

두 장의 사진이었다. 한 장은 남자, 한 장은 여자. 하지만 여느 사진이 아니었다. 시즈코가 자리를 박찬 것도 당연했다. 언젠가 처참하게 살해당할지 모른다는 생각이 들 정도로 잔혹하게 칼로 난도질당한 시체 사진이었다.

범죄학 서적의 삽화가 익숙한 사람이라면 별일 아니겠지만, 허풍이 아니라 시즈코는 사진만으로도 정말 처참한 시체를 본 것처럼 가슴이 울렁거리는 공포를 느꼈다.

남자와 여자 모두 목이 떨어져 나갈 정도로 깊이 베인 상처가 입을 떡 벌리고 있었다.

공포 때문에 안구가 튀어나올 정도로 눈을 크게 뜨고 있었고, 입에서 뿜어낸 엄청난 양의 피는 턱을 타고 가슴까지 시커멓게 물들였다.

"별일 아닙니다. 저 남자는 어린아이 같은 장난을 하고 있는 거네요."

미타니의 말에 호기심이 생긴 시즈코는 가까이 다가가 섬뜩한 형상을 다시 들여다봤다.

"하지만 뭔가 이상하네요. 이렇게 똑바로 앉아 살해당하다니."

듣고 보니 확실히 이상했다. 끔찍하게 살해당한 시체의 사진이라면 보통 나무판자 위에 눕혀져 있는데, 이 시체는 이키닌교[6]처럼 바른 자세로 의자에 앉아 있다. 목이 베였는데 앞을 똑바로 보고 있었다.

부자연스러운 자세라서 더 공포스러웠다.

미타니와 시즈코는 등골이 오싹했다. 마치 얼음처럼 차가운 것이 등에 들어간 것 같았다.

보고 있으니 정체 모를 섬뜩함이 스멀스멀 배어 나오는 듯했다.

상처나 피로 더럽혀진 형상 뒤에서 소름 끼치는 무언가가 그들을 향해 웃는 것 같았다.

"아, 안 되겠네. 당신은 보지 말아요."

별안간 미타니가 소리치며 사진을 뒤집었다. 마침내 그 사진에 담긴 엄청난 의미를 알아챈 것이다.

하지만 이미 늦었다.

"역시 그런 건가요?"

시즈코의 얼굴은 사색이 되었다.

"그런 거겠죠. …… 그자는 추악한 괴물인 것 같네요."

칼로 베어 처참하게 살해당한 사진 속의 시체는 바로 미타니와 시즈코였다.

생각해보니 언젠가 오카다와 함께 셋이서 마을로 산책하러 나갔을 때 우연히 사진관을 발견하고 사진을 찍은 적이 있었다. 같이 찍기도 하고, 따로 독사진도 찍는 등 사진을 여러 장 찍었다.

오카다가 그때 나눠 가진 사진 위에 정교하게 가필을 해서 끔찍한 시체로 만든 것이다. 서양화가인 그에게는 아주 손쉬운

6_ 生人形. 실제로 살아 있는 인물처럼 보일 정도로 세공이 정교한 인형 전시물.

일이었을 것이다.

약간 가필을 하니 모습이 완전히 바뀌어 소름 끼치는 시체처럼 보였다.

처음에는 자기 얼굴을 알아보지 못할 만했다.

오카다의 행방을 물으니 도쿄에 가야 한다며 짐은 그대로 남겨놓은 채 황급히 떠났다고 했다.

시계를 보니 오카다가 자리를 뜬 지도 벌써 두 시간이나 지났다.

아, 너무도 불길한 기념품이다. 이런 세심한 장난질이 무시무시한 사건의 전조가 아니었으면 좋으련만.

입술 없는 남자

불행히도 얼마 지나지 않아 두 연인의 불길한 예감이 적중했다. 상상조차 하지 못한 엄청난 사건이 일어난 것이다.

오카다 미치히코가 그 사진을 남기고 떠난 지 보름쯤 지난 어느 날(그는 그동안 한 번도 시오바라에 찾아오지 않았다), 미타니와 시즈코가 묵고 있던 그 료칸에 아주 괴이한 인물이 투숙하러 왔다.

마치 악마의 사자使者라도 된다는 듯이 그가 투숙한 바로 그날 참사가 일어났다. 우연의 일치가 틀림없다. 하지만 어쩐지 기이한 운명 같은 것이 느껴졌다.

그는 나중에도 이 이야기와 중요한 관계가 있는 인물이므로 풍모를 자세히 기록해둘 필요가 있다.

단풍이 점차 물들어 행락객들이 날로 늘어나는 계절이었지만, 그날은 비가 부슬부슬 내린 탓인지, 아니면 마가 낀 날이었는지 시오노유 A관에 유난히 손님이 적었다.

저녁 무렵에야 겨우 전세 자동차 한 대가 현관 앞에 섰다.

언뜻 보기에 예순이 넘는 노쇠한 노인이 운전사의 부축을 받으며 차에서 내렸다.

"가급적 옆방에 손님이 없는 방으로."

노인은 코맹맹이처럼 불명료한 발음으로 무뚝뚝하게 말하며 현관 마루로 올라왔다. 다리가 많이 불편한지 복도에서도 지팡이에 의지했다.

절름발이에 코가 문드러진 섬뜩한 손님이었다. 하지만 새로 맞춘 춘추용 톤비[7]를 비롯해 복장이 꽤 화려했기에 장애인일지라도 료칸 측에서는 정중하게 모셨다.

그는 계단 밑의 객실을 지나면서 여러 번 되물어봐야 할 정도로 불명료한 발음으로 이 질문부터 했다.

"이봐 아줌마, 여기 시즈코라는 아름다운 여자가 묵고 있지?"

묵고 있다고 정직하게 대답했더니 그 방이 어디냐며, 남자 친구인 미타니 청년과는 어떤 상태인지 물었다. 그리고 시즈코와 미타니한테는 자신이 이런 걸 물어봤다고 절대 이야기하지

....
7_ 기장이 긴 케이프 모양의 남자 외투.

말라며 입막음용으로 10엔짜리 지폐를 던져줬다.

"뭐 하는 짓이야, 기분 나빠."

노인이 식사를 끝내자 상을 치우러 온 하녀가 복도 구석에서 다른 하녀를 붙잡고 소곤소곤 말했다.

"저 사람, 대체 몇 살이기에!"

"그러게, 예순은 넘었겠지?"

"아니야, 실제로는 훨씬 젊은 사람 같아."

"그런데 머리카락이 저렇게 하얗게 셌다고?"

"음, 그러니까 더 이상한 거지. 저 백발, 진짜는 자기 머리가 아닐 수도 있으니까. 게다가 선글라스로 눈을 숨기고 있잖아. 방 안에서도 마스크를 끼고 입매를 감추고 있어."

"게다가 의수와 의족이네."

"그러게. 왼손과 오른쪽 다리는 자기 것이 아니야. 음식을 먹을 때도 손을 잘 쓰지 못하는 것 같던데."

"그 마스크, 식사 때는 벗어?"

"응, 벗어. 내가 몰래 봤어. 마스크 밑에 뭔가 있는 것 같아서."

"뭐가 있어?"

상대 하녀는 몰래 주위를 살피듯 어두운 복도 구석을 둘러봤다.

"아니, 아무것도 없어. 붉은 잇몸과 흰 치아가 바로 드러났어. 그러니까 저 사람은 입술이 없는 거겠지."

이상한 말이지만 그 손님은 반만 인간이었다. 즉, 신체의 반은 자기 것이 아니었다.

입술이 가장 눈에 띄었지만, 코도 보기 흉하게 문드러져 빨간

콧구멍 내부가 바로 보였다. 눈썹은 흔적조차 없었는데, 한술 더 떠 위아래 눈꺼풀에는 속눈썹이 한 가닥도 없었다. 백발도 가발 아니냐고 하녀가 의심할 만했다.

나중에 그 남자(이름은 히루타 레이조蛭田嶺蔵였다)가 이야기 중에 무심코 한 말에 따르면, 지난 대지진 때 화재로 팔다리를 잃고 얼굴에 화상을 입었다고 한다. 상처가 저 정도로 심한데도 목숨을 건진 것은 기적이나 다름없었으므로 도리어 자랑스럽게 여기는 듯했다.

목욕을 권할 때마다 그는 감기에 걸렸다고 사양했지만, 하녀가 나간 뒤에는 지팡이와 의족으로 마룻바닥을 짚고 덜그럭거리며 긴 계단을 내려와 골짜기 아래의 욕장에 갔다. 그 정도는 익숙한지 아슬아슬한 기색 없이 의외로 리듬을 맞춰 제꺼덕 내려갔다.

계단을 다 내려가면 엄청난 소리를 내며 흐르는 가노마타가와鹿股川이 나온다. 거기에는 자연 암석 때문에 분위기가 음침한 욕실이 있었다.

목욕하러 온 줄 알았는데 그게 아니었다. 그는 복도를 통해 정원으로 나와 유리창 너머의 욕장 안을 몰래 엿봤다.

이슬비가 내려 흐린 데다가 석양이 질 무렵이었기에 모락모락 김이 오른 욕장 안은 마치 꿈속의 풍경처럼 어스레하게 보였다.

그곳에서 꿈틀거리는 한 쌍의 흰 물체. 미타니 청년의 다부진 근육과 시즈코의 부드러운 피부.

히루타는 두 사람의 모습을 몰래 훔쳐보기 위해 내려온 것이다. 그들이 목욕 중이라는 것은 하녀를 통해 알았다.

아무리 온천장의 욕장이라도 남녀 구별은 있었다. 하지만 다른 손님도 없고, 시즈코가 어두운 골짜기처럼 휑한 욕장을 무서워했기에 미타니 청년이 여탕에 들어간 것이다.

어둠과 수증기 때문에 거리가 1간[8]도 안 떨어진 상대방의 허연 몸조차 뚜렷이 보이지 않을 정도라 별반 부끄럽지 않았다.

들리는 소리라곤 비 때문에 수량이 늘어난 계곡물 소리밖에 없었다. 본채와는 멀리 떨어진 데다가 자연의 바위를 그대로 활용한 욕장 구조 때문에 남녀가 속세와의 경계에서 태초의 모습으로 단둘이 마주한 느낌이었다.

"그런 거 신경 쓸 필요 없어요. 아이들 장난 같으니까."

미타니는 물속에 대자로 누워 있었다.

"난 그렇게 생각 안 해요. 그 사람, 지금도 이 주위에서 그림자처럼 어슬렁거리고 있을 것 같아요."

시즈코의 흰 몸이 검푸른 바위 위에 그림처럼 앉아 있었다.

잠시 후 미타니가 그 모습을 발견하고는 깜짝 놀라 물었다.

"아니, 뭘 그렇게 보고 있어요? 나까지 소름 끼치네요. 그 눈은 또 왜 그래요? 정신 차려봐요, 시즈코 씨. 내 말 들려요?"

미타니는 혹시 연인이 실성한 것 아닌가 두려워 큰 소리로 외쳤다.

"나, 환영을 본 거겠죠? 저 창에서 이상한 게 우릴 엿보는

....
8_ 1간間=1.8m.

28

것 같아요."

시즈코가 난데없이 꿈을 꾸듯 몽롱한 목소리로 대답했다. 미타니는 오싹했지만 일부러 밝은 어조로 말했다.

"별거 아니겠죠. 건너편 산의 단풍이 보이는 거 아닐까요. 오늘은 어떻게든……."

무슨 일인지 말이 툭 끊겼다.

동시에 넓은 욕장에 메아리치는 모골 송연한 시즈코의 비명.

그들은 봤다. 찰나이긴 했으나 강 쪽으로 난 작은 창 너머로 뭐라 형용할 수 없는 무서운 물체가 있었다.

덥수룩한 백발을 곤두세우고 괴상한 선글라스를 쓴 채 코도 없이 시뻘건 입과 예리한 흰 치아가 얼굴 절반을 차지했는데, 그런 괴물은 난생처음 봤다.

시즈코는 너무 두려운 나머지 부끄러움이나 주변 사람들이 뭐라 하건 아랑곳하지 않고 탕 안으로 뛰어들어 미타니 청년의 나체에 매달렸다.

바닥이 보이는 맑은 물속에서 인어 두 마리가 팔랑거리며 뒤엉켰다.

"도망쳐요. 얼른 도망쳐요."

인어 한 마리가 다른 인어의 머리에 딱 달라붙어 귓속말로 황급히 속삭였다.

"두려워할 필요 없어요. 기분 탓이겠죠. 뭔가 잘못 본 겁니다."

미타니는 자신에게 매달리는 시즈코를 욕조 밖으로 데리고 나왔다. 그는 창가로 달려가 창문을 활짝 열고 말했다.

"여기 봐요. 아무것도 없잖아요. 우리가 너무 신경이 예민했던 거죠."

시즈코는 청년의 어깨너머로 살짝 고개를 내밀고 창밖을 봤다.

바로 아래에는 가노마타가와의 검푸른 강물이 흐르고 있다. 그곳은 강이 가장 깊은 지점으로, 비가 내려 물이 많이 붙어 있을뿐더러 해 질 녘의 깊은 골짜기라 그 사이로 흐르는 강물은 그렇지 않아도 섬뜩했다.

그때, 미타니 청년은 자신의 엉덩이에 닿은 시즈코의 살이 갑자기 부르르 떨리는 것을 느꼈다.

"저거요! 저것!"

그녀는 강가를 응시하며 소리쳤다. 그걸 본 미타니 청년도 이번에는 비명을 지를 수밖에 없었다.

꿈이나 환영이 아니었다. 그냥 지나칠 수 없는 지극히 현실적인 대참사였다.

"익사자예요. 두려워할 필요 없어요. 목숨을 구할 가능성이 있는지 보고 올 테니 여기서 기다리세요."

미타니 청년은 탈의실에서 재빨리 옷을 갈아입고 복도를 지나 현장으로 달려갔다. 시즈코도 몸에 기모노 띠 한 장만 두르고 뒤따라갔다.

"아, 소용없겠네. 오늘 뛰어든 게 아닌가 봅니다."

익사체는 스모선수처럼 퉁퉁 불어 흉측했다. 얼굴은 아래를 향하고 있어 알 수 없었지만 복장을 보니 온천 요양객인 듯했다.

"어머, 이 옷 눈에 익어요. 당신도 분명히 ……."

시즈코는 격정을 못 이기고 떨리는 목소리로 묘한 말을 했다.

익사체는 자잘한 가스리 무늬가 있는 메이센[9] 홑옷을 걸치고 있었다. 가스리 무늬가 눈에 익었다.

"설마 그런 일이."

미타니 청년은 자신의 눈을 의심했다. 하지만 익사체의 얼굴을 확인할 때까지는 안심할 수 없었다. 그는 강가로 내려가 둔치에 떠오른 시체를 조심스레 발로 눌러봤다.

그러자 시체가 무대장치처럼 한 바퀴 돌아 위를 보고 누었다. 혹시 아직 살아 있을까 두려워 시체를 살짝 돌려봤다.

시즈코는 익사체의 얼굴을 볼 용기가 없어 멀리 도망쳤다. 미타니는 시체의 얼굴을 확인했지만 너무 섬뜩해 길게 쳐다볼 수 없었다.

얼굴이 퉁퉁 불어 심하게 변형되었을 뿐 아니라 바위 모서리에 부딪혀 피부가 다 까졌는지 마구 뭉그러져 차마 눈 뜨고 볼 수 없을 정도로 끔찍했다.

미타니와 시즈코가 곧바로 료칸 사람들을 부르러 달려간 것은 당연지사였다. 그 뒤에 일어난 익사체 소동을 상세히 기술할 필요는 없을 것이다. 경찰은 물론 법원에서도 사람이 왔다. 소동에 대해서는 시오노유 뿐 아니라 시오바라 전체에 소문이 자자해 그 후 2~3일은 사람들이 모이기만 하면 시끄러웠다.

……………

9_ 銘仙. 굵고 마디가 많은 쌍고치 실 등으로 평직으로 촘촘히 짠 견직물로, 가스리絣는 붓으로 스친 듯한 빗살무늬를 일컫는다.

익사체는 얼굴이 뭉그러졌지만 연배, 체격, 착의, 소지품 등으로 미루어볼 때 오카다 미치히코가 틀림없었다.

취조 결과, 물에 뛰어들어 자살한 것으로 판명되었다. 강 상류에는 유명한 폭포가 있다. 오카다는 그 언저리에서 용소龍沼로 뛰어들어 자살한 것이다. 의사는 죽은 지 열흘 이상 지났다고 추정했는데, 그가 도쿄에 간다고 료칸을 떠난 그 날 투신한 듯했다. 용소에 가라앉은 시체가 비로 불어난 강물 때문에 한참 후에야 료칸 뒤편으로 흘러온 것이리라.

결국 자살의 원인이 확실히 밝혀지지 않은 채 사건이 종결되었다. 실연 같다는 소문이 돌았다. 그 상대가 야나기 시즈코라고 하는 사람도 있었다. 하지만 누구도 진실을 알지 못했다. 그걸 아는 사람은 당사자인 시즈코와 미타니 청년밖에 없었다.

오카다는 시오바라에 와서 시즈코를 처음 만난 것이 아닌 듯했다. 그의 사랑은 훨씬 뿌리 깊었다. 온천에 온 목적도 요양이 아니라 시즈코에게 접근하려는 것이었는지도 모른다. 그가 얼마나 고뇌했는지는 정신 나간 독약 결투를 제안한 것만 봐도 알 수 있었다.

마음이 깊어지고 고뇌가 심해질수록 절망 때문에 반미치광이가 된 것도 무리는 아닐 것이다. 그는 단도를 품에 넣고 있었지만 그걸 사용할 용기가 없었다. 결국 약자의 길을 택해 스스로 파멸하는 수밖에 다른 방법이 없었던 것이다.

익사체 소동 다음 날, 미타니 청년과 야나기 시즈코는 이 불길한 고장을 뒤로하고 도쿄행 기차에 탔다.

그들은 전혀 몰랐지만 기차의 다른 칸에는 춘추용 톤비 깃을 세우고 헌팅캡을 깊게 눌러쓴 채 선글라스와 마스크로 얼굴을 가린 노인이 타고 있었다. 입술 없는 남자! 히루타 레이조였다. 대체 그자는 미타니와 시즈코와 어떤 인연이 있는 걸까.

독자 여러분, 여기까지가 이른바 이 이야기의 프롤로그다. 지금부터 도쿄로 무대를 옮긴다. 곧이어 아주 기괴한 범죄 사건이 막을 열 것이다.

시게루茂 소년

미타니와 시즈코는 도쿄로 돌아와서도 사흘에 한 번은 미리 장소를 정해 즐거운 만남을 이어갔다.

미타니는 학교를 졸업한 후에도 일자리를 찾지 못해 부모가 보내주는 돈으로 하숙 생활을 했고, 시즈코는 무슨 말 못 할 사정이 있는지 사는 곳조차 밝히지 않았기에 피차 집을 오가는 것을 꺼렸다.

하지만 두 사람의 정열은 시간이 흐를수록 쇠하기는커녕 더 깊어졌으므로 언제까지고 그런 애매한 상태를 유지할 수는 없었다.

"시즈코 씨, 내가 무슨 죄 죄지은 사람도 아닌데 더 이상 이런 밀회는 견딜 수 없어요. 무슨 사정이 있는지 확실히 듣고 싶어요. 전에 하타야나기 미망인이라고 들었는데 대체 무슨 말인가요?"

어느 날, 미타니는 시오바라 이후 몇 번이나 반복한 질문이지만 오늘은 꼭 대답을 듣고 말겠다는 기세로 물었다.

'하타야나기 미망인'이란 죽은 오카다 미치히코가 슬쩍 흘리듯이 말했던 시즈코의 또 다른 이름이다.

"난 왜 이렇게 겁쟁이일까요. 당신한테 버림받을까 무서웠나 봐요."

시즈코는 농담처럼 웃어넘기려 했지만 눈물이 날 것 같았다.

"당신의 과거가 어떻든 내 마음은 변치 않아요. 지금 같은 상태라면 내가 꼭 당신 장난감 같아서 그렇지."

"어머."

시즈코는 애처롭게 한숨을 쉬더니 잠시 침묵했다. 그리고 체념했다는 듯이 말을 툭 뱉었다.

"나, 미망인이에요."

"그건 한참 전부터 예상하고 있었어요."

"그리고 백만장자예요."

"……."

"여섯 살짜리 아들도 있어요."

"……."

"봐요, 기분이 안 좋죠?"

적당한 말이 떠오르지 않는지 미타니 청년은 아무 말도 하지 않았다.

"모두 다 말할게요. 들어주세요. 아, 남은 이야기는 우리 집에 가서 할까요? 귀여운 내 아들도 보고요. 그게 좋겠네요."

시즈코는 흥분으로 상기된 볼에 눈물이 흐르는 것도 의식하지 못하고 서둘러 자리에서 일어나더니 미타니의 의향을 확인하지도 않고 느닷없이 호출 벨을 눌렀다.

잠시 후, 두 사람은 무릎을 나란히 하고 자동차 좌석에 앉아 있었다. 그들은 뭐가 어떻게 되고 있는지 알 수 없는 정도로 넋이 나간 상태였다.

미타니는 "그런 걸로 내 마음이 변할 것 같나요?"라고 말하듯이 시즈코의 손을 꼭 잡고 있었다.

둘 다 한마디도 하지 않았지만 머릿속에는 착잡한 상념의 아라베스크가 풍차처럼 빙빙 돌았다.

30분쯤 지나 차가 목적지에 도착했다. 차에서 내리니 두 사람 앞에 넓은 돌계단과 화강암 문주, 그리고 꼭 닫힌 창살 무늬의 철문과 길게 늘어선 콘크리트 담장이 있었다.

문패에는 예상대로 '하타야나기'라고 적혀 있었다.

안내된 곳은 넓은 서양식 응접실로, 차분한 분위기였지만 장식이 아주 호화로웠다.

커다란 팔걸이의자는 착석감이 괜찮았다. 미타니가 앉은 의자 맞은편의 긴 의자에는, 시즈코가 화려한 문양의 벨벳 쿠션을 등 뒤에 받치고 둥근 팔걸이에 편안히 기댄 채 아름다운 자태로 앉아 있었다.

시즈코의 무릎에 팔꿈치를 괴고 긴 의자 위에 발을 뻗은 양장차림의 소년이 있었다. 그 귀여운 소년은 죽은 하타야나기 씨가 남겨놓고 간 시즈코의 친아들 시게루였다.

수수한 가죽 의자를 배경으로 시즈코의 하얀 얼굴과 화려한 쿠션, 시게루 소년의 능금같이 붉은 볼이 어우러지니 마치 '어머니와 아들'이라는 제목의 아름다운 그림 같았다.

미타니는 두 사람의 머리 위로 시선을 옮겨 벽에 걸린 액자의 클로즈업 사진을 봤다. 마흔 남짓한 남자로 어쩐지 인상이 좋지 않았다.

"죽은 하타야나기예요. 이런 걸 걸어두지 말 걸 그랬나 봐요."

시즈코가 먼저 미안한 마음을 드러냈다.

"그리고 시게루도, 이 아이도 하타야나기와 마찬가지로 눈에 거슬리겠죠."

"아뇨, 전혀 그렇지 않습니다. 이렇게 귀여운 아이를 누가 싫어하겠어요. 게다가 당신과 쏙 빼닮았는데. 시게루도 아저씨가 좋지? 그렇지?"

그렇게 물으며 미타니가 소년의 손을 잡자 시게루는 빙긋 웃으며 고개를 끄덕였다.

창밖의 정원은 어느덧 단풍이 물들어 있고, 무성한 상록수에는 따뜻한 햇볕이 화창하게 빛나고 있어 아련히 쓸쓸한 기분이 드는 꿈결 같은 한때였다.

시즈코는 시게루 소년의 볼을 쓰다듬으며 불쑥 신상 이야기를 꺼냈다. 주변 정경 탓인지 그 이야기조차 의심스럽게 들렸다.

그녀의 신상 이야기를 다 옮기면 너무 지루하므로 이 이야기와 관련된 부분만 추려서 기술하고자 한다.

어린 시절 부모를 여의고 먼 친척 집에서 자란 탓인지 열여덟의 시즈코는 금전과 금전으로 얻을 수 있는 영예에 유난히 집착했다.

그녀는 사랑을 했다. 하지만 그 사랑을 헌신짝처럼 버리고 백만장자인 하타야나기와 결혼했다.

하타야나기는 나이가 많았다. 용모도 추했다. 그뿐 아니라 돈을 위해서라면 법망을 피할 생각부터 하는 악인이었다. 그래도 시즈코는 하타야나기가 좋았다. 그가 벌어다 주는 돈이 하타야나기라는 인물보다 훨씬 더 좋았다.

하지만 아무리 악운이 센 하타야나기라도 대가를 치를 때가 오고야 말았다. 그는 법망을 뚫고 큰 죄를 지었기에 감옥에 가야 했다.

시즈코와 시게루가 일 년쯤 음지에서 외로이 사는 동안, 하타야나기는 병이 나서 감옥 안의 병동에서 세상을 떠났다.

하타야나기나 시즈코에게는 유산을 분배해줘야 할 친척은 없었지만, 어마어마한 부와 아직 젊은 미망인의 미모에 이끌려 접근하는 구혼자가 줄지었다. 너무 성가실뿐더러 부를 노린 구혼이 역겨워진 시즈코는 친절한 유모에게 시게루를 맡겨놓고 가명을 쓰며 혼자 자유롭게 온천 요양을 떠났다.

같은 료칸에 숙박했던 미타니 청년은 시즈코의 내력을 전혀 모른 채 열렬히 사모했다. 독약 결투 때도 지극히 남자다운 태도로 큰 호감을 샀다. 시즈코가 미타니 청년을 마음에 둔 것은 결코 우연이 아니었다.

"내가 얼마나 욕심쟁이에다 변덕이 심한 몹쓸 여자인지 아시겠죠?"

긴 고백을 끝내고 나서 시즈코는 체념했다는 듯이 다소 상기된 얼굴로 미소 지었다.

"그 가난한 첫사랑은 어떤 사람이었나요? 잊었을 리 없겠죠"

미타니의 말투에 형용하기 힘든 묘한 감정이 묻어났다.

"그 사람은 날 속였어요. 처음에는 달콤한 말로 날 행복하게 해준다고 약속했지만 전혀 그러지 못했어요. 그 사람은 가난했을 뿐 아니라 아주 소름 끼칠 정도로 고약한 성격이었죠. 날 사랑하긴 했지만 그럴수록 더 역겨워 견딜 수가 없었어요."

"그 사람은 지금 어디에서 뭘 하며 살죠? 당신은 전혀 소식을 모르나 보네요."

"네, 벌써 8년도 더 지난 일이라서. 그때는 나도 어렸으니까요."

미타니는 말없이 일어나 창 쪽으로 가더니 밖을 내다봤다.

"그러니까 그게 당신이 정을 떼는 방식입니까?"

그는 창밖을 내다보며 무표정하게 말했다.

"어머."

시즈코가 깜짝 놀라 말했다.

"왜 그런 말씀을 하시죠? 난 그저 당신에게 내 처지를 숨기는 것이 괴로웠던 거예요. 아이도 있고 옥사를 한 죄인의 아내라 당신과 함께 있으니 두려워서요."

"그런 걸로 우리가 지금 새삼스레 헤어질 수 있다고 보십니까?"

시즈코의 입장에서는 헤어질 수 없었기에 자신의 신상까지 털어놓았을 것이다. 그걸 모를 미타니가 아니다.

그녀도 일어나서 미타니와 나란히 창밖을 바라봤다. 약간 붉어진 햇빛이 나무에 그림자를 길게 드리우고 있었다. 아름다운 잔디밭에는 언제 방에서 나갔는지 시게루 소년이 자기 몸의 두 배나 되는 애견 시그마와 장난치는 모습이 보였다.

"아이와 마찬가지로 당신도 죄가 없어요. 당신을 향한 내 마음은 전혀 변치 않았어요. 그보다 나는 당신의 부가 두렵군요. 당신의 첫사랑과 마찬가지로 나도 가난한 서생에 불과하니까."

"어머."

시즈코는 미타니의 어깨에 손을 올리고 서로 뺨이 닿을 정도로 가까이 얼굴을 들여다보면서 정말 다행이라는 듯이 아주 아름답게 웃었다.

바로 그때, 저택 담장 밖에서 피리와 큰북이 연주하는 유행가 가락이 들렸다.

가장 먼저 그 소리를 들은 건 시그마였다. 시그마가 불안하게 귀를 움직이며 그쪽을 바라봤다. 시게루 소년도 개의 동태에 이끌려 귀를 쫑긋 세웠다.

음악이 문 앞에서 멈추자 곧바로 장사꾼의 쉰 목소리가 어렴풋이 들렸다.

미타니와 시즈코는 시게루 소년이 문 쪽으로 뛰어가는 모습을 봤다. 시그마도 주인과 함께 앞서거니 뒤서거니 달려갔다.

문밖에서 이상한 행색을 한 장사꾼이 과자점의 선전 문구를 외치고 있었다.

가슴에 큰북을 메고, 그 위의 상자에는 과자 견본을 좌르륵 늘어놓았다. 화려한 무늬의 비단 옷감을 얼기설기 이어 붙여 서양식과 일본식을 절충한 어릿광대 옷을 입고, 머리에는 보통 사람 얼굴 크기의 두 배쯤 되는 소품용 인형 머리를 익살맞게 푹 뒤집어쓴 채 검은 동굴 같은 입에서 마구 유행가를 뱉어냈다.

인형 머리를 뒤집어쓴 탓인지 장사꾼의 목소리는 싸구려 축음기처럼 비음이 심해 거의 의미가 파악되지 않을 정도였다.

하지만 노랫말의 의미야 어떻든 곡조가 흥겹고 워낙 외양이 특이한지라 시게루 소년은 무심결에 문밖으로 나가 장사꾼 곁으로 다가갔다.

"도련님, 여기 이 과자를 받아요. 먹어봐요, 어서. 둘이 먹다 하나 죽어도 모를 아주 맛있는 과자니!"

장사꾼은 익살맞게 인형 머리를 흔들어대면서 큰북 위에 있던 견본 과자를 내밀었다.

산타클로스처럼 친절한 아저씨라 생각하고 기꺼이 과자를 받은 시게루 소년은 별로 배가 고프지 않은데도 재빨리 입에 넣었다.

"맛있죠? 지금부터 이 아저씨가 북 치고 피리 불며 아주 재미있는 노래를 불러줄게요."

둥둥둥. 익살맞은 커다란 얼굴이 어깨 위에서 흔들흔들 움직였고, 울긋불긋 수놓은 어릿광대 옷이 꼭두각시 인형처럼 깡충 깡충 우스꽝스럽게 춤췄다.

장사꾼은 춤을 추면서 점점 하타야나기 저택의 문에서 멀어졌다. 시게루 소년은 너무 재미있는 나머지 몽유병자처럼 정신없이 뒤따라갔다.

춤추는 장사꾼을 선두로 귀여운 양복 차림의 시게루, 그 뒤에는 송아지만 한 시그마. 몹시 희한한 행렬이 적막한 고급주택가를 끝없이 걸어 나갔다.

그것도 모르고 응접실에 있는 시즈코. 장사꾼의 연주가 점차 멀어져 들리지 않는데도 시게루 소년이 돌아오지 않자 문득 걱정스러운 마음이 들었다.

하녀에게 문 앞을 찾아보라고 지시했지만 시게루는 물론 애견 시그마도 어디 갔는지 보이지 않는다고 했다. 아무래도 조짐이 심상치 않았다.

시즈코도 미타니도 고용인들도 새파랗게 질려 저택 안팎을 샅샅이 살폈지만 모습이 보이지 않았다. 일 때문에 외출했던 유모 오나미お波가 돌아와 면목 없다고 울음을 터뜨리는 바람에 집안이 소란스러워졌다.

설마 장사꾼을 따라갔으리라고는 상상도 못 했지만, 아무리 찾아도 발견되지 않자 혹시 유괴당한 것 아니냐고 누군가가 말했다.

경찰에 신고할까. 아니, 좀 더 기다려 볼까. 우왕좌왕하는 동안에도 시간은 무자비하게 흘렀다.

해가 지자 문밖도 어두워지고 불안도 점차 쌓여갔다. 끝을 알 수 없는 암흑 속에서 헤매며 엄마를 부르고 다닐 시게루 소년의 가련한 모습이 눈앞에 어른거리고 슬픈 목소리가 들리는 것 같아 시즈코는 이미 좌불안석이었다.

잠시 후, 응접실에 모여 불안한 얼굴을 맞대고 있는 사람들을 향해 한 서생이 창백한 얼굴로 황급히 달려왔다.

"유괴가 확실합니다. 시그마가 돌아왔습니다. 이 녀석은 도련님을 위해 이렇게 상처까지 입어가며 충직하게 싸웠네요."

서생이 가리키는 곳을 보니 문밖에 송아지만 한 시그마가 피투성이가 된 채 축 늘어져 애처롭게 신음하고 있었다.

헉헉거리는 가쁜 호흡. 축 늘어진 혀. 걸핏하면 경련을 일으켜 흰자위만 보이는 눈. 여러 군데 찢긴 처참한 상처.

복도에 엎드려 있는 시뻘건 시그마를 본 순간, 어딘가 먼 곳에서 같은 운명에 처했을지도 모르는 귀여운 아들이 떠올랐다. 시즈코는 현기증이 나서 쓰러질 것 같았지만 겨우 참았다.

그녀의 눈에는 피투성이가 되어 처참하게 숨을 헐떡이는 시그마가 시게루 소년의 몸부림치는 모습과 겹쳐 보였다.

하타야나기가에는 집사 비슷한 역할을 하는 사이토斎藤라는 노인이 있었으나 공교롭게도 출타 중이었다. 그래서 경찰에는 미타니가 대신 전화를 걸어 사정을 말하고 시게루 소년의 수색을 의뢰했다.

경찰에서는 담당 순경이 출동할 거라고 대답했다. 하지만 용건을 마치고 수화기를 내려놓기 무섭게 날카로운 벨소리가 또 울렸다.

전화 앞에 있던 미타니가 다시 수화기를 들었는데, 두세 마디 대답하는 동안 그의 얼굴은 사색이 되었다.

"누구예요? 어디에서 온 거예요?"

걱정이 된 시즈코가 숨 가쁘게 물었다.

미타니는 손으로 송화구를 누른 채 뒤돌아보더니 몹시 말하기 곤란하다는 듯이 머뭇거렸다.

"걱정스러운 일이 있는 거예요? 상관없으니 빨리 말해줘요."

시즈코가 재촉했다.

"확실히 들었어요. 가짜는 아닙니다. 당신 아들이 전화를 받아 직접 말했어요."

"네? 뭐라고요? 시게루가 전화를요? 그 아이는 아직 전화를 걸 줄 모르는데요…… 그래도 들어볼게요. 그 아이의 목소리는 내가 제일 잘 아니까요."

시즈코는 망설이는 미타니에게 달려가 그의 손에서 수화기를 낚아챘다.

"응, 엄마야, 들려? 너 시게루지? 어디 있어?"

"나, 어디 있는지 몰라. 몰라, 모르는 아저씨가 옆에 있어. 무서운 얼굴로, 무슨 말을 하면……."

돌연 소리가 끊겼다. 험악한 남자가 소년의 입을 손으로 막은 듯했다.

"진짜 시게루구나. 시게루, 시게루, 빨리 말해봐. 엄마야, 엄마란 말이야."

시즈코가 끈질기게 말을 걸자 잠시 후 더듬더듬 시게루의 목소리가 들렸다.

"엄마, 날, 제발 사줘. 난, 낼모레 밤, 12시에, 우에노 공원, 도서관 뒤에, 있을 거야."

"아니, 너 무슨 말을 하는 거야? 네 옆에 나쁜 사람이 있는 거야? 그 사람이 너한테 그렇게 말하라고 시킨 거야? 시게루. 한 마디만, 단 한마디만 해. 어디 있는지 장소를 말해줘. 너 지금 어디 있어?"

그러나 소년은 시즈코의 말이 전혀 안 들린다는 듯이 아이답지 않은 말을 했다.

"거기로, 십만 엔을, 지폐로, 엄마가, 가져오면, 나를, 돌아가게, 해줄 거야. 십만 엔 지폐야. 꼭, 엄마가, 가져와야 해."

"아, 알았어. 알았으니까 시게루 안심해. 꼭 구해줄 테니."

"경찰에 알리면 네 아이를 죽일 거니까."

이게 무슨 일인가. '네 아이'라니. 지금까지 시게루 소년이 아니었단 말인가.

"대답해. 대답하지 않으면 아이가 험할 꼴을 당할 거야."

그 말이 끝나기 무섭게 불쌍한 아이 울음소리가 들렸다.

악마의 정열

이 무슨 잔인무도한 소행인가. 간혹 소년 소녀를 유괴해 몸값을 강요하는 범죄가 있다는 말은 들었다. 하지만 유괴한 소년에게 협박문을 읊게 하고, 비통한 울음을 들려줘 어머니의 마음을 도려내다니 유례를 찾아볼 수 없는 악마의 간계다.

하지만 시즈코는 악마의 소행이 화나기보다는 심신이 떨렸다. 전화기에 대고 협박문을 읊어야 했던 시게루의 끔찍한 상황 때문이었다. 그녀는 다른 생각을 할 여유도 없이 상대의 목소리가 사라지지 않도록 반쯤 미친 사람처럼 전화기에 매달렸다.

"시게루, 울지 마. 엄마는 네 말이라면 다 들어줄 거야. 돈 같은 건 아깝지 않아. 알았어. 잘 알았으니 옆에 있는 사람한테 말해. 대신 시게루는 반드시, 착오 없이 돌려보내라고."

수화기 너머에서 그에 대한 대답으로 암송하듯이 아무 감정 없이 더듬거리는 아이 목소리가 들렸다.

"난, 실수하지 않아. 당신이, 아까, 한, 말, 하나, 라도 어기면, 시게루를, 죽일 거야."

전화가 뚝 끊겼다.

여섯 살짜리 아이라도 얼마나 엄청난 문구인지 똑똑히 알 것이다. 그런데 저렇게 감정 없는 어조로 읊게 하다니 악마의 협박이라도 너무 심하지 않은가. 생각만 해도 모골이 송연했다.

미타니를 비롯해 유모 오나미와 하녀들도 전화 앞에 엎드려 우는 시즈코를 위로하고 있는데, 관할인 고지마치麴町 경찰서의 사법 주임 경부보가 사복형사 한 명을 대동하고 방문했다.

"흔한 수법입니다. 돈 같은 건 준비할 필요 없습니다. 어쨌든 신문지 뭉치 같은 걸 가지고 약속 장소로 가보죠. 그리고 아이와 교환합시다. 나머지는 경찰에서 알아서 하겠습니다. 물론 범인은 체포할 겁니다. 다만 처음부터 우리가 가면 범인이 경계하고 도망칠 테니 아까 약속한 대로 당신이 경찰 힘을 빌리지 않고 단독으로 돈을 가지고 나간 것처럼 위장하는 겁니다. 언젠가 그런 방법으로 범인에게 접근해 체포한 경험이 있습니다."

사법 주임은 별일 아니라는 듯이 말하고 돌아갔다.

"하지만 범인은 그 장소에서 돈을 살펴볼 텐데요. 만약 가짜라는 걸 알고 아이에게 난폭한 짓을 하면 어쩌죠?"

미타니가 불안하다는 듯이 물으니 형사가 웃으며 말했다.

"우리가 따라갑니다. 현장 부근에 경찰 몇 명을 잠복시켜 놓고 혹시라도 무슨 일이 생기면 사방에서 달려가 불문곡직 체포할 겁니다. 범인에게도 아이는 중요한 상품일 테니 설사 우리의 계획이 실패하더라도 아이에게 위해를 가하는 일은 없을 겁니다. 몸값 청구는 시대착오적인 낡은 범죄예요. 요즘에도 이런 짓을 하는 녀석들은 좀 덜떨어진 도둑이겠죠. 과거에도 이런 수법으로는 거의 성공한 예가 없다고 봐도 무방합니다."

결국 그날 밤 현장 부근의 숲에 사복형사 일고여덟 명을 잠복시키고 표면상으로는 시즈코가 혼자 시게루 소년을 찾으러 가기로 이야기를 마무리했다. 그런데 시즈코의 신변을 염려하던 미타니가 기발한 제안을 했다.

"시즈코 씨, 당신의 기모노를 빌려주세요. 내가 변장해서 가겠습니다. 학생 때 연극에서 여자 역할을 한 적이 있어요. 가발은 쉽게 구할 수 있고, 컴컴한 숲속이라 괜찮을 겁니다. 내가 가면 완력을 행사해서 시게루를 데려올 수도 있어요. 그렇게 해주세요. 당신이 하기에는 너무 위험한 일 같아서요."

그렇게까지 할 필요는 없다고 반대하는 의견도 나왔지만 최종적으로 미타니의 열렬한 희망이 받아들여져 *그가* 시즈코를 대신해 나가기로 했다.

그날 밤, 미타니는 얼굴의 수염을 깎고 정성 들여 화장한 후에 가발을 쓰고 시즈코의 옷을 입었다. 학생 때 연극을 한 이래 오랜만의 여장이었다.

이 기묘한 모험에 투지가 솟는지 그는 여장에 꽤 흥미를 보였다. 스스로 제안한 만큼 정말 여자 같아 보일 정도로 완성도가 높았다.

"시게루를 꼭 데리고 오겠습니다. 걱정하지 말고 기다리세요."

그는 출발하면서 시즈코를 위로했다. 하지만 그때는 둘 다 이렇게 여자의 모습을 한 채 헤어져 한동안 만나지 못하리라고는 전혀 예상치 못했다.

여장을 한 미타니가 야마시타山下에서 하차하여 산나이山内를 빠져나가 어두운 도서관 뒤편에 도착했을 때는 약속했던 12시가 되기 전이었다.

파출소가 그리 멀지 않았고, 주택가인 사쿠라기초桜木町도 보였지만, 유난히 그 일대만 어두워 깊은 숲속에 들어온 듯했다.

형사들도 잠복하고 있었지만 역시 전문가들이라 미타니도 전혀 눈치채지 못할 정도였다.

사방을 경계하며 어둠 속에 서 있는데, 잠시 후 풀 밟는 소리와 함께 크고 작은 두 개의 거무스름한 그림자가 다가왔다. 작은 쪽은 확실히 아이였다. 약속을 어기지 않고 시게루를 데리고 온 것이다.

"시게루의 모친인가."

검은 그림자가 속삭이듯 말을 걸었다.

"네."

미타니도 여자 목소리로 나직하게 대답했다.

"약속한 것은 잊지 않았겠지?"

"네."

"그럼 건네라."

"저기, 저쪽에 있는 사람이 시게루지요? 시게루, 이리 와."

"그건 안 돼. 약속한 것과 교환부터 해야지. 자, 얼른 내놔라."

어둠에 익숙해지자 상대의 모습이 어슴푸레 보였다. 남자는 한텐[10]에 잠방이 차림이었고, 얼굴은 검은 천으로 가렸다. 아이는 귀여운 양복을 입은 걸 보니 시게루가 확실했다.

소년은 어지간히 꾸지람을 들었는지 엄마 모습을 보고도 찍소리 못하고 남자에게 어깨를 붙들린 채 잔뜩 위축되어 있었다.

"확실히 십만 엔입니다. 백 엔 지폐가 열 다발."

미타니는 불룩한 신문지 꾸러미를 내밀었다.

아무래도 너무 고액이었다. 사랑하는 아들을 위해서라지만 저렇게 쉽게 건네다니 수상하게 여길 것이다. 과연 남자가 믿고

....
10_ 半纏. 하오리 비슷한 짧은 겉옷. 옷고름이 없고 깃을 뒤로 접지 않아 활동적이라 작업복이나 방한복으로 입는다.

받을까.

하지만 그도 흥분했는지 꾸러미를 받더니 살펴보지도 않고 아이를 놔둔 채 어둠 속으로 급히 도망쳤다.

"시게루! 아저씨야. 엄마 대신 너를 찾으러 왔어. 아저씨야."

미타니가 소년에게 다가가 속삭이는데, 남자가 도망친 방향에서 비명소리가 들리고 나무에 부딪치는 소리가 났다.

"잡았다. 녀석을 잡았다."

나무 그늘에 잠복해 있던 한 형사가 쉽사리 그를 체포했다.

사방에서 "와"하는 소리가 들리더니 발소리가 났다.

잠복하던 형사들이 전부 그쪽으로 달려갔다.

너무 싱거운 체포였다.

형사들은 범인의 얼굴을 확인하기 위해 포승줄을 잡고 조금 떨어진 상야등 아래로 데려갔다. 미타니도 소년의 손을 잡고 뒤따라갔는데 밝은 전등 빛 아래서 힐끔 소년의 얼굴을 보고는 괴성을 질렀다.

독자 여러분이 상상하신 대로 미타니가 데려온 소년은 시게루를 하나도 닮지 않은 가짜였다. 시게루의 양복을 입었을 뿐 처음 보는 아이였다.

하지만 시게루가 가짜라도 체포된 범인은 진짜일 수 있다. 아이는 언제라도 돌려줄 수 있으니.

미타니는 낯선 소년을 데리고 범인을 둘러싸고 있는 형사들 가까이 다가갔다.

그런데 이게 무슨 일인가. 거기서도 실로 괴상한 일이 벌어진 것이다.

"아니, 전 그런 악한 일에 대해서는 모르죠. 십 엔에 눈이 멀어 그자가 시키는 대로 한 것뿐입니다요, 전 아무것도 몰라요."

복면을 벗은 남자가 연신 변명을 했다.

"나는 이자를 안다. 산속에서 노숙하는 거지로, 어린아이를 데리고 다니며 걸식한다. 저기 양복을 입은 애가 이자의 아이고."

한 형사가 남자의 말이 사실임을 확인했다.

"그래서 네 녀석이 가짜 아이와 돈을 교환한 뒤 이 일을 시킨 남자한테 가져다주기로 약속한 거냐."

다른 형사가 거지를 노려보며 호통쳤다.

"아뇨, 돈을 받는다는 얘긴 못 들었습죠. 다만 여자분이 네모난 꾸러미를 가지고 올 테니 그걸 받아 아무 데나 버리라고 말했습죠."

"참 희한한 녀석이군. 그럼 범인은 돈이 아니라 신문지 꾸러미라는 걸 알고 있었다는 거군."

여우에 홀린 것처럼 뭔가 꺼림칙했다.

"그자의 얼굴을 기억하겠지. 어떤 자냐."

또 한 형사가 물었다.

"잘 모르겠습니다요. 커다란 선글라스를 끼고 마스크를 쓴데다가 얼굴에 외투 소매를 대고 말해서……."

아, 그 모습! 독자 여러분은 아마 그 인물이 기억날 것이다.

"흠, 춘추용 톤비를 입었나?"

"네, 새 옷이고 고급이었죠."

"연배는?"

"확실하지 않지만 예순쯤 되는 노인 같았습죠."

형사들은 일단 아이 딸린 거지를 경찰서로 데려가 엄중하게 취조했지만 우에노 공원에서 들은 내용 이상은 알아내지 못했다.

일부러 여장까지 하고 나온 미타니는 정말 운이 나빴다고 생각할 수밖에 없었다. 그는 형사들에게 대충 인사를 하고는 얼른 길가의 택시를 잡아타고 하타야나기 저택으로 돌아갔다.

그런데 돌아가 보니 더욱 놀랄 만한 사건이 그를 기다리고 있었다.

"사모님께서 방금 편지를 받고 외출하셨습니다."

서생이 말했다.

"내 편지? 난 쓴 적이 없는데? 편지가 있으면 좀 보여주게."

미타니는 불안감 때문에 가슴이 울렁거려 버럭 소리를 질렀다.

서생이 편지를 찾아왔다. 아무 표시도 없는 흔한 봉투에 흔한 용지다. 게다가 교묘하게 미타니의 필적을 모방한 편지에는 이런 내용이 적혀 있었다.

시즈코 씨.

이 차를 타고 즉시 오십시오. 시게루가 다쳐서 병원으로 이송했습니다. 빨리 오십시오.

우에노, 기타가와北川 병원에서, 미타니.

편지를 읽고 사색이 된 미타니는 전화가 있는 현관 옆의 방으로 달려가 허둥지둥 경찰서에 전화를 걸었다.

편지에 적힌 기타가와 병원은 실제로 존재하는 병원이므로 시즈코는 분명 거기로 갔을 것이다.

불쌍한 그녀는 지금 어디에서 어떤 끔찍한 봉변을 당하고 있을까.

가짜 편지에 놀라 제정신이 아니었던 시즈코는 자신이 탄 자동차가 어디로 가는지 전혀 알지 못했다. 차가 정지해 내려 보니 난생처음 보는 몹시 한적한 동네였는데, 주위에 병원처럼 보이는 건물은 없었다.

"기사님, 여기가 아닌 것 같은데요. 병원이 어디 있나요?"

시즈코가 겁이 나서 물었다. 그때, 먼저 차에서 내린 운전사와 조수가 양옆에서 그녀의 팔을 붙들었다.

"병원이라니 뭔가 잘못 아신 듯합니다. 도련님은 이 집에 계십니다."

운전사는 천연덕스럽게 속 보이는 거짓말을 하며 시즈코를 끌어당겼다.

그는 작은 문으로 들어가 시커먼 격자문을 열고 현관 마루로 올라갔다. 등불이 켜지지 않은 방을 두세 개 지나 수상해 보이는 계단을 내려가니 축축한 흙냄새가 나는 작은방이 있었다.

작은 휴대용 석유등만 켜져 있어 잘 보이지 않았지만, 기둥도 없는 콘크리트 벽에 적갈색으로 테두리를 두른 돗자리만 깔려 있어 지하 감옥 같은 분위기였다.

구해달라고 소리칠 생각도 못 할 정도로 불시에 일어난 일이었다.

"시게루는요? 내 아들은 어디 있어요?"

시즈코는 속았다는 것을 깨달았지만 포기할 수 없어 자기도 모르게 별 소용없는 말을 했다.

"도련님은 곧 만나게 해드리죠. 잠시 조용히 기다리세요."

운전사와 조수는 오만불손하게 말하고 방에서 나갔다. 쾅 하고 닫히는 튼튼한 문. 달그락거리는 열쇠 소리.

"당신들은 대체 날 어쩌려는 거예요?"

시즈코는 마구 소리치며 문 쪽으로 달려갔지만 때는 늦었다. 아무리 문을 두드리고 밀어봤자 두꺼운 나무문은 꼼짝도 하지 않았다.

딱딱하고 차가운 돗자리 위에 맥없이 주저앉아 있으니 밤기운이 스멀스멀 올라왔다. 묘지 같다고 할까, 지하 창고에는 이루 말할 수 없는 적막감이 흘렀다. 시즈코는 마음을 가라앉히고 나서야 자신이 엄청난 곤경에 처했다는 것을 깨달았다.

오직 시게루에게만 마음 쓰느라 자신의 위험을 알아차릴 여유가 없었다. 하지만 어떻게 이렇게 손쉽게 여기까지 끌려왔을까 생각해보니 이상했다.

정신이 번쩍 들어 귀를 기울여보니 어딘가 위쪽에서 아이 울음소리가 들렸다. 쥐 죽은 듯이 조용한 밤중에 드문드문 들리는 처량한 울음소리.

어린아이가 호되게 야단맞는 듯했다.

귀여운 내 아이의 목소리를 어떻게 착각할 수 있겠는가. 시게루의 울음소리가 분명했다. 아니면 이렇게 가슴에 와닿을 리 없다.

"시게루. 너 시게루지."

시즈코는 참지 못하고 크게 외쳤다.

"시게루. 대답해봐. 엄마 여기 있어."

부끄러움이나 사람들의 이목 따위는 아랑곳없이 미친 듯이 외쳤다. 그 목소리가 시게루에게 들린 걸까. 순간 울음이 뚝 멈추더니 살을 에는 듯 날카로운 아우성이 울렸다. 마치 엄마, 엄마, 하고 부르는 것 같았다.

아울러 철썩철썩하는 소리도 들렸다. 불쌍하게도 아이가 채찍으로 맞고 있다.

하지만 그사이 시게루의 울음소리보다도 훨씬 엄청난 것이 시즈코 곁에 슬며시 다가왔다.

아까 운전사와 조수가 나간 문 위쪽에 안을 들여다볼 수 있는 작은 구멍이 있었는데, 방금 그 뚜껑이 스르륵 열렸다.

고통스러워하는 아이의 울음소리가 다소 진정되었기에 천장으로 쏠렸던 주의력이 흩어지면서 문 표면의 미묘한 변화를 발견할 수 있었다.

시즈코는 깜짝 놀라 아주 조금씩 열리는 구멍을 응시했다.

적갈색 석유등 빛이 아주 조금 비치던 문 표면에 실처럼 검은 틈이 생기더니 서서히 반달 모양으로 변해 마침내 떡하니 시커먼 구멍이 나타났다.

누군가가 엿보러 온 것이다.

"시게루를 만나게 해주세요. 그 아이를 꾸짖지 마세요. 대신 나한테는 어떻게 해도 상관없어요."

시즈코는 필사적으로 외쳤다.

"정말 어떻게 해도 상관없다고?"

문이 저만치 떨어져 있는 탓인지 음성이 매우 불명료하게 들렸다.

소름 끼칠 정도로 섬뜩한 어조에 시즈코는 쉽사리 다음 말이 나오지 않았다.

"그렇게 말한다면야 시게루와 만나게 해줄 수는 있지만, 설마 지금 한 말이 거짓은 아니겠지?"

역시 매우 알아듣기 힘든 목소리가 들리더니 엿보던 구멍으로 난데없이 얼굴이 나타났다.

그 모습을 한눈에 알아본 시즈코는 울거나 소리를 지르지도 못할 만큼 두려워 소맷자락으로 눈을 가린 채 땅에 엎드렸다.

예전에 시오바라 온천에서 봤던, 이루 말할 수 없이 끔찍한 환영을 여기서 또 만난 것이다.

얼굴에 한가득 있는 피어싱, 붉게 문드러진 코, 긴 치아를 드러낸 입술 없는 입. 이 세상 사람이 아닌 듯이 아주 섬뜩하고 흉측한 괴물이었다.

엎드려 있는 소매 틈으로 찬바람이 느껴졌다. 문이 열린 걸까.

아, 한 걸음 한 걸음 그자가 다가온다. 공포 때문에 이러지도 저러지도 못했다. 도망치려 해도 몸이 뻣뻣해 일어서기는커녕 얼굴조차 들 수 없다. 악몽을 꾸는 기분이었다.

시즈코는 보지 못했지만, 문을 열고 들어온 자는 검은 망토로 몸뿐 아니라 얼굴까지 다 가리고 있었는데, 망토를 걸친 모양새나 그 틈으로 언뜻언뜻 맨살이 비치는 걸 보아 알몸에 망토 하나만 걸친 듯했다.

남자는 시즈코를 위에서 내리누르는 듯한 자세를 하고 불명료한 발음으로 말했다.

"네 말이 진짜인지 거짓인지 지금 바로 시험해보지."

그는 시즈코의 등을 가볍게 두드리며 박자에 맞춰 왼쪽 손목으로 그녀의 뺨을 훑었다.

도자기처럼 딱딱하고 차가운 감촉 때문에 시즈코는 심장이 멎을 것처럼 두려웠다.

"당신은 누구세요. 왜 우리를 이런 곤경에 빠뜨리는 거죠? 이유를 말씀해주세요!"

시즈코는 죽을힘을 다해 고개를 들고 앙칼지게 물었다.

어느새 석유등을 껐는지 방 안은 암흑이었다. 괴물이 거기 있다는 것도 괴상한 숨소리로 짐작할 뿐이었다.

괴물은 오싹하게도 침묵을 지켰다.

어둠 속에서 그보다 더 검은 물체가 조금씩 꿈틀거리더니 거북한 숨결이 서서히 다가왔다.

이윽고 뺨에 닿는 뜨거운 숨결, 어깨를 기어 다니는 손가락의 감촉……

"뭐 하시는 거예요?"

시즈코는 어깨에 닿은 손을 뿌리치며 일어섰다.

몹시 두렵긴 했지만 그녀는 어린 소녀가 아니었다. 이대로 당할 수는 없었다.

"도망치려고? 하지만 도망칠 방법이 없을 텐데. 소리쳐보든 가. 지하 창고라서 아무도 도와주러 오지 못할 텐데."

그자는 불명료한 발음으로 표독스럽게 말하며 도망치는 시즈코를 바짝 쫓아갔다.

어둠 속에서 비참한 술래잡기가 벌어졌다.

뭔가에 걸려 바닥에 쓰러진 시즈코. 그 위를 덮쳐 그녀를 꽉 껴안는 괴물. 상대의 얼굴조차 보이지 않는 암흑 속의 촉각전쟁.

입술도 없는 시뻘건 점막 같은 얼굴이 당장이라도 뺨에 닿으면 어쩌나. 시즈코는 생각만 해도 정신이 아득해질 정도로 무서웠다.

"살려줘요. 사람 살려."

시즈코는 밑에 깔려 숨이 끊어질 것처럼 드문드문 소리쳤다.

"이봐, 시게루를 만나고 싶지 않은가 보군. 만나고 싶다면 얌전히 굴어야지."

하지만 시즈코는 저항을 멈추지 않았다.

오히려 궁지에 몰린 쥐가 고양이에게 덤벼들 때처럼 필사적으로 상대를 쓰러뜨리려 했다. 하지만 상대가 되지 않는 싸움임을 깨닫자 비참한 기분이 들었다. 그때 괴물의 손가락이 입에 닿았다. 시즈코는 있는 힘을 다해 손가락을 깨문 채 놓아주지 않았다.

괴물은 비명을 질러댔다.

"놔, 놓으란 말이야. 이런 망할. 안 그러면……."

바로 그때 천장 쪽에서 숨이 끊어질 듯한 시계루의 울음소리가
들렸다.

철썩철썩 잔인한 채찍 소리도 났다.

"때려. 더 때려. 그 자식 죽어도 상관없으니까."

괴물의 입에서 소름 끼치는 저주의 음성이 튀어나왔다.

"알았느냐. 네가 저항하는 동안 저 자식은 계속 구타당할 거다.
네 저항이 심해질수록 네 아들은 죽을 듯한 고통을 맛보겠지."

시즈코는 물고 있던 손가락을 놓아줄 수밖에 없었다.

저항할 힘을 잃어버리니 신기하게도 위에서 들리던 울음소리
도 잠잠해졌다.

그러자 또 스멀스멀 다가오는 괴물의 감촉.

몸이 굳을 만큼 소름이 끼쳐 그녀를 덮치는 손을 뿌리치면
또다시 아이의 비명과 채찍 소리가 들렸다.

왜 그런지 알겠다. 괴물은 모종의 방법으로 위층에 있는 패거
리에게 신호를 보내고 있다. 꾸짖다가 멈추다가 자유자재로
완급을 조절해가며 시즈코를 공격할 무기로 삼는 것이다.

저항하면 소중한 아들이 죽을 거라고 암시하며 간접적으로
괴롭힌다. 이를 어쩌란 말인가. 세상에 무슨 이런 잔인한 방법이
다 있나.

시즈코는 아이처럼 엉엉 소리 내어 울었다. 지혜나 판단력이
모두 고갈된 것이다.

"드디어 깨달았군. 어떻게 될지. <u>ㅎㅎㅎㅎㅎㅎㅎ</u>, 발버둥 쳐봐

야 소용없어."

참을 수 없는 압박감, 귓가에 폭풍처럼 울리는 숨소리, 뜨거운 입김.

그 순간, 시즈코는 말로 표현할 수 없었지만 몹시 혼란스러웠다. 지금 위에서 그녀를 누르고 있는 괴물의 체취가 어렴풋이 기억났기 때문이다.

'이자는 생전 처음 보는 낯선 사람이 아니다. 그뿐 아니라 언젠가 아주 가깝게 지내던 남자다.'

잘 아는 사람이라고 생각하니 더 오싹했다. 당장이라도 기억이 떠오를 것 같다가도 좀처럼 생각나지 않는 상태가 몹시 불쾌했다.

기묘한 손님

시계루 소년이 유괴되고 시즈코가 행방불명된 다음 날 주인 없는 하타야나기가에 기묘한 손님이 찾아왔다.

미타니는 일단 하숙집으로 돌아갔고, 변고를 듣고 달려온 친척들도 돌아간 후라 저택에는 집사 사이토 노인을 비롯해 고용인들만 있었다.

경찰은 물론 두 사람의 행방을 찾기 위해 총력을 기울였다. 하지만 아무런 단서도 없이 뜬구름 잡는 수사였기에 좋은 소식이 금방 전해질 리 없었다.

가짜 편지에 적혀 있던 기타가와 병원도 당연히 조사했지만, 예상대로 병원은 이 사건과 아무 관련 없었다.

기묘한 손님이 온 것은 그날 저녁으로, 이번 사건과 관련해 긴밀히 할 이야기가 있다고 해서 사이토 노인이 응접실로 안내해 면회했다.

양복 차림의 손님은 별다른 특징이 없는 서른대여섯 남짓의 남자였다. 오가와 쇼이치小川正一라고 성명을 밝힌 남자는 사이토 노인의 재촉에도 불구하고 본론으로 들어가지는 않고 자꾸 쓸데없는 잡담만 늘어놓았다.

다리가 저려 오던 참에 시즈코의 지인에게 걸려온 문안 전화를 핑계로 노인이 잠시 자리를 비운 것이 실수였다.

노인이 응접실에 돌아와 보니 오가와라는 손님은 감쪽같이 사라지고 없었다.

돌아갔나 해서 현관을 지키던 서생에게 물어보니 돌아가는 모습을 보지 못했다고 대답했다. 신발이 벗어놓은 그대로 있는 것이 증거였다. 설마 맨발로 돌아갔을 리 없기 때문이다.

노인은 사건 즈음해서 마음에 걸리는 것이 있었으므로 고용인들에게 각 방을 샅샅이 살펴보라고 지시했다.

2층 양실은 고인이 된 하타야나기 씨의 서재였는데, 안에서 잠근 것처럼 문이 열리지 않았다.

그럴 리 없었다. 별일이라 생각하며 열쇠를 찾아봤지만 없었다. 그 문은 평소 잠글 필요가 없어 서재 책상 서랍 속에 열쇠를 넣어둔 것이 기억났다.

짐작건대 누군가 서재에 들어가 안에서 잠근 모양이다.

열쇠 구멍을 들여다보니 예상대로 안에서 잠갔는지 구멍이 막혀 있어 아무것도 보이지 않았다.

"할 수 없군. 정원에서 사다리를 가져와 창으로 들여다보자."

모두 정원으로 나와 노인의 지시에 따라 창문에 사다리를 걸쳐놓고 한 서생이 2층 창문으로 올라갔다.

이미 해가 질 무렵이었기에 창문 너머의 실내는 안개가 자욱하게 낀 것처럼 앞이 잘 보이지 않아 곤혹스러웠다.

서생은 창문에 얼굴을 바짝 대고 한참을 들여다봤다.

"창을 열어봐."

아래에서 사이토 노인이 지시했다.

"소용없어요. 안에서 잠가 놓았습니다."

말은 그렇게 했지만, 혹시 몰라 온 힘을 다해 창문을 밀어 올려보니 의외로 걸리는 것 없이 스르르 열렸다.

"이상하다."

서생은 혼잣말을 하며 창을 뛰어넘어 실내로 모습을 감췄다.

아래에서 보니 입을 벌리고 있는 거대한 도깨비처럼 서생이 들어간 창만 검게 열려 있어 어쩐지 불길해 보였다.

이상한 예감이 들어 두려웠던 사람들은 귀를 쫑긋 세우고 아무 말도 하지 않았다.

잠시 후 열려 있던 창 너머에서 "꺄악" 하고 마치 목 졸려 죽는 듯한 비명이 들렸다.

건장한 서생이 비참하게 거위 같은 비명을 지르다니 실내에서 무슨 엄청난 일이 일어났을지 모른다. 겁먹은 사람들은 사다리에 올라갈 용기가 나지 않았다.

"무슨 일이야."

아래에서 다른 서생이 큰소리로 외쳤다.

한참 아무 대답도 들리지 않았다. 이윽고 도깨비 입 같은 시커먼 2층 창문으로 하얗게 질린 서생이 얼굴을 드러냈다.

그는 얼굴 앞에 오른손을 대고 근시안처럼 자신의 손가락을 보고 있었다. 왜 그런 바보 같은 시늉을 하는 걸까.

사람들이 의아해하는데 그가 갑자기 미친 사람처럼 마구 오른손을 휘저으며 이상한 말을 했다.

"피, 피, 피다. 피가 흐른다."

"무슨 말이야? 다친 거야?"

사이토 노인이 답답하다는 듯이 물었다.

"그런 것이 아닙니다. 누군가 쓰러져 있어요. 온몸이 질척하게 젖어 있는데 피투성이예요."

서생이 횡설수설 대답했다.

"뭐야, 피투성이가 된 사람이 쓰러져 있다는 거야? 누구야? 아까 그 손님인가? 빨리 전등을 켜봐. 뭘 꾸물거리는 거야."

쩡쩡하게 호통을 치던 노인은 이미 사다리를 올라가고 있었다. 서생도 뒤따라 올라갔다. 여자들은 사다리 밑에 모여 서로 새파랗게 질린 얼굴을 쳐다보며 침묵했다.

노인과 서생이 창을 넘을 때는 전등이 켜진 상태라 끔찍한 실내 광경이 한눈에 보였다.

골동품 애호가인 하타야나기 씨는 서재에도 오래된 불상 같은 것을 진열해놓았고, 그가 죽은 후에도 불상들은 그대로 보존되어 있었다.

그중에는 두 팔을 벌리고 서 있는 불상도 있었는데, 그 출처를 알 수 없는 시커멓고 기괴한 불상의 발치에 양복 차림의 남자가 피투성이로 쓰러져 있었다. 아까 찾아온 오가와라는 손님이 분명했다.

얼굴이 반쯤 피로 물든 채 단말마의 고통에 시달리는 표정. 와이셔츠 가슴의 엄청난 피. 허공을 움켜쥔 손가락.

노인과 두 서생은 그 자리에 버티고 서서 한동안 입도 떼지 못했다. 이윽고 한 서생이 이상야릇한 얼굴로 중얼거렸다.

"이상하네. 범인은 어디로 들어와 어디로 도망친 걸까."

서재 출입문은 안에서 잠겨 있었다. 창은 잠겨 있지 않았지만 곡예사가 아닌 이상 2층에 있는 창문을 통해 들어오는 건 불가능했다.

그보다 더 이상한 것은 오가와라는 자의 행동이었다. 이 낯선 인물은 어째서 양해도 구하지 않고 2층 서재로 올라간 걸까. 게다가 안에서 문까지 잠그고 뭘 한 걸까. 가해자는 물론 피해자의 신원이나 살인 동기가 모두 불명확했다.

이것이 이 이야기의 첫 번째 살인사건이다. 하지만 뭔가 요령부득하고 이상하기 짝이 없는 살인사건 아닌가.

사이토 노인은 절대로 시체에 손대지 말고 경찰에 신고하라고 지시했다.

한 서생이 문을 열고 전화가 있는 방으로 달려갔다.

남겨진 두 사람은 정원에 있는 하녀들에게 사다리를 치우라고 한 후, 창문 걸쇠를 걸고 밖에서 문을 잠근 다음 아래층으로 내려왔다.

그때 잠깐 오가와의 시체가 밀폐된 서재 안에 있었다.

30분쯤 지난 후, 고지마치 경찰서와 경시청에서 담당 경관이 도착했다.

파견된 경관들 중에는 명탐정으로 알려진 수사과의 쓰네가와恒川 경부도 있었다. 이는 당국이 하타야나기가에서 연이어 벌어지는 괴사건을 얼마나 중요하게 여기는지 알 수 있는 대목이었다.

사이토 노인에게서 대략의 사정을 들은 경관들은 현장 분석을 위해 2층 서재로 올라갔다.

"방 안이 흐트러지지 않도록 충분한 주의를 기울였습니다. 시체는 물론이고 물건 하나도 움직이지 않았습니다. 처참한 시체를 보기만 하고 도망친 셈입니다."

그렇게 말하며 노인은 열쇠로 문을 열었다.

피비린내 나는 광경을 상상한 사람들은 주뼛거리며 방 안을 들여다봤다. 전등은 그대로 켜져 있었으므로 구석까지 한눈에 보였다.

"아니 뭐야. 이 방 맞습니까?"

가장 먼저 방에 발을 들여놓은 고지마치서의 사법 주임이 의아하다는 듯이 중얼거리며 사이토 노인을 돌아봤다.

좀 이상한 질문이었다.

모두들 이상하다는 생각을 하며 방 안으로 들어갔다.

"이런."

안내를 맡은 사이토 노인도 황당하다는 듯이 소리쳤다.

아까 봤던 시체가 흔적도 없이 사라진 것이다.

설마 방을 착각했을 리 없다. 피투성이가 된 남자가 분명 검은 불상 앞에 누워 있었다. 다른 방에는 그런 불상이 없다.

당황한 노인이 창가로 달려가 잠가놓은 창문 걸쇠를 조사해봤지만 아무 이상 없었다.

말도 안 되는 일이 일어난 것이다. 시체가 녹아 없어진 건가. 아니면 증발했다고 생각할 수밖에 없었다.

노인은 주위를 두리번거리며 여우에 홀린 듯한 표정으로 말했다.

"설마 셋 다 꿈을 꾼 것도 아닐 테고. 나 말고도 서생 둘이 확실히 시체를 목격했습니다."

시체 분실이 그의 잘못이기라도 한 것처럼 황송해했다.

쓰네가와 경부는 노인에게 시체가 누워 있던 장소를 질문한 후 그 부근의 양탄자를 조사했다.

"꿈을 꾼 것이 아닙니다. 여기 확실히 피를 흘린 흔적이 있습니다."

그는 양탄자의 한쪽을 가리켰다.

양탄자 무늬가 거무칙칙해서 잘 보이지 않지만 만져보면 아직 손에 붉은 피가 묻어났다.

이 기괴하기 짝이 없는 사건에 이상하리만치 직업적인 긴장감을 느낀 경찰은 각자 분담해서 방 안팎을 빠짐없이 수색했지만 별다른 것을 발견하지 못했다.

"고용인들을 빠짐없이 모아주십시오. 뭔가 봤을지도 모르니."

쓰네가와 경부의 요구에 따라 고용인들이 아래층 응접실에 모였다. 서생 두 명, 유모 오나미, 하녀 두 명.

"오키쿠お菊가 없는데, 어디 갔는지 누구 아는 사람?"

사이토 노인이 발견하고 물었다. 몸종 오키쿠의 모습이 보이지 않았다.

"오키쿠는 아까 시그마가 심하게 짖어 개집을 살펴보겠다며 정원으로 나갔습니다. 하지만 그때부터 시간이 꽤 지났는데요."

한 하녀가 기억난다는 듯이 대답했다.

며칠 전 부상을 입은 시그마는 상처를 치료한 후 정원의 개집에 묶어놨다. 평소 개를 몹시 귀여워하던 오키쿠가 울음소리를 듣고 아픈 개를 달래주러 간 듯했다.

사이토 노인의 지시에 오키쿠를 찾으러 개집이 있는 뒤뜰로 나간 서생이 잠시 후 소리치며 응접실로 달려왔다.

"큰일입니다. 오키쿠가 살해되었습니다. 정원에 쓰러져 있어요. 빨리 와보세요."

그 말을 듣고 놀란 경관들이 서생을 따라 뒤뜰로 급히 갔다.

"저깁니다."

서생이 가리키는 곳을 보니 개집에서 꽤 떨어진 잔디에 한 여자가 쓰러져 있었는데, 푸른 달빛 아래에서 똑바로 위를 보고 있었다.

요술

달빛 아래 쓰러져 있던 여자는 몸종 오키쿠였다. 정체 모를 연쇄 살인마가 두 번째 희생양을 살해한 것인가.

서생이 섬뜩해서 멈칫거리는 사이 이런 일에 익숙한 쓰네가와 경부가 재빨리 오키쿠에게 다가가 상반신을 안아 일으키며 큰 소리로 이름을 불렀다.

"괜찮습니다. 안심하세요. 이 사람은 다친 데가 없습니다. 기절했을 뿐이죠."

쓰네가와 경부의 말에 모두 한시름 놓고 오키쿠 주위로 모여들었다.

가까스로 의식을 찾은 오키쿠는 잠시 주변을 둘러봤다. 무슨 생각이 떠올랐는지 새파랗게 질린 그녀의 아름다운 얼굴에 공포의 표정이 드러났다.

"아, 저곳이에요. 저 수풀 속에서 엿보고 있었습니다."

그녀가 두려운 듯 떨리는 손가락으로 시커먼 나무 그늘을 가리켰을 때는 힘센 경관들조차 물벼락을 맞은 것처럼 목덜미가 오싹했다.

"누굽니까. 누가 엿보고 있었습니까."

쓰네가와 경부가 다그치며 물었다.

"그건 저, …… 아, 전 무서워서 ……."

푸른 달빛, 시커먼 나무, 괴물 같은 그림자. 섬뜩한 현장에서 방금 본 걸 말하기란 너무 두려웠다.

"두려워할 것 없어. 우리는 이렇게 여럿이 있으니. 빨리 말씀드리려라. 수사상 중요한 단서니까."

쓰네가와 경부는 오가와 시체 분실과 오키쿠가 본 것 사이에 필연적인 관계가 있다고 생각하는 듯했다.

주위의 성화에 오키쿠가 드디어 입을 열었다.

시그마가 심하게 짖기에 상처가 아픈가 가여운 마음이 들어 개집에 가보니 맹견답게 상처 때문에 짖는 것이 아니었다.

뭔가 수상한 것을 발견했는지 방금 말한 나무 그늘을 멀리서 노려보며(시그마는 개집에 묶여 있어 어쩔 수 없었다) 용감하게 짖어댔다.

오키쿠는 무심결에 개가 노려보는 수풀 쪽을 슬쩍 봤다.

"생각만 해도 소름이 끼쳐요. 거기 난생처음 보는 무서운 것이 있었어요."

"사람인가 보네."

"네, 하지만 사람이 아닐지도 몰라요. 그림에서 본 해골처럼 긴 치아가 다 드러나 있었어요. 코와 입술도 없이 두루뭉술하고, 둥그런 눈은 튀어나와 있었어요."

"하하하하, 한심하기는. 무섭다고 생각한 나머지 환영을 본 모양이구나. 그런 괴물이 있을 리 없으니."

아무것도 모르는 경관들은 오키쿠의 말을 일소에 부쳤지만 웃음이 멎기도 전에 시그마가 무섭게 짖는 소리가 들렸다.

"봐요. 또 짖잖아요. 너무 무서워요. 그자는 아직 어둠 속에 숨어 있는 것 아닐까요?"

오키쿠는 두려움에 떨며 쓰네가와 경부를 꼭 붙들었다.

"이상하네. 누가 확인차 이 주변을 살펴봐라."

사법 주임이 부하에게 지시했다. 경관이 수풀 속으로 들어가려던 때였다.

"으, 으, 으, 으아아아악."

오키쿠는 비명인지 뭔지 모를 괴성을 지르며 쓰네가와 경부의 가슴에 얼굴을 파묻었다. 또 괴물은 본 것이다.

"아, 담장 위다."

경관의 말에 사람들의 시선이 나무 대각선 쪽의 하늘로 집중되었다.

그렇다. 높은 콘크리트 담장 위에서 괴물이 웅크리고 앉아 이쪽을 빤히 쳐다보고 있다.

달빛이 얼굴 반쪽만 비추고 있었는데, 히죽히죽 웃는 모습이 오키쿠가 묘사한 대로 살아 있는 해골 같았다.

오가와를 살해한 범인이라면 피해자의 시체를 들고 있어야 할 텐데 괴물은 홀가분하게 혼자였다. 그렇다면 이미 어딘가 시체를 숨긴 것 아닐까.

하지만 그가 범인이건 아니건, 괴상한 얼굴로 밤중에 수상하게 남의 집을 서성이는 자를 붙잡지 않을 이유가 없었다.

"거기, 서라."

경관들은 제각기 소리치며 담장으로 달려갔다.

괴물은 나 잡아보라고 도망치는 장난꾸러기처럼 키킥 하고 기분 나쁜 소리를 내더니 어느새 담장 너머로 모습을 감췄다.

쓰네가와 경부와 두 경관은 담을 넘고 일부는 문을 돌아 괴물 뒤를 쫓았다. 고지마치 경찰서 사법 주임은 취조를 위해 저택에 머물렀다.

담 밖으로 나가보니 인적 없는 고급주택가의 1정[11] 쯤 앞쪽에 검은 헌팅캡을 쓰고 짧은 검정 망토를 펄럭이며 뛰어가는 괴물의 모습이 달빛 아래 뚜렷이 보였다.

독자 여러분은 이 괴물의 왼손과 오른쪽 다리가 의수와 의족이라는 사실을 아실 것이다. 그 불편한 몸으로 그는 지팡이도 짚지 않은 채 기신기신 달렸다. 얼마 전 시오노유 온천의 긴 계단을 타고 내려가던 그 모습이다. 의족도 몸에 익으면 예사가 아닌 듯했다.

경관들은 대검을 쥐고 달렸다. 서로 뒤엉기는 그림자, 흩어지는 구둣발 소리.

달빛 아래의 체포극이었다.

괴물은 주위의 큰길로 달려나갔다. 아직 초저녁이다. 번화한 큰길로 나가면 바로 잡을 수 있을 테지만, 그렇다고 우습게 보면 크나큰 착각이다.

길모퉁이 저편에 자동차 한 대가 대기하고 있었다. 괴물이 그 안으로 모습을 감추자 차는 쏜살같이 달렸다.

마침 저 앞에서 달려오는 빈 택시. 쓰네가와 경부는 즉각

....
11_ 1정町 = 약 109m.

택시를 잡아 경관들과 함께 탔다.

"저 차 뒤를 쫓으시오. 요금은 넉넉히 줄 테니."

운전사에게 고함쳤다.

번화한 큰길 옆으로 들어가니 계속 한적한 동네가 나오고 날아가듯 구불구불한 길을 질주하는 괴물의 차.

딱하게도 하필 뒤쫓는 차가 고물 자동차라 상대를 따라잡기에는 역부족이었다. 놓치지 않고 뒤따라가는 것이 고작이다. 게다가 파출소만 믿었는데 괴물이 용케도 잘 피해 다닌다.

진구가이엔神宮外苑에서 아오야마青山 묘지를 빠져나와 조금 더 차를 달리니 대저택의 높은 담장이 늘어선 아주 한적한 길이 나왔다. 자동차가 거기서 급정지하자 차 안에서 검은 망토가 후다닥 튀어나와 좁은 골목으로 뛰어 들어갔다.

경관들은 즉시 차에서 내려 그 골목으로 달려갔다.

양쪽으로 1길[12]가량의 콘크리트 담장이 서 있는 좁은 샛길이었다. 시야에 들어오는 1정쯤은 대문 하나 없이 일직선으로 담장만 죽 늘어서 있었다.

"이상하다. 어디 숨었지? 온데간데없잖아."

한 경관이 골목으로 들어가자마자 깜짝 놀라 소리쳤다.

너무도 기괴한 일이 일어난 것이다. 괴물이 골목으로 들어간 후 경찰들이 그 골목에 도달할 때까지 걸린 시간은 겨우 수십 초였다. 아무리 발이 빨라도 그 시간에 이 골목을 통과할 수는

....
12_ 1길丈 = 약 3m.

없었다.

대낮처럼 밝은 달빛이 비추고 있어 어느 한 군데 몸을 숨길 곳이 없었다.

게다가 더 확실한 것이 골목 앞에서 누군가 어슬렁어슬렁 걸어왔다. 근처에 사는 사람인지 모자도 쓰지 않고 평상복 차림으로 산책을 나온 듯했는데 느긋한 모습을 보니 괴물과 마주치지 않은 모양이다.

"저기, 지금 그쪽으로 뛰어간 사람 보셨습니까?"

한 경관이 큰 소리로 묻자 그 남자가 놀라며 멈춰 섰다.

"아뇨, 아무도 못 봤는데요."

그의 대답에 경관들은 의아한 얼굴로 양쪽의 높은 콘크리트 담장을 올려다봤다.

아무 도구도 없이 1길이나 되는 담장을 올라가는 건 불가능했다. 경관들은 모를 수도 있지만 한쪽 다리가 의족인데 그런 곡예가 가능할 리 없었다.

아무리 무시무시한 형상이라도 눈앞에 보이는 한 괜찮다. 하지만 밝은 달빛 아래 연기처럼 사라졌다고 생각하니 소름 끼치도록 섬뜩했다.

요술이다. 악마의 요술이다.

하지만 요즘 세상에 어찌 그런 말도 안 되는 일이 일어나겠는가.

"아, 당신, 잠깐 기다려 봐요."

조금 전 그 남자가 옆을 지나쳐가자 쓰나가와 경부가 그를 불러 세웠다.

경부는 실로 엉뚱한 생각을 한 것이다. 아까 그 괴물이 눈 깜짝할 새 변장을 하고 태연하게 통행인 행세를 하며 도망치는 것일지도 모른다고 말이다.

"네, 무슨 일이십니까?"

그 남자가 놀란 듯이 뒤돌아봤다. 경부는 무례하게 남자의 얼굴을 가까이 들여다봤다. 물론 괴물과는 전혀 닮지 않은 단정한 용모의 청년이었다. 신체 상태나 복장 등 무엇 하나 닮지 않았다. 무엇보다 청년에게는 괴물이 아니라는 증거가 있었다. 그는 왼손과 오른쪽 다리 모두 온전했고 의수나 의족을 달지 않았다.

아니다. 좀 더 확실한 증거가 있다. 쓰네가와 경부가 확인차 성명을 물었는데 실로 의외의 대답이 돌아왔기 때문이다.

"저요? 미타니 후사오입니다."

그 말을 듣자 추격에 합류한 고지마치서 경관이 깜짝 놀라 물었다.

"아, 미타니 씨였습니까? 이 근처에 사셨어요?"

"네, 이 앞의 아오야마 아파트에 삽니다."

"이 분은 하타야나기 부인의 지인입니다. 요전에 우에노 공원 사건 때 하타야나기 부인으로 변장하고 아이를 찾으러 가셨던 그 미타니 씨죠."

경관이 청년을 알아보고 다른 사람들에게 소개했다. 쓰네가와 경부도 미타니의 이름을 들은 적 있다.

"오늘도 저녁까지 하타야나기가에 있다가 돌아왔습니다. 식

사하고 좀 전에 목욕을 막 끝낸 참이었죠. 그러면 여러분들도
그 집 사건 때문에······.”

“그렇습니다. 또 기괴한 살인사건이 발생해 범인으로 추정되
는 괴물을 쫓아 여기까지 온 것입니다.”

쓰네가와 경부가 간략하게 사정을 설명했다.

“아, 그자라면 시즈코 씨가 시오바라 온천에서 모습을 본
적이 있습니다. 역시 환영이 아니었네요. 이번 사건은 처음부터
그자가 관계된 것이 틀림없습니다.”

“그런 일이 있었습니까? 그렇다면 더더욱 그 괴물을 잡아야
합니다. 그런데 무슨 수로 사라졌을까요. 전혀 짐작도 가지
않습니다.”

“그에 관해서라면 짚이는 것이 있습니다.”

미타니는 콘크리트 담장을 올려다보며 어조를 바꿔 말했다.

“저 담장 너머에 수상한 집이 있습니다. 이 주변을 자주 다녀
주의 깊게 봤는데, 항상 문이 닫혀 있었어요. 빈집이라고 생각했
지만 밤중에 등불이 새어 나오기도 하고, 정말 이상한 집입니다.
누군가 우는 소리를 들었다고 하는 사람도 있어 이 근방에서는
귀신의 집이라고 해요. 혹시 그 괴물이 무슨 수를 써서 이 담장을
올라가 그 집으로 들어간 것 아닐까요? 거기가 악당들 소굴
아닐까요?”

나중에 생각해보니, 경관들이 그 담장 너머에서 우연히 미타
니 청년을 만나다니 그로써 악마의 운은 다한 것이다.

여하튼 미타니가 말한 수상한 집을 수색해보기로 했다. 혹시

모르니 경관 한 명을 그곳에 남겨두고 쓰네가와 경부는 다른 경관과 함께 미타니 청년을 앞세우고 그 집 대문 쪽으로 돌아갔다.

그리 크지 않은 단독주택들이 늘어서 있었는데 모두 대문 생김새가 비슷했다. 수상한 집은 맨 끝에 있었다.

대문은 열려 있었다. 세 사람은 개의치 않고 안으로 들어가 현관 격자문을 열었다. 잠그지 않았는지 격자문이 드르륵 열렸다.

안은 컴컴했다. 불러도 아무도 나오지 않았다.

말 그대로 수상한 집이었다. 아직 초저녁이라 해도 경계가 너무 허술했다. 악인의 소굴이라면 더 수상했다. 아니면 이렇게 문을 열어둔 것도 고도의 계략인가.

다들 함부로 들어갈 수 없어 현관에서 머뭇거리는데 안에서 울음소리가 어렴풋이 새어 나왔다.

"누군가 울고 있다. 아이 같다."

쓰네가와 경부가 귀를 쫑긋 세웠다.

"아, 저 소리는 하타야나기가의 시게루 아닐까요?"

미타니가 금방 알아채고 조용히 말했다.

"시게루? 하타야나기 부인의 아들 말이군요. 아, 여기가 범인의 집이라면 저 아이나 하타야나기 부인이 분명히 이 집 어딘가 간혀 있겠네요. …… 들어가 볼까요."

쓰네가와 경부는 즉각 조처를 내려야겠다고 생각했다.

"자네는 문밖에 있다가 도망쳐 나오는 자가 있으면 체포해라."

그는 경관에게 지시하고 미타니와 함께 현관 마루로 올라갔다.

더듬거리며 컴컴한 방을 수색했지만 인기척이 없었다.

두 사람은 분담해서 방들을 하나하나 다 돌며 전등을 켜고 세심히 살폈다.

쓰네가와 경부는 마지막으로 가장 안쪽 다다미방에 들어갔다. 이 방 저 방 모두 비어 있어 빈방인 줄 알고 대수롭지 않게 스위치를 켰더니 이런!

눈 깜짝할 사이 검은 물체가 바람처럼 방을 가로질러 복도로 뛰쳐나갔다.

"거기 뭐야!"

경부의 목소리에 수상한 남자가 문지방을 넘으며 휙 돌아봤다. 저 얼굴! 하타야나기가의 담장 위에서 웃던 그 해골 같은 자다. 입술 없는 남자다.

"미타니 씨, 저자입니다. 그쪽으로 도망쳤어요. 붙잡으세요."

경부는 소리치며 복도로 달려 나가 괴물을 추격했다.

"어디요, 어디?"

복도 끝 방에서 미타니의 목소리가 들렸다.

뛰어나오는 그림자. 쓰네가와 경부는 복도 한가운데에서 미타니 청년과 부딪쳤다.

"그 해골 같은 놈입니다. 미타니 씨와 마주치지 않았나요?"

"아뇨, 이쪽 방에는 아무도 없었습니다."

괴물은 분명 복도 왼쪽으로 돌았다. 그 방향에는 미타니가 나온 방만 있고, 양쪽은 닫혀 있는 빈지문雨戸[13]과 벽이다. 괴물은

....
13_ 雨戸. 비바람을 막기 위해 설치한 덧문으로 한 짝씩 끼웠다 뺐다 할 수 있다.

또 순식간에 사라진 것이다.

또 악마의 요술인가!

두 사람은 정신없이 방이란 방은 다 돌아다녔다. 맹장지는 모두 열어놓고 천장과 벽장을 비롯해 사람이 숨을 수 있는 장소는 변소까지 샅샅이 뒤졌다.

빈지문을 잠가놓았기에 거기를 통해 밖으로 도망칠 염려는 없었다. 만약 도망쳐 나갔으면 소리가 났을 테고 걸쇠를 빼려면 시간이 걸렸을 것이다.

괴물을 끝내 찾지 못하고 잠시 어느 방에서 서로 얼굴만 쳐다보던 중 돌연 안색이 변한 미타니가 속삭였다.

"들리십니까? 저건 역시 아이 울음소리예요."

어디인지 모르겠으나 기운 빠진 울음소리가 들리는 듯했다.

두 사람은 귀를 쫑긋 세우고 울음소리를 찾아 발소리를 죽이고 걸었다.

"어쩐지 부엌 쪽인 것 같습니다."

미타니는 그렇게 말하며 부엌 쪽으로 걸어갔다.

하지만 부엌은 아까 수색할 때는 아무 이상이 없었다. 전등도 그때 켜놓은 그대로였다.

"그럴 리가 없는데."

쓰네가와 경부가 망설이는 사이, 미타니는 부엌 문턱을 넘었다. 동시에 심상치 않은 비명소리가 들렸다.

쓰네가와 경부가 놀라 달려가 보니 미타니는 사색이 된 얼굴로 꼼짝 못 하고 서서 부엌 구석만 바라보고 있었다.

"무슨 일입니까?"

그렇게 묻는 경부를 제지하며 미타니는 들릴락 말락 작게 속삭였다.

"저놈입니다. 저놈이 마루를 들어 올리고 밑으로 들어갔습니다."

부엌 마루 사이에 석탄 같은 걸 넣기 위해 흔히들 마루 밑에 공간을 만들어 놓기도 한다.

경부는 용감하게 달려가 마루를 들어 올렸다.

"이런, 지하실이다."

뜻밖에도 마루 밑에는 콘크리트 계단이 있었다. 상자처럼 그 부분만 마루 밑과 차단되어 있기에 괴물은 밖으로 도망치지 못했으리라. 틀림없이 지하실로 내려갔을 테니 이제 독 안에 든 쥐다.

두 사람은 컴컴한 계단을 조심조심 내려갔다. 앞에 선 쓰네가와 경부는 대검 자루를 쥐었다.

계단을 다 내려가니 문이 있고 그 틈으로 희미한 불빛이 흘러나왔다. 울음소리가 갑자기 커진 것을 보니 아이는 아마 이 문 너머에 있을 것이다.

어떻게 된 일인지 열쇠 구멍에는 열쇠가 꽂혀 있었다. 쓰네가와 경부는 열쇠를 돌려 쉽게 문을 열었다.

두 사람은 문을 방패 삼아 방 안을 들여다봤다. 안팎에서 놀람과 기쁨의 함성이 동시에 들렸다.

방 안쪽에는 어슴푸레한 석유등 불빛에 시즈코와 시게루가 부둥켜안는 모습이 보였다.

그들에게 달려가는 미타니 청년과 그에게 매달리는 시즈코.

하지만 쓰네가와 경부는 이 감격스러운 장면을 외면하고 불만스럽게 방을 둘러봤다.

지금 내려온 계단 외에는 출구가 없다. 이곳으로 도망친 괴물은 또 사라진 것이 틀림없다.

시즈코에게 물었더니 괴물은 어젯밤 시게루를 이 방에 데려다 놓고 사라진 후 한 번도 얼굴을 보이지 않았다고 한다.

쓰네가와 경부는 벽에 걸린 석유등을 빼서 계단 위에서 아래까지 모두 살펴봤지만 숨겨진 문이나 샛길은 없었다.

유괴된 하타야나기 모자를 되찾는 것은 성공했지만 결국 범인 체포는 실패로 끝났다.

대문과 뒤편의 담을 지키던 두 경관에게도 물어봤지만, 집에서 나간 사람은 없다고 했다.

두 경관은 그대로 남겨둔 채 근방에서 전화 걸 수 있는 곳을 찾아 추가 지원을 요청했다. 그날 밤부터 다음 날 아침까지 집 안은 말할 것도 없고 양 옆집 마당까지 빠짐없이 수색했으나, 범인은 물론 그 누구의 흔적도 발견할 수 없었다.

괴물은 몸이 불편한데 어떻게 1길이나 되는 콘크리트 담장을 넘었을까. (부근에는 발판이 될 만한 전봇대나 나무가 없었다.) 또한 집 안에서 쓰네가와 경부와 미타니에게 포위되었을 때 순식간에 어디로 몸을 숨겼을까. 그럴 만한 은신처는 없었다. 게다가 괴물은 분명 지하실로 모습을 감췄는데 왜 거기에 없었을까. 모두 풀기 어려운 수수께끼였다.

명탐정

불가사의는 아오야마의 수상한 집에서 입술 없는 남자가 세 번째로 사라진 것만이 아니었다.

그날 저녁, 하타야나기가를 방문한 오가와 쇼이치는 대체 누구인가. 그는 왜 허락도 없이 하타야나기 씨의 서재에 들어가 안에서 문을 잠갔는가. 대체 누가 그를 살해했을까. 그리고 살인범은 어떻게 문이 다 잠긴 방에서 도망칠 수 있었을까.

더 기괴하기 짝이 없는 것은 서재에 피투성이로 쓰러져 있던 오가와의 시체를 누가, 왜 반출했는가 하는 점이었다.

쓰네가와 경부는 입술 없는 남자가 오가와의 살인범이고, 그가 서재에서 시체를 반출해 어딘가에 숨겼다고 생각했다. 요술을 부릴 수 있다면 그가 이 희한한 일을 저지른 건지도 모르겠다. 하지만 시체를 어디에 숨겼단 말인가. 하타야나기가 의 담장을 넘어 도망칠 때 그는 혼자였다. 그렇다면 시체는 응당 저택 안 어딘가에 숨겨져 있어야 할 것이다. 하지만 그 당시 하타야나기가에 남아 있던 고지마치 사법 주임이 집 안팎을 빈틈없이 살폈음에도 불구하고 시체는 물론 단서가 될 만한 것조차 전혀 발견되지 않았다. 정말 희한한 일이었다.

그래도 쓰네가와 경부의 노력으로 하타야나기 시즈코와 시게루 소년이 무사히 돌아올 수 있어 참으로 다행이었다.

저택에 돌아오자 시게루 소년은 피로와 공포로 발열 증상이 나타나 자리에 누웠다. 시즈코도 입술 없는 남자의 극도로 혐오스러운 모습과 미끌미끌한 잇몸의 감촉이 잊히지 않아 수치심과 분노 때문에 2~3일간 방에 틀어박혀 다른 사람과 거의 얼굴을 마주하지 않았다.

쓰네가와 경부는 두 사람에게 범인 수사의 단서가 될 만한 질문을 했으나 독자 여러분도 다 아는 사정 이상은 알아낼 수 없었다. 시게루 소년을 채찍질한 인물도 그저 '검은 천으로 얼굴을 가린 아저씨'라는 것밖에는 알 수 없었다.

미타니 청년은 매일같이 병문안을 왔다. 그가 안 오면 시즈코도 기다리지 못하고 그에게 전화해서 집에 들르라고 독촉했다.

집으로 불러 상의할 만한 가까운 친척이 없었고, 사이토 집사는 그저 사람 좋고 올곧은 할아버지라 이럴 때는 별반 도움이 되지 않았다. 유모인 오나미는 말 많고 정직한 울보라는 것밖에는 장점이 없었다. 연인 관계임을 차치하더라도 시즈코가 의지할 만한 사람은 미타니 청년밖에 없었다.

한 2~3일은 별다른 사건 없이 지나갔다. 하지만 먹잇감을 빼앗긴 악마가 손가락을 빨며 그대로 물러설 리 없었다. 점차 시즈코의 신변에 이상한 일이 일어나기 시작했다.

어느 때는 침실 창, 어느 때는 화장실 거울, 또 어느 때는 응접실 문 뒤에서 자신을 몰래 보는 괴물의 무서운 시선을 느꼈다.

어디로 어떻게 잠입했을까. 그리고 어느 틈에 도망치는 걸까. 서생이 아무리 빨리 쫓아가도 범인을 잡을 수 없었다.

경찰에서도 범인 수사를 위해 온갖 방법을 다 썼지만 쓰네가와 경부도 이 요술쟁이에게는 속수무책이었다.

미타니는 하루하루 초췌해지는 연인을 지켜보기만 할 수 없어 어느 날 궁여지책을 냈다.

시즈코의 동의를 얻어 오차노미즈御茶 ノ水의 개화 아파트를 방문한 것이다. 거기에는 유명한 아마추어 탐정 아케치 고고로明智小五郎가 살고 있었다.

미타니는 신문 기사를 통해 명탐정의 명성을 알고 있을 뿐 아니라 소개장도 가지고 있었다.

방문해보니 다행히 명탐정은 때마침 관계하던 사건을 모두 해결하고 무료한 참인지라 미타니를 환영했다.

아마추어 탐정 아케치 고고로는 '개화 아파트' 2층 정문 쪽 방 세 칸을 빌려 살면서 사무실로도 사용하고 있었다.

미타니가 문을 두드리자 열대여섯쯤 되는 소년이 손님을 맞으러 나왔다. 능금 같은 볼에 학생복 차림의 소년은 명탐정의 어린 제자였다.

아케치 고고로를 잘 아시는 독자들도 소년과는 초면일 것이다. 탐정 사무실에는 소년 외에도 조수가 한 명 더 있었다. 후미요文代라는 아름다운 여인이다.

미녀 조수가 무슨 까닭으로 여기 있는지, 그녀가 아케치와 어떤 관계인지는 『마술사』라는 책에 자세히 기술되어 있다.

미타니는 이미 소문을 들었기에 아마추어 탐정의 유명한 연인임을 한눈에 알 수 있었다.

아케치는 응접실의 큰 팔걸이의자에 기대어 그가 좋아하는 이집트 담배 피가로를 피우고 있었다. 짙고 푸른 연기 너머로 유명한 곱슬머리, 구레나룻을 기르지 않은 호감형의 혼혈 같은 얼굴, 그리고 몹시 예리한 눈이 보였다.

아름다운 후미요는 잘 어울리는 양장 옷자락을 휘날리며 쾌활하게 손님을 맞이했다. 작은 새처럼 명랑한 웃음소리 덕분에 탐정사무소는 신혼집처럼 분위기가 화사했다.

미타니는 후미요가 타준 차를 마시면서 시오바라 온천 이후의 사건들을 숨김없이 자세히 이야기했다.

"모두 까닭을 알 수 없는 일투성이죠. 가는 곳마다 있을 수 없는 일이 일어나고 있어요. 요술 같은 건 믿지 않지만, 모두 요술이 아니라면 해석이 안 되는 일들입니다."

미타니는 아연실색하며 말했다.

"교묘한 범죄는 언제나 요술처럼 보입니다."

시종일관 기묘한 미소를 지으며 미타니의 이야기를 듣던 아케치가 드디어 입을 열었다.

"그런데 그 입술 없는 남자는 누구라고 생각하십니까. 전혀 짐작이 안 가십니까?"

아케치는 상대방의 마음속 깊이 잠재한 것을 꿰뚫어 보듯 물었다.

"아, 혹시 그걸 눈치채셨습니까?"

깜짝 놀란 미타니가 두려운 표정으로 아케치의 눈빛을 읽으며 말했다.

"실은 아직 아무한테도 말하지 않았는데, 전 무서운 의혹이 듭니다. 떨쳐버리려 해도 그 악몽 같은 의혹이 뇌리에 달라붙어 사라지지 않아요."

미타니는 거기까지 말하더니 갑자기 입을 다물고 주변을 둘러 봤다. 후미요도 옆방으로 물러가고 응접실에는 둘만 있었다.

"아무도 이야기를 들을 사람은 없습니다. 그런데 당신이 말하는 의혹이란 뭐죠?"

아케치가 재촉했다.

"예를 들어 말이죠."

미타니는 말하기 곤혹스럽다는 듯이 뜸을 들였다.

"황산 같은 걸로 심하게 화상을 입으면 피부가 아물 때까지 시일이 어느 정도 필요할까요. 보름이면 충분하지 않을까요?"

"그렇습니다. 보름 정도겠지요."

아케치는 재미있어 죽겠다는 투로 대답했다.

"그럼 공포스러운 상상이 맞을 수도 있겠네요."

미타니는 창백한 얼굴로 이야기를 이어갔다.

"범인은 시게루를 유괴해서 몸값을 요구했으니 금전이 목적인 것처럼 보이죠. 하지만 실제로 금전은 부수적이고 시게루의 모친을 손에 넣는 것이 첫 번째 목적일 거라고 생각했습니다. 몸값은 반드시 시즈코 본인이 지참하라는 조건을 달았던 것도 그 증거죠."

"그러네요."

아케치는 자못 흥미로운 듯이 맞장구쳤다.

"그런데 그 괴물 같은 남자가 시오바라 온천에 나타난 때는, 아까 말한 오카다 미치히코가 온천을 떠난 지 보름 정도 지난 후였습니다."

미타니는 목소리를 죽이고 단호한 어조로 말했다.

"하지만 오카다는 실연 때문에 용소에 몸을 던져 자살했다고 하셨잖습니까."

"사람들은 그렇게 믿고 있죠. 하지만 오카다의 시체가 발견된 것은 죽은 지 열흘도 더 지났을 때예요. 그저 복장과 소지품, 연배, 키 같은 것이 일치하니 그렇다고 판정을 내린 것뿐이죠."

"그럼, 얼굴은 피부가 뭉개져 있었겠네요."

아케치는 무릎에 손을 올려놓고 몸을 앞으로 당겼다.

"그렇죠. 강에 떠내려오는 사이 바위 모서리에 부딪힌 것처럼 얼굴이 거의 붉게 벗겨져 있었어요."

"그러니까 당신 생각에는 강에 떠내려온 시체는 오카다의 옷을 입힌 다른 사람의 시신이고, 진짜 오카다는 황산 같은 걸 뒤집어써서 괴물처럼 변형된 얼굴로 살아 있다는 거군요."

"게다가 멀쩡한 사지를 의수와 의족으로 위장한 채 이 세상에 적籍이 없는, 이른바 가공의 인물이 된 거죠. 실연의 원혼이 되어 악마의 사랑을 이루려는 것 같습니다."

"상식적으로는 생각하기 힘든 심리군요."

아케치는 고개를 갸웃하며 혼잣말하듯 중얼거렸다.

"그건 당신이 오카다라는 남자를 모르기 때문입니다. 그자는 미치광이입니다. 직업이 화가라지만 도저히 예술가라고 생각할 수 없는, 정체불명의 정신을 가졌어요."

미타니는 예전에 오카다가 료칸을 떠날 때 미타니와 시즈코의 사진을 시체처럼 보이게끔 조작해서 남겨둔 이야기를 했다.

아케치는 말없이 듣기만 했다.

"그자의 사랑은 무서울 정도였습니다. 내게 독약 결투를 제안한 것도 오카다죠. 그뿐 아닙니다. 그자가 온천 료칸에 머물며 한 달 정도 시즈코 씨를 따라다녔는데, 그 모습은 생각만 해도 오싹할 정도였어요. 제정신처럼 보이지 않았죠. 정욕만 남은 짐승 같았어요. 그자는 한참 전부터 시즈코 씨를 연모해 접근할 기회를 호시탐탐 노리다가 일부러 온천까지 뒤따라왔다고밖에는 생각할 수 없습니다."

미타니는 증오에 불타 정신없이 이야기를 이어갔다.

"하지만 그자의 목적은 단지 시즈코를 손에 넣는 것이 아니겠죠. 일부러 가짜 시체를 만들고, 구차한 생각을 하며 얼굴에 화상까지 입고 이 세상에서 모습을 감춘 걸 보면 훨씬 깊은 음모가 있었던 거죠."

"이를테면 복수 같은 것?"

"그렇죠. 전 그 생각을 하면 몸에 식은땀이 흐를 정도로 무섭습니다. 그자는 내게 복수하려는 겁니다. 이유도 없는 복수를 하려는 거죠."

하지만 미타니가 생각한 것보다도 오카다는 훨씬 무서운

악행을 꾸민 극악무도한 악마라는 사실이 훗날 밝혀졌다.

"당신에게 이렇게 상담하러 온 것은 시즈코 씨가 받은 모욕이 너무 심한 것 같아 화가 나서이기도 하지만, 또 다른 이유가 있습니다. 그의 복수가 두렵기 때문입니다. 그자는 악마의 화신입니다. 당신은 웃을지 모르지만 이 두 눈으로 똑똑히 봤습니다. 그자의 불가사의한 실종은 요술이라고밖에는 달리 생각할 수 없어요. 그자는 완전히 다른 세계에서 내려와 이 세상을 헤매는 존재 같아 몹시 섬뜩합니다."

"오카다의 예전 주소를 아십니까?"

미타니의 이야기가 일단락되었을 때 아케치가 물었다.

"온천에서 명함을 받았습니다. 아마 시부야渋谷 근방의 교외였던 걸로 기억합니다."

"그곳은 아직 조사 전입니까?"

그렇다, 오카다의 전 주소를 조사해보는 방법이 있었다. 미타니는 자신의 아둔함이 부끄러웠다.

"거기로 가보긴 해야겠군요."

아케치는 빙글빙글 웃으며 말했다.

"하지만 그보다 먼저 범인이 현재 소굴로 삼고 있는 곳을 보고 싶군요. 당신이 말한 요술이 어떻게 작동되는지 그걸 조사하면 자연히 범인의 정체도 알게 되겠지요."

"지장이 없으시다면 지금 바로 아오야마로 가지 않으시겠습니까?"

미타니는 명탐정을 올려다보며 말했다.

이 사건에 몹시 흥미를 느낀 아케치는 망설임 없이 동행에 승낙했다.

하지만 출발하려던 참에 아주 불길한 징조가 있었다.

아케치가 외출 준비를 끝내고 후미요에게 자신의 출타 시 주의 사항을 말하던 중, 먼저 복도로 나가던 미타니가 문 아래쪽 틈에 끼어 있는 편지를 한 통 발견한 것이다. 누군가 조용히 넣어놓고 간 것이 틀림없었다.

"아, 편지인 모양이네요."

미타니는 그걸 주워 아케치에게 건넸다.

"누가 보냈을까. 본 적이 없는 필적이군."

아케치는 혼잣말을 하며 봉투를 뜯어 편지를 읽었다. 그는 읽으면서 얼굴에 야릇한 미소를 띠었다.

"미타니 씨. 그자는 당신이 여기에 온 걸 이미 알고 있습니다."

아케치가 그렇게 말하며 건네준 편지에는 다음과 같이 무서운 내용이 적혀 있었다.

아케치 군, 드디어 자네가 등판하는군. 나 역시 일할 보람이 생긴다네. 하지만 조심해. 나는 말이야, 네가 지금까지 상대한 악인들과는 좀 다르거든. 네가 지금 이 사건을 맡은 것을 내가 이미 알고 있다는 것이 그 증거지.

"그럼 문밖에서 저자가 우리 이야기를 들은 건가요?"

새파랗게 질린 미타니가 말했다.

"문밖에서 들을 수는 없지요. 나는 문밖에서 들릴 만큼 크게 말하지 않았고, 미타니 씨의 목소리도 매우 나직했습니다. 그자는 아마 당신을 미행해 여기 들어가는 걸 확인하고 나서 내가 이 사건을 맡으리라고 간파했겠지요."

"하지만 그자는 아직 이 근방을 어슬렁거릴지도 몰라요. 우리 뒤를 쫓아오지 않을까요?"

미타니가 걱정할수록 아케치는 한층 더 빙글빙글 웃었다.

"미행당하면 오히려 좋습니다. 그자가 어디 있는지 수색하지 않아도 되니 수고를 더는 셈이라."

그는 미타니를 격려하며 앞장서 걸어가 현관에 대기한 택시에 탔다.

아오야마의 수상한 집으로 가는 중에도 뒤쪽 차창을 주의 깊게 살폈지만 미행하는 차는 보이지 않았다.

범인은 그들의 목적지를 예측해 미리 앞질러 가 있는 것 아닐까. 너무 위험하다. 어떤 무장도 하지 않고 단둘이 괴물의 집으로 가다니 너무 무모한 행동 아닌가.

목적지에 도착하기 전에 차에서 내린 아케치와 미타니는 맑게 갠 음력 시월의 따뜻한 햇볕을 쬐며 수상한 집을 향해 걸었다.

닫힌 문에는 경찰이 채우고 갔는지 자물쇠가 달려 있었다. 밝은 대낮에 보니 그 집은 별반 수상할 것 없는 빈집이었다.

"열쇠가 없어 들어갈 수 없네요."

미타니가 자물쇠를 보고 말했다.

"뒤로 돌아가 봅시다. 그자가 사라진 담장 쪽으로."

아케치는 이미 그 방향으로 걸어가고 있었다.

"하지만 뒤쪽으로는 들어갈 수 없어요. 뒷문 같은 건 없고, 담장이 아주 높습니다."

"하지만 그자는 거기로 들어갔습니다. 우리라고 못 들어갈 이유가 없지요."

물론 아케치는 요술을 믿지 않았다.

죽 늘어선 집들을 통과해 넓은 부흥도로[14]로 나간 후에 뒤편의 높은 담장 사이에 낀 그 문제의 통로로 돌아 들어왔다.

"여기인가요?"

"맞습니다. 보시다시피 사다리를 걸쳐놓고 올라가야 하죠. 그렇지 않으면 여기서 집 안으로 들어갈 방법이 없습니다. 아무리 높이뛰기 명수라도 이 높은 담장을 뛰어넘을 수 없어요. 게다가 담장에는 깨진 유리병이 꽂혀 있잖아요."

"그날 밤은 달빛 아래였지요?"

"대낮 같은 달빛이었죠. 게다가 밧줄 사다리를 걸칠 여유가 전혀 없었습니다."

두 사람은 대화를 주고받으면서 통로를 왔다 갔다 했다. 아케치는 양쪽 콘크리트 담장을 올려다봤다 지면을 내려다보고 하더니 갑자기 넓은 간선도로로 달려 나가 주위를 둘러봤다. 그는 여느 때처럼 빙글빙글 웃지도 않고 엉뚱한 말도 하지

....
14_ 간토 대지진 후 도시 계획으로 만든 도로.

않았다.

"그자가 이곳을 통해 들어갔다면, 우리 눈에는 보이지 않더라도 분명 어딘가에 출입구가 있을 겁니다. 이를테면 아주 요상한 출입구라서 만약 눈앞에 있더라도 전혀 눈치채지 못하는……."

"설마 이 담에 비밀 문이 있다는 말씀은 아니죠?"

미타니는 놀라며 아케치의 얼굴을 쳐다봤다.

"비밀 문 같은 건 경찰도 충분히 살펴봤을 테고, 보아하니 그런 것이 있을 것 같지 않습니다."

"그럼 다른 방법이 있나요?"

미타니는 슬슬 의아한 표정을 지었다.

"과연 할 수 있을지. 나도 한번 그자처럼 안으로 들어가 볼까요? 미타니 씨는 그때처럼 내 뒤에서 쫓아와 보시죠."

아케치는 농담을 하는 것이 아니었다. 그자와 마찬가지로 요술을 부려보겠다는 것이다. 출입구가 없는 콘크리트 벽을 뚫어 보겠다는 말이었다.

미타니는 몹시 어이가 없었지만 궁금해서 명탐정의 말을 따라보기로 했다.

간선도로의 10간쯤 앞에 미타니가 서 있고, 간선도로에서 문제의 장소로 꺾어지는 모퉁이에 아케치가 서 있었다.

아케치의 신호로 두 사람이 동시에 달렸다. 아케치는 모퉁이에서 모습을 감췄다. 아케치를 향해 숨을 헐떡이며 달리던 미타니는 담장 쪽을 보고는 "으악"하고 소리치며 멈췄다.

1정 앞까지 훤히 보이는 통로에 사람은 코빼기도 안 보였다.

어젯밤과 똑같은 일이 일어난 것이다. 아케치 고고로가 사라졌다.

"미타니 씨, 미타니 씨."

어디선가 그를 부르는 소리가 들렸다. 두리번거리며 주위를 살펴보니 신호를 보내는 박수 소리가 들렸다. 높은 콘크리트 담장 너머에서 나는 소리가 분명했다.

미타니는 그쪽으로 달려가 발돋움해서 담장 너머에 귀를 기울였다. 당장은 아무 소리도 안 들렸지만 잠시 후 뒤에서 덜그럭거리는 소리가 났다.

담장 너머에 주의를 집중하고 있으니 이번에는 반대로 뒤쪽 도로에서 소리가 났다. 대체 무슨 일인가 싶어 뒤를 돌아보니 무슨 영문인지 거기 아케치가 서 있는 것 아닌가.

미타니는 여우에 홀린 듯한 얼굴이었다.

화창하게 맑은 대낮에 도저히 해석 불가능한 기적이 일어났다. 해가 비추고 있다. 바닥에는 아케치의 그림자도 거무스름하게 드리워져 있다. 꿈도 환영도 아니다.

"하하하하하하."

아케치는 웃음을 터뜨렸다.

"아직 모르시겠습니까? 황당한 트릭일 뿐입니다. 뛰어난 속임수일수록 그 술수가 어이없는 법이지요. 실제로 보고 있어도 알아채지 못합니다."

미타니는 아래를 바라보다가 우연히 아케치의 발치를 봤다. 지면에 직경 2자쯤 되는 둥근 철 뚜껑이 있었다. 최근 도쿄 시내에 눈에 띄게 많아진 하수구 맨홀이다.

"아, 그런 거였나요."

"맨홀로 보이는 것이지요. 우리는 이 철 뚜껑 위를 밟고 지나가면서 전혀 의식하지 못했습니다. 부흥도로마다 이런 게 있으니 오히려 시골에서 막 상경한 사람들이나 알아볼 겁니다. 도쿄에 사는 우리는 익숙하니까 길에 굴러다니는 돌멩이만큼도 신경 안 쓰지요. 이른바 맹점에 빠진 겁니다."

아케치의 설명을 듣고 나서야 비로소 깨달았다는 듯이 미타니가 한마디 했다.

"그런데 이런 좁은 골목에 맨홀이 있다니 이상하네요."

"맞습니다."

아케치는 뒤로 물러섰다.

"나도 방금 이상하다는 생각이 들어 살펴보니 이 철 뚜껑은 저쪽 큰길에 있는 맨홀과는 좀 다르더군요. 여기를 보십시오. 가운데 굴대가 있고 여기 이 잠금쇠를 풀면 휙 뒤집혀 빙그르르 돌아가는 구조입니다.

아케치가 설명하면서 철 뚜껑을 눌러 반쯤 돌아가게 만들었다. 그러자 딱 한 사람 지나갈 정도의 공간이 생겼다.

"사설 맨홀인 겁니다. 아래에 하수구가 있는 것이 아니라 좁은 땅굴을 파서 담 안쪽과 통하게 해놨군요. 간단히 빠져나갈 구멍을 위장해놓은 거지요."

빨간색 사설 우체통을 길목에 세워두고 중요한 서류를 훔쳐 간 도둑도 있었다. 사람들은 대부분 우체통이 어디 있는지 정확하게 기억하지 못하기 때문이다. 맨홀도 마찬가지다. 아무 필요 없는 맨홀 하나쯤 더 있어도 그 공사를 한 인부조차 모를 수도 있다.

두 사람은 좁은 땅굴을 지나 담 안쪽으로 빠져나갔다. 땅굴은 마당의 작은 창고 마룻바닥으로 통했다. 마루청의 한 부분이 들어 올릴 수 있는 판자로 되어 있었다.

입구의 철 뚜껑을 닫아 원상태가 되게 한 후 잠금쇠를 걸고 마루청을 다시 끼워놓으면 아무도 도주로라고 눈치채지 못할 것이다.

"이렇게 빠져나갈 구멍을 만들어 놓은 걸 보면 범인이 엄청난 흉계를 꾸몄을 수도 있겠네요. 애써 마련한 은신처가 발각되었으니 틀림없이 분할 노릇일 텐데……."

아케치는 여느 때처럼 미소를 띠며 말했다.

저택 안에 범인이 숨어 있을 것 같지는 않았지만 어쩐지 으스스한 기분이 들었다.

이윽고 두 사람은 부엌 미닫이문을 열고 어둑어둑한 봉당에 발을 들여놓았다. 그 마루 아래에 시즈코가 갇혔던 창고가 있다.

벌거벗은 여자 군상

미타니는 봉당에 들어가 잠시 귀를 기울였지만 아무런 기척이 없자 안심이라는 듯이 넓은 부엌으로 가서 바닥의 마루청을 들어 올렸다.

94

"이 아래 창고가 있는 거네요. 그런데 불이 없으면……."

"내게 라이터가 있습니다. 아무튼 내려가 봅시다."

아케치는 라이터로 불을 켜고 지하실 계단을 내려갔다.

좁은 계단을 끝까지 내려가니 튼튼한 문이 활짝 열려 있었다. 안이 콘크리트 상자 같은 컴컴한 창고였다.

라이터를 벽에 가까이 대고 한 바퀴 휙 돌리니 석유등이 보였다. 아케치가 거기에 불을 붙이자 창고가 어슴푸레 밝아졌다.

그는 창고를 밝혀두고 다시 계단 위로 올라가 주변을 유심히 둘러보더니 잠시 후 라이터를 끄고 여전히 입구에서 주저하고 있는 미타니에게 말했다.

"미타니 씨도 내려와 보시지요. 함께 한 번 더 잘 살펴봅시다."

미타니는 그의 말에 용기를 얻어 벌벌 떨며 계단에 발을 디뎠다.

반쯤 내려오니 어스레한 불빛이지만 창고 안이 한눈에 보였다.

"아케치 씨, 어디 계십니까? 아케치 씨."

미타니는 섬뜩해져 엉겁결에 크게 소리쳤다. 안을 둘러보던 중 아케치의 모습이 감쪽같이 사라졌기 때문이다.

그는 당장 밖으로 뛰쳐나가고 싶은 걸 꾹 참으며 계단을 뛰어 내려와서 문을 찾아 안으로 들어갔다. 두리번거리며 좁은 창고 안을 돌아다녔지만 어디서도 인기척은 들리지 않았다.

묘지 같은 고요함. 음침한 석유등의 적갈색 불빛. 요전 날 밤에 봤던 무시무시한 괴물의 모습만 눈앞에 떠올랐다. 입술 없이 치아만 드러내고 웃는 얼굴 말이다.

미타니는 등줄기에 물벼락을 맞은 기분이라 서둘러 창고를 빠져나가려 계단을 올라갔다. 그런데 아케치의 모습은 보이지 않고 어딘가에서 목소리만 들렸다.

"미타니 씨……."

미타니는 깜짝 놀라 발걸음을 멈추고 고함치듯 반문했다.

"어디십니까? 어디에 계시는 거예요?"

"하하하하하하, 여기입니다."

찰칵하는 소리와 함께 미타니의 머리 위에서 라이터가 켜졌다. 계단 천장에 납거미처럼 찰싹 달라붙어 있는 아케치의 모습이 보였다.

"이것이 범인의 요술입니다. 보세요 이 양쪽에 천장을 받치는 두꺼운 횡목이 있습니다. 여기에 양손과 양발을 대고 있으면 아래 있는 사람은 전혀 눈치챌 수 없어요."

아케치는 천장에서 뛰어 내려와 손을 털며 말했다.

"그러니까 범인은 당신이 안쪽 창고로 들어온 것을 알고 이 은신처로 내려와 밖으로 도망친 겁니다. 아무리 이 주변을 찾아봤자 아무도 없는 것이 당연하지요. 하하하하하하, 요술의 실체가 정말 어이없지 않습니까?"

듣고 보니 역시 그 말이 맞았다. 그때는 당황하기도 했고 밤이라 지금보다 한층 어두웠다. 범인의 별것 아닌 기지를 알아채기가 쉽지 않았다.

"여기서 빠져나간 범인은 어디로 갔을까요. 두말할 것 없이 뒷담 쪽 헛간으로 가서 지하와 통하는 맨홀로 나가겠지요. 순경이 보초를 서고 있었지만 당신과 마찬가지로 벽만 보고 있을 테니 범인이 틈을 노려 구멍을 빠져나오는 건 어렵지 않겠지요. 이게 이른바 요술의 정체입니다."

두 사람은 집안에서 범인이 사라진 복도도 살펴봤는데 등불의 그림자를 이용해 몸을 피할 여지는 충분했다.

가장 먼저 하타야나기 저택의 서재에서 기괴한 살인이 일어난 후 시체가 분실되었고, 괴물을 발견해 따라가 보니 맨홀을 통해 사라졌다. 그렇게 불가사의한 일이 연달아 생겼기 때문에 별것 아닌 일도 요술처럼 보인 것이다.

맨홀과 창고 천장의 은신처 등 범인의 트릭이 모두 어이없이 밝혀지자 이제는 반대로 복도에서의 실종 따위는 조사할 필요를 못 느끼는 듯했다. 미타니는 아케치의 설명을 듣는 둥 마는 둥 했다.

집 안 수색을 마치고 밖으로 나왔을 때, 미타니는 수수께끼가 술술 풀려 만족한다는 표정인 반면, 오히려 수수께끼를 푼 아케치가 이상하게도 곤혹스러운 빛을 내비쳤다.

"뭐 석연치 않은 게 있습니까?"

미타니가 걱정스럽게 물을 정도였다.

"아뇨, 아무것도 아닙니다."

아케치는 마음을 다잡고 다시 빙글빙글 웃는 얼굴로 대답했다.

"하지만 솔직히 말하면, 뭔가 정체를 알 수 없는 것과 마주한 듯한 기분입니다. 두렵군요. 범인의 교묘한 트릭 때문이 아닙니다. 그 트릭을 이렇게 쉽사리 푼 것이 이상한 겁니다."

그는 물끄러미 미타니의 얼굴을 바라봤다.

"왜 그러십니까? 무슨 말씀을 하시는지 잘 모르겠습니다."

미타니도 아케치의 눈을 쳐다보며 말했다.

두 사람은 화창한 가을 햇볕을 쬐며 잠시 서로의 얼굴을 바라봤다. 왠지 이례적인 광경이었다.

"아닙니다. 신경 쓰실 것 없습니다. 언젠가 자세히 말할 기회가 오겠죠. 그보다도 오카다의 전 주소지를 찾아가 볼까요?"

기분을 전환한 아케치가 태연히 말했다.

이 영문 모를 대화에는 사실 매우 중요한 의미가 내포되어 있다. 그때의 곤혹스러운 표정은 아케치가 결코 평범한 탐정이 아니라는 충분한 증거였다. 독자 여러분은 이 사소한 대목을 나중까지 꼭 기억하기 바란다.

다행히 미타니의 명함철에 오카다의 명함이 있었기에 그의 전 주소지를 방문할 수 있었다.

택시가 멈춘 곳은 요요기代々木 연병장 서쪽에 있는 무사시노武蔵野의 옛 면모가 아직 남아 있는 적막한 교외였다.

찾느라 꽤 고생했지만 마침내 오카다가 살았던 아틀리에를 찾을 수 있었다.

무성하게 자란 잡초 한가운데 기묘한 원뿔형 지붕이 달린 푸른색 양관이 있었다. 순전히 아틀리에로 쓰려고 지은 건물인 듯했다.

들어가려 했지만 문이나 창문이 모두 단단히 잠겨 있었다. 아직도 빈집 그대로인 모양이었다.

반 정 정도 떨어진 곳에는 다른 집 한 채가 또 덩그러니 있었는데, 거기가 주인집이라고. 해서 찾아갔다.

"저 집, 세를 놓으실 거라면 한번 봤으면 합니다만."

아케치는 이야기의 계기를 마련하기 위해 말을 건넸다.

"두 분도 그림이나 조각을 하시는 분들인가 보네요."

집주인은 마흔 남짓한 시골 남자로 욕심이 많아 보이는 인상이었다. 오카다는 조각도 한 모양이다.

"죽은 오카다 씨와는 건너서 아는 사이입니다. 같은 일을 하고 있어요."

아케치는 되는대로 아무 말이나 했다.

집주인은 잠시 두 사람의 겉모습을 빤히 살피더니 묘한 말을 했다.

"그 집은 이유가 있어 좀 비싼데요."

"비싸다면 어느 정도인가요."

익사자가 살았던 불길한 아틀리에일뿐더러 오래 비어 있었는데도 비싸다니 이상했다.

"집세가 비싼 게 아니라 부수적인 물건이 있어요. 오카다 씨가 남긴 커다란 조각품이 있거든요. 그것도 함께 거래하고 싶은 거죠."

집주인의 이야기를 들어보니, 원래 어느 조각가 소유였던 아틀리에를 그가 매수했고 그로부터 2년간 오카다가 거기 세를 들어 살았다고 한다. 오카다는 몹시 고독한 남자였다. 특이하게도 가족이나 친척은 물론 친구도 없는지 경찰의 익사 통지에도 시체 인수자가 나타나지 않아 일단 집주인이 장례부터 묘지까지 전부 맡아 해결했다.

그런 까닭에 오카다가 아틀리에에 남긴 물품은 전부 집주인 소유가 되었는데 그중에는 상당히 고가의 조각품이 있다는 것이다.

"대체 가격이 어느 정도인지요?"

아케치가 별 관심 없다는 듯이 묻자 놀라운 대답이 돌아왔다.

"적어도 2천 엔이죠."

누구 작품이냐고 물었더니 물론 오카다의 작품이라는 것이다. 무명인 오카다의 작품이 2천 엔이라니 말도 안 된다.

"그게 말이죠, 이야기를 들어봐야 이해할 텐데요."

집주인이 이야기를 시작했다.

"실은 오카다 씨의 장례 후 얼마 안 지나 장사꾼이 찾아왔어요. 자기에게 물건을 양도해 달라고 해서 얼마냐고 물었더니 2백 엔이라더군요.

난 그런 물건의 가치는 잘 모르지만 그 사람이 과하게 집착하기에 흥정을 했죠. 그렇게는 못 판다고 했더니 3백 엔, 3백 5십 엔으로 오르더니 4백 엔까지 쳐준다고 하더군요.

엄청난 돈벌이가 될 듯한 예감이 들었어요. 나도 욕심이 난 거죠. 그렇게는 못 판다고 우겼습니다.

그 장사꾼도 곤란했는지 일단은 돌아갔어요. 뭐 틀림없이 가까운 시일에 다시 올 거로 생각했는데 역시나 다음날 찾아왔어요. 게다가 또 5십 엔, 백 엔씩 가격을 올리더니 천 엔을 부르더군요.

이런 식이면 얼마나 오를지 모르겠기에 나도 묘하게 고집이 생기는 바람에 계속 우겼죠. 그런데 사흘도 안 지나 또 찾아와서 가격을 2천 엔까지 올리기에 나도 거기서 타결을 봤어요.

그다음 날 거래하기로 약속하고 돌아갔는데 그 후 보름이 지나도록 아무 소식도 없네요.

어쨌든 집을 빌리신다면 임대료야 얼마 안 되지만, 저 조각품을 다른 곳으로 운반해야 할 텐데요. 조각품이 엄청나게 커서 저기에 두고는 작업을 할 수 없으니까요.

2천 엔짜리 물건을 비에 맞게 바깥에 놔둘 수도 없고 정말 곤란하네요. 선생님들께서 그 조각을 직접 눈으로 봐서 가치가 있으면 사주시는 게 어떨까요. 저는 누구한테 양도해도 상관없으니."

집주인은 아케치와 미타니의 얼굴을 번갈아 보며 이죽이죽 웃었다.

욕심 많은 남자는 그들의 옷차림이 준수한 걸 보고 잘 구슬려 팔아넘기려는 속셈이다. 분명 2천 엔도 꽤 부풀린 가격일 것이다.

하지만 아무리 생각해봐도 오카다의 작품을 그렇게 고가에 산다는 사람이 있다는 게 이상했다. 아마 무슨 연유가 있을 것이다.

"어쨌든 그 조각을 한번 볼 수 있을까요?"

아케치는 적잖이 흥미를 느끼며 2천 엔짜리 작품을 보자고 했다.

집주인은 두 사람을 안내해 아틀리에로 들어간 뒤 창문을 두세 개 열어 방 안을 환히 밝혔다.

10평가량의 천장 높은 사원 불당 같은 방에는 이젤이나 그리다 만 캔버스, 소조 재료, 석고 덩이, 부서진 액자, 다리 빠진 의자, 테이블 등이 구석구석 굴러다녔는데, 그 가운데 축제용 수레처럼 몹시 커다란 물건이 방의 거의 3분의 1을 차지하고 있었다.

"이것이 그 조각인데요."

집주인은 그렇게 말하며 거대한 물건에 씌워 놓은 흰 천을 벗겼다.

흰 천 아래에 드러난 것은 놀랄 만큼 거대한 석고상으로, 벌거벗은 여자 군상이었다.

"와, 대단하군요. 하지만 어쩐지 투박한 인형 같은데요."

미타니가 깜짝 놀라 외쳤다.

정말이지 놀랄 만한 군상이긴 했다. 이걸 만들기 위한 품값이라고 생각하면 2천 엔을 받을 수도 있겠다.

석고를 풍부히 사용해 산 같은 석고 대좌를 만들어 놓고, 그 위에 벌거벗은 여덟 명의 등신대 여인들이 엎드리기도 하고, 일부는 웅크리고 앉거나 서서 서로 손을 엇갈리거나 다리를 꼬는 등 어지러운 군상을 이루고 있었다.

창에서 들어오는 얼마 안 되는 빛이 복잡한 음영을 만드니 만듦새는 어설펐지만, 귀신의 집처럼 묘하게 섬뜩한 느낌이 들었다.

그런데 이런 터무니없는 물건을 사러 왔다니 아무리 생각해도 이상했다. 무엇보다 이렇게 아이들 장난처럼 엉성한 석고 덩어리라면 2백 엔도 과분해 보였다.

"저걸 사러 온 장사꾼은 어떤 사람이었습니까?"

아케치의 질문에 집주인은 얼굴을 찡그리며 대답했다.

"그게 말이죠, 아무래도 이상한 자였어요. 저도 가능하다면 선생님들께 팔고 싶습니다."

"이상한 자라고요?"

"심한 불구자였죠. 손과 다리 한쪽이 불편했고 눈이 나쁜지 커다란 선글라스를 쓰고 있을 뿐 아니라 코와 입도 마스크로 가렸거든요. 말도 잘 알아들을 수 없었고 코 쪽이, 마치 코가 없는 사람 같았죠."

두 사람은 부지불식간에 서로 얼굴을 쳐다봤다. 입술 없는 괴물과 판박이였다. 하지만 그자가 왜 이런 시시한 석고상을 탐냈을까. 분명히 뭔가 깊은 사연이 있을 것이다.

아케치의 입 주위에는 미소가 사라졌다.

그의 기지가 활발해진 증거였다.

"오카다 씨는 어떤 생각으로 이런 커다란 석고상을 만들었을까요. 뭔가 당신에게 이야기한 건 없습니까?"

아케치는 나체 여인들을 하나하나 유심히 살펴보면서 물었다.

"딱히 전람회에 출품한다는 이야기도 없었던 것 같아요. 죄송하지만 우리처럼 평범한 사람들은 화가나 조각가 선생님들이 하시는 일은 짐작조차 못 하죠."

집주인은 쓴웃음을 지으며 솔직히 말했다.

"이 석고상은 언제 만든 것입니까?"

"잘 모르겠습니다. 오카다 씨는 아주 괴짜라서 길에서 마주쳐
도 말을 잘 하지 않는 사람이라. 집에 있을 때도 창이란 창은
모두 걸어 잠그고 출입구도 안에서 잠근 채 낮에도 전등을
켜고 사는 정말 이상한 사람이었어요. 일도 반드시 전등을 켜놓
고 했어요. 이 집 창이 열려 있는 모습은 단 하루도 본 적이
없을 정도죠."

들으면 들을수록 기이할 따름이다. 그런 사람이라면 오카다
가 입술 없는 남자일 거라는 미타니의 추측도 어이없는 공상만은
아닌 듯했다.

"이 석고상에 가격을 매겨놓고 지금까지 사러 오지 않았다니
이상하군요."

아케치의 말에 집주인은 기를 쓰고 변명했다.

"아무래도 2천 엔이나 되니까요. 돈이 모자랐을 수도 있죠.
하지만 그 남자가 진심으로 이 조각을 탐낸 것은 확실해요.
전 결코 허튼소리나 하는 사람이 아닙니다."

"당신을 의심하는 건 아닙니다."

아케치는 미타니와 눈을 맞추더니 또 알 수 없는 미소를
지으며 의미심장한 말을 했다.

"그자의 생각이 이상한 거겠죠. 기다려도 사러 오지 않을 수도
있겠네요. 미타니 씨, 우리한테는 아주 흥미진진한 일이군요."

미타니는 그 말을 듣자 왠지 서늘한 기운이 느껴지는지 몸을
부르르 떨었다.

"미타니 씨는 「여섯 점의 나폴레옹 상」[15]이라는 탐정소설을 아십니까? 나폴레옹 석고상의 한쪽 모서리를 깨고 다니는 남자의 이야기입니다. 모두 그 남자가 미쳤다고 생각했는데, 사실은 나폴레옹 상 중 하나에 고가의 보석이 숨겨져 있어 그걸 찾기 위해 같은 형태의 석고상을 차례로 깨고 다녔던 거지요."

아케치는 벌거벗은 군상 중 한 여인의 어깨 부분을 손가락으로 톡톡 두드리며 말했다.

"그 이야기는 읽은 적이 있어요. 하지만 설마 이 군상에 보석이 숨겨져 있을 리 없겠죠. 작은 보석을 숨기려고 이런 엄청난 군상을 만들 필요가 없잖아요."

미타니는 아마추어 탐정의 공상을 듣고 웃었다.

"나는 석고상에 숨긴 물건이 보석이라고 하지 않았습니다. 어떤 사람에게는 보석보다도 훨씬 가치 있으면서 이렇게 큰 군상이 아니라면 숨길 수 없는 것도 있겠지요."

새하얀 나체 여인들의 피부는 어렴풋이 음영이 져 있어 잿빛의 석양 속에 꿈결같이 용해되는 것처럼 보였다.

"여기 보세요. 이 투박한 조각들 중 세 점은 다른 것과 비교가 안 될 정도로 만듦새가 좋습니다. 방금 그걸 발견했습니다."

아케치는 나체 여인상 세 점을 하나씩 가리켰다.

그 말을 듣고 보니 과연 투박한 다섯 점의 그늘에 가려 있던 세 점은 마치 진짜 여인이 웅크리고 앉아 있는 듯했다.

15_ "The Adventure of the Six Napoleons". 코난 도일의 『셜록 홈즈의 귀환』에 실린 단편 소설.

땅거미가 석고상의 투박한 겉면을 가려줘 세 여자의 살아 있는 듯한 오체가 뚜렷이 부각된 것이다.

황혼이 만들어낸 기괴함이었다.

"이렇게 보고 있으니 조각이 정말로 섬뜩하네요."

잘 모르는 시골 남자조차 심상치 않은 기운을 느꼈는지 집주인이 두려운 듯이 나지막하게 중얼거렸다.

세 사람은 차츰 밀려오는 어둠 속에 말없이 서 있었다.

"아, 안 돼요. 무슨 짓을 하는 겁니까?"

갑자기 집주인이 날카롭게 고함을 지르며 아케치에게 달려갔다.

하지만 이미 때는 늦었다.

아케치는 나체 여인의 허리 쪽을 냅다 걷어찼다.

집주인이 화를 낸 것도 무리는 아니었다. 오늘 처음 본 사람이 양해도 구하지 않고 2천 엔짜리 상품을 발로 걷어찬 것이다. 그 귀중한 석고상의 일부가 깨지고 말았다.

"당신, 미쳤어? 이게 무슨 난폭한 짓이야. 변상해내. 못 쓰게 되었잖아. 이천 엔짜리인데 이제 한 푼도 못 받게 되었으니."

집주인이 아케치의 멱살을 잡고 소리쳤다.

나체 여인상 중 한 점은 허리가 4~5자 정도 깨져 모습이 처참했다. 깨진 석고상 속에서 거무죽죽한 천 같은 것이 생선 창자처럼 소름 끼치게 삐져나와 있었다.

아케치는 그 옆에 쭈그리고 앉아 집주인의 욕설이 안 들리는 척 석고상 속의 천만 열심히 살펴보더니 잠시 후 일어서면서 마치 폭발할 것처럼 험악한 표정을 지었다.

"나는 이런 너절한 석고상이 어떻게 수천 엔의 가치가 있는지 그것이 궁금했습니다. 상식적으로 이런 것을 고가로 산다는 사람이 있다면 그 가치는 석고상 자체가 아니라 그 속에 숨겨진 물건 때문이라고 생각할 수밖에 없지 않겠습니까. 그런데 숨겨진 물건이라는 것이, 아까 말했듯이 정말로 가치 있는 보석일 수도 있겠지요. 또한 반대로 한 푼의 가치도 없지만 사람들은 모르는 몹시 비밀스러운 물건인 경우도 있습니다."

"그러면 그 속에는 대체 뭐가 들었다는 겁니까?"

아케치의 의미심장한 말에 집주인도 약간 화를 누그러트리고 의심쩍다는 듯이 물었다.

"보시면 압니다. 저 깨진 구멍을 살펴보십시오."

집주인은 방금 아케치가 한 것처럼 손가락 끝으로 거무죽죽한 천 조각을 만지작거리더니 비명을 지르며 도망쳤다.

"아시겠습니까? 왜 이런 것을 고가로 매입하려 했는지. 당신은 그 마스크를 쓴 기괴한 장사꾼이 끔찍한 살인죄를 지은 남자, 즉 오카다 미치히코라는 것을 눈치채지 못하셨습니까. 어디서 본 얼굴 같지 않았습니까?"

"무슨 말이에요? 그러면 오카다 씨는 시오바라에서 죽지 않았다는……."

"아마 죽은 것처럼 꾸미고 관헌의 눈을 속이려 했겠지요. 이 정도로 큰 범죄를 저질렀으니 죽음을 가장하는 것도 무리는 아닐 테지요."

"너무 엄청난 일이라 뭐가 어떻게 된 건지 영문을 모르겠습니다. 그러면 오카다 씨가 죽은 것처럼 꾸미고 변장을 해서 자신이 만든 이 조각을 사들이려 했단 말인가요?"

집주인은 공포에 질린 음성으로 고함치듯 말했다.

"그렇게 생각할 수밖에 없는 여러 사정이 있습니다."

"그러면 대체 이 속에는 뭐가 들은 거죠? 이 이상한 냄새가 나는 흐물흐물한 건, 역시……."

그것이 무엇인지 잘 알고 있었지만 묻지 않을 수 없었다.

"여자 시체입니다. 게다가 세 구나 숨겨져 있습니다."

"말도 안 돼. 사실이 아니죠? 아무리 그래도 어떻게 그런 어처구니없는 일이……."

고집불통이던 집주인도 별수 없었는지 당장 울 것 같은 시무룩한 얼굴로 손을 내저으며 소리쳤다.

"사실일지 아닐지 시험해보는 것은 간단합니다. 이렇게 하면 되지요."

아케치는 그 말을 마치기도 전에 단단한 구둣발로 두 번째 세 번째 나체 여인상을 걷어찼다.

창백한 촉수

탁탁. 구두 뒤꿈치 소리가 연달아 나며 석고 조각이 사방으로 튀었다.

그런데 거의 동시에 또 다른 소리가 들렸다. 마치 방금 석고 깨지는 소리가 메아리치는 것 같았다.

아케치는 두 번 걷어찼을 뿐인데 희한하게도 소리가 세 번 들린 것이다.

더구나 세 번째 소리와 함께 마룻바닥에 산산조각이 난 것은 석고 조각이 아니라 날카로운 유리 파편이었다. 그 소리와 석고 깨지는 소리가 거의 동시에 났기 때문에 소리 나는 곳이 어딘지 파악이 되지 않아 사람들은 곤혹감을 느꼈다. 하지만 황급히 창문으로 달려간 아케치가 바깥의 석양을 내다보더니 이윽고 상황을 파악했다.

누군가가 창밖에서 던진 돌멩이 때문에 창문이 깨져 유리 조각이 튄 것이었다.

"장난꾸러기 같으니라고. 이 뒤 벌판에 모여 노는 아이들 때문에 어쩔 수 없어요."

집주인이 화를 내며 말했다.

"재빠른 녀석이군. 벌써 코빼기도 보이지 않네."

아케치가 혼잣말을 하며 창가를 떠나려는데 발밑에 뭔가 떨어진 것을 발견했다.

돌멩이를 싼 종이였다. 펴보니 연필로 쓰인 글자가 보였다.

쓸데없는 짓을 그만두지 그래. 두 번째 경고이자 마지막 경고다. 안 그러면 후회해도 소용없는 일이 일어날 거다.

괴물이 아케치에게 보낸 경고였다.

"제기랄."

아케치는 소리치며 바로 창을 열고 밖으로 나갔지만 빈손으로 돌아왔다.

"정말 이상하다."

그는 아까 아오야마 집 탐색을 끝냈을 때처럼 아주 곤혹스러운 표정으로 중얼거렸다. 이 사건에는 이중의 심층이 있는데, 그 섬뜩한 심층을 흘깃 엿본 듯한 기분이 들었던 것이다.

집 주변을 한 바퀴 돌며 빈틈없이 살펴봤지만 돌을 던진 자는 어디에도 없었다. 해 질 녘이긴 해도 아직 사물은 보일 정도다. 앞이 트인 벌판인데 2~30초 내로 도망칠 수는 없을 것이다. 불가능했다. 또 불가능한 일이 일어난 것이다. 하지만 이번에는 아케치조차 풀 수 없는 수수께끼였다.

"다 파헤쳐지니 범인이 견디지 못하고 이런 장난을 친 겁니다. 하지만 나는 그럴수록 더 파헤치고 싶어지는 사람입니다."

아케치는 무슨 생각을 하는 걸까. 아틀리에 구석에서 조각용 망치를 가지고 와서 일부가 깨진 세 나체 여인 석고상을 얼굴이 며 가슴이며 할 것 없이 모조리 깨부쉈다.

산산이 흩날리는 석고 파편. 한 번 칠 때마다 드러나는 나체 여인의 부패한 육체.

때아니게 석양의 아틀리에에 펼쳐지는 지옥 같은 풍경은 너무 처참해 여기 상세히 기술하기 힘들 정도이므로 독자의 상상에 맡길 수밖에 없다.

작가는 다만 석고상 속에 젊은 여자의 시체 세 구가 숨겨져 있었다는 사실, 그리고 시체에 흰 천을 칭칭 두르고 석고로 그 위를 완전히 덮었다는 사실만을 기록하겠다.

당연히 이 일은 즉시 관할 경찰과 경시청에 보고되어 경관들이 파견되었다. 뒤이어 법원 사람들도 도착했지만 그건 나중 이야기다.

아케치와 미타니는 이미 볼 것은 다 봤기에 처음에 도착한 경찰 인사들에게 사건의 전말을 이야기하고 이름과 주소를 알려준 뒤 곧바로 자동차를 타고 하타야나기 저택으로 향했다.

"뭐랄까, 세상이 지금까지와는 완전 딴판인 무서운 곳으로 보여요. 며칠간의 사건은 모두 긴 악몽처럼 느껴집니다."

자동차 안에서 미타니 청년은 두려움과 놀라움 때문에 일그러진 표정을 숨기지 않으며 아케치에게 위로를 받으려 했다.

"인간 세계의 어두운 면에는 거짓말 같은 계략이 감춰져 있습니다. 아무리 악마 같은 시인의 공상이라도 현실 세계의 공포에는 상대가 안 되지요. 나는 지금까지 누차 그런 것을 봐왔습니다. 해부학자가 일반인은 모르는 인간의 몸속을 부단히 봐야 하는 것처럼 나는 이 세상 내부의 추악함과 섬뜩함을 질리도록 봐야 했습니다. 그런데도 오늘처럼 엄청난 경험은 처음입니다. 미타니 씨가 악몽처럼 여기는 것도 무리가 아닙니다."

아케치가 침울한 어조로 말했다.

"오카다란 남자는 무슨 생각으로 그렇게 많은 여자를 죽여 석고상에 감춰둔 걸까요. 그 마음을 상상조차 할 수 없네요.

미치광이일까요. 아니면 소설 같은 데 나오는, 음란하게 살인을 즐기는 자일까요."

"그럴 수도 있겠지요. 하지만 좀 다른 의미로 이 사건이 두렵게 여겨지는군요. 드러난 사건 이면에 언뜻언뜻 뭔가 정체 모를 그림자가 보이는 것 같아서요. 그런데 그게 뭔지 확실히 모르겠어요. 나는 입술 없는 남자나 시체 석고상보다 눈에 보이지 않는 그로테스크함이 솔직히 훨씬 더 두렵습니다."

그 후 두 사람은 침묵에 빠졌다. 더 이야기하기에는 사건의 잔상이 너무 생생히 남아 있었다.

잠시 후 자동차는 하타야나기 저택 문 앞에 도착했다. 시즈코는 힘센 서생들이 지키는 가운데 시게루를 데리고 안쪽 방에 병자처럼 틀어박혀 있었다. 믿고 의지하는 미타니 청년이 그 유명한 아케치 고고로와 함께 왔다는 소식에 다소 원기를 회복하고는 그들을 만나러 응접실로 나왔다. 사이토 노인을 비롯해 고용인들도 미타니의 소개로 한 명씩 탐정 앞에 나와 인사했다.

마침 저녁 시간이라 만찬이 준비되었다. 저택 안을 살펴보려면 꽤 시간이 걸릴 것 같아 선선히 대접을 수락한 아케치는 그 내용을 전하러 개화 아파트에 전화를 걸었다.

전화는 후미요가 받았는데 그때까지는 개화 아파트에 별 이상이 없었다.

아케치는 전화를 끊고 만찬 자리로 되돌아가기 전에 서재부터 봐두려고 미타니와 사이토 노인의 안내를 받아 2층으로 올라갔다.

실내 상태는 어제 오가와라는 자가 살해당해 시체가 분실되었던 당시와 한 치도 다르지 않았다.

스윽 둘러보니 일반적인 서재와 다른 점은 한쪽 벽에 오래된 불상 몇 점이 세워져 있는 것 정도였다.

천장이 높은 근사한 양실, 조각이 새겨진 커다란 책상, 사연 있어 보이는 음침한 유화가 죽 걸려 있는 벽. 전체적으로 고풍스럽고 신비한 분위기였다.

아케치는 사이토 노인에게 들은 대로 오가와가 쓰러졌던 곳에 가서 융단의 핏자국을 살폈다. 문득 고개를 드니 눈앞에 이상한 불상이 보였는데 이게 뭔가 싶어 불상을 한참 뚫어지게 관찰했다.

앞에는 아이만 한 크기의 기묘한 불상이 다리를 벌리고 손을 번쩍 든 채 서 있었고, 그 옆에는 커다란 금불상을 축소한 것 같은 3척짜리 거무스름한 좌상이 있었다.

아케치가 보고 있던 것은 좌상이었는데 광택 있는 얼굴이 유난히 무표정했다.

"두 분도 알고 계셨습니까?"

아케치는 미타니 청년과 사이토 노인을 돌아보며 물었다.

왠지 말투에서 듣는 사람을 움찔하게 하는 광기가 느껴졌다.

"혹시 불상의 눈이 이상한 것 말씀입니까?"

사이토 노인은 묘한 표정으로 물었다.

"그렇습니다. 내게는 이 금불상의 눈이 깜빡거리는 것처럼 보입니다만. 두 분도 보셨습니까?"

"아뇨, …… 하지만 그 불상은 눈을 깜빡일지도 모릅니다."

사이토는 진지한 얼굴로 농담 같은 말을 했다.

"어떻게요? 정말로 그런 어처구니없는 일이 가능하다고요?"

미타니가 깜짝 놀라 물었다.

"예전부터 전해 내려오는 미신 같은 것이 있습니다. 돌아가신 주인님도 밤늦게 이 방에 있으면 자주 눈을 깜빡이는 게 보인다고 말씀하셨습니다. 노인인 저도 그런 미신은 믿지 않지만, 불심이 깊으신 주인님은 신통한 불상이라고 감사히 여기셨습니다."

"이상한 일이군요. 하타야나기 씨 외에는 그걸 본 사람이 없는 겁니까?"

아케치가 물었다.

"고용인들도 간혹 호소했지만 쓸데없는 소리 하지 말라고 입단속을 했죠. 귀신의 집이라고 소문나서 좋을 건 없으니까요."

"그럼 내 기분 탓만은 아니군요."

아케치는 이 괴상한 미신에 흥미가 당기는 듯 바짝 불상에 다가가 그 눈을 꼼꼼히 살펴봤지만 딱히 이상한 점은 발견되지 않았다.

아무리 생각해봐도 주물 불상이 눈을 깜빡이다니 말도 안 되는 일이다.

그런데 아케치가 불상 쪽으로 몸을 굽히자 돌연 방이 캄캄해졌다. 전등이 꺼진 것이다.

동시에 "악"하고 비명이 들리더니 누군가 쓰러지는 소리가 났다.

"아케치 씨, 무슨 일입니까?"

미타니의 목소리가 어둠 속에서 날카롭게 울렸다.

"빨리 불 좀, 누구 성냥 없으십니까?"

성냥은 필요치 않았다. 때마침 귀신같이 전등이 켜졌기 때문이다.

그리고 불상 앞에 아케치가 쓰러져 있었다. 어젯밤 오가와가 살해당한 바로 그 자리다. 사이토 노인은 그러고 보니 혹시 아케치도 같은 봉변을 당한 것 아닌가 깜짝 놀랐다.

미타니가 달려가 아마추어 탐정을 안아 일으켰다.

"다치신 데는 없으세요?"

"네, 괜찮습니다."

아케치는 미타니의 손을 뿌리치고 씩씩하게 일어섰는데 안색이 창백했다.

"어떻게 된 거예요? 무슨 일이죠?"

사이토 노인이 안절부절못하며 물었다.

"아무것도 아닙니다. 걱정하실 것 없습니다. 그럼 저쪽으로 가시죠."

아케치는 아무 설명도 없이 먼저 방을 나갔다. 다른 두 사람도 이런 으스스한 장소에 더 머물고 싶지 않았기에 아케치를 따라 나갔다.

"사이토 씨, 열쇠를 잠가 주십시오."

아케치는 복도에서 소리 낮춰 말했다.

사이토 노인은 아케치가 말한 대로 서재 문을 바깥에서 잠갔다. 즉, 눈에 보이지 않는 무언가를 방 안에 가둔 셈이었다.

"잠시 제가 그 열쇠를 맡아도 될까요?"

노인은 아케치에게 열쇠를 건네면서 태연히 물었다.

"대체 어떻게 하시려고요? 우리는 영문을 모르겠네요."

"미타니 씨, 당신도 아무것도 못 본 겁니까?"

아케치는 노인의 질문에는 대답하지 않고 미타니에게 물었다.

"전등이 꺼져서 볼 수가 없었죠. 무슨 일이 있었습니까?"

미타니도 미심쩍은 얼굴이었다.

"나는 이번 사건의 수수께끼를 풀 열쇠가 이 방 안에 있다고 생각합니다."

아케치는 의미심장한 말을 흘릴 뿐 더 이상 이야기해주지 않았다.

잠시 후 세 사람은 아래층으로 내려와 식사가 준비된 식탁에 앉았다. 시즈코가 손님을 맞았다. 시게루 소년도 그녀 옆에 앉았다.

식사 중에 특별한 이야기는 없었다. 모두 불길한 범죄 사건에 대해 말을 피했기 때문이다.

다만 한 가지는 여기에 적어야겠다. "방금 정전되었느냐"라는 아케치의 질문에 시즈코도 고용인들도 "전등은 한 번도 꺼지지 않았다"라고 대답했다. 그 말인즉슨, 방금 2층 서재가 어두워진 것은 정전 때문이 아니라 누군가 그 방 스위치를 껐다는 것이다.

식사가 끝나자 모두 응접실로 돌아가 각자 의자에 편히 앉아 쉬면서 간간이 대화를 나누던 중 서생이 들어와 아케치에게 전화가 왔다고 알렸다.

하지만 언제 나갔는지 아케치의 모습이 보이지 않았다.

화장실에 갔을까 잠시 기다려 봤지만 돌아올 기미가 안 보였다.

"그분, 2층 서재 열쇠를 가지고 계시는데 혹시 혼자 거기 올라가신 것 아닐까?"

사이토 노인은 문득 그 생각이 났다.

서생에게 얼른 올라가 보라고 했지만 아케치는 거기에도 없었다.

"이상하네. 어쨌든 여기로 전화를 연결하세요."

미타니의 지시로 응접실 탁상전화를 연결했다.

"여보세요, 아케치 씨는 지금 잠시 어디 가셨는데 무슨 급한 용무가 있으십니까?"

미타니가 전화를 받자 아이처럼 높은 톤의 목소리가 들렸다.

"전 아케치 사무실 사람인데요, 얼른 선생님을 바꿔주세요. 큰일 났습니다."

"아, 아까 그 소년인가요?"

미타니는 낮에 개화 아파트에서 본 귀여운 소년 조수가 생각났다.

"네, 저는 고바야시小林입니다. 미타니 씨이신가요?"

소년은 미타니의 이름을 기억했다.

"그렇습니다. 아케치 선생님은, 지금 어디 가셨나 찾고 있는데 모습이 보이지 않습니다. 그런데 큰일이라니, 무슨 일이 있나요?

"지금 공중전화라서요. 후미요 씨가 유괴되었습니다. 아무래 도 낮에 협박장을 보낸 자 같습니다."

"네, 후미요 씨라면?"

"아까 만나셨던 선생님 조수분입니다."

범인은 생각지 못한 방향에서 역습했다. 비겁하게 연인을 유괴해 괴롭히면 탐정이 자연히 이 사건에서 손을 떼리라고 생각한 모양이다.

"그럼 고바야시 군은 지금 어디 있는 건가요? 후미요 씨는 어떻게 유괴당한 겁니까?"

미타니가 숨 가쁘게 물었다.

"제가 거기로 가겠습니다. 전화로는 자세한 이야기를 할 수 없으니까요. 게다가 선생님이 사라지셨다니 그것도 걱정되어서요."

소년 탐정은 그렇게 말하고 전화를 끊었다.

미타니는 시즈코와 사이토 노인에게 사정을 말하고 나서 우선 아케치부터 찾아보기로 했다.

고용인들이 분담해서 마당까지 저택을 샅샅이 다 찾아봤지만 희한하게도 아케치는 아무 데도 없었다.

설마 말도 안 하고 돌아갈 리 없었다. 또 사람이 실종되었다. 어제 오가와라는 남자의 시체, 그리고 방금 아케치 탐정이 저택에서 사라졌다. 하타야나기가는 점차 오싹한 귀신의 집으로 변해가는 것 같았다.

사이토 노인은 아케치에게 2층 서재 열쇠를 건네준 것이 떠올랐다. 아까 서생은 아무도 없다고 했지만 아케치가 문을 잠가놓고 방 안을 살펴보는지도 모른다.

노인은 확인차 혼자 어두컴컴한 2층으로 올라가 문제의 방으로 갔다.

그런데 서재 문이 반쯤 열려 있고 안에서 불빛이 새어 나왔다.

'이상하다. 이 문 열쇠는 분명히 아케치에게 건네줬다. 밖에 다른 여벌 열쇠는 없다. 역시 아케치 씨는 이 방 안에 있는지도 모른다.'

그렇게 생각하며 방으로 들어갔는데 아무도 없었다. 텅 빈 불당 같은 방 안에 입을 꾹 다문 불상들만 으스스하게 서 있을 뿐이다.

아케치는 이번 범죄의 모든 수수께끼가 이 방에 숨겨져 있다는 식으로 말했다. 게다가 문이 열려 있는 걸 보면 적어도 한 번은 그가 이 방에 들어왔을 것이다.

그렇다면 그 후에는 어떻게 된 건가. 아케치도 오가와의 시체와 같은 경로로 사라져버린 건가.

노인은 성심성의껏 구석까지 다 찾아봤다. 어디에도 아케치는 물론 시체 역시 숨겨져 있지 않다는 걸 확인하고는 고개를 갸웃하며 방을 나가려고 문 쪽으로 걸어갔다.

바로 그때 전등이 또 꺼졌다. 복도의 빛이 어렴풋이 문 주위를 비출 뿐 노인의 등 뒤는 뭔가 덮칠 것처럼 깜깜했다.

전등 스위치는 문 바로 옆에 있어 노인의 시야에 들어왔으므로 아무도 거기 손을 대지 않은 건 확실했다. 전등은 귀신처럼 스스로 꺼졌다.

사이토 노인은 무심결에 뒤를 돌아보며 어둠에 묻혀 보이지 않는 적을 향해 맞설 태세를 갖췄다.

"누구냐? 거기 있는 자는 누구냐?"

누가 있을 리 만무했지만 노인은 섬뜩해져 큰 소리로 외쳤다.

그에 대한 반응인지 노인이 악마를 불러낸 것처럼 넓은 암흑을 뚫고 인기척이 났다. 안을 들여다보니 연기 같은 그림자가 창가를 스윽 가로지르는 듯했다.

"누구냐? 누구냐니까?"

노인은 계속 비명에 가까운 소리를 내질렀다.

어둠 속에 또 어둠이 있는 것처럼 새카만 그림자가 서서히 노인 쪽으로 걸어오는 듯했다.

그 느낌이 너무 섬뜩해 사이토 노인도 문을 닫고 도망치려 했다. 그런데 바로 그때 어둠 속에서 갑자기 쾌활한 웃음소리가 들려왔다.

그리고 마치 약속한 것처럼 방 안이 밝아졌다. 보이지 않는 손이 다시 스위치를 켠 것이다.

불그스레한 전등 빛에 비친 괴물의 정체.

"아, 당신은!"

노인은 어처구니가 없어 소리쳤다.

거기 서 있는 사람은 아까부터 그토록 찾았으나 코빼기도 보이지 않던 아케치 고고로였다.

"거참 신기하네. 대체 어디 숨어 있다 나오신 겁니까?"

사이토 노인은 아케치를 위아래로 훑어보며 물었다.

"어디에도 숨어 있지 않았습니다. 나는 아까부터 여기 있었지요.”

아케치가 빙글빙글 웃으며 대답했다.

하지만 그건 분명 거짓말이다. 아무리 노인이라도 사람을 못 보고 그냥 지나칠 리는 없었다. 게다가 아까 서생도 이 방을 살폈다.

창문은 모두 잠겨 있다. 그 외에는 아케치가 몸을 숨길 곳이 없다. 그렇다면 아케치는 방 안에 있었던 것이 분명하다. 대체 숨을 장소가 어디 있단 말인가.

불상인가. 하지만 그 안은 사람이 들어가 숨을 만큼 넓지 않다. 무엇보다 주물이나 목각 불상 안에 어떻게 들어갈 수 있겠는가.

벽이나 바닥에는 비밀의 문이 없다. 그건 오가와 시체 분실 사건 때 경찰들이 충분히 조사해서 알고 있다.

“별거 아닙니다. 당신이 딴 데 보고 있었겠지요.”

아케치는 별일 아니라는 듯이 말하며 방에서 나왔다.

노인은 할 수 없이 아케치 실종에 대한 의심은 덮어둔 채 고바야시 소년에게 전화가 왔다는 소식을 전했다.

“네, 후미요 씨가요? 범인 때문에?”

천하의 아케치라도 갑자기 들이닥친 불길한 소식에는 웃음을 거둘 수밖에 없었다.

그는 황급히 아래층 응접실로 내려갔다. 거기 모여 있던 사람들은 예상치 못한 아케치의 출현에 놀라 사방에서 질문을 쏟아냈으나 대답할 여유가 없었다. 오히려 아케치가 미타니 청년을

붙들고 전화 내용을 묻는 상황이었다

그 와중에 고바야시 소년이 택시에서 내려 달려왔다. 더 이상 기다릴 수 없던 사람들은 소년의 손을 끌어당기다시피 해서 응접실로 데려왔다.

이제 이야기는 후미요 유괴 사건으로 넘어간다. 하지만 2층 서재에서 일어났던 기괴한 사건의 수수께끼는 아직 풀리지 않았다. 오가와라는 남자는 무엇 때문에 그 방에 몰래 잠입했고, 누구에게 살해당한 걸까. 그 시체는 어디로 갔나. 또한, 아까 저절로 꺼진 전등이나 아케치의 실종, 그리고 그의 갑작스러운 출현은 어떻게 된 것인가.

아케치는 이미 비밀을 밝혀낸 모양이지만 무슨 까닭인지 그에 관해 한마디도 하지 않았다. 아직 말할 시기가 아닌지도 모른다. 일단 서재의 비밀은 그대로 놔두고, 아케치 고고로의 조수가 걱정되므로 그녀의 행방부터 이야기해야겠다.

능금처럼 볼이 붉게 상기되어 응접실에 들어온 고바야시 소년이 숨을 헐떡이며 이야기한 바에 따르면……

저녁 5시쯤 아케치가 보냈다며 자동차 한 대가 후미요를 데리러 왔다.

"급한 용무가 있으니 곧바로 올 것."

아케치의 필적으로 쓰인 간단한 편지를 지참했기에 후미요는 별반 의심 없이 차에 탔다.

하지만 고바야시 소년은 이상한 낌새를 느꼈다. 점심에 받은 협박장이나 아케치가 나가면서 주의를 시킨 것이 상당히 마음에 걸렸다.

자신이 만류했지만 대꾸도 안 하는 후미요를 배웅하고는 혼자 속을 썩였는데 그때 마침 빈 택시 한 대가 왔다.

고바야시 소년은 탐정처럼 추적해보고 싶은 마음이 불끈 들어 택시를 잡아타고 후미요를 미행하기로 했다.

후미요의 자동차가 멈춰 선 곳은 기쿠닌교[16]가 전시 중인 료코쿠両国 국기관 앞이었다.

택시는 반 정쯤 뒤에서 따라갔기에 앞차가 정지한 곳에서 고바야시 소년이 하차할 때는 이미 주위에 후미요의 모습이 보이지 않았다.

그녀를 태우고 온 운전사를 붙들고 물어보니 후미요는 방금 자신에게 편지 심부름을 시킨 남자를 따라 국기관에 들어갔다는 것이다.

그 남자의 용모를 들어보니 아무래도 아케치 같지는 않았다. 고바야시 소년은 점점 의혹이 깊어져 표를 끊어 전시장 안으로 들어갔다. 개찰구의 소녀를 비롯해 기쿠닌교를 지키는 사람, 매점 상인 등 마주치는 사람마다 족족 물어봤다. 후미요 같은 양장 차림의 여자를 기억하긴 했으나 그녀가 어디로 갔는지 아무도 몰랐다.

전시장 안을 한 바퀴 돌고 출구로 왔을 때는 이미 후미요를 본 사람도 없고 매표구 직원도 한 시간가량은 그런 양장 차림의

· · · · · · · · ·
16_ 菊人形. 색색의 국화꽃이나 잎으로 의상을 장식한 등신대 인형.

여자가 나가는 것을 보지 못했다고 했다. 따라서 후미요는 아직 전시장 어딘가에 있다고 생각할 수밖에 없었다.

그래서 고바야시 소년은 다시 출구에서 입구 쪽으로 거슬러 가며 관객들 틈을 찾아봤지만 그녀를 발견하지 못했다.

아케치가 후미요를 그런 곳으로 부른 것도 이상했고, 무엇보다 급한 용무가 있으면 자동차를 보내지 않고 전화로 처리하면 될 것 아닌가. 그토록 찾았건만 눈에 띄는 복장을 한 후미요가 보이지 않다니 심상치 않았다.

고바야시 소년은 국기관 밖의 공중전화에서 하타야나기가로 전화를 걸었더니 예상대로 아케치가 거기 있었다. 그래서 뒷수습을 어떻게 할지 의논하려고 서둘러 왔다는 것이다.

"후미요 씨를 불러낸 남자는 분명 오카다의 부하일 겁니다. 설마 오카다가 그 얼굴로 사람 많은 곳에 나타날 리는 없으니까요."

미타니 청년은 유괴범이 오카다 미치히코라고 단정했다.

"어떻게 하죠. 우리 사건을 부탁하자마자 후미요 씨라는 분을 곤경에 빠뜨려서요. 그자가 무슨 끔찍한 짓을 하려는 걸까요."

그 일이 아니라도 괴로운 시즈코는 애처로우면서도 화가 난다는 듯이 미간을 잔뜩 찌푸리며 구시렁거렸다.

"후미요 씨는 내 필적을 잘 알 텐데, 그런 사람이 속을 정도면 범인의 가짜 편지가 상당히 정교했나 봅니다. 기쿠닌교…… 아, 그자의 발상이 그거였나? 범인은 어쩌면 국기관을 본거지 삼아 엄청난 흉계를 꾸미고 있는지도 모릅니다. 아틀리에의 시체

군상도 그렇고 여기 2층의 불상도 그렇고 지금 또 국기관의 기쿠닌교까지 그자의 범죄에는 이상하게 인형이 따라다니는군요."

그렇게 말한 뒤 아케치는 찜찜하다는 듯이 자리에서 일어났다.

"지금 바로 국기관에 가봐야겠습니다. 그 살인마가 후미요 씨를 어떻게 할지, 어쩌면 이미 늦었는지 모릅니다."

그는 말을 마치기도 전에 고바야시 소년을 따라 문밖으로 나갔다.

"미타니 씨. 2층 서재를 주의하세요. 문을 잠가놓고 아무도 거기 들어가지 못하게 하세요. 고용인들에게도 절대 그 방에 발을 들여놓으면 안 된다고 엄중히 일러두고요. 까딱 잘못하면 사람 목숨이 위태로운 일이 생길지도 모릅니다."

복도를 걸으면서 아케치는 배웅 나온 미타니에게 몇 번이고 반복해 주의를 줬다.

여탐정

후미요에게 연인 아케치 고고로의 명령은 절대적이었다. 요전에 '마술사'라는 악당의 독수에서 구해준 은혜 때문이다. 게다가 연인이다.

무슨 까닭인지 무슨 목적인지, 그런 건 묻지 않았다. 아케치의 지시라면 불 속이라도 뛰어들 것이다. 고바야시 소년이 말려도

갈 수밖에 없었다.

후미요는 망설임 없이 자신을 데리러 온 자동차에 탔다. 뜻밖에도 목적지가 료코쿠의 국기관이라는 것을 알았을 때도 별반 의심하지 않았다. 평소 돌발적인 일에 이골이 난 탐정 조수이기 때문이다.

국기관 앞에서 차를 내리니 처음 보는 남자가 기다리고 있었다. 그 남자는 표 두 장을 준비해서 먼저 개찰구로 들어갔다.

검정 양복, 검정 외투, 검정 중절모, 검정 일색의 수수한 풍모 외투 깃을 세우고 중절모 챙을 푹 눌러써 얼굴을 가린 데다가 커다란 선글라스와 코까지 올려 쓴 마스크 때문에 용모가 확실히 분간되지 않았다.

비실비실 걷는 모습을 보니 상당히 나이가 들어 보이긴 했으나, 아무리 숨기려 해도 언행 같은 데서 도저히 숨길 수 없는 사나움이 드러났다. 정말 특이한 사람이었다.

"아케치 씨의 조수 후미요라는 분이 당신이군요. 나는 이번 사건에서 아케치 씨와 함께 일하는 사람입니다. 지금 아케치 씨는 이 안에서 어떤 인물을 지켜보고 있는데 자리를 뜰 수 없어 내가 모시러 왔어요. 어마어마한 체포극이죠."

개찰구로 들어가 조금 걷더니 남자는 마스크를 쓴 채 상당히 불명료한 발음으로 자신을 소개했다.

후미요는 정중히 인사를 하고 나서 물었다.

"역시 하타야나기 씨의……."

"물론 그렇습니다. 하지만 아직 경찰에는 알리지 않았죠.

이 사람들에게도 비밀입니다. 많은 관객이 소동을 일으키면 오히려 새를 도망치게 하니까요."

남자는 목소리를 낮추고 정말 큰일이라는 듯이 이야기했다.

막 전등이 켜진 참이라 태양의 잔광과 전등이 서로 빛을 상쇄시키는 황혼 녘. 검은 흉조 같은 남자의 모습은 더욱 섬뜩해 보였다.

"그럼 어서 아케치 씨를 만나게 해주세요."

후미요는 불현듯 '입술 없는 남자'가 생각났다. 낮에 사무실에서 미타니와 아케치의 대화를 듣지 못해 그 괴물에 대해 독자 여러분만큼 알지 못하지만, 신문 기사가 문득 떠올라 후미요는 지금 눈앞에 있는 남자가 그 괴물일지 모른다는 예감이 들었다.

"아뇨, 서두를 필요 없어요. 범인은 아케치 씨가 지켜보고 있습니다. 이미 체포한 것이나 다름없어요. 그와 관련해 당신의 힘을 빌리려고요. 그러니까 아름다운 여성의 매력이 필요한 거죠. 다행히 범인은 당신의 얼굴을 몰라요. 게다가 당신의 조력이 있으면 이 복잡한 곳에서 큰 소동 없이도 범인을 잡아낼 수 있으니까요."

두 사람은 소곤소곤 속삭이며 달팽이 등껍질처럼 구불구불하고 좁은 판자 길을 걸어 점점 안쪽으로 들어갔다.

길 양쪽에는 기쿠닌교의 여러 장면이 전시되어 있었는데, 아름답기보다는 오히려 섬뜩하고 그로테스크한 분위기였다. 게다가 국화 향기로 숨이 막힐 지경이었다.

후미요는 점점 남자의 말을 믿을 수 없었다. 마음속에서 무서운 의혹이 검은 구름처럼 모락모락 피었다.

그렇다고 도망칠 기개가 없는 것은 아니었다. 그녀는 그 유명한 괴물 '마술사'의 딸이었다. 이른바 일본판 여자 비독[17]인 것이다. 만약 이 남자가 입술 없는 괴물이라면 예기치 않은 공적을 세울 수도 있다. 오히려 좋은 기회인 것 같아 후미요는 기뻤다.

자신이 속은 척하면서 되레 적을 속아 넘길 수 있는 책략이 그녀의 마음속에서 이미 용솟음쳤다.

갈수록 기쿠닌교 무대는 점점 거대해졌다.

붉게 칠해진 아름다운 난간 위를 올려다보면 오층탑이 우뚝 솟아 있었다. 수십 길의 낭떠러지에서 떨어지는 인공폭포 급류, 커다란 모형 산맥, 거무스름한 삼나무들, 대숲, 큰 연못, 깊은 골짜기, 진짜처럼 무성한 푸른 나뭇잎, 향기 짙은 국화, 그리고 무수한 이키닌교들.

철근으로 된 돔 지붕 아래 오르락내리락 구불구불한 미로가 있었는데, 그 일부는 야와타노야부[18]처럼 어두운 숲속으로 만들어 놓고 거울 장치로 나타났다 사라지는 유령까지 설치해 두었다.

메이지 시대에 유행했던 파노라마관, 디오라마관, 미로, 그리고 몇 년 전에 무너진 아사쿠사 12층[19]과 마찬가지로 과거에

....
17_ Francois Vidocq, 1775~18571. 실존 인물로 전설적인 범죄자이지만 훗날 파리 경시청에 들어가 보안국을 조직하여 활약하였다. 정부와 대립하여 파면당한 뒤에는 프랑스 최초의 사립탐정소를 개설하였다.
18_ 八幡の藪不. 지바현의 작은 숲. 한번 발을 들이면 다시는 나올 수 없다는 전설이 있다.

128

대한 추상적인 그리움과 더불어 인공물의 이질감 때문에 어쩐지 가슴 철렁한 비밀을 곳곳에 감추고 있는 듯한, 그런 신비한 매력을 현재 도쿄에서 찾으려면 국기관의 기쿠닌교만 한 것이 없다.

중국인들이 쓰는 모자를 뻥튀기한 것처럼 엄청나게 크고 고풍스러운 건축물은 메이지적인 그로테스크함 그 자체였다.

과거 '마술사'의 딸이었던 후미요는 이곳을 택한 범인(지금 나란히 걷고 있는 남자가 그 범인일 수도 있지만)의 탁월한 기지에 경탄할 수밖에 없었다.

멀리는 빅토르 위고의 꼽추가 살던 노트르담 성당, 가까이는 가스통 르루의 해골 유령이 몸을 숨기고 있던 파리의 오페라하우스와 비교하더라도 전혀 손색없는 비밀 거울이다.

밥그릇을 엎어놓은 듯한 둥근 지붕은 아래가 하나의 공간이지만 더 이상 복잡할 수 없을 정도로 구획이 나뉘어 있었고, 그 안의 길은 좁고 상하좌우가 뒤죽박죽 얽힌 미로 같았다. 게다가 그것으로 끝이 아니다. 관람객은 지나갈 수 없는 뒷길도 여기저기 있었다. 극장 무대 밑의 지하실 같은 곳이나 도구를 쌓아놓은 창고도 있다.

통로 중간중간에 열려 있는 비상구 안으로는 어두컴컴한 무대 뒤의 긴 복도를 귀신처럼 서성이는 직원들의 모습이 보여 섬뜩했다.

....

19_ 凌雲閣. 1890년에 전망대로 지은 12층 건물로 아사쿠사의 명물이었으나 1923년 대지진 때 무너졌다.

만약 흉악한 범죄자가 이 미로 안으로 도망친다면 한두 달은 족히 안전하게 숨을 듯했다.

모형 산, 진짜 나무들, 기쿠닌교 무대의 배경 건물 등 숨을 곳이 엄청나게 많았고, 수많은 등신대 이키닌교 중 하나로 쉽사리 변신해 어두운 국화 더미 속에 시침 뚝 떼고 서 있을 수도 있었다.

지금 후미요와 수상한 남자는 양옆에 만개한 벚나무 산을 세워놓은 요시쓰네센본자쿠라[20] 이키닌교 무대를 지나는 중이다.

"이키닌교는 진짜로 살아 있는 사람 같아 좀 오싹한 기분이 들곤 하죠."

남자는 마스크를 쓴 채 유유자적 말을 걸었다.

"저, 아케치 씨는 대체 어디 계신 거예요?"

후미요는 아케치가 여기 있다는 건 새빨간 거짓말임을 어렴풋이 알고 있었지만 자못 걱정된다는 듯이 물어봤다.

"이제 곧 볼 수 있어요."

대답은 그렇게 하면서도 남자는 어딘가 불안한 모습을 보였다. 외투 오른쪽 주머니가 신경 쓰이는 듯했다. 걸핏하면 주머니에 손을 넣고 후미요에게 들키지 않게 안에 있는 것을 확인했다.

혹시 이 남자가 권총을 가지고 있는 것 아닐까. 인공폭포에서 모터 펌프가 물을 끌어 올리느라 요란스러운 소리를 내고 있어

....
20_ 義経千本桜. 1747년 초연된 유명한 가부키 극으로 명장 미야모토 요시쓰네의 파란만장한 삶을 그린다.

그 와중에 권총을 발사하면 아무도 모를 거라 생각하니 기분이
섬뜩했다.

"어라, 이건 대단하네."

남자가 감탄하기에 후미요도 무심코 올려다보니 울창한 벚나
무 가지 사이로 기쓰네 다다노부 기쿠닌교의 창백한 얼굴이
머리 바로 위에 두둥실 떠 있었다.

"어머, 무서워라."

후미요는 실제보다 더 무서운 척 비틀거리며 마스크를 쓴
남자에게 다가갔다.

"무서워할 것 없어요. 인형이에요, 인형."

남자는 후미요의 등 뒤로 손을 두르며 그녀를 꼭 껴안으려
했다.

"이제 괜찮아요. 하지만 정말 소름 끼쳤어요."

후미요는 남자에게 떨어지며 외투 주머니에 넣은 왼손 끝을
주시했다. 그리고 순식간에 남자가 주머니에 숨긴 물건을 빼냈
다. 손으로 더듬어보니 권총이 아니었다. 금속 담배 케이스보다
조금 큰 용기였다.

남자가 눈치채지 못하게 그것을 자신의 외투 주머니에 넣고
뚜껑을 열어 손가락 끝으로 더듬어보니 물에 젖은 거즈 같은
것이 만져졌다.

주머니에서 손가락을 빼서 태연히 얼굴 앞에 가져다 대니
이상하게 불쾌한 냄새…… 마취약이 확실했다. 권총보다도 훨
씬 무서운 무기다.

그자는 아름다운 후미요를 단숨에 살해하는 것이 아니라 마취약으로 의식을 잃게 하려는 것이 틀림없었다.

이 남자를 경관에게 인도하는 것은 식은 죽 먹기다. 하지만 그렇게 하면 상대의 진의를 알아낼 수 없다. 마취약을 가지고 있다고 반드시 위해를 가하리라는 법은 없다. 어떻게 할까.

"무슨 생각을 하시는 거죠?"

남자가 의심스럽다는 듯이 후미요의 얼굴을 들여다봤다.

"아무것도 아니에요. 저, 잠깐⋯⋯."

후미요의 시선을 좇으니 통로에서 조금 들어간 곳에 화장실 문이 보였다.

"아, 그러십니까. 이를 어쩌나."

"죄송하지만 이걸 좀 들고 있어 주세요."

후미요는 모피가 달린 외투를 벗어 남자에게 건넸다. 마취약 케이스는 한참 전에 외투 주머니에서 빼서 핸드백에 넣었다.

남자는 양손을 내밀어 조심스레 외투를 받아들었다.

평소의 후미요와는 달리 스스럼없는 행동이었다. 사실은 남자가 손을 자유로이 쓰지 못하게 하여 그녀가 화장실에 들어간 사이 케이스가 없어진 사실을 알아차릴 수 없게 하려는 책략이다.

물론 그녀는 화장실에 갈 필요가 없었다. 다만 남자의 시선이 미치지 않는 곳에서 케이스의 내용물을 바꿔치려는 것이다.

후미요는 화장실에 들어가 재빨리 마취약을 적신 거즈 뭉치를 버리고 손수건을 찢어 수돗물에 적신 뒤 대신 케이스에 넣고 태연한 얼굴로 남자에게 돌아왔다.

"고맙습니다. 다녀왔어요."

그녀는 부끄러운 듯이 남자에게 외투를 받으면서 그 틈에 몰래 케이스를 남자의 외투 주머니에 집어넣었다.

다시 어깨를 나란히 하고 조금 더 걸으니 통로 벽에 '비상구'라고 표지판이 붙어 있었다.

"여기예요. 이 안에서 아케치 씨가 기다리고 있습니다."

남자는 비밀의 문처럼 벽과 같은 무늬로 된 문을 밀었다. 문은 물론 열쇠로 잠겨 있지 않아 쉽게 열렸다.

안에는 무대 밑의 지하실처럼 어두컴컴하고 긴 복도가 보였다.

그 복도에는 작은 문이 또 있었고 거기로 기어들어 가니 다다미 6조 정도의 썰렁한 골방이 있었다.

한쪽 벽에는 무수히 많은 스위치가 있고, 전선 다발이 구불구불하게 바닥을 가로지르는 걸 보니 이 건물의 모든 전등을 켜고 끄는 배전실인 듯했다.

배전실이라도 개관할 때 한꺼번에 전등을 켜고, 대부분 폐관할 때 한꺼번에 끄므로 전기 담당이 계속 붙어 있을 필요는 없었다.

남자는 후미요가 방에 들어오기를 기다려 문을 닫은 뒤 어떻게 입수했는지 주머니에서 열쇠를 빼서 자물쇠를 채웠다.

"어머, 뭐 하시는 거예요? 아케치 씨는 여기 안 계시잖아요."

후미요는 깜짝 놀란 척 남자의 얼굴을 쳐다봤다.

"호호호호호호, 아케치 씨라고? 정말 그 사람이 여기 있다고 생각했다고?"

남자는 섬뜩하게 웃으며 침착하게 아무렇게나 놓여 있는 빈 상자에 앉았다.

"너랑 이렇게 마주 보고 이야기를 해보고 싶었거든. 여기는 내 은신처야. 아무도 방해할 수 없어. 전기 담당이라는 놈은 확실히 매수해뒀으니까 만약 여기에 오더라도 네 편은 아닐 거야. …… 흐흐흐흐흐흐, 여탐정 선생이 놀라신 모양이네. 훌륭한 은신처지? 여차하면 스위치를 꺼서 장내를 암흑으로 만들면 잡히진 않을 테니."

남자는 고양이가 쥐를 가지고 놀 듯 아름다운 포획물을 빤히 쳐다보며 입맛을 다셨다.

"그러면, 당신은, 혹시……"

"흐흐흐흐흐흐흐, 눈치챈 모양이군. 하지만 이미 늦었지. …… 짐작한 대로 난 너희들이 찾던 사람 맞아. 네 바깥양반인 아케치 고고로, 그 성가신 놈이 혈안이 되어 찾고 있는 남자야."

"그럼 아까 낮에 섬뜩한 편지를 문틈에 넣고 간 것도……"

"나야. …… 지금 그 편지대로 약속을 지키려는 거야. 난 반드시 약속을 지키는 사람이거든."

"어떻게 하려는 거예요?"

후미요는 서슬 퍼렇게 남자를 째려봤다.

"어떻게 하려는 걸까?"

남자는 아주 재미있다는 듯이 말을 이었다.

"아케치란 놈을 응징하면 되겠지. 너를 인질로 삼아 그놈을 괴롭히면 되겠네. 하지만 네 아름다운 얼굴과 몸을 보고 있으니

다른 욕망이 샘솟는걸."

후미요는 흠칫 놀라 경직된 것처럼 배전반에 몸을 기댄 채 침묵했다.

남자는 선글라스 너머로 입맛을 다시듯 양장 차림이 잘 어울리는 그녀를 위아래로 훑어보며 아무 말도 하지 않았다.

서로 숨 막히게 한참을 노려봤다.

"호호호호호호호."

후미요가 정신 나간 것처럼 갑자기 웃음을 터트리자 이번에는 남자가 흠칫 놀라 그녀의 얼굴을 쳐다봤다.

후미요는 정말 정신이 나갔는지 상황이 이런데도 한가하게 장난을 치기 시작했다.

그녀는 건물 전체의 전등을 점멸할 수 있는 스위치의 핸들을 쥐고 장난감처럼 마구 껐다 켰다 했다. 깜빡깜빡 파르스름한 불꽃이 반짝였다.

남자는 그 모습을 보자 잽싸게 달려가 후미요를 껴안았다.

"너, 뭐 하는 거야?"

그는 후미요를 꼼짝 못 하게 꽉 잡고 어깨너머로 그녀의 얼굴을 힐끔거리며 뜨거운 입김을 뿜었다.

"아무것도 아니에요. 다만, 좀……."

후미요는 남자에게 안긴 채 태연하게 대답했다.

"너, 웃었잖아. 어째서 웃은 거야? 누군가가 구해주러 올 거로 생각하는 거야?"

"네, 아마도……."

"젠장, 누구랑 약속한 거야? 계획이 있었던 거야?"

후미요가 차분하게 대응하자 남자는 꺼림칙했다.

"전신 기호를 모르시나 보네요."

후미요는 아직도 웃고 있었다.

"전신 기호라고? 그게 뭔데?"

남자는 깜짝 놀라 물었다.

"날 배전실 같은 데로 데려온 것이 실수죠."

"무슨 말이야?"

"난 전신 기호를 알거든요."

"망할, 그럼 지금 그게?"

"맞아요. S·O·S예요. 간단한 비상 신호니 수천 명이나 되는 관람객 중 그걸 해독한 사람이 적어도 한 명은 있겠죠."

아까 그녀가 스위치를 껐다 켰다 한 것은 무의미한 행동이 아니라 구조를 요청하는 신호였다. 장내의 모든 전등이 깜빡깜빡 점멸하며 여러 번 S·O·S 신호를 보낸 것이다.

"계집아이 주제에 솜씨가 좋네. …… 하지만 내가 그런 걸로 주저앉을 사람으로 보이나?"

더 이상 꾸물거릴 새가 없다. 남자는 주머니에서 마취약 케이스를 꺼냈다. 이제 최후의 수단을 쓸 차례였다.

"나를 어떻게 하시려는 거예요?"

후미요는 일부러 놀란 척했다.

"그 귀여운 혀를 놀리지 못하게 해줄 거다. 널 움직일 수 없는 인형으로 만들어주마."

남자는 케이스에서 젖은 흰 천 뭉치를 꺼내 후미요의 입을 틀어막으려 했다. 거즈가 감쪽같이 가짜로 바뀐 것은 전혀 모르고 말이다.

후미요는 그대로 있어도 위험하지 않지만 이 기회에 남자의 얼굴을 확인하고 싶어 맹렬히 저항했다.

마스크를 쓴 괴물과 양장 미녀의 아주 희한한 아파슈 댄스[21]였다.

후미요의 낭창낭창한 몸이 마치 탐스러운 털 짐승처럼 요리조리 도망치자 남자는 숨을 헐떡이며 쫓아갔다.

하지만 여자의 힘으로 계속 버틸 수는 없었기에 결국 구석으로 몰렸다.

후미요는 방구석에 웅크리고 앉았다.

얼굴 앞에서 네 개의 손이 어지럽게 뒤엉켰다.

마침내 희고 차가운 것이 그녀의 입과 코를 눌렀다.

동시에 그녀의 손이 남자의 마스크에 닿았다. 온 힘을 다해 잡아당기니 줄이 끊어져 마스크가 그녀의 손에 남아 있었다. 남자의 코 아랫부분이 드러난 것이다.

"어머나!"

후미요는 너무 놀라 흰 천이 입을 누르고 있어도 소리쳤다.

그녀는 무엇을 본 걸까. 피부가 다 벗겨진 입술 없는 얼굴? 하지만 그걸 예상하지 못했을 리 없다. 새삼 이렇게까지 놀라다

....
21_ 아파슈Apache는 프랑스어로 무뢰한이라는 뜻으로 빠르고 격렬한 춤 형식을 일컫는다.

니 이상하다.

어쨌든 이런 경우, 위험에서 벗어나기 위해서는 일단 의식을 잃은 척해야 한다. 그자는 후미요의 얼굴을 누르고 있는 것이 마취약이라 철석같이 믿고 있었다.

후미요는 눈을 감은 채 축 늘어져 움직이지 않았다.

"애먹었네."

남자가 혼잣말을 하며 마스크 줄을 이어 얼굴을 가리고 나서 죽은 척하며 누워 있는 후미요를 옆구리에 낀 채 문을 열고 어두운 복도로 모습을 감췄다.

귀신 인형

여흥 무대 앞의 넓은 관객석에는 수백 명의 군중이 국기관 전속 무희들의 맨다리 댄스를 올려다보고 있었다.

스타킹 대신 살굿빛 파우더를 바른 포동포동한 맨다리를 관객들 앞에서 방직 기계처럼 일사불란하게 번쩍번쩍 들어 올렸다.

한창 춤을 추던 도중 돌연 불이 나갔다.

처음에는 아무도 이상하다고 느끼지 못했다. 이 쇼는 배경 전환이 현란하고 그때마다 전등이 꺼지므로 관객들은 또 배경이 바뀌나보다 생각했다.

하지만 무대가 전환될 기미는 전혀 없었고 무희들도 동작을 멈춘 가운데 전등만 귀신처럼 깜빡거렸다.

무희들의 당황한 모습이 우스꽝스러웠으므로 관객석은 떠들썩해졌다.

하지만 소란도 잠시뿐, 당장 꺼질 것처럼 깜빡이던 전등이 켜지자 그 후로는 아무 일도 일어나지 않았다.

춤은 계속되었다. 안심한 관객들은 다시 무희의 맨다리에 넋을 잃었다.

하지만 관객 중 단 한 명, 지금 전등의 명멸이 어떤 의미인지 알고 불안해하는 청년이 있었다.

더 이상 아름다운 맨다리가 눈에 들어오지 않았다. 그는 창백해진 얼굴로 담당자를 찾기 위해 여기저기 두리번거리며 돌아다녔다.

관객석 한쪽 구석에는 장내 관리를 담당하는 제복 차림의 남자가 서 있었다. 청년은 그 남자를 붙들고 더듬거리며 말했다.

"이 무대의 조명 담당은 어디 있습니까? 그 사람을 만나게 해주십시오."

"근무 중에는 면회가 안 됩니다."

남자는 퉁명스럽게 대답하며 옆만 바라봤다.

"제발 만나게 해주십시오. 비상사태가 생겼어요. 지금 전등이 꺼진 것을 정전이라고 생각하시나 본데, 심상치 않은 신호였어요. 구조를 요청하는 비상 신호라고요."

관리 담당자는 청년의 흥분한 얼굴을 가만히 쳐다보더니 대답도 없이 느릿느릿 자리를 떴다. 제정신이 아니라고 생각한 것이다.

청년은 어쩔 수 없이 그 주위에 있던 관객들을 붙들고 전등 신호의 의미를 장황하게 설명했으나 아무도 귀담아듣지 않았다.

"이봐, 입 닥쳐!"

춤에 열중한 관객이 관람을 방해하는 말소리에 화를 내며 소리쳤다.

청년은 의지할 데가 없었다. 그는 울상이 되어 뜻 모를 말을 하며 출구 쪽으로 달려갔다.

힘들게 짜낸 후미요의 임기응변이 이렇게 허무하게 끝나는가.

청년을 제외하곤 장내에 그 신호를 아는 사람이 아무도 없었다. 하지만 국기관을 향해 질주하는 자동차 안에는 우리의 아케치 고고로가 있다. 그는 달리는 차창을 통해 거대한 돔 지붕에 번쩍이는 일루미네이션을 주의 깊게 봤다.

그가 탄 자동차는 아직 하마초浜町 주변이었지만 국기관 돔 지붕은 멀리서도 잘 보였다.

암흑 같은 하늘 아래 거대한 중국인 모자처럼 생긴 돔 지붕에 선을 두르듯 방사형으로 별이 주르륵 나타났다.

너무도 엄청난 광경이었다. 번쩍번쩍, 번쩍번쩍, 별들이 박자에 맞춰 일제히 깜빡였다. S·O·S……S·O·S…….

아케치는 곧바로 그 의미를 알아차렸다. 어두운 하늘에서 후미요가 괴로움에 몸부림치듯 거대한 환영이 명멸했다.

"운전사, 최대 속력을 내세요. 내가 책임질 테니. 40마일이건 50마일이건 최대한 달리세요."

아케치는 육체적 고통을 느끼는 것처럼 고함을 질렀다.

그즈음, 국기관 사무실에서는 공연 책임자인 지배인 S 씨가 연신 걸려오는 이상한 전화 때문에 당황하고 있었다.

맨 처음 전화는 귀성 중인 한 선박회사의 전신 기사에게 걸려온 것이었다.

"여기 2층에서는 국기관 돔 지붕의 일루미네이션이 잘 보입니다. 방금 거기 전등이 이상하게 깜빡거리던데 그걸 아셨습니까? 난파선이 구조를 요청할 때 쓰는 S·O·S를 세 번이나 반복했어요. 전기 기사의 장난이라면 좀 심하네요. 뭔가 심상치 않은 사건이 일어난 것 아닙니까? 혹시 모르니 주의하세요."

잠시 후 해상 경찰청에서도 마찬가지로 주의를 주는 전화가 왔고, 누가 보고했는지 관할 경찰서에서도 전화로 잔소리를 해댔다.

그 소동이 절정에 이른 바로 그때, 아케치 고고로가 도착해 지배인 S 씨에게 명함을 내밀었다.

S 씨는 슬슬 예삿일이 아니라는 것을 깨닫고 창백한 얼굴로 유명한 아마추어 탐정을 사무실로 안내했다.

아케치가 자세한 사정을 말하며 일단 배전실을 조사해보겠다고 해서 S 씨가 직접 배전실로 데리고 갔다. 물론 그때는 배전실이 텅 비어 있었고 아무 이상도 발견되지 않았다.

배전 담당자를 찾아내 아케치가 직접 꼬치꼬치 물으니 마침내 그가 마스크 쓴 남자에게 사례금을 넉넉히 받고 배전실 열쇠를 넘겨줬다고 털어놨다.

"역시 이 방에서 무슨 일이 있었던 거군요. 그 신호를 보낸 사람은 아마 여기 갇혔던 피해자겠지요. 피해자인 후미요가 전신 기술에 능하다는 것을 저는 잘 알고 있습니다."

아케치는 걱정이 된 나머지 이마에 땀까지 흘리며 초조하게 말했다.

갑자기 소동이 커졌다. 즉시 경찰에 전화를 걸고, 직원 일부는 출입구로 달려가 눈에 불을 켜고 관객들을 살폈으며 나머지는 넓은 장내를 이리저리 돌아다니며 범인 색출에 나섰다.

잠시 후 관할 경찰서에서 경관 몇 명이 급히 달려왔으나 협의 결과, 폐점 시간인 9시가 얼마 안 남았으므로 관람객이 모두 돌아갈 때까지 분담해서 모든 출입구를 철저히 감시하기로 했다.

9시 30분, 관람객은 한 명도 남지 않고 다 돌아갔다. 장내 매점 판매원, 배우, 소품 담당, 그 외의 잡역부들도 모두 돌아갔다.

하지만 희한하게도 마스크를 쓴 남자나 후미요로 보이는 양장 차림의 여자는 출입구에 나타나지 않았다.

남은 사람은 지배인을 비롯해 주요 관리자 열두 명, 경찰 열 명, 그리고 아케치와 고바야시 소년뿐이었다.

모든 출입구와 비상구를 철저히 잠근 뒤 경찰이 한 명씩 보초를 섰다.

그리고 남은 20여 명이 담당 구역을 정해 장내 구석구석까지 한 번 더 탐색했지만 사람 그림자도 보이지 않았다.

"이만큼 찾았는데도 안 보이는 걸 보면 그자는 한참 전에 밖으로 나갔겠죠? 그 많은 관람객 사이에 섞이면 아무리 주의 깊게 지켜봐도 놓칠 수 있을 테니까."

경관들을 인솔하고 온 나이든 경부가 체념하듯 말했다.

"아뇨, 전 그렇게 생각하지 않습니다."

아케치가 반대했다.

"범인은 후미요 씨를 일부러 여기로 유인했습니다. 그걸 보면 국기관 건물이 범행을 저지르기에 적합하다고 생각한 것이 분명합니다. 배전실로 끌고 온 것이 최종 목적이 아니지요. 아시다시피 그자는 살인마입니다. 만약 그자가 여기서 빠져나갔다면 피해자, 아니면⋯⋯ 피해자의 시체를 장내 어딘가에 숨겨 놓았을 겁니다."

다시 협의한 결과, 이번에는 방법을 바꿔 경찰들이 출입구를 지키고 아케치와 고바야시 소년 둘만 귀를 기울여가며 발소리를 죽이고 넓은 장내를 한 바퀴 돌기로 했다.

수색을 포기한 척하며 기다리다가 혹시 범인이 방심하고 모습을 드러내거나 인기척을 내면 체포하려는 것이다.

그때는 이미 소동이 났다는 소식에 이 일대 건설 인부들이 사무실로 몰려온 뒤라서 만일의 경우를 대비해 그들에게 권총을 나눠줬고, 아케치와 고바야시 소년도 한 자루씩 주머니에 숨기고 정찰을 떠났다.

전등은 여전히 켜져 있었지만 인기척 없이 텅 빈 장내는 밝으면 밝을수록 오히려 더 적막하고 으스스했다.

장내는 바야흐로 수백 개의 인형만 있는 인형 천하였다.

인형들은 아무도 보지 않을 때 몰래 하품을 하거나 소곤소곤 이야기를 나눌 것 같았다.

그 사이를 단둘이 걷다 보니 인형들의 시선이 느껴지고 품평 당하는 것 같아 기분이 오싹했다.

가만 보니 인형들은 각기 다른 포즈로 몰래 숨을 쉬며 눈을 깜빡였다.

범인의 행방을 물어보면 인형들이 "봐봐, 저기 있잖아"라고 가르쳐줄 것 같았다.

고바야시 소년은 범인을 체포해본 적이 없었기에 아무리 용기를 북돋아도 스멀거리는 공포는 참기 힘들었다. 주머니의 권총을 꽉 쥔 채 그는 믿음직한 아케치 뒤에 바짝 붙어 걸어갔다.

이윽고 두 사람은 키 큰 가로수와 대숲으로 둘러싸여 장내에서 가장 어두운 곳으로 들어갔다.

인공물이라 오히려 진짜 숲보다도 더 오싹했다. 게다가 난데 없이 진짜 사람 같은 인형이 나무 그늘에서 머리를 내밀고 씩 웃는 바람에 귀신의 집에서 헤매는 기분이었다.

앞장서 걷던 아케치가 숲속에서 갑자기 발을 멈추고 어둠 속을 엿보자 흠칫 놀란 소년도 멈춰 서서 조심스레 살폈는데 묘한 곳에 이상한 물체가 우뚝 서 있는 것이 어렴풋이 보였다.

그 주변은 가부키 극을 본뜬 기쿠닌교 무대 일색인데도, 착시 인지 방한 외투를 입고 모피 안감을 댄 터번을 푹 눌러 쓴 육군 사관이 커다란 삼나무에 기대어 서 있는 것 아닌가.

'별일 다 있다'라고 생각하면서도 설마 진짜 사람이겠나 싶어 그냥 지나가려는데, 사관 인형이 기계장치처럼 움직여 아케치를 막아서더니 순식간에 그의 손을 붙잡으며 다짜고짜 귀에 입을 대고 무슨 말인가 속삭였다.

두려워진 고바야시 소년이 본능적으로 도망치려는데 어느새 사관 인형은 두둥실 바람처럼 앞장서 걸어갔다.

어찌 된 일인지 영문을 알 수 없었지만 소년은 아케치의 낌새를 보고는 안도하며 뒤따라갔다.

조금 걸으니 불길하게도 '세이겐 암실'[22] 장면이 나왔다.

즐비한 삼나무 때문에 암흑이나 다름없이 컴컴한 곳에 낡은 초막이 세워져 있었다. 뜰 앞에는 사쿠라히메 인형이 놀란 표정으로 잡초가 무성한 땅바닥에 웅크리고 앉아 있었는데 얼굴 부분에만 어슴푸레한 전등 빛이 비쳤다.

사관 인형은 사쿠라히메 인형 앞에서 멈췄다. 암흑 속에서 어렴풋이 그의 그림자가 오른손을 올려 뭔가를 가리키는 모습이 보였다.

불길하게 어슴푸레한 전등이 꺼졌다 켜졌다 한 탓도 있다. 또한 인형의 만듦새가 유난히 정교하기도 했다. 세이겐의 망령에 겁먹은 사쿠라히메의 얼굴은 마치 살아 있는 사람 같았다.

아니, 더 정확히 말하면 진짜 죽은 사람 같았다.

....

22_ 清玄庵室. 가부키나 인형 조루리로 많이 공연되는 세이겐 사쿠라히메清玄桜姫 이야기 중 한 장면. 기요미즈테라의 승려 세이겐이 고귀한 신분의 사쿠라히메를 연모하다가 결국은 살해당해 유령으로 그녀 곁을 떠도는 내용으로 암실 장면에서 세이겐이 살해당한다.

단순히 놀라서 두려움에 떠는 얼굴이 아니라 단말마의 고통을 느끼는 형상이었다. 잔혹하게 살해당한 여자가 죽는 순간에 짓는 표정 같았다.

고바야시 소년은 심장이 마치 목으로 튀어나올 것처럼 고통스러워하는 모습을 본 것이다. 너무 끔찍해 아케치에게 그걸 발견한 사실조차 알리기 꺼려질 지경이었다.

무릎 꿇고 있는 사쿠라히메는 몸통이 완전히 국화잎으로 싸여 있던 탓인지 다른 인형과 좀 달라 보였다. 표면이 가지런하지 않았다. 마구 꺾은 국화 가지를 대충 덮어놓은 듯이 어느 부분은 몹시 조밀했고 어느 부분은 헐벗은 것처럼 구멍이 숭숭 있었다.

그 구멍으로 검붉은 것이 흘깃흘깃 보였다. 양장 옷감이 확실했다. 국화 옷 아래 제대로 양장을 갖춰 입은 인형이라니 별일이다.

그뿐 아니었다. 젖은 까마귀 깃털처럼 윤기 있는 사쿠라히메 머리카락 아래로 신여성의 적갈색 머리카락이 보였다.

'혹시, 범인이 후미요 씨를 죽이고 인형처럼 교묘히 꾸며놓은 것 아닐까?'

고바야시 소년은 악몽에 시달리는 기분이었다.

그게 아니라면 기쿠닌교가 국화 장식 밑에 양장을 입고 있거나 머리카락 사이로 군데군데 서양인처럼 다른 색깔의 머리카락이 섞여 있을 리 없었다. 게다가 그 옷감은 후미요의 외출복과 같은 색 아닌가.

소년은 극도의 공포 속에서 못이 박힌 듯이 인형을 뚫어지게 바라보며 아케치의 팔을 붙들었다.

아케치는 그 심정을 충분히 헤아릴 수 있었지만, 고바야시 소년의 공포를 무시해버릴 정도로 중요한 것을 발견했다.

기괴한 사관 인형이 가리키는 곳, 즉 암실 무대의 어둠 속에 흐릿한 장례식용 초롱이 세워져 있었다.

그 초롱이 서서히 다른 것으로 바뀌었다.

귀신의 집 전시물에서 흔히 볼 수 있는 거울 장치 트릭이 연상되었다. 그 장례식용 초롱이 점차 흐릿해지며 세이겐 망령으로 변하리라 예상할 수 있었다.

그런데 초롱이 흐릿해지자 그 대신 희미하게 나타난 얼굴은!

분장은 분명 세이겐이었다. 덥수룩하게 자란 머리카락, 쥐색 옷, 연극 같은 데서 많이 봤던 세이겐이 틀림없다. 하지만 세이겐 이라면 당연히 입술이 있을 터였다.

그러나 지금 나타난 얼굴에는 입술이 없다. 해골이나 다름없었다.

아, 어떻게 이런 데 숨어 있었을까. 아무리 찾아도 범인의 자취를 발견하지 못한 것도 당연했다. 범인이 대숲의 어둠 속에서 세이겐 망령으로 변신했기 때문이다.

후미요를 사쿠라히메로 만들어 놓고 자신은 세이겐으로 분장 하다니 그 발상이 범죄자의 일그러진 과시처럼 보여 소름끼칠 지경이다.

"소리 내지 말고 살며시 다가가는 거다. 권총을 들어라. 하지만 쏘면 안 돼."

아케치가 고바야시 소년의 귀에 입을 대고 들릴락 말락 작게 속삭였다.

두 사람은 울타리를 넘어 대숲 안으로 들어갔다.

범인의 모습이 거울에 비쳤다. 진짜는 어디 있는지 전혀 감도 잡히지 않았다. 대신 범인이 어둠 속에 있는 두 사람의 모습을 볼 수 없다는 점은 편리했다. 소리만 주의하면 되는 것이다.

앞으로 다가갈수록 입술 없는 세이겐이 기분 나쁘게 공중에 붕 떠서 두 사람에게 다가왔다.

대담한 곡예

어둠 속을 걸어가다가 거울 앞에서 시커먼 물체와 마주쳤다. 커다란 상자 같았다.

그 상자 속에 범인이 서 있었는데, 자동으로 명멸하는 전등 빛에 따라 거울 앞에 나타났다 사라졌다 했다.

판자 한 장을 사이에 두고 범인이 바로 앞에 있는 것이다. 독 안에 든 쥐였다.

하지만 그 중요한 순간에 아주 재수 없는 일이 생겼다. 아직 일이 익숙지 않은 고바야시 소년이 뭔가에 발이 걸려 비틀거리다가 검은 상자에 몸을 기댔기 때문이다.

별다른 소리는 나지 않았지만 상자가 아주 약간 흔들렸다. 신경이 예민한 범인은 당연히 그 소리를 들었을 것이다.

거울에 비친 범인의 그림자가 이상하게 움직이면서 상자 틈새로 무시무시한 얼굴이 살짝 보였다.

눈 깜짝하는 사이에 검은 상자가 우르르 흔들리더니 아케치 앞으로 쓰러졌다. 갑자기 대숲이 밝아졌다. 상자가 그대로 쓰러져 안에 설치된 전등이 노출되었기 때문이다.

아케치는 상자 모서리에 어깨를 맞고 비틀거렸다. 그 사이 괴물은 밖으로 튀어나와 고바야시 소년에게 덤벼들었다.

고바야시 소년은 넘어지면서 방아쇠를 당긴 듯했다. 탕, 하고 권총 소리가 들렸다.

범인은 전혀 주눅 들지 않았다. 주눅은커녕 고바야시 소년의 오른손에서 권총을 빼앗아 소년을 향해 들이대며 통로 쪽으로 천천히 뒷걸음쳤다.

아케치는 곧바로 일어나 범인을 쫓아가려 했지만 총구는 아직 연기를 뿜고 있었다. 총을 든 범인의 필사적인 표정을 보자 그는 섣불리 다가가지 못했을뿐더러 권총도 꺼내지 못했다.

망설이는 사이 범인은 사쿠라히메 인형을 국화 장식에서 쏙 빼서 옆구리에 꼈다. 그때 가발이 떨어졌는데 예상대로 서양인 같은 머리카락이 드러났다. 양장도 후미요의 외출복과 똑같이 검붉은 색이다.

"으악, 후미요 씨가."

고바야시 소년이 외쳤다.

그러자 또다시 권총 소리가 크게 났다.

위협용으로 한 방 쏘고 울타리를 넘어간 범인은 통로를 지나 어두운 삼나무 숲으로 사라졌다.

순식간에 일어난 일이었다.

아케치는 즉시 범인을 뒤쫓았다. 하지만 장소는 어두운 삼나무 숲이었다. 그 건너는 아주 복잡한 기쿠닌교 무대가 늘어서 있었다. 숨을 곳도 도망칠 길도 무궁무진했다. 범인은 어디로 사라졌는지 코빼기도 보이지 않았다.

아까 본 희한한 사관 인형도 이미 주위에서 사라졌다.

잠시 후 경관들이 총성을 듣고 달려와 아케치와 함께 범인의 행방을 수색했지만 복잡하게 장식된 장소였기에 쉽게 눈에 띄지 않았다.

하지만 아무리 도망치고 숨더라도 범인은 관내에서 한 발자국도 나갈 수 없을 것이다. 출구란 출구는 모두 경관들이 철저히 지키고 있었다.

수색은 집요했다. 모형 바위를 뜯어보고 바닥의 널빤지도 들어내면서 사람이 숨을 만한 틈새는 다 찾아봤다.

그렇게 거의 한 시간가량 별 소득도 없이 수색하던 중에 어디선가 날카로운 외침이 들렸다.

"여기요, 여기."

온 힘을 다해 소리친 사람은 고바야시 소년이었다.

무슨 일이 일어났을까. 소리가 나는 곳으로 달려가 보니 소년이 기쿠닌교 무대 밖의 어두운 복도에 서서 자꾸만 천장을 가리키며 잠꼬대하듯 말했다.

"후미요 씨가, 후미요 씨가."

고개를 들어보니 거대한 돔 천장의 안쪽이 한눈에 보였는데, 그 천장을 지탱하는 방사형 철골에 자그만 것이 매달려 있었다. 사람이 분명했다. 게다가 양장 차림의 여자다.

기쿠닌교 무대 전체를 커버하는 거대한 돔 천장은 푸른 하늘처럼 보이게끔 전부 하늘색 천으로 가려져 있어 자연광이 들어오지 않는데도 푸르스름한 안개 같은 빛이 어른거렸기에 꿈속의 광경처럼 기괴해 보였다.

엄청나게 큰 우산살처럼 방사형으로 뻗은 철골을 바라보고 있으면 눈앞이 빙글빙글 도는 것 같았다. 아주 높고 아주 넓어 헤아릴 수 없는 공포를 자아냈다.

철골 꼭대기 부근에 양장 차림의 여인이 콩알처럼 매달려 있었다.

옷 색깔을 보아하니 좀 전에 범인이 옆구리에 끼고 도망친 사쿠라히메 인형이 분명했다. 사쿠라히메라면 후미요일 것이다. 범인은 의식을 잃은 후미요를 오도 가도 못하게 높은 곳에 옮겨다 놓고 전율할 만한 곡예를 벌이는 것이리라.

대체 왜 얼토당토않게 그런 생각을 한 걸까. 높은 곳에 사람을 올려다 놓으려면 고생이 이만저만 아닐 텐데 왜 그런 쓸데없는 고생을 해야만 했을까.

돔 천장 꼭대기에는 둥근 구멍이 뚫려 있고 그 바깥으로 탑 모양의 작은 지붕이 하나 더 달려 있었다. 그 구멍은 일종의 통풍구였다.

범인은 그 통풍구를 통해 후미요를 지붕 밖으로 데리고 나가려는 것인지도 모른다. 그녀를 데리고 나가서 어떻게 하려는 걸까.
그다음은 짐작이 가지 않았지만 후미요가 그런 곳에 매달려
있는 모습을 보니 다른 생각이 들지 않았다.

범인이 굳이 밖으로 데리고 나가려는 걸 보니 후미요는 살해당
하지 않았다. 아마 일시적으로 정신을 잃은 것이리라. 만약
죽었다면 아무리 아름다운 여인이라도 시체가 무슨 필요가
있겠는가.

추격하던 사람들은 대체로 그렇게 생각했다.

하지만 일부러 거기까지 옮겨다 놓고는 왜 중간에 버리고
갔는지 범인의 의도를 이해할 수 없었다.

"범인은 후미요 씨를 저기까지 끌고 가서 휴식을 취하는
거 아닐까요. 내가 소리를 지르자 놀라서 후미요 씨는 그대로
두고 자기만 도망친 거겠죠."

고바야시 소년이 숨을 헐떡이며 설명했다.

"어디? 옥상 밖으로?"

한 경관이 큰 소리로 물었다.

"맞아요. 저 둥근 구멍을 통해 밖으로 나간 거죠."

"누구, 저기로 올라가 여인을 구할 사람 없나?"

상급 경관이 뒤따라오는 사람들을 돌아보며 외쳤다.

그들 중에는 국기관에 드나드는 인부도 두세 명 있었다.

"제가 해보겠습니다."

핫피[23] 차림의 남자가 위세 좋게 사람들 사이를 헤치고 나오더
니 금세 기둥을 타고 올라가 정상에서 철골로 훌쩍 뛰어넘는

곡예를 멋지게 펼쳤다.

만약 그곳에 아케치가 있었다면 틀림없이 인부를 만류했겠지만 어디 갔는지 조금 전부터 그의 모습이 보이지 않았다. 경관들이나 고바야시 소년은 흥분한 나머지 그 사실을 전혀 눈치채지 못했다.

인부는 긴 철골의 중간쯤까지 기어 올라갔지만 기운이 떨어졌는지 점차 속도가 느려졌다.

무리도 아니었다. 그 언저리는 천장을 기는 것만큼이나 위험한 곳이었다.

그때 놀라운 일이 벌어졌다.

꼭대기의 둥근 통풍구로 작은 얼굴이 힐끗 보였다. 마치 뱀이 돌담 틈으로 머리를 내미는 것 같았다.

범인이다. 그가 아직 통풍구 위에서 동태를 엿보고 있다.

사람들은 너무 섬뜩해서 얼떨결에 소리를 지를 수밖에 없었다.

범인은 뱀 대가리처럼 얼굴을 내밀고 아래를 보더니 어느새 뒤로 물러나고 또 들여다보기를 반복했다.

만약 그 얼굴(입술 없는 얼굴)이 활동사진처럼 클로즈업되었다면 훨씬 무시무시했을 테지만, 다행히 그는 현기증 날 정도로 높은 곳에 있었다. 그저 허여멀건 것이 언뜻 보이다가 사라졌다 할 뿐이었다.

하지만 범인은 멀리서 공격할 무기를 가지고 있었다. 올라오

<hr />

23_ 法被. 일본 전통 의상. 통소매에 등에는 커다란 상호가 있는 것이 특징인데 원래는 무가의 머슴들이 많이 입었다.

는 인부를 총으로 쏴서 떨어뜨릴 수도 있었다.

"조심해. 위에서 기회를 엿보고 있어. 권총을 조심해."

누군가가 고함을 지르자 그 소리가 돔 천장에서 메아리치면서 점차 사라졌다.

인부는 잠깐 아래를 보고 영문을 모르겠다는 표정을 짓고는 계속 위로 기어 올라갔다.

조금씩 후미요와 거리를 좁히더니 드디어 손이 닿는 데까지 접근했다.

범인은 더 이상 얼굴을 드러내지 않았지만 인부가 후미요의 몸에 손을 대면 총을 발사해 죽이기 위해 시커먼 구멍 밖에서 대기할지 모른다.

그래도 무모한 인부는 개의치 않고 발을 철골에 감은 채 소방 사다리 타듯 양손을 떼고 후미요를 공중에서 안았다.

당장이라도 총성이 울릴 듯했다. 이제 후미요를 안은 인부의 몸이 공중제비를 돌아 수십 길 아래의 바닥으로 추락하는 것 아닐까.

사람들은 손에 땀을 쥔 채 숨도 쉬지 못하고 고개가 아플 정도로 천장만 바라봤다.

역시 통풍구 둥근 구멍으로 범인의 상반신이 나타났다. 오른손이 서서히 아래로 뻗었다. 그 끝에는 권총이 있었다. 멀어서 보이지 않았지만 팔을 뻗은 자세를 보니 알 수 있었다.

"권총이다. 위험해."

사람들이 이구동성으로 외쳤다.

낌새를 채고 놀란 인부가 철골에 매달려 몸부림치는 듯했다. 그런데 이 무슨 어처구니없는 상황인지 후미요의 몸을 적에게 들이대 방패로 삼는 것이었다.

탕. 그 순간 둥근 구멍에서 총성이 울렸다.

"꺄악!"

엄청난 비명소리.

가슴이 철렁해진 사람들은 무의식적으로 얼굴을 돌렸다. 하지만 모른 척할 수 없었다. 두려울수록 자연히 그쪽으로 눈길이 갔다.

바람을 휙 가르며 화살처럼 떨어지는 것이 보였다. 붉은색이다. 후미요다.

불쌍한 후미요는 빙글빙글 도는 동안 시시각각 가속도가 붙어 마치 붉은 막대처럼 기쿠닌교 위쪽에 푸른 천을 친 천장으로 떨어지고 말았다. 그녀의 몸이 포탄처럼 천을 뚫고 나가며 섬뜩한 소리를 냈다.

"연못이다. 연못으로 떨어졌다."

누군가 소리치며 벌써 그쪽으로 달려가 계단을 내려갔다. 다들 우르르 몰려갔다.

인부는 여전히 저 위의 철골에 매달려 있었다. 다치지는 않은 듯했다. 하지만 권총 때문에 놀라 후미요를 떨어뜨렸다.

범인은 어떤 상태인가 확인해보니 아직도 얼굴을 거꾸로 내밀고 있었다. 인부를 노려보며 으스스하게 웃는 모습이 어렴풋이 보였다.

용맹한 인부는 뜻밖의 실책 때문에 몹시 화가 났는지 도망치기는커녕 살벌한 투지를 보이며 범인에게 돌진했다.

지상의 사람들은 계단을 뛰어 내려가 기쿠닌교 쪽으로 우르르 몰려갔다.

애를 태우며 구불구불한 통로를 달려 후미요가 추락한 곳으로 서둘러 갔다.

장내 중앙에는 인공폭포와 용소에 연결된 얕은 연못이 있었다. 후미요가 추락한 곳이 거기인 듯했다.

사람들은 미로처럼 구불구불한 샛길을 달려 얼른 그곳으로 가려 했다. 하지만 아무리 달려도 거기에 도달할 수 없어 악몽 속에서 발버둥 치는 기분이었다.

살인귀가 희생자를 안고 둥근 천장을 기어오르는 아슬아슬한 곡예. 불가능한 일은 아니다. 하지만 너무도 터무니없는 발상이었다.

더군다나 돔 천장 꼭대기에 매달려 있던 아름다운 여인이 쓸모없는 물건처럼 내던져지는 바람에 완전히 찌부러지다니 이상한 일이다. 마치 미치광이의 꿈과도 같다. 너무 생뚱맞아 웃음을 터뜨릴 정도였다.

사람들은 그 광경을 자기 눈으로 똑똑히 봤으면서도 도저히 믿을 수 없었다. 뭐랄까, 어처구니없는 착각 같았다.

그들은 드디어 목적지인 연못에 도착했다. 설마 했던 일이 일어난 걸 확인하자 다시금 놀라 꼼짝할 수 없었다.

인공폭포는 모터를 정지시켜 놓았기에 물이 흐르지 않았다.

죽음 같은 정적, 심산유곡 같은 인조 협곡, 양철을 세공한 기암괴석, 나뭇가지가 이리저리 교차된 거목의 그림자, 물결 하나 없는 검은 연못. 불길하게도 쥐 죽은 듯이 고요했다.

연못 한가운데 창백한 얼굴을 한 후미요의 시체가 위를 바라본 채 조용히 떠 있었다.

검붉은 양복이 기괴하게 핀 연꽃 같았고, 검은 물속에 보이는 유연한 두 팔과 신비한 해조류처럼 부유하는 머리카락이 아름다우면서도 음침한 유화 속 풍경 같았다.

문득 물가를 보니 검고 커다란 바위 위로, 누군가 무성한 나무 틈에 숨은 듯이 웅크리고 앉아 있었다.

카키색 군복과 방한 외투를 걸친 아름다운 여자였다. 터번을 벗었기에 풍성한 머리카락과 아름다운 얼굴이 보였다. 아까 본 수상한 사관 인형의 정체가 바로 이 미인이었다.

미인은 편안히 눈을 감고 창백한 얼굴로 연못에 떠 있는 여자 시체를 애도하는 듯했다. 그녀 역시 기괴한 그림 속의 인물 같았다.

미동도 하지 않아 사람들은 한동안 그녀가 거기 있는 것을 알아채지 못했다. 인형들로 가득 찬 장내에서 움직이지 않으면 종종 인형으로 오인될 만했다.

하지만 거기에서 오직 고바야시 소년만은(아까 말한 대로 아케치 고고로는 거기에 없었기에) 군복 차림의 여자를 알아봤다. 아까 그 사관 인형이구나. 하지만 지금은 그 아름다운 얼굴이 누구인지 확실히 알 수 있었다.

"아, 후미요 씨. 후미요 씨죠?"

그는 환희로 얼굴이 벌게져 군복 차림의 여자에게 달려갔다.

그 목소리에 눈이 휘둥그레진 여자는 상대를 확인하자 소년을 환영하듯 두 팔을 벌리고 외쳤다.

"오, 고바야시 군."

"살아계셨군요."

"네, 물론 살아 있었죠."

"저도 그렇게 생각했어요. 후미요 씨가 그런 놈에게 당할 리 없다고요."

두 사람은 인공 협곡의 바위 위와 거목 아래를 넘나들며 서로를 찾아 헤매던 남매처럼 뜻밖의 재회에 기뻐했다.

사람들은 이색적인 광경에 할 말을 잃었다. 뭐가 뭔지 확실히 알 수 없었다.

이상하게 생각한 국기관 직원이 얕은 연못을 첨벙첨벙 건너 후미요로 오인했던 여자 시신을 확인하러 갔다.

"이게 뭐야. 인형이잖아. 6번 무대를 장식했던 댄서 인형입니다."

그는 시체의 목을 잡고 공중에 흔들어 보였다.

후미요가 어느새 인형으로 바뀐 걸까. 범인을 비롯해 사람들은 왜 인형을 진짜와 착각한 걸까.

후미요가 범인의 주머니에서 마취약에 담갔던 흰 거즈를 물에 적신 손수건으로 바꿔치기한 것은 앞서 말했다. 범인은 흥분한 나머지 그걸 전혀 눈치채지 못한 채 후미요가 마취된

줄 알고 의식 잃은 그녀를 사쿠라히메 인형으로 장식하는 미치광이 같은 트릭을 생각해낸 것이다.

정신을 잃지 않았던 후미요는 범인이 세이겐 인형으로 변장하기 위해 거울 앞의 상자 속에 들어간 사이, 사쿠라히메의 몸에서 빠져나왔다. 그리고 가까운 무대에 장식된 댄스 인형을 가져다가 자신의 옷을 입히고, 사쿠라히메 가발을 씌운 뒤 국화 장식으로 덮어 자기처럼 변신시킨 것이다. 세이겐인 척 상자 속에 들어가 있던 범인은 설마 그런 일이 일어나리라고는 꿈에도 생각할 수 없었기에 티끌만큼도 눈치채지 못했다.

후미요는 탐정이다. 그대로 도망칠 리 없었다. 랴오양 전투[24] 무대로 달려가 사관 인형을 바위 뒤에 숨겨놓고 외투를 벗겨 자신이 사관으로 변장한 채 세이겐 암실 앞의 삼나무 고목에 숨어 범인을 감시했던 것이다.

아케치와 고바야시 소년이 그곳에 도착하자 범인은 권총 소동을 벌인 끝에 도망쳤다. 하지만 애써 손에 넣은 후미요를 그대로 놓칠 리 없었다.

그는 후미요가 빠져나간 줄도 모르고 사쿠라히메 인형을 옆구리에 끼고 달렸다. 그러다가 도중에 인형임을 깨닫고는 그걸 역으로 이용해 추격하는 사람들의 간담을 빼놓으려 한 것이다. 가벼운 인형이었기에 쉽게 철골 위로 옮겨 꼭대기에 매달아 놓고 아래 있는 사람들을 비웃었다. 내막은 그러했다.

....
24_ 러일전쟁 당시 만주 랴오양遼陽에서 벌인 전투.

무대는 다시 돔 천장 위로 바뀐다.

후미요 인형에 감쪽같이 속았을뿐더러 총에 맞아 죽을 위험까지 불사했기에 인부는 '그까짓 것'이라 생각했다. 그래서 상대가 총기를 소지한 걸 알았지만 범인을 향해 맹렬히 돌진했다.

하지만 적의 모습은 통풍구 구멍을 통해 보이지 않았다. 범인은 거꾸로 매달려야 하는 불리한 위치를 버리고 넓은 돔 지붕 위로 도망친 것이리라.

인부는 곡예사라도 눈이 빙글빙글 돌아 부들부들 떨 것 같은 철골 위로 거침없이 올라가더니 꼭대기의 구멍을 통해 지붕으로 기어나갔다.

경사가 완만한 초대형 구체. 발판은 확실했다. 덤빌 테면 덤벼보라는 태세로 주위를 둘러봤지만 범인의 모습은 어디에도 없었다.

지붕을 빙 두르고 있는 일루미네이션이 밝았지만, 발치의 불빛이 눈을 비추며 깜빡거렸기에 오히려 멀리 있는 것이 보이지 않았다.

별안간 울리는 총성. 밤의 대기를 가르며 귓가를 스치는 총알.

"제기랄!"

인부는 다짜고짜 그쪽으로 달려갈 태세였으나 정신을 차리니 앞쪽에 거대한 뱀처럼 기어가는 양복 차림의 뒷모습이 보였다.

"이놈!"

몸을 날려 덤벼들었다.

구체 위에서 서로 뒤엉켜 필사적으로 싸우는 두 살덩이.

"이런, 바보 같으니라고."

어둠 속에서 울리는 분노의 외침. 하늘 높이 그 외침을 남겨놓은 채 뒤엉켜 싸우던 두 사람은 돔 지붕 위를 데굴데굴 굴렀다. 처음에는 천천히 굴렀지만 점차 가속도가 붙어 순식간에 총알 같은 속도로 바람을 가르며 지붕 밖으로 떨어졌다.

그런데 신통방통하게도 지붕 위에는 아직 남아 있는 사람이 있었고, 떨어지는 두 사람 뒤에서 섬뜩한 웃음소리가 어둠을 향해 울려 퍼졌다.

하늘을 나는 악마

밤이 깊었는데 국기관 앞의 대로에는 아직도 전차와 자동차가 다녔다. 부근 상점들도 전등을 환히 켜고 영업했으며, 인도를 지나는 사람도 적지 않았다.

기쿠닌교 전시실 입구를 삼엄히 지키는 경관이나 관내를 우왕좌왕하는 사람들의 심상치 않은 모습은 자연히 행인의 눈길을 끌었다.

하나둘씩 몰려든 사람들로 국기관 앞은 어느덧 인산인해를 이루었다.

높은 돔 지붕 위에서 울려 퍼지는 욕설에 깜짝 놀라 위를 올려다보니 맞붙어 싸우던 두 사람이 비가 내리듯 허공에서 추락했다.

"으악."

겁이 난 군중이 비명을 지르며 도망쳤으므로 인파가 이리저리 부대꼈다.

두 사람이 지붕에서 그대로 땅에 떨어졌다면 목숨을 잃었을 테지만 그 건물은 지붕 아래 돌출부가 많았다. 그들은 서로 뒤엉켜 그 돌출부 중 하나로 떨어졌다.

목숨은 구했다. 하지만 바로 일어날 힘이 없었다.

"머저리 같은 놈."

기진맥진한 두 사람은 서로 거친 말을 퍼부을 뿐이었다.

좁은 난간에서 계속 싸웠다가는 패한 사람이 땅에 떨어져 당장 목숨을 잃을 터였다.

인산인해를 이룬 구경꾼들은 그 모습을 볼 수 없었지만, 큰 소리가 들렸기에 두 사람이 위험하게 계속 싸운다는 것을 알 수 있었다.

"위험해."

구경꾼들이 외치는 소리가 폭풍처럼 울려 퍼졌다.

관내에 있던 사람들도 마침내 그 소식을 전해 듣고 우르르 밖으로 뛰어나갔다. 조금 전 관내에서 범인을 쫓던 경관과 직원, 인부들이었다. 그중에는 군복 차림의 후미요와 고바야시 소년도 있었다.

그들은 관내에서 긴 사다리를 가지고 나와 두 사람이 싸우고 있는 난간에 걸쳤다.

앞다퉈 사다리에 올라간 인부 두세 명이 그때까지도 뒤엉켜 싸우던 두 사람을 제지했다.

두말할 것도 없이 한 사람은 용감한 인부, 또 한 사람은 범인일 것이다. 그런데 참으로 기묘했다. 범인이 인부에게 "이런, 바보 같으니"라고 마구 화를 내는 것 아닌가.

인부 쪽을 보니 아까의 위세는 어디로 갔는지 축 늘어져 상대방의 질타를 듣고만 있었다.

"어떻게 된 거야?"

인부의 등을 쿡 찌르며 물어보니 인부가 풀이 죽어 말했다.

"저 사람, 범인이 아니야. 우리 편 아케치 씨야. 그걸 이제야 알았어."

그 말을 듣고 보니 아까 관내에서 앞장서 가던 아케치 탐정이 틀림없었다.

"범인은 아직 지붕 위에 있을 테니 빨리 체포해."

아케치가 얼굴을 찡그리며 지시했다.

"이자가 엉뚱한 착각을 한 탓에 내 계획을 다 망치고 말았어."

아케치가 거친 말을 하며 화내는 것도 무리가 아니었다. 단신으로 범인의 뒤를 기습해 지붕 위에서 범인을 체포하려던 계획이 완전히 뒤틀린 것이다.

아케치와 인부를 구조하는 한편, 몸이 빠른 사람을 선발해 지붕 위에서 대대적인 수색을 벌였다. 나머지 사람들은 국기관 안팎과 범인이 내려올 만한 곳을 포진해 보초를 섰다.

하지만 범인은 어디에도 없었다. 또 불가사의한 수수께끼가 생긴 것이다.

한밤중까지 대대적인 수색을 했으나 아무 소득도 얻지 못했다. 보초 서던 인력을 그대로 남겨둔 채 결국은 날이 밝기까지 기다려야 했다.

날이 밝고 보니 범인은 정말 뜻밖의 장소에 숨어 있었다. 혹시 증발한 것 아닐까 의심했는데 그는 정말로 증발해 버렸다. 지붕보다도 훨씬 높은 대기 속에 몸을 숨기고 있었다.

아무 소득 없이 수색이 끝나고 날이 밝을 무렵에는 경관이나 국기관 직원이 대부분 새로운 사람으로 교대되었다.

아케치는 지붕에서 추락할 때 어깨에 타박상을 입어 더 이상 활동할 수 없었기에 후미요와 고바야시 소년과 함께 먼저 사무실로 돌아갔다.

예상치 못한 방해자의 개입으로 범인을 놓쳤으나 범인 손에서 후미요를 되찾았으므로 목적의 반은 이룬 셈이었다.

날이 밝아 돔 지붕 위의 하늘이 벗겨질 무렵, 현장에서는 범인이 숨은 곳을 금세 찾을 수 있었다.

밤의 어둠이 이토록 사람의 눈을 멀게 할 수 있을까. 사람들은 새삼 태양의 고마움을 느꼈다.

그렇게 찾아 헤매도 발견할 수 없던 범인이었건만 어이없게도 새벽의 여명에는 한눈에 발견되었기 때문이다.

더군다나 너무도 기상천외한 은신처 아닌가. 설마 범인이 지붕보다 높은 곳으로 도망쳤으리라고는 아무도 상상하지 못했다. 어쩌다 보니 가능성을 도외시한 것이다.

국기관은 명실상부하게 거대한 돔 지붕이 상징이었기에 따로 기구를 띄울 필요가 없었지만 선전하기 좋아하는 흥행 주임이 간판 대신 광고용 풍선을 선택했다. 비행선 모양의 풍선이 밧줄로 매어져 돔 지붕 위에 하늘 높이 걸려 있었고, 커다란 몸체에는 '국화 대회'라는 네 글자가 먼 곳까지 잘 보이도록 또렷하게 적혀 있었다.

풍선을 묶은 굵은 삼밧줄은 건물 뒤쪽의 땅바닥에서 돔 지붕 가장자리를 지나 공중까지 일직선으로 올라가 있었다.

범인은 지붕에서 삼밧줄을 타고 광고 풍선으로 올라가 공중에 떠 있었다.

풍선 아랫면에 문어발처럼 달린 가는 밧줄들은 지상에서 올라온 굵은 밧줄에 묶여 있었는데, 범인은 그 가는 밧줄들을 해먹 삼아 편안히 누워 있었다.

어떻게 이렇게 황당한 곳에 숨었을까. 경찰 조직이 생긴 이래 공중으로 도망친 범인은 이자가 최초일 것이다.

우리도 알다시피 범인은 의수와 의족을 달고 있었다. 그 불편한 몸으로 어떻게 국기관 천장 위를 기어 다녔으며 저 높은 곳까지 긴 밧줄을 타고 올라갈 수 있었을까.

예측건대 범인은 흉측한 몰골로 변장하기 전의 정체를 들키지 않도록 신체 전체를 다른 사람처럼 보이게 하려고 건강한 수족에 가짜 의수와 의족을 끼었으리라.

눈 깜짝할 새 어젯밤의 배나 되는 엄청난 인파가 국기관 앞으로 몰려들었다. 그 어떤 스모 경기나 구경거리도 이날 새벽만큼 많은 사람을 모을 수 없을 것이다. 게다가 시시각각 인파가

늘었다.

경관들도 건물 뒤편 풍선을 계류해놓은 곳으로 집합했다. 거기에는 밧줄을 감아 내리는 수레바퀴 모양의 도구가 있었다.

경관 몇 명이 그 양쪽 끝에 서서 영차영차 구령을 붙이며 바퀴를 돌렸다. 1치, 2치, 1자, 2자, 밧줄을 감아 내리자 공중에 떠 있던 풍선이 서서히 내려왔다.

건물 앞의 군중들은 그 모습을 보고 "꼴좋다, 저기 봐라" 하며 희희낙락 함성을 질렀다.

"뭐 저런 어리석은 놈이 다 있나. 저런 곳에 올라가면 발견될 게 뻔하고, 발견되면 끌려 내려올 게 뻔한데. 저기 봐, 지금 꼼짝 못 하고 끌려 내려오잖아."

관객들은 신나서 저마다 범인의 어리석은 행동을 비웃었다. 경찰이나 국기관 사람들도 마찬가지였다. 범인은 이미 체포된 것이나 다름없다고 믿었기 때문이다.

하지만 그런 안일한 생각이야말로 크나큰 오산임이 금세 밝혀졌다. 범인에게는 마지막 비상수단이 남아 있었다.

밧줄은 조금씩 짧아졌다. 풍선을 꼭 잡고 있던 범인은 점점 적의 수중으로 끌어당겨졌다.

그는 꼼짝하지 않았다. 초조해하지도 않고 소동을 피우는 기색도 없었다. 지상에서 바라보니 철야 활동으로 너무 피곤해진 나머지 혹시 잠든 것 아닐까 여겨질 정도였다.

범인은 물론 잠들지 않았다. 풍선을 끌어 내리기 위해 땀 흘리며 일하는 경관들과 마찬가지로 그도 열심히 일하는 중이었다. 아래에 있는 사람들이 알아채지 못하게 오른손을 쉴 새 없이 움직이며 작업했다.

풍선이 지상에 닿는 게 빠를까, 그가 기묘한 작업을 끝내는 게 빠를까. 목숨을 건 경쟁이었다.

움직이지 않을 것 같던 풍선도 어느새 크기가 두 배나 되어 사람들 머리 위까지 내려와 있었다.

거리가 가까워질수록 거대한 담갈색 괴물체는 점점 더 부피가 커졌다.

풍선은 마침내 돔 지붕 끝에 스칠 정도까지 끌어 내려졌다. 이제 범인도 도리가 없었다. 가엾어라, 그는 지금 어떤 기분일까. 사람들의 마음에는 덫에 걸린 쥐를 보듯 동정심이 끓어올랐다.

"저놈, 무슨 짓을 하는 거야."

이윽고 범인의 동작이 심상치 않다는 것을 알아차린 경관이 소리쳤다.

"오른손을 자꾸 움직이고 있다. 뭔가 번쩍거리잖아."

"칼이다. 칼로 밧줄을 끊으려 한다."

"안 돼. 어서 저놈이 밧줄을 끊기 전에……."

경관들이 가까이 다가온 풍선을 올려다보며 저마다 큰 소리로 외쳤다. 밧줄을 끌어 내리던 사람들은 그 말을 듣고 더 힘을 주어 빠르게 밧줄을 감았다.

풍선이 지붕 끝에 부딪혀 이리저리 흔들렸다. 범인의 해먹이 요상하게 흔들렸다.

그때 두꺼운 밧줄의 마지막 섬유 한 줄이 뚝 끊기자 풍선은 미친 듯이 엉덩이를 실룩거리며 하늘로 올라갔다.

그 여파로 밧줄을 감던 기구가 심하게 공회전을 했다. 기구를 작동하던 경관은 퉁겨 나가고, 어떤 사람은 끌어당기던 밧줄에 맞아 뒹굴었다.

"으악."

함성이 들끓었다. 여름 축제를 개시하는 불꽃놀이가 아무리 멋지더라도 이 기상천외한 풍선 불꽃에는 견주지 못하리라.

흥분한 도쿄 시민들은 열광적으로 범인의 대담한 곡예에 갈채를 보냈다. 소문이 바람처럼 퍼져 구경꾼들이 속속 몰려오는 바람에 료코쿠바시両国橋의 동쪽과 서쪽은 때아닌 축제 인파로 인산인해였다.

주위에 보이는 지붕마다 사람들이 다닥다닥 모여 있었다.

바람이 불지 않아 범인의 풍선은 일직선으로 조금씩 하늘로 올라갔다. 점차 작아지더니 마침내 아이들 장난감만 해진 풍선은 낮게 떠 있던 흰 구름 속으로 모습을 감췄다.

이런 절호의 난센스에 기뻐한 것은 신문기자였다. 그들은 기회는 이때다 하며 사진기를 챙겨 급히 국기관 앞으로 갔다. 아케치의 아파트로 달려간 기자도 있었고, 하타야나기 저택으로 인터뷰하러 간 기자도 있었다.

어쨌든 상대는 여자 여럿을 처참하게 살해해 석고상에 가둬놓은 희대의 살인귀였다. 그런 자가 풍선을 타고 하늘로 올라갔는데, 이만큼 격정적인 사건이 세상에 또 어디 있겠는가.

'비행기다. 비행기로 쫓아가면 된다.'

모두 그 생각을 했다. 이렇게 멋진 활극이라니. 상상만 해도 가슴이 뛰었다.

그런데 실제로 비행기가 떴다.

경시청은 자중하고 그런 일을 벌이지 않았지만, 사람들의 기대에 부응해서 한 신문사가 재빨리 자사 소유의 비행기를 띄웠다.

비행기에 탑승했던 사회부 기자는 범인 체포가 목적이 아니라 대기의 구름 속에서 그 유명한 '풍선남'을 인터뷰할 작정이었는지도 모른다.

이 사건은 그날 첫 번째 라디오 뉴스로 도쿄는 물론 일본 전역에 송출되었다.

"범인을 태운 풍선은 마침내 구름 속으로 사라졌습니다……."

아나운서의 이 한마디에 각지에서 라디오를 듣는 청취자들은 가슴이 철렁했다. 꿈이나 옛날이야기에 나올 법한 사건이었다. 그런 사건이 라디오 드라마도 아니고 정부의 감독을 받는 방송국 뉴스에서 진지하게 보도된다니 놀랄 수밖에 없었다.

두 사람만 모여도 풍선남 이야기를 했다. 야마노테 방면에 있던 사람들까지 풍선이 보일지도 모른다며 하늘을 올려다봤다. 지방에 사는 사람들 중 성질 급한 사람은 풍선 구경을 할 목적으로 기차를 타고 료코쿠역에 몰려들 정도로 떠들썩했다.

처음부터 범인이 하늘로 도망칠 생각은 아니었다. 사면초가라서 지붕으로 도망쳤을 뿐이다. 그런데 지붕까지 위험해진 까닭에 궁여지책으로 풍선의 밧줄로 올라가는 곡예를 생각해낸 것이다. 당연히 원하는 바가 아니었다. 범인도 불가피하게 풍선에 탄 것이다.

경시청 형사부에서는 책임자들이 모여 대책을 협의했다.

소동이 심상치 않아 모두 어지간히 긴장했으나, 생각해보면 지극히 간단한 문제였다. 비행기를 띄울 필요가 없었다. 총기류를 가지고 나올 필요도 없었다. 가만히 기다리고 있으면 범인은 저절로 잡을 수 있었다.

광고용 풍선은 공기주머니가 불완전해 내부에 채워진 가스가 빠지면 저절로 하강하다가 결국에는 지상으로 추락하기 때문이다. 풍선이 낙하할 때 도망치지 못하게 미리 범인 수배만 해두면 된다.

풍선남에 대한 소문은 이미 전국에 다 퍼졌다. 아무리 한적한 장소에 떨어져도 사람들의 이목을 피할 수 없다. 몰래 도망치기에는 너무 유명했다. 경찰도 가까운 현의 경찰서에 통첩만 보내놓으면 범인은 체포된 것이나 마찬가지였으므로 풍선이 하강할 때까지 느긋이 기다리기로 의견을 모았다.

한편, 모 신문사 비행기는 스미다가와의 양쪽 강변과 그 부근의 지붕에 모인 시민들의 환호를 받으며 국기관 하늘을 제비처럼 높이 날아 용맹스럽게 구름 속으로 모습을 감췄으나 10여 분만에 아무 성과도 없이 퇴각했다.

신문기자는 서부극의 카우보이가 아니었기에 비행기에서 밧줄을 던져 풍선에 매달린 범인을 잡는 곡예는 할 수 없었다.

그렇다고 풍선을 쏴서 떨어트리면 살인범이 된다.

그가 구름 속에서 무엇을 보았는가 하니…….

비행기가 엷은 구름을 뚫고 상공으로 나가자 꿈같이 광고 풍선이 눈앞에 떠 있는 것이 보였다. 올라갈 만큼 끝까지 올라가 바람결을 타고 느릿느릿 구름바다를 떠돌고 있었다.

신문기자는 습관적으로 먼저 카메라부터 들이댄다. 공중에서도 변함없었다. 비행기 위치를 가늠해 때로는 원경을, 때로는 근경을 찰칵찰칵 몇 장씩 찍었다.

이 정도만 해도 신문기자로서는 큰 역할을 한 셈이지만, 그는 사진을 찍고 나서 범인에게 큰 소리로 외쳤다.

프로펠러 소리에 묻혀 범인이 들었는지 모르지만 어쨌든 외치긴 했다.

"이봐, 그래봤자 자연히 가스가 빠져 떨어질 텐데. 자고 있는 것 아냐? 배고프지는 않고? 괴롭게 그런 생각을 하기보다는 칼로 공기주머니를 찔러 내려가지 그래."

신문기자는 몇 번이고 반복해서 외쳤다.

범인은 죽었는지 살았는지 풍선 해먹에 매달린 채 미동도 하지 않았다. 아무것도 못 들었는지 대답할 기미가 보이지 않았다. 만사 포기하고 배짱을 부리는 건가.

더 이상 할 수 있는 것이 없었기에 비행기는 공중에서 찍은 사진을 기념품 삼아 일단 착륙장으로 퇴각했다.

그날 석간신문 사회면은 '풍선남' 기사로 도배되었는데, 그중에도 비행기를 띄웠던 신문사의 기괴한 사진들이 한층 더 독자들의 호기심을 불러 모았다.

"풍선남."

"입술 없는 살인귀."

"석고상 속의 여자 시체."

사람들의 눈길을 끄는 대서특필의 활자를 보고 지각 있는 독자들은 눈살을 찌푸렸지만, 호기심 많은 구경꾼은 손뼉을 치며 환호했다. 너무도 황당무계한 괴기소설이 현재 도쿄에서 실제로 펼쳐지고 있다. 그런 격정적인 사실에 사람들은 극도로 흥분했다.

하지만 그 이야기는 나중에 하기로 하고, 장면은 다시 료코쿠의 공중으로 돌아간다.

풍선이 구름 속으로 숨은 지 몇 시간 후인 그날 오후, 경시청 간부들이 예상했던 현상이 생겼다.

불완전한 공기주머니는 싸구려 에어백처럼 여기저기서 가스가 빠져 점점 무거워졌다.

풍선이 다시 구름을 뚫고 지상에 모습을 드러낸 곳은 스마다가와 하류의 기요스바시清洲橋 상공이었다.

밧줄로 끌어당기듯 풍선이 서서히 지면에 가까워졌다.

눈 깜짝할 새 하마초浜町 공원을 중심으로 일대에 사람들이 모여들었다. 제플린[25]이 착륙할 때처럼 떠들썩했다.

....

25_ 1929년 8월 7일 뉴올리안즈주에서 출발한 비행선으로 19일 저녁 도쿄 상공에 모습을 드러냈다. 가스미가우라 비행장에 착륙하여 닷새 정도 체재했는데 당시 일본 전역에서 제플린 붐이 일었다.

세차게 부는 북풍, "와아, 와아"하는 군중의 함성, 빠르게 지나가는 구름. 그 사이를 세차게 가르며 옆으로 풍선이 내려왔다. 거대한 몸체가 지상 20미터까지 근접했을 때는 이미 에이다이바시永代橋 남쪽을 넘어 시나가와만品川湾까지 가 있었다.

"저 상태라면 오다이바お台場 주변까지 날아가 물에 떨어지겠는걸."

지붕 위에 다닥다닥 붙은 사람들이 말했다.

기다리던 경찰들은 수상 경찰서 증기선에 동승하여 바람결을 따라 유영했다.

하늘을 나는 정체 모를 풍선, 물을 가르는 증기선. 너무도 희한한 추격전이 시작되었다.

풍선은 쓰키시마月島를 횡단해 오다이바 쪽으로 가고 증기선은 아이오이교相生橋를 통과해 시나가와만을 향했다.

바람이 점점 빨라지니 풍선은 거대한 대포알 같았다. 증기선이 아무리 빠르게 달려도 하늘을 나는 기구는 일직선으로 돌진하고 수로는 구불구불했으므로 점점 거리가 벌어졌다.

증기선에는 처음부터 하타야나기가 사건을 맡았던 쓰네가와 경부가 지휘관으로 동승했다.

이 중요한 때 추격자들 사이에서 우리의 아케치 고고로를 볼 수 없는 것은 몹시 아쉬웠다. 하지만 그 시간, 옥상 활극을 벌이다 부상당한 아케치는 열 때문에 아파트 침대에 누워 끙끙 앓고 있었기에 어쩔 수 없었다.

그 대신 쓰네가와 경부가 있다. 무수한 범죄 사건에서 그가 보여준 천재적인 수완은 매우 유명했다. 게다가 범인은 지금 가련하게도 부력 잃은 기체에만 의존해 고립무원 상태로 숨을 곳 없는 바다 위를 떠다닌다. 사실 쓰네가와 경부까지 번거롭게 할 필요도 없다. 범인 체포는 마치 어린아이 손을 비트는 것처럼 손쉬운 일이다.

증기선은 쓰키시마를 벗어나 바다로 향했다. 범인의 기구는 5~6정 앞의 해상에서 파도치는 수면을 스치듯 위험하게 날아갔다.

"이봐, 그 풍선에 탄 놈 말이야. 계속 인형처럼 있을 리 없을 텐데."

쓰네가와 경부는 형사를 돌아보며 엉뚱한 말을 했다. 괴물이 이렇게 쉽게 잡히다니 아무래도 이상하다고 생각했다. 인형을 이용한 마술에는 넌덜머리가 났기 때문이다.

하지만 그건 불가능했다. 인형이 밧줄을 끊을 리 없었다. 실제로 범인이 풍선 아래에서 바르작거리는 것도 봤다. 로봇도 아니고 인형이 어떻게 움직일 수 있으랴.

불바다

두 사람은 얼굴을 마주 보며 묘하게 쓴웃음을 지었다.

"뭔가 이상하네. 저놈은 어쩐지 다루기 힘들군."

쓰네가와 경부는 다소 겸연쩍어했다.

인형이 아닌 것은 알겠다. 하지만 혹시 모른다고 생각한 것은 상대가 두려웠기 때문이다. 귀신같은 형사라는 명성이 부끄러웠다.

스미다가와 강어귀를 벗어날 무렵 추격하던 배는 경찰 증기선 한 척이 아니었다.

마을에서 도둑을 추격할 때 어김없이 구경꾼이 따라오는 것처럼 수상에도 어디선가 덩달아 따라오는 배가 나타났다. 증기선과 앞다투듯이 범인의 풍선을 향해 파도를 가르는 모터보트는 세 척이었다.

그중 한 척은 경주용 배처럼 보였는데, 자그마하고 속력이 무지 빨랐다. 경찰 쾌속정조차 이 소형 보트에 당해내지 못하고 점차 뒤처졌다.

보트 안에는 양복 차림의 남자가 경마 기수나 자전거 경주 선수처럼 몸을 수그려 새우등을 한 채 핸들을 잡고 있었다. 그는 곁눈질도 하지 않고 전방만 바라봤다.

"젠장, 너무 빠른 놈이잖아."

경찰 증기선 운전사는 잠시 경주를 시도하다가 따라잡을 수 없다는 걸 깨닫고 화가 났는지 혼잣말을 했다.

"저놈, 뭐야. 설마 한패 아냐?"

형사가 의심했다.

"왜 저런 무모한 짓을 하는 거지? 아무리 속력이 빠르다고 한들 이렇게 안 좋은 상황에서 저런 작은 배로 범인을 구출해 도망치려 하다니 말이 안 되잖아.······ 그냥 호기심 많은 애송이

일 거야. 경찰을 도와 칭찬받는 것이 즐거운 독지가든가. 저런 사람들 두세 명쯤은 늘 나타나잖아."

수상 경찰서 소속의 나이든 순경은 다년간의 경험을 근거로 별일 아니라는 듯이 말했다.

경찰 증기선, 도와주는 모터보트, 총 네 척의 쾌속선은 북풍을 타고 파도치는 바다를 둘로 가르며 네 개의 날카로운 톱니처럼 용맹스럽게 돌진했다.

한편, 범인의 풍선이 오다이바를 지나갈 즈음, 결국 부력을 완전히 잃고 쭈글쭈글해진 공기주머니는 거대한 문어 사체처럼 수면에 내려앉았다.

추락하는 순간, 아래쪽에 매달려 있던 범인은 물에 빠져 바닷물을 꽤 많이 먹었다. 하지만 발버둥 끝에 겨우 수면에 떠올라 부유하던 공기주머니의 귀퉁이에 매달렸다.

그는 너무 피곤했다. 지붕에서 공중으로 도주해 거기서 반나절이나 떠 있다가 거친 파도에 떨어진 것이다. 어지간한 사람이라면 이미 정신을 잃었을 테지만 그는 괴물인지라 아직 나가떨어지지는 않았다.

공기주머니는 파도가 치는 대로 오르락내리락 그네처럼 사정없이 흔들렸다. 그렇게 미끄덩거리는 표면에 딱 붙어 있다니 그 노력이 보통은 아니었다.

출렁이던 파도가 범인을 덮친다. 그때 손이 미끄러져 1간쯤 떠내려간다. 발버둥 치며 또다시 공기주머니에 매달린다. 그런 상황이 몇 번이나 반복되었다. 인간 세상에서는 괴물이라도

176

자연의 위력 앞에서는 보잘것없었다.

하지만 그의 적은 자연의 위력만이 아니었다. 더 무서운 것이 있었다. 뒤쫓던 배들이 뱃머리를 나란히 하고 무서운 기세로 다가왔다.

그는 파도와 싸우면서 틈만 나면 힐끔힐끔 뒤를 돌아봤다. 그때마다 적의 선체가 점점 커졌다. 요란한 엔진 음향도 시시각각 드높아졌다.

하지만 그는 아직 나가떨어지지 않았다.

보기에도 비참하게 안간힘을 쓰며 공기주머니 위로 기어올라가 평평한 중앙에서 비틀비틀 일어서더니 뻔뻔스럽게 추격하는 배를 환영하는 몸짓을 보였다.

경찰 증기선과 선두의 소형 모터보트와의 거리는 어느새 2정이나 떨어졌다.

특히 열의를 보였던 애송이 추격자는 공기주머니 위에 우뚝 선 괴물을 향해 뱃머리가 공중에 뜰 것처럼 빠른 속력으로 돌격했다.

"이봐, 더 스피드를 못 내나? 저 배를 따라잡지 못하는 거야?"

경찰 증기선 위에서 초조해하던 쓰네가와 경부가 운전사에게 호통을 쳤다.

경관들은 뭐라 꼬집어 말할 수 없는 불안에 휩싸였다. 설마 쾌속정에 탄 사람이 범인과 한패는 아니겠지. 저렇게 막무가내로 서두르는 이유가 경찰을 따돌리고 범인을 구하기 위해서인가. 그런 엄청난 의혹이 불거지는 건 어쩔 수 없었다.

모터보트는 점점 범인에게 가까이 갔다. 하지만 1~2간 앞에 몰아친 파도 때문에 의도대로 접근하지 못하고 나뭇잎처럼 이리저리 밀리는 모습이 보였다.

가까워졌다가 다시 밀리고 가까워졌다가 다시 밀리던 중 보트의 뱃머리가 떠다니던 공기주머니에 부딪히는 순간을 틈타 범인이 날렵하게 보트에 옮겨 탔다.

아, 역시 예상이 맞았다. 그 배는 범인과 한패였다. 그렇지 않으면 범인이 거기로 몸을 날릴 리 없었다.

"아, 안 돼. 어서, 어서."

경관들은 달리는 증기선 위에서 발을 동동 굴렀다.

그런데 왜 저럴까? 한패라면 맞붙어 싸울 리가 없다.

범인은 몸을 날려 보트에 옮겨 탄 뒤 갑자기 운전석에 있던 양복 차림의 남자에게 덤벼들었다. 하지만 양복 차림의 남자도 만만치 않았다. 벌떡 일어나 작은 배 위에서 범인과 맞서 격렬하게 싸웠다.

그네처럼 이리저리 흔들리는 좁은 배 안에서 벌어진 기묘한 주먹다짐. 맞붙어 싸우던 두 사람 다 검은 양복 차림이었다. 떨어져서 보기에는 누가 적이고 아군인지 확실히 구분되지 않아 더욱 조마조마했다.

경찰 증기선도 속력이 보통 아니었다. 점차 현장 가까이 접근했다. 하지만 그보다 먼저 보트 안의 격투가 후다닥 정리되었다.

한쪽이 바닥에 쓰러져 보이지 않자 이긴 쪽이 재빨리 운전석으로 옮겨 보트를 조종했다.

틀림없이 이긴 쪽이 범인일 것이다. 일대일로 괴물을 꺾을 정도로 용맹한 사람은 없으리라. 악운에 강한 범인은 뒤쫓던 배를 역이용해 무지막지한 속도로 도망칠 작정인 듯했다.

하지만 보트가 파도를 가르며 달리던 중 돌연 엄청난 참사가 일어났다.

보트 위에 봉화처럼 화염이 확 타오르더니 파도를 타고 어마어마하게 큰 소리가 들려왔다.

어떻게 이런 어처구니없는 일이 일어난 걸까. 원인은 나중까지도 규명하지 못했지만, 가솔린에 불이 붙어 금속 탱크가 엄청난 기세로 폭발한 것이었다.

배 전체에 불길이 치솟았다.

화염 속에서 황급히 바다로 몸을 던지는 괴물의 모습이 보였다. 동시에 보트가 심하게 흔들리더니 전복되었다.

가솔린이 바다에 쫙 퍼졌다.

이렇게 기괴하면서도 아름다운 광경은 난생처음이었다.

불바다였다. 파도가 미친 듯이 날뛰며 불꽃처럼 타올랐다.

한동안 전복된 보트에 다가갈 수 없었다. 반딧불이가 공중으로 뿔뿔이 흩어지듯이 한참 후에야 차츰 해상에서 불꽃이 사라졌다.

그런데 전복된 보트 가까이에 수면 위로 사람이 떠올랐다 가라앉았다 하는 모습이 보였다. 증기선이 즉시 현장으로 향했다.

물에 빠진 사람이 아군인지 적인지 판단할 수 없었지만 그대로 내버려 둘 수는 없었다.

급히 증기선을 가까이 대고 경관 두세 명이 그를 끌어올렸다. 누구일까. 무시무시한 입술 없는 괴물인가. 아니면 다른 사람인가. 쓰네가와 경부는 그의 얼굴을 보자마자 느닷없이 고함을 쳤다.

"뭐야, 하타야나기 부인과 잘 안다는 미타니 씨잖아. 나도 두세 번 봐서 잘 알지."

그럼 쾌속정 주인이 사건과도 관계있는 미타니 청년이란 말인가. 미타니라면 미친 듯이 범인을 추격할 만했다.

별로 물을 먹지 않았는지 미타니는 주위의 보살핌에 금세 정신을 차렸다.

"아, 쓰네가와 경부셨네요. 감사합니다. 이제 괜찮아요. 그자는요? 그자는 어떻게 된 거죠?"

우선 범인의 상태부터 물었다.

"지금 폭발로 위험해졌을 수도 있죠. 지금부터 찾아야 합니다. 그런데 미타니 씨, 대체 왜 우리를 따돌리고 그런 일을 하신 겁니까. 우리 증기선을 기다렸으면 이렇게 되지 않았을 텐데요."

미타니 청년이 뜻밖에 일찍 정신을 차리자 쓰네가와 경부가 질책하듯이 말했다.

"죄송합니다. 그자가 몇 번이나 바로 눈앞에서 도망쳐서 이번에는 꼭 잡으려다 보니 초조해서 그만."

"하지만 범인이 되레 미타니 씨한테 덤벼들었잖습니까."

"네, 제 완력을 너무 자신했던 거죠. 그자가 그렇게 강할 줄 몰랐습니다. 저는 그자에게 한 방 맞고 바로 보트에 쓰러졌어요. 그 후로는 아무것도 생각나지 않아요. 보트가 폭발한 것도 지금 듣고 알았어요."

"그게 차라리 다행이었는지도 모르죠. 아무것도 모르고 보트가 전복되면서 물속에 빠져 허우적거렸을 테니 화상도 안 입고 물도 별로 먹지 않은 겁니다. 범인은 분명 크게 다쳤을 겁니다."

쓰네가와 경부의 추측은 적중했다. 바로 그때 조금 전부터 배를 서행하며 바다를 수색하던 경관들이 드디어 범인의 시체를 발견했다.

시신은 곧바로 증기선에 인양되었지만 이미 치료가 불가능했다.

폭발할 때인지 아니면 바다에서 허우적대는 동안 그랬는지 옷은 무참히 불타고 팔다리도 화상을 입었을 뿐 아니라 특히 얼굴은 다시 보기 두려울 정도로 엉망이었다.

"기분이 너무 안 좋군. 이 정도로 심하게 불타다니."

사람들은 시신의 얼굴을 똑바로 쳐다보지 못했다.

코와 입술이 없어 가뜩이나 무서운 얼굴인데 불에 타 완전히 뭉그러지니 이 세상 사람처럼 여겨지지 않았다.

"어딘지 이상하다. 이게 정말 인간의 얼굴일까?"

정신이 번쩍 들었는지 쓰네가와 경부가 묘한 말을 했다. 그는 생각할 것이 있는지 시체 앞에 웅크리고 앉아 잠시 끔찍한 형상을 응시하더니 불쑥 손을 내밀어 뺨 주위를 눌렀다.

대자마자 흠칫하며 바로 손을 뗐는데 몹시 놀란 표정이었다.

"이게 무슨 일이지? 우리가 범인에게 또 감쪽같이 당했는지도 모른다."

그는 그렇게 말한 후 뒤돌아서 사람들의 얼굴을 쳐다봤다.

그 의미를 알 수 없어 사람들은 눈만 깜빡거렸다.

"심한 화상으로 뭉개진 이 얼굴은 진짜 인간의 얼굴이 아니다."

쓰네가와 경부는 점점 이상한 말을 했다.

모두 무심코 범인의 흉측한 얼굴을 쳐다봤는데, 보고 있으니 차츰 쓰네가와 경부의 말이 무슨 뜻인지 알 것 같았다.

과연 그런 일이 가능할까. 너무도 기괴한 발상이었다. 어느덧 온 하늘이 잿빛 비구름으로 덮이고, 증기선은 들끓는 파도를 따라 커다란 시계 진자처럼 끊임없이 리드미컬하게 흔들렸다. 앞을 내다보면 시야에는 온통 검은 파도가 무수히 많은 괴물 머리처럼 끈질기게 일렁였다.

증기선 안에 누워 있는 시신은 정말 이 세상 사람이 아닌 것처럼 끔찍한 몰골이었다.

아침부터 범인이 벌인 기상천외한 도주를 비롯해 기괴한 사건이 연달아 일어나다 보니 온종일 이상한 악몽을 꾸는 듯했다. 삐질삐질 식은땀이 날 정도로 이루 말할 수 없는 공포가 느껴졌다.

쓰네가와 경부는 과감히 양손으로 범인의 얼굴을 잡고 힘껏 피부를 벗겨냈다.

흉측했던 괴물의 피부가 섬뜩하게도 확 벗겨졌다.

이 무슨 잔혹한 행동인가. 아무리 죽은 사람의 얼굴이라도 피부를 소가죽처럼 벗겨내다니.

사람들은 가슴이 철렁 내려앉아 무의식적으로 눈을 감았다. 벗겨낸 피부 아래로 검은 피가 솟구치고, 보기에도 무참하게 흐늘거리는 붉은 살이 드러날 것을 예상했기 때문이다.

하지만 피는 흐르지 않았고 살도 드러나지 않았다. 흉측한 피부 밑에는 전혀 다른, 또 하나의 얼굴이 있었다. 화상으로 문드러진 입술 없는 얼굴은 정교한 밀랍 가면이었다.

밀랍 세공이라는 것이 밝혀진 후에도 사람들은 어떻게 그런 걸로 그렇게 오래 눈속임이 가능했는지 신기할 따름이었다.

하지만 일본의 밀랍 세공 기술은 상상할 수 없을 정도로 발달했다. 쇼윈도의 마네킹이 정말 살아 있는 사람 같았고 과자나 과일 모형도 거의 실물과 다를 바 없었다. 밀랍은 무엇으로도 변할 수 있는 무서운 특성을 가졌기 때문이다.

실제로 배우들은 자신의 얼굴을 복제한 밀랍 가면을 쓰고 종종 일인이역을 연기한 사실도 있을 정도였다.

"이것이 범인의 정체다. 오랫동안 입술 없는 얼굴로 우리를 놀라게 한 것도 이것 때문이다."

쓰네가와 경부는 벗겨낸 밀랍 가면을 손에 쥔 채 범인의 얼굴을 뚫어지게 바라봤다.

아무도 그 얼굴을 알 수 없었다. 서른대여섯 가량의 수염을 기르지 않은 남자였다. 별다른 특징이 없었다. 다만 뜨거운 밀랍에 데었는지 얼굴 여기저기에 특이한 반점이 있었다.

"미타니 씨, 당신은 오카다 미치히코 씨의 얼굴을 기억하십니까?"

쓰네가와 경부가 물었다.

"네, 결코 잊을 수 없죠."

미타니 청년은 유령처럼 창백한 얼굴로 힘없이 대답했다.

"그러면 이 남자가 그 오카다 미치히코인가요?"

"아닙니다. 저는 오카다가 범인이라는 확신을 가지고 아케치 씨와 그의 아틀리에를 조사하러 갔습니다. 오카다가 약으로 얼굴에 화상을 입히고 그런 끔찍한 변장을 했다고 생각했거든요. 하지만 이 남자는 오카다가 아니에요. 처음 본 얼굴입니다."

미타니는 믿기지 않는다는 듯이 곤혹스러운 표정으로 말했다.

돌연 국면이 전환되었다. 범인은 오카다가 아니다. 대체 어떻게 된 일인가. 아틀리에의 시체 석고상을 만든 사람은 오카다가 틀림없다. 그렇다면 이 범인은 여자들을 살해한 사건과는 무관한가. 전혀 별개인 두 사건이 미타니의 머릿속에서 뒤얽혔단 말인가.

세 개의 치아 틀

시나가와만에서 활극이 벌어진 다음다음 날, 쓰네가와 경부가 아케치 고고로의 병상을 방문했다.

병상은 다름 아닌 사무실과 주택을 겸한 아케치의 개화 아파트 침실에 마련되어 있었다. 어깨 타박상으로 한때는 열이 심했지만 지금은 다 내렸다. 상처가 아직 덜 아물었을 뿐 기력은 거의 회복했다.

아케치는 이미 신문 기사를 통해 내용을 대부분 알고 있었지만 쓰네가와 경부가 더 정확히 사건의 경위를 들려줬다.

아마추어 탐정은 가끔씩 질문해가며 침대에 누워 이야기를 경청했다. 머리맡에서는 후미요가 자리를 지키며 아케치를 돌봤다.

"전화로 부탁드린 것은 가지고 오셨습니까?"

범인의 익사를 확인하자 더 이상 기다릴 수 없다는 듯이 아케치가 물었다.

"가지고 왔습니다. 무슨 생각이신지 모르겠지만 아케치 씨가 요청하신 것이라 어쨌든 틀을 떠왔습니다."

쓰네가와 경부는 흰 천으로 싼 작은 물건을 머리맡의 테이블에 올려놓았다.

"하지만 이런 것은 이제 필요 없습니다. 범인의 특성이 이미 밝혀졌어요. 실은 그걸 알려드릴 생각이었습니다."

이번 사건에서 아케치의 활동은 경시청 명탐정에게 그런 취급을 받을 만했다.

"밝혀졌습니까? 대체 누구였습니까?"

"정말 이상한 남자입니다. 아마도 의학상으로 병적인 성격이 겠죠 그리 유명하지 않은 탐정 소설가인데 소노다 곳코園田黒虹라는 자라더군요."

"탐정 소설가였습니까?"

"신문에 난 시체 사진을 보고 집주인이 알려주러 왔습니다.

얼른 그가 사는 곳에 가서 조사해봤는데 정말로 무서운 자였습니다."

소노다 곳코는 1년에 한 번쯤, 잊을 만하면 아주 섬뜩한 단편 소설을 발표해 엽기 취향의 독자들을 공포에 떨게 하는 기묘한 작가였다.

세간은 물론 작품을 발표한 잡지사에서도 소노다 곳코가 어디 사는 누구인지 얼굴조차 전혀 몰랐다. 원고는 매번 다른 우체국에서 보냈고 원고료는 그 우체국 사서함으로 받았다.

그가 탐정소설 작가라는 것을 집주인이나 이웃 사람들은 전혀 알지 못했다.

이웃과 전혀 교류하지 않았고, 언제나 문을 잠그고 있어 집에 있는지도 몰랐다. 다만 괴짜 같은 독신남이라는 건 알 수 있었다.

"이케부쿠로池袋의 매우 한적한 곳에 있는 작은 단독주택인데, 집안을 살펴보니 귀신의 집이나 다름없었습니다. 벽장 속에 시체가 매달려 있는가 하면, 책상 위에 인형 머리가 굴러다니고, 그 머리에는 빨간 잉크가 처덕처덕 발려 있고, 벽마다 온통 피투성이 니시키에錦絵로 도배가 되어 있는 상황이었습니다."

"그것참 흥미롭군요."

아케치는 열심히 맞장구를 쳤다.

"책장에는 국내외 범죄학, 범죄사, 범죄 실화와 같은 책이 가득했죠 …… 책상 서랍에는 쓰다만 원고지가 수북했는데 그 원고의 서명을 보고 곳코라는 필명을 알게 되었습니다."

"난 곳코의 소설을 읽은 적이 있습니다. 아주 별난 작가라고는 생각했습니다.”

"그자는 타고난 범죄자입니다. 그 욕망을 채우기 위해 무서운 소설을 쓴 거죠. 더 이상 소설로는 만족할 수 없으니 진짜 범죄를 저지른 거겠죠. 국기관의 이키닌교로 변장해보거나 풍선에 타서 공중으로 도망가는 등 소설가가 아니라면 생각해내기 힘든 것들입니다. 이번 사건은 전부 소설가의 공상에서 나온 기상천외한 것들이죠.”

"범인이 썼던 밀랍 가면 제조자를 찾아보셨습니까?”

아케치가 물었다.

"찾아봤습니다. 도쿄에는 밀랍 세공 전문 공장이 네댓 군데밖에 없더군요. 빠짐없이 다 찾아봤는데 그런 것을 만든 공장은 아무 데도 없었습니다.”

"밀랍 세공은 꼭 대형 도구가 필요한 건 아니지요.”

"네, 틀만 있으면 나머지는 원료와 솥, 그리고 염료만 있으면 됩니다. 아마도 그자는 전문 기술자에게 의뢰해 집에서 몰래 만들었겠죠. 밀랍 세공 공장에 가봤는데 요령만 좀 터득하면 초보자라도 할 수 있을 만큼 매우 간단했습니다. 그렇게 완성한 것은 셀룰로이드처럼 얇고 어느 정도 탄력도 있으며 사람의 얼굴과 거의 흡사하죠. 생각해보니 엄청난 변장 도구더군요. 그걸 이마부터 귀 뒤까지 푹 뒤집어쓰는 거죠. 선글라스나 마스크로 가리지 않아도 자세히 안 보면 가면이라는 걸 모를 정도로 만듦새가 좋더군요.”

노련한 쓰네가와 경부도 이렇게까지 대담한 변장 수단은

처음 봤다.

"사실 모든 것이 다 소설가의 착상입니다. 사실을 중시하는 경찰에게는 공상에서 비롯된 미치광이 같은 범죄가 가장 힘들죠. 하지만 여러분들의 노고로 결국 범인을 잡을 수 있었습니다. 죽은 것은 유감이지만 세상을 떠들썩하게 한 입술 없는 괴물 사건도 이걸로 매듭지어지겠죠."

경부는 정말 안심이라는 듯이 말했다.

"일단 매듭지어진 것처럼 보이긴 합니다."

아케치가 빙글빙글 웃으며 묘한 말을 했다.

"네? 뭐라고요?"

홈칫 놀란 쓰네가와 경부가 물었다.

"그러면 당신은 아직…… 아, 공범자를 말씀하시는 건가요?"

"아뇨, 공범자는 없습니다. 이번 사건의 경악할 만한 수괴에 대해 생각하고 있었습니다."

"하지만 그 수괴는 죽었잖습니까."

"글쎄요, 전 그걸 믿을 수 없습니다."

제아무리 쓰네가와 경부라도 아케치의 말이 기괴하기 짝이 없어 입이 안 다물어졌다.

이 섬뜩한 아마추어 탐정은 대체 무슨 생각을 하고 있나. 범인이 다시 살아나 가매장을 한 묘지를 빠져나오기라도 한다는 말인가.

"무슨 말씀이십니까?"

경부는 할 수 없이 단도직입적으로 물었다.

"이 사건은 한 소설가의 죽음으로 해결하기에는 너무 복잡해 보입니다. 오카다 미치히코의 아틀리에에서 발견했던 시체 석고상만 생각해도 그렇지요."

"하지만 전혀 별개의 범죄잖습니까. 그리고 범인인 오카다는 이미 죽었습니다. 오카다가 살아서 입술 없는 남자로 변장했다는 그 유혹적인 생각을 버린다면 문제는 없습니다."

"당신한테는 매우 편리한 해석인지 모르지만, 그렇게 단순하게 정리해도 과연 아무 지장 없을까요. 이를테면 다음과 같이 생각해보는 것만으로도 이미 크게 모순이 생깁니다.

오카다가 그 시체 석고상의 범인이라면 아주 잔혹한 변태가 틀림없을 텐데, 그런 남자가 하타야나기 부인에게 실연당했다는 이유로 순정적인 소년처럼 자살한다는 게 이상하지 않습니까."

"그렇다면 역시 오카다와 입술 없는 남자가 동일인이라는 말씀이십니까?"

경부는 당장이라도 무슨 그런 어리석은 생각이 다 있냐고 말할 것처럼 경멸의 빛을 띠며 물었다.

"그것 말고도 이번 사건에는 풀기 힘든 수수께끼가 여러 개 있습니다."

아케치는 질문에는 답하지 않고 계속 말을 이어갔다.

"이를테면 하타야나기가의 밀폐된 서재에서 살해당한 오가와 쇼이치라는 남자도 수수께끼지요. 범인은 어디로 출입했고, 무엇 때문에 살해했는가. 피해자의 시체가 어떻게 사라졌는가. 또한 그 살인귀는 그렇게 고심해서 힘들게 유괴한 시즈코를 어째서 상처 하나 내지 않고 쉽게 우리 손에 돌려보냈는가. 그때 데리고 도망치는 것이 쉬웠을 텐데요. 더 이상한 점도 있습니다. 제가 시오바라의 온천 료칸에 전화를 걸어 여종업원들에게 물어봤는데 온천장에서 시즈코 씨를 놀라게 한 괴물은 정말로 입술이 없었답니다. 식사를 나른 종업원이 확실히 봤다고 했으니 틀림없습니다. 그런데 이번에 풍선에 탔다가 도망친 자는 가면을 썼다면서요. 그럼 이 두 사람은 전혀 다른 사람인가요? 따져보면 설명할 수 없는 점이 아직 더 많습니다. 그런데도 사건이 매듭지어졌다고 할 수 있을까요."

"그렇다면 당신은 오카다 미치히코가 어딘가에 살아 있고, 그가 진범이라는 말씀이시네요."

"아마도요. 아뇨, 추측은 금물입니다. 우린 결정적인 증거품으로 판단해야 합니다. 그 증거품이 지금쯤은, …… 아, 도착했네요. 아까부터 저걸 기다리고 있었지요."

그때 밖에서 발소리가 들렸다. 침실 문이 열리자 고바야시 소년의 능금 같은 볼이 보였다.

"고바야시 군, 자네가 그걸 손에 넣었군."

아케치가 소년의 안색을 읽고 말했다.

"네, 의외로 쉽게 발견했어요. 예상대로 그 근방 치과 의원이던데요. 부탁했더니 즉시 빌려줬어요."

소년은 쾌활하게 말하고 작은 종이 꾸러미를 내밀었다.

아케치는 그걸 받아 테이블에 놓고 후미요에게 찬장에서 비슷한 꾸러미 또 하나를 꺼내오게 했다. 테이블 위에는 아까 쓰네가와 경부가 가지고 온 것까지 합하면 총 세 개의 꾸러미가 있었다.

"쓰네가와 경부, 그걸 열어 비교해주십시오. 그중 두 개가 똑같다면 문제는 즉시 해결됩니다. 하지만 아마……."

말이 끝나기도 전에 아케치의 심중을 헤아린 쓰네가와 경부가 황급히 꾸러미를 개봉했다. 붉은 고무 같은 덩어리 한 개, 흰 석고 덩어리 두 개가 세 꾸러미에서 굴러 나왔다.

모두 사람의 치아 틀이었다. 그중 붉은 것은 쓰네가와 경부가 풍선남의 시체에서 본을 떠온 것이었다.

"같은 것이 있습니까?"

누워 있던 아케치가 초조하게 물었다.

치아 틀 세 개를 이리저리 비교하더니 쓰네가와 경부가 다소 실망스러운 기색으로 대답했다.

"없습니다. 세 개가 다 다릅니다. 한눈에 구별되네요."

그 후 후미요와 고바야시 소년도 열심히 비교해봤지만 대답은 같았다. 일치하는 치아 모양이 하나도 없었다.

"그럼 석고 치아 틀은 대체 누구 것인가요?"

대충 짐작이 갔으나 경부가 물었다.

"방금 고바야시 군이 가져온 것이 오카다 미치히코의 치아 틀입니다. 오카다가 치과에 다닌 사실을 고바야시 군이 이틀이 나 걸려 알아냈거든요. 그 치과 의사에게 틀을 입수할 수 있었습니다."

"그럼 나머지 하나는요."

"그것이 진짜 범인의 치아 틀입니다."

"네? 진범의 것이라고요? 이미 당신은 진범을 알고 계십니까? 대체 어떻게 입수한 거죠?"

쓰네가와 경부는 예상치 못한 아케치의 말에 어안이 벙벙한 듯했다.

"제가 미타니 씨와 함께 아오야마의 빈집을 조사했던 건 알고 계시지요? 시즈코가 갇혀 있던 범인의 집 말입니다."

아케치가 설명했다.

"그 이야기는 들었습니다만……."

"그때, 그 빈집 찬장 속에서 먹다 남은 비스킷과 치즈를 발견했습니다. 비스킷 위에 치즈를 올린 후 베어 먹은 것인데, 거기 잇자국이 확실히 남아 있었습니다. 그걸 가지고 와서 석고로 틀을 만든 것이지요."

"하지만 그것이 범인의 잇자국이라는 것은……."

"그 집은 두 달 이상 빈집이었기 때문에 범인 외에는 먹을 것을 반입할 사람이 없었습니다. 범인이 시즈코 씨과 시게루 군에게 비스킷과 치즈를 권했지만, 갇혀 있는 동안 둘 다 아무것도 안 먹었다고 합니다. 그 말을 따르더라도 범인이 먹고 남긴 게 확실하겠지요. 그것이 그들의 식사였습니다."

그 당시 아케치는 동행한 미타니에게조차 자신이 발견한 것을 말하지 않았다. 대신 수수께끼 같은 혼잣말을 했을 뿐이다. 왜 미타니에게도 그걸 숨겨야 했을까. 아케치가 아무 의미 없이 숨길 리 없었다. 뭔가 특수한 사정이 있었으리라.

"그렇다면 결국 그 잇자국의 주인은 범인이나 공범자 중 하나겠네요. 그때 빈집에는 분명 두 사람이 있었을 테니까요."

쓰네가와 경부는 그제야 아케치의 설명을 이해했다.

"그렇습니다. 하지만 오카다 미치히코의 치아 틀과 시나가와 만에서 익사한 소설가의 치아 틀이 둘 다 일치하지 않으니 놈들은 아직 어딘가 살아 있는 겁니다. 아마도 훨씬 엄청난 악행을 계획하고 있겠지요."

쓰네가와 경부는 아직 아케치처럼 확신이 들지 않았다. 혹시 아케치는 치아 틀뿐 아니라 더 많은 사실을 알고 있지 않을까.

"하지만 소노다 곳코는 후미요 씨를 꾀어내거나, 풍선을 타고 도망치기도 했고, 이상한 흉내를 냈잖아요. 왜 그런 걸까요. 치아 틀 같은 것 말고 이 사실을 증명할 좀 더 유력한 증거는 없는 건가요? 결국 소노다 곳코는 범인이 아니라는 말씀입니까?"

경부는 아무래도 변태 소설가를 단념할 수 없는 모양이었다.

"그는 진범이 아닙니다."

아케치가 단호하게 말했다.

"공범자일지도 모릅니다. 아닐지도 모르고요. 하지만 어느 쪽이든 소설가는 소설가고, 진범은 따로 있습니다."

경부는 그 말을 듣자 표정이 이상해졌다. 열 때문에 아케치의 머리가 잘못된 것 아닌가 생각했다.

"제가 터무니없는 말을 하는 것 같겠지요. 그렇습니다. 당신마저 그런 식으로 생각할 정도로 이번 범죄에는 무시무시한 비밀이 있습니다. 누가 봐도 진범은 그 소설가가 틀림없다고 생각하겠지요. 그렇게 생각하게끔 한 겁니다. 범인의 기막힌 트릭입니다."

쓰네가와 경부는 아케치의 눈을 응시하며 생각에 빠졌다. 아케치의 말은 뭔가 무시무시한 비밀을 암시하는 듯했다. 조금은 감이 왔다. 조금은 말이다.

바로 그때 옆방 응접실 문에서 거센 노크 소리가 났다. 고바야시 소년이 나갔다가 금방 다시 돌아왔는데 속달 편지 한 통을 손에 들고 있었다.

"누가 보낸 거지?"

"발신자 이름이 없습니다."

소년이 심상치 않은 표정으로 그 편지를 아케치에게 건넸다.

아케치는 침대에 누운 채 봉투를 열었는데, 고작 두세 줄쯤 읽고는 화들짝 놀란 기색을 보였다.

의외의 살인자

"이걸 보십시오. 살인자가 아직 살아 있는 명백한 증거입니다."

아케치가 편지를 다 읽고 쓰네가와 경부에게 건네줬다.

아케치 군, 병세는 좀 괜찮으신지요. 그러니까 내가 말씀드리지 않았습니까. 두 번이나 경고장을 보내드리기도 했고요. 천하의 명탐정이 좀 실수를 하셨나 봅니다. 혹시 내가 후미요 씨라는 기막힌 포획물을 놓쳤다고 생각하셨습니까. 그런데 우습게도 내가 죽어버렸습니다. 세상 사람들의 눈앞에서 죽는 모습을 보였습니다. 시체는 가매장되어 흙 속에 있고요.

그러니까 이건 죽은 자가 보내는 편지입니다. 그런데 유령이 쓴 편지가 정말로 배달되다니 참으로 기이하군요.

이번에도 용건은 경고랍니다. 정말이지 손 좀 떼어 주시죠. 병상에 누워서도 질리지 않습니까. 여전히 탐정 노릇을 하고 계시는군요. 아침부터 고바야시 군이 뭘 했는지는 나도 다 알고 있습니다. 이제 그만하시지요. 아니면 앞으로 당신 목숨이 위태로울 테니까요.

이 편지가 도착할 때쯤 어딘가에서 또 다른 살인사건이 일어나고 있을지도 모릅니다. 당신이 아무리 방해하더라도 내 예정은 티끌만큼도 변하지 않기 때문이죠. 그러니까 당신이 안달복달해봤자 내 범죄를 저지하기는커녕 오히려 당신의 수명만 단축될 뿐입니다. 심한 말은 하지 않겠습니다. 즉각 이 사건에서 손을 떼십시오. 최후의 경고입니다.

"아주 깍듯한 문구를 써가며 사람을 바보 취급하고 있다니. 내가 이런 모욕을 받을 수는 없습니다."

아케치는 누운 채 분노에 찬 눈빛으로 천장을 노려보며 혼잣말 하듯 씩씩거렸다.

아케치의 말이 적중하자 쓰네가와 경부는 놀라움을 감추지 못했다. 유령 같은 범인의 정체를 추정해볼 여력이 없어 잠시 침묵했지만, 생각이 거기에 미치자 초조하게 말했다.

"이 편지가 도착했을 때쯤 어딘가에서 또 다른 살인사건이 벌어진다고 예고했습니다."

"모욕하는 거지요. 우리는 미리 살인을 막을 힘이 없습니다. 살인은 틀림없이 일어나겠지요."

아케치는 범인의 마력을 믿는 듯했다.

바로 그때 옆방의 탁상전화에서 벨소리가 날카롭게 울렸다.

후미요가 일어나 수화기를 들었다.

"여보세요, 아케치 씨죠? 저, 미타니입니다. 지금 하타야나기가에 있습니다. 아, 후미요 씨가 받으셨군요. 또 끔찍한 일이 일어났습니다. 누군가 집사인 사이토 노인을 살해했습니다. 아케치 씨의 몸 상태가 괜찮다면 부디 와주셨으면 합니다."

후미요는 놀라며 아케치가 아직 병상에서 일어날 수 없는 상태라고 대답했다.

"그러시군요. 어쨌든 이 일을 전해주세요. 자세한 건 나중에 만나 뵙고 말씀드리죠."

그리고 전화가 끊겼다.

후미요가 방에 돌아와 전화 내용을 알리자 아케치는 침대에서 상반신을 일으키며 말했다.

"후미요 씨, 옷을 가져다줘요. 이러고 있을 수 없군요."

쓰네가와 경부와 후미요는 안절부절못하는 아케치를 겨우 말렸다. 하타야나기가에는 경부와 고바야시 소년이 가기로 했다.

"도착하면 전화로 상황을 알려주십시오."

아케치는 어깨 통증 때문에 어쩔 수 없이 침대에 누워 있어야 했지만 아직 포기할 수 없는 모양이었다.

잠시 후 아래층 현관에 자동차가 도착했음을 알렸다. 쓰네가와 경부와 고바야시 소년은 겨우 한쪽 팔만 외투에 넣고 황급히 계단을 뛰어 내려갔다. 두 사람을 태운 자동차는 하타야나기가를 향해 전속력으로 달렸다.

쓰네가와 경부와 고바야시 소년이 하타야나기가에 도착하자 사색이 된 미타니 청년이 경황없이 그들을 맞이하며 안으로 안내했다.

"방금 아케치 씨와 사건에 관해 이야기하고 있었습니다. 아케치 씨는 범인이 살아 있으며 아직 범죄가 끝나지 않았다고 주장했죠. 그 말이 이렇게 빨리 증명되다니 정말 의외군요."

쓰네가와 경부는 범인에게 예고 편지를 받은 후 하타야나기가에서 전화가 걸려왔는데, 아케치는 아직 외출할 수 없는 상태라 고바야시 소년과 함께 서둘러 왔다고 간단히 설명했다.

"범인이 오늘 사건을 예고했단 말씀입니까?"

미타니가 미심쩍게 물었다.

"그렇습니다. 그 편지를 읽고 나자 약속한 듯이 당신에게서 전화가 걸려온 거죠."

"범인은 입술 없는 남자인가요?"

"물론 그 사람입니다. 풍선에서 도망친 놈은 가짜라고 생각할 수밖에 없습니다."

"아니, 그럴 리가 없어요."

미타니는 괴로운 듯이 곤혹스러운 표정으로 말했다.

"사이토 노인을 살해한 건 순전 실수입니다. 의도가 있었다고
는 생각할 수 없습니다. 그 사람이 범인과 한패라니 그런 어처구
니없는 일이 어디 있겠습니까?"

쓰네가와 경부는 미타니가 이상한 말을 한 것을 흘려듣지
않았다.

"그 사람이라니요? …… 그럼 살인범이 밝혀진 겁니까?"

"밝혀졌어요. 살인은 명백히 실수로 저지른 겁니다."

미타니는 당장 울음을 쏟을 듯이 창백한 얼굴을 찡그리며
고통스럽게 몸부림쳤다.

"누군가요? 그 범인은?"

경부가 따지고 들었다.

"제 잘못입니다. 제가 없었다면 이런 일이 일어나지 않았을
거예요."

이 정도로 흐트러진 미타니 청년의 모습을 보면 분명 피치
못할 사정인 듯했다.

"누군가요. 범인은 이미 체포했습니까?"

"도망쳤어요. 하지만 아들을 데리고 여자 혼자서 도주에 성공
못 할 겁니다. 그 사람은 곧 잡힐 거예요. 결국 두려운 법정에
설 수밖에 없겠죠."

"아이를 데리고 여자가요? 그럼 혹시 ……."

"그렇습니다. 이 집 여주인 시즈코 씨요. 시즈코 씨가 실수로
사이토 집사를 죽였습니다."

쓰네가와 경부는 너무 의외의 범인이라 어안이 벙벙했다.

"시즈코 씨의 호의를 안이하게 받아들였어요. 미숙했죠. 범인을 잡으려던 제 노력을 다들 고맙게 여기는 줄 알고 지나치게 우쭐댔나 봅니다. 집사 입장에서는 눈꼴 사나웠을 테니까요. 결국 노인이 시즈코 씨에게 그 말을 꺼냈다더군요."

모두 풍선남의 익사로 하타야나기가에 재앙을 불러온 악마는 멸망했다고 생각했다. 큰 사건이 종식되면 그늘에 숨어 있던 작은 사건이 눈에 띄는 법이다.

사이토 노인이 시즈코와 미타니 청년의 문란한 관계를 불쾌하게 여겼던 것도 무리는 아니었다. 그 마음이 이렇게 폭발한 것이다.

시즈코는 아침부터 방문한 미타니와 단둘이 한 방에 틀어박혀 있는데, 사이토 노인이 용건 있다며 시즈코를 별실로 불렀다.

시즈코도 대략 무슨 용건인지 짐작했을 것이다. 고용인들이 들을까 두려워 앞장서 2층 서재로 들어갔다.

두 사람은 거기서 장시간 논쟁했다. 격한 말이 새어나가 우연히 복도를 지나던 하녀의 귀에도 들릴 정도였다.

하지만 아무리 기다려도 두 사람이 내려오지 않자 다들 걱정했다.

"너무 조용해. 말소리도 안 들려. 무슨 일이 생겼나? 아무래도 이상해."

엿듣기 좋아하는 하녀가 2층에서 내려와 사람들에게 알렸다.

결국 미타니의 지시로 서생이 상황을 살피러 갔다.

서생이 두세 번 노크를 하고 살며시 문을 열자 무서운 광경이 눈앞에 펼쳐졌다. 시즈코가 피범벅이 된 단도를 손에 들고 미치광이 같은 눈빛으로 노인의 시체 옆에 서 있었기 때문이다.

한눈에 끔찍한 광경을 알아본 서생은 가슴이 벌렁거려 꼼짝할 수 없었다.

시즈코도 몹시 놀란 듯 순간적으로 유리처럼 비정한 눈을 크게 뜨고 서생의 얼굴을 쳐다봤는데, 피범벅이 된 단도를 쥔 채 손을 천천히 올렸다 내렸다 하면서 몹시 위악적으로 깔깔 웃었다.

서생은 비명을 지르며 도망치고 싶을 정도로 공포에 시달렸다. 아무래도 시즈코는 발광하는 것 같았다.

"사모님, 사모님."

더 이상 말이 나오지 않았다.

서생은 흑풍처럼 소리도 내지 않고 미끄러지듯 계단을 내려왔다. 와들와들 떠는 그의 입술을 보고 사람들은 흉사를 직감했다.

우르르 서재로 올라가 보니 시즈코는 아직도 아까 그 자세로 단도를 위아래로 천천히 올렸다 내렸다 했다.

피해자인 사이토 노인은 한칼에 심장이 찔려 허망하게 목숨을 잃은 듯했다.

흥분한 시즈코는 반쯤 광란의 상태라 진정이 필요했기에 아래층 침실로 내려보냈다. 별다른 저항도 하지 않고 말도 한마디 하지 않았다. 말할 힘도 없는 듯했다.

급보를 듣고 경찰이 달려왔고 뒤이어 검사와 예심 판사가 도착했다. 하타야나기가 안팎에서 기괴한 일들이 속출했기에 관계 당국이 이 같은 돌발 사건을 중요하게 생각하는 것도 당연했다.

취조는 절차대로 진행되었다.

흉사가 일어난 서재는 창문이 전부 잠겨 있고 옆방은 두꺼운 벽으로 막혀 있었다. 출입구는 서생이 열었던 문에만 있었다. 시즈코 외의 다른 범인을 상상하는 것은 절대로 불가능했다.

또한, 시즈코의 겁에 질린 태도가 자신이 범인임을 증명했다.

"모르겠어요. 난 몰라요."

질문을 해도 이를 딱딱 부딪치며 흥분한 목소리로 저런 대답을 할 뿐이었다. 직접 자백한 것은 아니지만, 범인이 아니라면 단호히 부정했을 것이다.

시즈코는 자기 방 한구석에서 울상을 한 시게루 소년을 끌어안고 벌벌 떨고 있었다. 설마 도망가랴 싶어 경찰은 그녀에게 눈을 떼고 현장 조사와 하인들의 심문을 진행했다.

그런데 조사를 마치고 연행하려고 다시 방으로 가보니 시즈코 모자의 모습이 보이지 않았다. 집안을 샅샅이 찾아봤지만 아무 데도 없었다. 황급히 대문으로 달려갔으나 주변에는 아무도 없었다. 여자의 몸으로 아이까지 데리고 대담무쌍하게 도망친 것이다.

경관들은 경찰서에 전화로 수배를 요청한 후 구역을 나눠 탐색에 나서는 등 한바탕 소동을 벌였다.

그리고 나서 법원 사람들이 돌아갔다. 집 안은 폭풍우가 휩쓴

뒤처럼 고요했지만, 1시간이나 지났는데도 경찰에서는 아무 소식이 없었다. 시즈코는 잡히지 않은 것이다.

"하지만 아이까지 딸린 여자가 그렇게 오래 몸을 숨기지는 못하겠죠. 곧 잡힐 겁니다. 그리고 감옥으로 법정으로 끌려다니겠죠. 이렇게 된 건 다 제 탓입니다. 전 어찌할지 모르겠네요. 아케치 씨에게 전화한 것은 이런 제 마음을 말씀드리고 지혜를 빌리기 위해서였습니다. 명백한 사실인데도 저는 믿기지 않아요. 시즈코 씨가 정말 살의를 품었다고는 생각할 수 없습니다."

미타니 청년은 누구에게도 토로할 수 없었던 괴로운 심정을 쓰네가와 경부에게 털어놓았다.

"정말 의외였습니다. 하타야나기 부인이 사람을 죽이려 했다니 저 역시 믿을 수 없습니다. 하지만 방 안에 다른 사람이 없었고, 부인이 흉기를 쥐고 있었습니다. 안타깝지만 그건 빼도 박도 못할 증거입니다."

미타니는 입술을 핥으며 쉰 목소리로 이야기를 이어갔다.

"서재에서 시즈코와 사이토 노인이 싸우는 소리를 하녀가 엿들었죠."

하녀는 예심 판사 앞에서 다음과 같이 진술했다고 한다.

"당신을 해고하겠어요. 지금 당장 나가세요."

시즈코의 새된 목소리가 들렸다. 평소 그녀라면 꿈속에서도 하지 않을 말이었다. 그걸 봐도 그때 두 사람이 얼마나 격렬히 다퉜는지 알 수 있었다.

"못 나갑니다. 돌아가신 주인님 대신 충고하겠습니다. 무슨 일이 있어도 물러나지 않겠습니다."

노인의 목소리가 부르르 떨렸다.

"여자라고 깔보면서 무슨 말을 하는 거예요. 더 이상 못 참아요. 나는 제정신이 아니에요. 당신이 말한 대로 미쳤나 보죠. 미치광이가 어떻게 하나 보세요. 후회해도 소용없어요."

대충 그런 말을 주고받는 걸 하녀가 들었다고 했다.

"후회해도 소용없어요, 라고 했는데 그게 무슨 의미라고 생각했지? 죽이려고 단도라도 쥐고 있는 것 같았나?"

예심 판사가 물었다.

"그런 것 같기도 했습니다."

하녀가 대답했다.

"일이 그렇게 된 것입니다. 그러고 보니 앞뒤가 맞네요. 어쩌면 이 살인사건에는 동기도 있고, 의도도 있다고 볼 수 있겠네요."

미타니가 절망해 몸부림을 치며 말했다.

쓰네가와 경부는 위로할 말을 찾지 못했다. 아무리 생각해봐도 모든 정황이 시즈코의 범행을 뒷받침했다. 도망칠 길이 없었다. 여자의 몸으로 그런 일을 할 것 같지 않지만 분위기에 말리면 도리가 없다. 우연한 말다툼이 예기치 못한 범죄를 일으키는 것은 종종 있는 일이고, 여자라도 사랑 앞에서는 남자보다 더한 폭력도 행사할 수 있다.

그들은 한참을 침묵했다. 미타니는 미타니대로 생각이 있었고, 쓰네가와 경부도 쓰네가와 경부대로 또 다른 생각을 했다. 아케치가 받은 범인의 예고장을 마치 약속이라도 한 듯이 돌발적으로 일어난 이 사건과 어떻게 결부시키는가에 따라 서로 생각이 달랐기 때문이다. 전혀 연관이 없어 보이기도 했다. 하지만 왠지 연관이 없다고는 할 수 없는 듯했다.

아무리 그렇더라도 입술 없는 괴물과 그가 노리는 시즈코가 한패라니 그런 어처구니없는 일이 있을까.

생각에 빠져 있던 쓰네가와 경부는 그제야 뭔가 자신의 엉덩이를 쿡쿡 찌르는 걸 깨달았다.

옆을 보니 옆에 앉은 고바야시 소년이 자신의 엉덩이 뒤로 손을 뻗고 있다.

별 엉뚱한 짓을 다 한다고 생각하며 소년의 얼굴을 쳐다보니 그가 눈짓으로 뭔가를 가리켰다. 테이블 위의 과자 그릇이었다.

과자 그릇에는 양갱이 가지런히 놓여 있었다. 그중에는 누가 먹다 만 양갱도 있었는데 거기에 베어 먹은 잇자국이 확연히 남아 있었다.

과자에 먼저 눈이 가다니 역시 아이구나 생각하며 피식 웃었지만, 아이의 직감을 무시해서는 안 된다. 그 잇자국이 아케치가 가지고 있던 범인의 잇자국과 일치한다고 생각하니 정말 소름끼쳤다.

"미타니 씨, 이상하게 들릴지 모르지만 이 양갱은 누가 드시던 건가요. 혹시 아십니까?"

확인할 겸 물어보니 미타니의 표정이 미묘해졌다. 그는 잠시 생각하더니 말했다.

"아, 그건 시즈코 씨가 먹던 거예요. 오늘 아침, 그 소동이 일어나기 전에 나와 단둘이 있을 때 베어 먹었죠. 늘 예의를 차리는 사람이었는데 오늘은 저런 행동을 해서 이상하다고 생각했거든요. 확실히 기억나네요. 하지만 그게 왜요?"

의외의 대답이었다.

쓰네가와 경부는 가슴이 철렁했다. 아, 시즈코 씨의 잇자국이구나. 이 잇자국과 범인의 잇자국을 비교했는데 만약 일치하면 어떻게 될까. 그런 생각을 하니 이루 말할 수 없는 전율이 뱃속에서 끓어올랐다.

"그냥 이러고 있을 수는 없어요. 전혀 짐작이 안 가지만 시즈코 씨를 찾으러 갑니다. 가만히 있는 것보다는 낫겠죠."

미타니는 혼잣말하듯 말하고는 비틀거리며 일어나 손님만 남겨둔 채 인사도 없이 밖으로 나갔다.

"가엾게도 좀 흥분한 것 같네."

경부는 고바야시 소년을 돌아보며 쓴웃음을 지었다.

"저 잇자국이 난 양갱, 가지고 가서 비교해보죠."

소년은 잇자국에 정신이 쏠려 있었다.

"그러는 게 좋겠군. 자네가 이걸 가지고 돌아가. 그리고 아케치 씨한테 사정을 말해. 나는 아직 좀 더 조사할 것이 있어서 여기에 남을 거라고. 일이 생기면 연락하고."

쓰네가와 경부는 고바야시 소년의 열의에 끌려 잇자국을 비교해보고 싶어졌다.

소년이 나가자 경부는 2층 서재에 올라가 범행 흔적을 치밀하게 조사했지만 딱히 발견된 것은 없었다. 창은 모두 철저히 잠겨 있다. 실내에는 사람이 숨을 곳도 없다. 즉, 시즈코 외에는 현장에 범인이 들어올 여지가 없다.

그렇다고 노인이 자살할 리도 없다. 아무리 생각해도 시즈코 외에는 살인범이 없었다.

서재를 다 살펴본 후 2층에서 내려와 정원으로 나가봤다. 딱히 목적이 있었던 것은 아니다. 다만 정원에서 건물 전체를 한눈에 조망해보고 싶었다.

그런데 정원에 나와 잠시 걷던 중에 묘한 광경과 마주쳤다.

송아지만큼 큰 개가 정원 구석에 쓰러져 있었다. 두말할 필요도 없이 이 집에서 기르는 시그마다. 미간을 심하게 두들겨 맞은 듯 피가 흘렀다. 저택에 개백정이 들어올 리 없다. 대체 누가, 무슨 이유로 개를 죽인 걸까.

이상한 생각이 들어 서생과 하녀들에게 물어보니 다들 모른다고 대답했다. 줄곧 개집에 묶어놓았다가 얼마 전 범인에게 입은 상처가 거의 나은 듯해서 오늘 아침에 사슬을 풀어줬다는 것이다.

그 사이 아케치에게 전화가 걸려왔다. 고바야시 소년이 벌써 아파트에 도착한 듯했다. 수화기에서 다소 고양된 아케치의 목소리가 들렸다. 침대에서 내려와 일부러 탁상전화가 있는 곳까지 이동한 것이다. 직접 전화를 해야 하는 용건이 있는 듯했다.

"여보세요, 쓰네가와 씨죠? 잇자국을 비교해봤습니다. 정확히 일치했습니다. 그게 시즈코 씨의 잇자국이라면 시즈코 씨가 바로 우리가 찾던 괴물이라는 기묘한 결론이 나는 거지요."

"정말입니까?"

쓰네가와 경부는 깜짝 놀라 소리쳤다.

"전 믿을 수 없네요. 뭔가 착오가 있는 것 같은데요."

"나도 그렇게 생각합니다. 그게 시즈코 씨의 잇자국이라는 증거는요?"

"미타니 씨의 증언입니다. 단언하더군요."

"미타니 씨군요."

아케치는 그렇게 말하고 잠시 생각하는 듯했다.

"그런데 거기 시그마라는 개가 있을 텐데요. 아직 개집에 묶여 있습니까?"

쓰네가와 경부는 깜짝 놀랐다. 방금 그 개의 사체를 보지 않았는가. 아케치는 정말 무서운 사람이다.

"오늘 아침 사슬을 풀어주었던 것 같습니다. 하지만 아무도 모르는 새 누가 그 개를 죽였습니다."

"네? 죽었다고요? 어디서요?"

아케치는 몹시 놀랐다.

"정원 구석에 쓰러져 있는 걸 제가 방금 발견했습니다."

"아, 무서운 놈이네. 그 개를 죽인 자가 진범입니다. 왜냐하면 이 세상에서 진짜 범인을 아는 건 그 개밖에 없거든요. 사람의 눈은 가면이나 변장으로 속일 수 있지만 개의 후각은 속이기 힘들지요. …… 내가 좀 늦게 알아챘군요."

아케치는 몹시 안타깝다는 듯이 말했다.

어머니와 아들

가련한 시즈코는 집사를 살해한 무서운 살인범도 모자라 입술 없는 괴물일지 모른다는 어처구니없는 의혹까지 받게 되었다. 그런데 그녀는 대체 어디에 몸을 숨긴 걸까. 거기에는 전율할 만한 이야기가 또 있었다.

"그러시면 돌아가신 주인님께 면목이 없지 않습니까. 사람들 눈도 있고, 친척들도 시끄러울 거고요. 아니, 무엇보다도 여섯 살짜리 아이한테 부끄러운 줄 아세요."

말다툼이 격해지니 노인도 심한 말을 했다.

질타를 당하자 시즈코도 켕기는 것이 있었으므로 발끈했다.

지금까지의 처사를 보면 알 수 있듯이 시즈코는 나이 많은 남편의 지극한 사랑을 받으며 제멋대로 살아온 감정적인 여자였다. 한번 뱉은 말을 끝까지 관철시키는 강단은 있었지만 실상 응석받이에 불과했다.

그런데 고용인인 사이토 노인에게 약점을 잡힌 데다가 죽은 남편에게도 듣지 않았던 질타까지 당하자 분한 마음에 피가 거꾸로 솟은 것도 당연했다.

"지금 당장 나가세요. 고용인 주제에 어디 건방지게!"

평소라면 생각할 수 없는 폭언이 마구 튀어나왔다. 자기중심 적인 사람들이 흔히 그렇듯 이미 판단력을 잃은 것이다. 그녀는 일시적인 광기에 휩싸였다.

하지만 눈치 없는 노인은 여러 번 참았다가 한 간언이니만큼 쉽게 물러서지 않았다.

"나갈 수 없습니다. 누구 말이 옳은지 친척들의 평가를 기다려 보죠."

그런 말까지 듣자 더 이상 참을 수 없었다. 시즈코는 발을 동동 구르며 손에 잡히는 대로 주변에 있던 물건을 내던질 정도로 약이 잔뜩 올랐다.

'밉살스런 늙은이야, 뒈져버려. 썩 꺼지라고.'

입 밖으로는 내지 않았지만 시즈코는 가슴속의 독혈이 튀어나올 것만 같았다.

체면을 구실로 주인을 꼼짝 못 하게 다그치는 촌스러운 노인네의 얼굴을 보고 있으니 이가 갈렸다. 이마의 주름도, 긴 눈썹도, 희끄무레한 눈도, 독수리 같은 코도, 의치를 낀 입도 하나같이 실컷 패주고 싶을 정도로 밉살맞았다.

"나가세요. 안 나가면, 난, 간질이 있으니까 무슨 짓을 할지 몰라요."

시즈코는 노인과 맞붙어 싸울 것처럼 서슬 퍼런 얼굴이었다.

"저리 치워요, 당신 얼굴을 보면 속이 안 좋으니 저리 치우라니까!"

그녀는 노인을 밀어젖히며 밖으로 쫓아내려 했다.

노인은 몸을 피했다가 곧바로 다시 나타났다. 그런 모습을 보니 시즈코는 노인을 가만두고 싶지 않아졌다.

"뭐야, 주인 앞에서 지금 뭐 하는 거야."

흥분하니 눈앞이 캄캄해지고 사리 분별이 되지 않았다. 숨이 끊길 것처럼 화가 치밀었다.

비몽사몽 중에 노인에게 달려든 것 같기도 했다. 뭔가를 들고 노인을 마구 때린 것 같기도 했다. 나중에 생각해봐도 격분한 나머지 넋을 잃은지라 무슨 짓을 했는지 확실히 기억나지 않았다.

정신을 차리고 보니 노인이 그녀 앞에 가로누워 있었다. 꽃이 새빨갛게 핀 가슴에는 단검이 깊숙이 꽂혀 칼자루만 보였다.

"어머나!"

시즈코는 소리를 질렀다. 발이 오그라드는 것처럼 꼼짝할 수 없었다.

기억이 나지 않는다. 아무것도 기억나지 않는다. 하지만 노인이 칼에 찔려 쓰러져 있는 것은 명백한 사실이다. 내가 죽인 것이 아니라면 누가 이런 짓을 한 걸까.

'나, 미친 걸까.'

너무나 엄청난 일이라 믿을 수 없었다. 광기 때문에 헛것이 보이는 건가. 양손으로 눈을 문지르며 시체 옆에 털썩 주저앉았다.

"가여워라, 굉장히 아팠겠네."

시즈코는 제정신이 아닌 듯 묘한 말을 하며 가슴에 꽂힌 단도 자루를 뺐다.

바로 그때 서생이 문을 열고 실내를 들여다봤다.

시즈코가 비몽사몽 헛소리를 하고 있는 그곳으로, 서생의 이야기를 듣고 안색이 돌변한 하인들이 몰려왔다.

여러 얼굴 뒤로 자신을 질책하듯 번득이는 미타니 청년의 눈빛이 보이자 시즈코는 처음으로 크게 소리 내어 울었다. 이 엄청난 일이 꿈이나 환각이 아니라 돌이킬 수 없는 현실임을 확실히 깨달았기 때문이다.

사람들은 그녀의 손에서 피투성이가 된 단도를 빼앗고, 허리 근육이 말을 듣지 않는 그녀를 안아 일으켜 아래층 방으로 데려갔다.

그때 그녀의 귀에는 쿵쿵 단말마처럼 박동하는 심장 소리만 들렸다. 와자지껄 떠들썩한 사람들의 소리는 자신과 상관없는 무의미한 소음으로 들릴 뿐이었다.

울기만 하다가 간신히 정신을 차려보니, 옆에 앉아 영문도 모른 채 청승맞게 울고 있는 시게루가 눈에 띄었다.

"시게루, 엄마는……."

시즈코는 사랑하는 아들을 끌어안고 흐느끼며 속삭였다.

"어처구니없는 일을 저질렀어. 시게루, 가엾은 것. 가엾게도 넌 이제 엄마와 헤어져야 해. 혼자 살아가야 한다고."

"엄마, 가지 마. 어디 가는 거야? 왜 울어?"

여섯 살짜리 소년이 무슨 일인지 사정을 이해할 수 없는 것도 당연했다.

아, 이 아이와도 영원히 이별해야 한다. 당장이라도 경찰들이 들이닥치면 난 분명 바로 끌려갈 것이다. 교수대는 피할 수 없는 운명이다. 하지만 이대로 아이와 이별하다니 정말 그런 참혹한 일이 일어날까. 헤어지면 안 된다. 아이도, 연인도, 모두 남겨두고 혼자만 죽는 건 참을 수 없다.

"사이토 할아버지, 어떻게 된 거야? 죽었어?"

천진난만한 시게루 소년의 질문조차 질책처럼 들려 오싹하리만치 두려웠다.

"응? 어떻게 된 거야? 엄마가 죽였어?"

시즈코는 소스라치게 놀라 무심결에 아이의 얼굴을 바라봤다. 무슨 일인가. 어린아이가 벌써 놀라운 직감으로 그걸 알아차리다니.

"엄마가 죽였어. 그런데 엄마도 죽어야 할 거야."

시즈코는 울음소리를 억눌렀다.

"누가 죽여?"

시게루는 깜짝 놀라며 눈물이 그렁그렁한 눈을 동그랗게 떴다.

"누가 엄마를 죽이러 오는 거야? 안 돼. 도망쳐. 엄마, 어서 도망쳐."

그 말을 들은 시즈코는 목구멍에 치미는 소리를 참을 수 없었다. 눈물이 주르르 흘렀다.

"엄마는 비록 살인자지만 우리 도망칠래? 같이 도망칠 거야? …… 아냐, 소용없어. 아무리 도망쳐도 결국은 잡힐 테니. 수천, 수만 명이 엄마를 잡으려고 사방팔방에서 눈에 불을 켜고 있을 거야."

"불쌍해. …… 하지만 시게루가 엄마를 도울게. 그 사람들 혼내줄 거야."

엄마 품에 꼭 안긴 채 시게루 소년은 볼이 시뻘게지도록 불끈 힘주는 모습을 보여줬다.

이제 곧 예심 판사 앞에 불려가 질문을 받을 텐데 시즈코는 변호할 지략이나 능력이 없었다. 모르겠습니다, 모르겠어요, 그저 그 말만 반복할 수밖에 없었다.

조사가 끝난 후 방으로 돌아가서 시게루와 울고 있는데 사람들 눈을 피해 미타니 청년이 들어왔다.

두 사람은 서로의 눈을 물끄러미 바라본 채 잠시 침묵했다. 청년은 연인 곁에 다가가 얼굴을 바짝 대고는 비록 나지막한 목소리였지만 강한 어조로 말했다.

"나는 믿을 수 없어요. 당신이 한 행동이라고는 결코 믿을 수 없어요."

"난 어떻게 하죠? 어쩌면 좋아요."

연인 미타니의 배려 어린 말에 시즈코는 치밀어 오르는 슬픔을 감출 수 없었다.

"정신 차리세요. 희망을 놓으면 안 돼요."

미타니는 누가 듣지 않나 주위를 두리번거리면서 속삭이듯 말했다.

"나는 당신의 무죄를 믿어요. 당신이 그런 여자가 아니라는 걸 잘 알아요. 하지만 아무리 생각해봐도 변명의 여지가 없어요. 그 방에는 피해자와 당신 말고는 아무도 없었으니까. 게다가 당신은 피투성이가 된 단도를 쥐고 있었어요. 사건이 일어나기 바로 전에는 피해자와 심하게 언쟁을 하고 있었고요. 모든 정황이 당신을 가리키고 있어요. 예심 판사도 경찰서장도 틀림없이 당신을 살인범으로 볼 거예요. 생각해보세요. 그때 누군가 방에 잠입한 사람은 없었나요? 변명할 말은 없나요?"

그의 열변을 듣다 보니 이 넓은 세상에 믿을 만한 아군은 미타니밖에 없는 것 같았다. 고마운 마음에 눈물이 주르륵 흘렀지만 아쉽게도 그를 만족시킬 만한 대답은 나오지 않았다.

"난 모르겠어요. 어떻게 그런 엄청난 일이 일어났는지 전혀 모르겠어요."

형사 앞에서 한 말을 반복할 수밖에 없었다.

"시즈코 씨, 정신 차리세요. 울 때가 아닙니다. 이대로 가만있으면 안 됩니다. 2층에서 취조가 끝나면 경찰에 끌려갈 거예요. 당신을 형무소에 보내고 법정에 세우다니 난 상상만 해도 참을 수 없어요. 시즈코 씨, 도망가요. 나랑 시게루랑 셋이 세상 끝까지 도망가요."

미타니가 단단히 결심했다는 듯이 말하자 시즈코는 고개를 번쩍 들었다.

"어머, 어떻게 그런."

그렇다면 이 사람도 내가 진짜 살인자라고 믿는 것이 틀림없다. 그게 아니라면 도망가자는 말을 할 리 없었다.

"상관없어요. 당신이 진짜 살인을 저지른 죄인이라도 나는 당신을 감옥에 넣거나 교수대로 보낼 수 없어요. 나도 죄를 반쯤은 떠안고 당신과 함께 세상에서 몸을 감출 거예요. 도망갈 방법이라면 내가 충분히 생각해 놓았습니다. 실은 안전한 방법이 있어요. 우리가 이러는 동안 누가 오면 안 돼요. 시즈코 씨, 결심해주세요."

미타니가 초조하게 재촉하자 시즈코는 얼굴이 창백해졌다. 가슴은 종을 치는 것처럼 마구 뛰었다.

"하지만……."

시즈코는 마음이 움직였다. 그런 것도 무리가 아니었다. 아무리 죄인이 아니라 한들 여자의 몸으로 눈앞에 어른거리는 감옥이나 교수대를 한순간이라도, 그리고 한 발자국이라도 어떻게든 멀리하려는 것은 당연했다.

"어서요, 얼른 이쪽으로 와요. 내가 찾아놓은 지극히 안전한 은신처가 있어요. 기분이 좀 오싹할 테지만 밤이 깊어질 때까지 둘이 거기 숨어 있으세요. 그 뒤는 내가 알아서 조치할 테니. 나만 믿으세요. 어떤 일이 있어도 포기하지 말고 꾹 참으세요. 만일 도망치지 못하면 내가 모든 책임을 질게요. 내가 당신을 협박해 무리하게 도망치게 했다고 말하면 돼요."

그렇게까지 말하는데 연약한 여자의 몸으로 어찌 반항하겠는가. 시즈코는 시게루 소년의 손을 잡고(모자는 한순간도 떨어질 수 없었다) 발소리를 죽인 채 머뭇머뭇 주위를 살피며 미타니 뒤를 따라갔다.

다행히 하인들과 마주치지 않고 부엌 옆의 창고에 도착했다. 미타니가 마루청을 들어내고 흙으로 덮인 돌 덮개를 열자 놀랍게도 그 아래로 컴컴한 동굴 문이 떡하니 나타났다.

"물이 다 마른 오래된 우물이에요. 위험하지는 않아요. 이 속에서 잠시 참고 있으세요."

미타니는 그렇게 말하면서 민첩하게 움직였다. 그는 어디선가 커다란 이불 두 채를 안고 와서 우물 안에 던졌다.

시즈코는 당장이라도 사람이 올까 신경 쓰느라 주인도 모르던 마루 밑의 오래된 우물을 미타니가 어떻게 발견했을지 의심할 겨를도 없었다.

시즈코는 미타니의 도움을 받아 그다지 깊지 않은 동굴 안으로 미끄러져 내려갔다.

아래에는 커다란 이불 두 채가 두툼한 쿠션처럼 겹쳐 있어 다칠 염려는 없었다. 이어서 시게루 소년도 같은 방법으로 우물 바닥으로 내려갔다.

"그럼 오늘 밤 1시쯤 꼭 올 테니 그때까지 참고 계세요. 시게루는 울면 안 돼. 전혀 무서운 것 없으니. 나를 믿고 안심하고 기다려."

머리 위에서 미타니가 속삭이는 소리가 들리고 여기저기서 흙이 떨어지더니 우물 안이 캄캄해졌다. 돌 덮개가 출구를 막은 것이다.

가련한 모자는 어둠 속에서 촉각만 남은 채 서로 꼭 끌어안고 벌벌 떨었다. 생각할 힘도 없었다. 울기조차 두려운 처지였다.

"시게루. 넌 착한 아이니까 무서워하지 마."

시즈코는 사랑하는 아들을 염려했다.

"나 안 무서워, 조금도."

하지만 소년의 목소리는 공포에 떨렸다. 시즈코에게 안긴 작은 몸이 불쌍한 강아지처럼 바르르 떨었다.

안정을 찾으니 우물 바닥의 찬 기운이 몸에 스몄다.

그리고 보니 미타니는 어떻게 이렇게 세심한 곳까지 신경써줬을까. 몹시 경황없는 상황이었는데도 이불까지 챙겨줄 생각을 하다니. 덕분에 우물 바닥에서 올라오는 한기에도 불구하고 발밑은 폭신폭신 두꺼운 쿠션처럼 따뜻했다.

시즈코는 이불 끝의 남는 부분을 시게루에게 덮어주고 자신도 어깨에 둘러 추위를 견뎠다.

하지만 그녀가 만일 이 두꺼운 침구 밑에 무엇이 있는지 알았다면 감사는커녕 아무리 형벌이 두려워도 절대 우물 바닥에는 숨지 않았으리라.

침구 밑에는 흙만 있는 것이 아니었다. 침구와 흙 사이에는 모골 송연한 물건이 가로 놓여 있었다. 그것이 무엇인지 독자 여러분에게 알려드릴 때가 곧 올 것이다.

그건 그렇고 미타니 청년이 계획했다는 도주 방법은 무엇일까. 일단 시즈코 모자를 우물에 숨기긴 했으나 이런 곳에서 오래 있을 수는 없었다. 언제고 저택을 빠져나가야 할 텐데 문 앞에는 순경이 지키고 있다. 저택 안에는 고용인들이 눈에 불을 켜고 있다. 만약 무사히 저택을 탈출한다 해도 파출소는 어디든 있다. 이웃 사람들의 눈도 있다. 시즈코가 수배자라는 사실은 이미 이 일대에 다 알려졌다. 상황이 이러한데 미타니는 대체 어떻게 빠져나갈 생각인 걸까.

시즈코를 우물에 숨긴 후 미타니가 아케치에게 전화를 걸어

쓰네가와 경부와 고바야시 소년이 저택을 방문한 것은 앞서 기술했다. 제아무리 쓰네가와 경부라도 창고 마루 밑에 오래된 우물이 있을 거라고는 생각하지 못했다. 그는 양갱의 잇자국만 확보하고는 시그마의 사체를 발견한 뒤 허망하게 철수했다.

그 후 밤 1시(미타니가 시즈코에게 약속한 시간)까지는 별다른 일이 일어나지 않았다. 낮에 미타니의 지시로 주문한 커다란 관이 8시쯤 도착해 사이토 노인의 시체를 관 속에 넣은 것을 제외한다면.

관은 아래층 넓은 다다미방에 안치하고 향화를 마련해 놓았다. 그 방에는 밤늦게까지 가족과 조문객들의 독경 소리가 끊이지 않았는데, 12시쯤 되자 일부는 돌아가고 일부는 잠자리에 들었다. 전등도 껐기에 암흑 같은 방 안에는 노인의 시체만 덩그러니 남아 있었다.

대략 1시쯤, 어두운 방 안으로 누군가 그림자처럼 소리 없이 잠입했다. 그는 손으로 더듬어가며 노인의 관으로 다가가 살며시 뚜껑을 열었다.

장의차

어두운 방 안에 잠입해 사이토 노인의 관 뚜껑을 연 사람은 독자 여러분의 상상대로 미타니 청년이었다.

그는 대체 무엇 때문에 관 뚜껑을 연 걸까. 열어서 관 속의 시체를 어떻게 하려는 걸까.

어둠 속에서 코를 찌르는 시체 냄새, 그리고 얼음처럼 차가운 시체. 눈이 어둠에 적응하자 어렴풋이 보이는 시체의 무서운 얼굴.

미타니는 그런 것쯤은 상관없다는 듯이 관 속에서 노인의 시체를 끌어내 옆구리에 끼고 귀신처럼 소리 없이 방을 나가더니 복도를 통해 부엌 옆의 창고로 갔다.

그리고 시체를 물건 뒤에 숨겨두고는 마루청을 들어내고 돌 덮개를 연 후 우물 안쪽을 향해 모기만 한 소리로 말했다.

"시즈코 씨, 나예요. 지금 다른 은신처로 옮길 거예요. 정신 바짝 차리세요."

시즈코의 힘없는 대답을 듣자, 미타니는 창고에서 작은 사다리를 가지고 와서 우물 안으로 내려갔다.

시즈코와 시게루 소년은 미타니의 격려와 도움을 받아 가까스로 사다리를 올라갈 수 있었다.

"시게루, 입을 꼭 다물어야 해. 조금이라도 소리를 내면 무서운 아저씨가 엄마를 잡아갈 거야."

미타니는 혹시라도 시게루 소년이 울음을 터트릴까 봐 몹시 두려웠다. 하지만 겁에 질린 여섯 살짜리 소년은 길고양이처럼 몸을 움츠리고 발소리를 죽여 소리를 내지 않으려 했다.

미타니는 두 사람을 화장실에 들르게 한 후 조용히 복도를 지나 관이 있는 방으로 데려갔다.

시즈코와 시게루뿐 아니라 그때쯤은 어둠에 적응한 미타니도 전등이 꺼진 실내의 모습을 확실히 볼 수 있었다.

"이 관 안에 숨는 겁니다. 좀 답답하긴 해도 관이 대형이라 두 사람쯤은 들어갈 수 있어요."

미타니의 해괴한 지시에 깜짝 놀란 시즈코가 엉겁결에 뒤로 물러섰다.

"어머, 이런 관 안에요?"

"소름 끼친다는 둥 그런 걸 따질 때가 아니에요. 들어가세요. 무사히 저택 밖으로 나가려면 이 방법밖에 없어요. 장례식은 내일 오후예요. 그때까지만 참으세요. 죽었다고 생각하고 숨어 계세요."

결국 미타니가 말하는 대로 할 수밖에 없었다. 시즈코가 먼저 관에 들어가 아래쪽에 눕고 시게루 소년이 그 위에 포개 누웠다. 미타니는 원래대로 관 뚜껑을 닫았다.

그는 창고로 돌아가 사다리를 치우고 돌 덮개와 마루청을 원래대로 돌려놓았다. 그리고 사이토 노인의 시체를 수습했는데, 어떻게 수습했는지는 곧 알게 될 것이다.

다음날 관이 나가는 시간까지 두 사람이 관 속에 겪은 고통은 이루 말할 수 없었다. 미타니 역시 마음고생이 이만저만 아니었다.

그는 아침 일찍부터 관 옆을 떠나지 않으며 안에서 작은 소리라도 나면 그 상황을 수습하기 위해 헛기침을 하거나 불필요한 소리를 내는 등 우스꽝스럽게 보일 정도로 신경 썼다. 관 뚜껑에도 못을 박아 안이 들여다보이지 않게 대비한 것은 말할 필요도 없었다.

미타니야 말로 살인사건의 원인을 제공한 인물이었지만 집안 사람들이 그걸 알 리 없었다. 친척이나 지인들도 모였지만 대부분 평소 소원하게 지낸 사람들이라 결국에는 장례위원장도 시즈코 가 유괴 사건 이후 집안일을 의논해왔던 미타니가 맡았다.

정해진 시간이 되자 미타니는 사람들을 재촉해 서둘러 관을 내갔다.

인부가 관을 어깨에 짊어질 때 혹시라도 눈치챌까 염려했지만 문 앞의 장의차에 살아 있는 모자를 숨긴 대형 관을 싣고 무사히 빠져나갔다. 하타야나기 가문의 위패를 모시는 절에서 장례식도 절차대로 잘 마친 후 장의차는 가까운 친척들이 탄 자동차를 따라 화장장으로 출발했다.

살인, 단도, 피범벅, 경찰, 법원, 감옥, 교수대, 연인, 사랑하는 아들, 하타야나기가, 재산, 입술 없는 남자, …… 이런 생각이 때로는 공포로, 때로는 애착으로 시즈코의 뇌리에 줄줄이 스쳐 지나갔다.

하지만 그 어떤 것도 확실하지 않았다. 앞으로의 운명이 어떻 게 될지는 짐작조차 할 수 없었다.

그저 연인 미타니의 지시에 정신없이 따를 뿐이었다. 시즈코 는 사랑하는 시게루 소년을 끌어안은 채 한시도 손을 놓지 않으려 안간힘을 쓰느라 여념이 없었다.

시커먼 황천길 같은 우물 안에서 몇 시간을 보내고 거기서 겨우 나오나 했더니 내 집 복도를 도둑처럼 몰래 빠져나와 하필이면 내 손으로 죽인 사이토 노인의 시체를 안치했던 관 속에 우리 모자가 숨어 있어야 한다니.

관이 견고했기에 못을 박을 때 미타니가 종이를 돌돌 말아 밖에서는 보이지 않도록 틈새에 잘 넣어 숨구멍을 뚫어놓았기에 공기가 부족할까 걱정할 필요는 없었다. 하지만 출관할 때까지 좁은 상자 속에서 찍소리도 내지 말고 꼼짝없이 긴 시간을 견뎌야 했으므로 죗값을 치르기 위한 지옥의 고통은 이미 시작된 것 아닐까.

겁에 질린 시게루 소년은 시즈코의 옷자락에 바짝 붙어 지옥의 아귀에 엄마를 빼앗기지 않으려고 시즈코의 무릎을 꼭 끌어안은 채 조용히 숨죽이고 와들와들 떨고 있었다. 그런데 갑자기 떨림이 멈추고 호흡도 들리지 않았다. 겁에 질려 잠든 것이었다. 어린아이가 어제부터 한숨도 자지 못하고 마음을 졸이다가 더는 못 견디고 무서운 관 속의 침상에서 곤히 잠든 듯했다.

시즈코는 아이의 천진난만함을 부러워하는 한편 마음이 좀 편안해졌다.

귀를 기울여 봐도 아무 소리 들리지 않고 희미한 빛밖에 보이지 않았다. 몸을 숨긴 관이 어느새 땅속에 묻히고 위에 흙이 두껍게 쌓여 빛과 소리가 완전히 차단된 것 아닌가 의심스러울 지경이었다.

마음이 가라앉자 마비되었던 말초 신경이 작용했다. 우선 옅은 시체 냄새가 코를 자극했다.

'아, 얼마 전까지 이 안에 그 노인의 시체가 들어 있었구나. 그것도 내 손으로 처참하게 죽인 시체가.'

시즈코는 새삼 그 사실을 인식했다.

지금 자신이 볼을 대고 있는 판자에는 시체의 볼도 닿아 있었을 것이다. 그녀는 간접적으로 자신이 죽인 노인과 볼을 비비고 있는 셈이다.

그렇게 생각하니 이루 말할 수 없는 공포가 밀려와 소름이 끼쳤다.

앞이 보이지 않는 암흑 속에서 죽은 자의 원령이 그녀의 몸을 옥죄는 기분이었다.

관 뚜껑을 열고 비명을 지르며 뛰쳐나가고 싶은 충동에 사로잡혔지만, 만약 도망친다면 파멸이 기다리고 있을 뿐이다. 그녀는 이를 악물고 참아야 했다.

하지만 고약한 시체 냄새가 점점 코를 자극해 견디기 힘들었다. 신경이란 신경이 모두 후각에 쏠리는 듯했다.

그런데 갑자기 그녀의 코가 이상한 기억을 상기시켰다.

어! 이 냄새는 처음이 아니잖아. 이와 똑같은 냄새를 맡은 적이 있는데. 이상하다. 대체 어디서 그런 냄새가 났을까.…… 아, 거기다. 우물. 아까 몸을 숨겼던 우물이다.

우물 안에 있는 동안은 격앙한 나머지 의식하지 못했지만 생각해보니 냄새만 이상한 게 아니었다. 그 두꺼운 이불 밑은 결코 평범한 우물 바닥이 아니었다.

그건 대체 뭐였을까. 시체 냄새와 방금 떠오른 기억을 결부시켜 생각해보니 기겁할 수밖에 없었다.

'하지만 설마 그 우물 안에도…… 착각일 거야. 내 신경이

잘못되었겠지.'

시즈코는 어떻게 해봐도 무서운 상상을 떨쳐낼 수 없었다. 말도 안 되는 일이라고 생각했다.

시체 냄새라고만 생각했는데, 돌연 아련한 장미 향도 떠올랐다. 그러는 사이 이제는 누군가의 음란한 체취가 나는 듯했다. 과민해진 그녀의 코가 환각을 일으킨 듯했다.

누구의 체취였던가. 갑자기 정욕을 부르는 듯한 그 냄새는 미타니 청년의 체취가 틀림없었다.

하지만 그 냄새는 그녀의 후각에 남아 있던 더 오래된 기억을 상기시켰다. 그건 미타니의 체취이기도 했지만 어디에선가 맡았던 다른 남자의 체취 같았다.

누굴까. 그게 누구였지.

'아, 맞다. 그 냄새다. 그 사람 냄새다.'

시즈코는 놀랍게도 일치하는 냄새에 어안이 벙벙했다.

'그때 이후 한참이나 왜 그 생각을 못 했을까.'

시즈코는 마치 몇 년간 까맣게 잊고 있던 기억이 갑자기 떠오른 듯한 심정이었다. 관 속의 어둠과 정적이 그녀의 마음에 신비한 작용을 가한 듯했다.

미타니와 똑같은 체취를 가진 또 다른 남자는 대체 누굴까.

독자 여러분은 이 이야기의 처음에 시즈코가 아오야마의 빈집에 갇혔던 것을 기억하시리라. 그 지하실에서 입술 없는 남자가 시즈코를 덮쳤을 때 그의 몸에서 처음이 아닌, 잘 아는 누군가의 체취를 느꼈다. 그 사실도 기억하시리라.

시즈코는 그와 종종 마주치면서도 이런저런 일들 때문에 잊고 있었는데, 유난히 예민해진 후각이 그걸 상기시켜준 것이다.

'어머, 말도 안 돼. 우연의 일치겠지. 진짜 내 코가 미쳤나 봐.'

코뿐만 아니라 머리까지 잘못된 건 아닌가. 시즈코는 너무 무서웠다.

하지만 독자 여러분, 희한하게도 일치하는 냄새는 두 가지였다. 시체와 우물 안의 냄새, 그리고 미타니의 체취와 입술 없는 남자의 체취. 이런 이중의 부합이 과연 시즈코의 착각에 불과한 것일까. 혹시 거기에는 무서운 비밀이 숨어 있는 것 아닐까.

멈춰지지 않는 망상과 공포 속에서 새벽이 밝았다.

좁은 틈새를 통해 관 안으로 겨우 들어온 희미한 빛. 곧이어 사람들의 발소리와 대화하는 소리가 들렸다.

아직 이승인가보다. 시즈코는 정신을 바짝 차렸다. 움직이면 안 된다. 소리 내지 말아야 한다. 숨 쉬는 소리도 꺼림칙했고, 심장 박동에도 흠칫 놀랐다.

지금부터 출관할 때까지 몇 시간이 얼마나 지옥 같을까. 일생처럼 길고 길게 느껴질 것이다.

마침내 독경이 끝나고 출관 시간이 되었다. 관을 옮기는 인부들의 발소리가 가까워지고 영차영차 소리와 함께 시즈코 모자의 몸이 심하게 흔들렸다.

이 일을 어쩌나. 그때 시게루 소년이 눈을 뜬 것 같았다.

시게루가 소리를 내면 끝장이라 생각하니 시즈코는 소름이 끼쳤다.

'시게루, 엄마가 여기 있으니 무서워할 것 없어. 무서워하지
마.'

말을 할 수 없었기에 아래쪽으로 양손을 뻗어 아들의 볼을
토닥이며 마음을 전했다.

바로 그때 관이 또 한 번 크게 흔들렸다.

"시체가 참 무겁네."

인부의 우렁찬 소리가 들렸다.

시즈코는 시체 대신 들어가 있는 것이 발각 난 줄 알고 깜짝
놀라 몸을 웅크렸지만, 인부들은 더 이상 의심하지 않은 채
그대로 관을 지고 나갔다.

다행히 인부의 목소리가 방금까지 울음을 터뜨릴 것 같던
시게루 소년을 침묵하게 했다. 어린아이였지만 이 한마디에
자신들의 처지를 깨달았는지 엄마 무릎에 필사적으로 매달려
꼼짝도 하지 않았다.

관은 잠시 공중에 떠서 옮겨지다가 마침내 어디에 내려놓았는
지 쾅당 소리가 나더니 아래쪽이 흔들리는 소리와 함께 장의차
안으로 들어갔다.

뒤이어 엔진 소리가 울리고 자동차가 달리자 관이 심하게
흔들렸다.

시즈코는 안도의 한숨을 쉬었다. 이제 조금은 소리를 내도
된다. 장의차에는 관만 싣고 사람은 타지 않는다. 운전석도
보통 차와는 달리 두꺼운 유리로 막혀 있다.

"시게루, 힘들지? 시게루는 착한 아이니까 좀 더 참을 수 있을 거야."

조용히 속삭이자 소년이 낑낑거리며 엄마 배 위로 기어 올라갔다. 어두워서 보이지 않더라도 엄마 얼굴 가까이 있고 싶은 모양이었다.

이윽고 비좁은 상자 속에서 모자는 위아래로 누워 서로 볼을 비볐다. 둘 다 후두부가 관에 부딪혀 꽤 아팠지만, 그런 아픔쯤은 아무것도 아니었다.

"내 아들, 잘 참네. 힘들지?"

"엄마, 우는 거야? 무서워?"

시게루는 엄마의 눈물이 자기 볼에 흐르자 걱정스럽게 물었다.

"아니, 울지 않을 거야. 이제 아무렇지도 않아. 곧 미타니 아저씨가 도와줄 거야."

"언제?"

"곧."

잠시 후 차가 절에 도착했는지 관이 옮겨지고 긴 독경이 시작되었다.

그동안 시즈코는 사람들이 눈치챌까 노심초사했지만 어른스럽게도 시게루 소년이 조심했기에 관은 다시 장의차 안으로 무사히 옮겨졌다.

'아, 아직 멀었나. 좀 더 참자.'

시즈코는 얼른 미타니의 얼굴을 보고 싶었다. 연인의 얼굴만 본다면 아까의 무서운 망상도 곧바로 사라질 것 같았다.

장의차는 또 부룽부룽 달렸다.

"엄마, 아직이야?"

시게루 소년이 참지 못하고 물었다.

"조금만 참아, 조금만."

시즈코는 아들의 볼을 비비며 대답했다.

"어디 가는 거야?"

시게루는 몹시 불안한 듯했다.

듣고 보니 시즈코도 행선지를 확실히 몰랐다.

아마 어딘가 차를 세우면 미타니가 관을 꺼내 뚜껑을 열고 도와주리라 추측할 뿐이다.

'만약에, 아, 만약에, 일이 꼬여 이대로 화장되면 어쩌지?'

시즈코는 마음 깊숙이 헤아릴 수 없는 공포가 밀려왔다.

생지옥

그 후 한참을 어둠 속에서 흔들리다가 겨우 차가 멈췄다.

드디어 구출되는 건가. 미타니 씨는 어디 있을까. 불러볼까. 부르면 그 사람이 다정한 목소리로 대답할 거야. 시즈코는 정말 소리를 내지는 않았지만 기대에 차서 두근거리는 가슴으로 연인이 관을 열어주기를 기다렸다.

마침내 관 바닥이 끌리는 소리가 났다. 이제 꺼림칙한 장의차에서 내릴 수 있다. 미타니 씨가 고용한 인부들이 관을 끌어내리는 것이리라. 아니, 그 사람도 그들 틈에서 돕고 있을지도 모른다.

관은 일단 밖에 내려졌지만 곧바로 인부들이 다시 메고 날랐다. 잠시 덜컥거리며 흔들리더니 관 바닥이 자갈에 끌리는 소리가 났다. 그리고 철컥, 하며 높은 울림이 들리는 걸 보니 관을 금속 도구 위에 내려놓은 듯했다.

'이상하다.'

그렇게 생각하는데 곧바로 철커덕, 하고 금속과 금속이 부딪치는 소리가 아주 크게 들렸다. 동시에 주변의 소음이 뚝 멈췄다. 무덤 속에 들어온 것처럼 온몸에 엄습하는 오싹한 정적.

"어떻게 된 거야? 여기 어디야?"

땀이 날 정도로 엄마 목을 꼭 끌어안은 시게루 소년이 와들와들 떨면서 물었다.

"쉿."

시즈코는 조심스레 시게루의 입을 막고 귀를 기울였다.

혹시 일이 잘못된 것 아닐까. 대체 여기는 어디일까. 만약에, 만약에 ⋯⋯.

장의차가 도착한 곳은 두말할 필요도 없이 화장터였다.

아, 알았다. 이 관은 화장터의 불구덩이 속으로 들어간다. 아까 들렸던 엄청난 금속 소리는 아궁이 입구의 철문 닫히는 소리가 틀림없다. 그래, 의심할 여지가 없다. 우리는 지금 무시무시한 불구덩이 속으로 들어가고 있다.

그녀는 예전에 친척의 장례 때 화장터에 간 기억이 떠올랐다. 음침한 콘크리트 벽에 검은 철문이 죽 늘어서 있었다.

"여기가 지옥행 정류장이다."

누군가 은근슬쩍 그런 농담을 했던 기억이 났다. 섬뜩한 철문이 늘어서 있는 모습이 더할 나위 없이 '지옥의 정류장'이었다.

관을 넣은 후 철문을 닫고 밖에서 문을 잠갔다. 생각해보니 그때 철컥하는 엄청난 소리가 아까 들은 금속 소리와 똑같았다.

이제 어떻게 될까. 자세히는 몰라도 밤이 되기를 기다렸다가 석탄에 불을 피우면 아침에는 재가 되어 있겠지.

요즘에는 편리한 중유 소각 장치도 있다. 그 경우, 관을 아궁이 속에 넣자마자 불이 사방으로 분사되기에 장례 참석자가 기다리는 동안 재가 된다는 이야기를 들었다. 하지만 아직까지 별다른 일이 일어나지 않은 걸 보면 석탄 아궁이가 틀림없다. 아무 소리 없이 조용한 걸 보니 화장터 직원들도 모두 돌아간 것이리라.

밤늦게 석탄에 불을 붙일 때까지는 담당자도 일이 없을 테니 여기 없을 것이다.

이렇게 가만히 있으면 안 된다. 밤까지는 안전할 테지만 아궁이라는 것을 안 이상 가만있을 수는 없다.

산 채로 불타다니 그 공포는 생각만 해도 모골이 송연하다. 게다가 사랑스러운 내 아들, 아무 죄 없는 시게루까지 그런 고통스러운 일을 당하게 할 수는 없다.

거의 30분가량이나 안절부절못하며 이 생각 저 생각을 했는데, 밖에서는 아무 소리도, 인기척도 들리지 않았다.

관 뚜껑 사이로 빛이 들어왔지만 지금은 캄캄한 암흑이라 바로 눈앞에 있는 시게루의 얼굴도 보이지 않을 정도다.

이제 결정해야 한다. 이대로 가만있으면 우리 모자는 불타 죽을 것이다. 더 이상 미타니의 도움을 기다릴 상황이 아니다. 그가 여기 오지 못한 것은 부득이한 사정 때문이리라.

"시게루, 이제 상관없으니까 발버둥 쳐가며 힘껏 소리치는 거야. 살려주세요, 하고."

"엄마, 괜찮은 거야?"

소년이 갑자기 의붓자식이라도 된 양 잔뜩 겁먹은 목소리로 반문했다.

"이제 순경 아저씨는 안 와?"

아, 이 일을 어쩌나. 시즈코는 불타 죽을까 두려워 자신의 처지를 망각했다. 그걸 여섯 살짜리 어린애가 알려준 것이다.

"안 돼. 그럼 안 돼. 소리치지 마."

세상에 이렇게 괴로운 상황이 또 어디 있으랴. 가만있으면 관 속에서 불타 죽는다. 산 채로 불지옥의 고통을 맛봐야 한다. 사랑하는 자식을 안고 여자의 몸으로 그걸 어떻게 견딜 수 있을까.

그렇다고 상상조차 할 수 없는 재앙을 피하기 위해 구해달라고 소리치면 바로 경찰의 손에 인도될 것은 당연지사다. 그러지 않아도 살인자로 지목되었는데 당치않게 도주까지 시도했으니 그야말로 가장 유력한 자백이라 사형을 피하지 못하리라.

너무 두렵다. 감옥, 교수대, 그리고 사랑스런 시게루와의 이별. 이 아이는 불쌍한 고아가 될 것이다. 그뿐만이 아니다. 관의 비밀이 밝혀지면 미타니 씨도 중죄를 면할 수 없다. 무거운 형벌을 받을지도 모른다.

'어떻게 하지. 이를 어째.'

가만있으면 화형이고 도망치면 교수대다. 좌로 보나 우로 보나 앞에는 시커먼 죽음이 기다릴 뿐이다.

"시게루, 너 죽는 거 무섭지?"

차가운 볼을 서로 꼭 맞댄 채 다정한 목소리로 속삭이며 물었다.

"죽으면 어떻게 돼?"

그렇게 물었지만 대충은 알고 있는지 소년은 두렵다는 듯이 작은 손으로 엄마의 몸을 꼭 붙들었다.

"엄마와 함께 구름 위의 아름다운 나라로 가는 거지. 꼭 끌어안고 떨어지지 말자."

"응, 난 괜찮아. 엄마랑 함께라면 죽을래."

왈칵 쏟아진 뜨거운 눈물이 서로 맞대고 있는 모자의 뺨 사이로 흘러서 온 얼굴을 적셨다.

시즈코의 입에서 기이한 소리가 났다. 이를 악물어도 복받치는 오열이 이 사이를 비집고 나온 것이다.

"그럼, 우리 두 손 모아 마음속으로 신에게 기도할까. 시게루를 천국에 데려가 주세요, 라고."

너무도 적절한 기도 아닌가. 관 속에서 드리는 기도다. 그것도 화장터 아궁이에 들어간 관이다. 동서고금 막론하고 이런 장소에서 신에게 기도드리는 사람은 없을 것이다.

무정한 시간은 인정사정 볼 것 없이 다가왔다. 1시간, 2시간,

하지만 해가 막 저문 시간이다. 늦은 밤이나 석탄에 불을 붙일 것이다.

"엄마, 나 죽기 전에 먹고 싶은 게 있어."

시게루 소년이 별안간 묘한 말을 했다.

그 말을 듣고 시즈코는 깜짝 놀랐다.

엄마를 힘들지 않게 하려고 얼마나 참고 또 참았을까. 생각해보니 이틀이나 아무것도 먹지 못했다. 어른인 시즈코도 고통스러울 정도로 배고팠다. 아이가 참다못해 그런 말을 한 것도 무리가 아니었다.

"먹고 싶은 거라면 여기에는 아무것도 없어. 착하지. 이제 곧 천국에 가면 맛있는 과자와 과일이 아주 많을 거야. 조금만 참자."

"그런 거 아냐."

시게루는 골이 난 듯이 말했다.

"배가 고프잖아. 목도 마르고."

"응, 있잖아, 엄마 찌찌 같은 것."

시게루는 부끄러운 듯 가까스로 그 말을 했다.

"아, 찌찌 말이구나. …… 엄마, 웃지 않을게. 물론 괜찮지. 이리 와. 허기를 잊어버릴 수도 있겠네."

시게루는 좁고 캄캄한 관 안에서 시즈코의 어깨에 머리를 바짝 대고 가까스로 엄마의 가슴에 매달렸다.

시게루는 아직 모유 먹는 법을 잊지 않았다. 유두를 부드러운 혀로 감싸고 나오지도 않는 모유를 맛있다는 듯이 쪽쪽 빨았다.

한 손으로는 꿈틀꿈틀 다른 쪽 가슴을 만지작거리면서.

시즈코는 오랫동안 잊고 있었던 그리운 촉감에 마치 꿈속인 양 현재의 무시무시한 상황도 잊어버리고 아들의 등을 어루만지며 슬픈 목소리로 나직하게 자장가를 불러주었다.

잠시 무서운 화장터 아궁이나 답답한 관도, 다가오는 '죽음'도 모두 사라지고 마치 봄날에 부드러운 꿈을 꾸는 듯했다.

하지만 그런 꿈이 오래 계속될 리 없었다. 결국은 둘 다 무서운 현실로 돌아와 이전보다 심해진 두려움과 공포에 시달려야 했다.

관 속에서도 느껴지는 차가운 밤공기. 이미 밤이 깊어진 듯하다. 그런데 미타니 씨는 어디서 무엇을 하고 있을까. 일이 이렇게 되리라고는 그 사람도 전혀 생각지 못했을 거야. 아마 지금쯤 우리를 애타게 걱정하고 있겠지.

아니면, 혹시 우리를 위해 자동차를 타고 이 화장터로 달려오고 있는 것 아닐까. 그렇게 생각하니 멀리서 엔진 소리가 들리는 듯했다.

"시게루, 좀 들어봐. 자동차 소리가 들리는 것 같지? 저 자동차에 미타니 씨가 타고 있을 거야."

시즈코는 환청에 기대어 정신 나간 것처럼 중얼거리며 귀를 기울였다.

맞다, 들린다. 그러나 엔진 소리가 아니었다. 그 소리는 더 가까이, 시즈코 바로 아래에서 들렸다.

따닥따닥 뭔가 떨어지는 듯한 소리. 쩽하며 금속이 서로 부딪치는 소리. 그리고 희미하게 들리는 노랫소리. 저속한 유행가를 부르는 남자의 굵고 거친 목소리.

아, 알았다. 담당자가 콧노래를 부르며 삽으로 아궁이에 석탄을 퍼 넣는 소리였다.

이제 최후의 시간이 온 것이다.

가만 들어보니 기분 탓인지 확 타오르는 화염 소리 같았다.

"엄마, 어떻게 된 거야. 이게 뭐야?"

시게루가 가슴에서 떨어져 머뭇거리며 물었다. 물론 작게 속삭이는 소리였고 관과 철문으로 막혀 있었으므로 밖에서 들릴 리는 없었다.

"시게루, 이제 천국에 갈 거야. 하느님이 기다리고 있을 거야."

"하느님이 어디 있어?"

"들어봐. 휘익 소리가 나지? 하느님의 날갯소리야."

시즈코는 또 정신 나간 듯한 소리를 했다.

시게루는 귀를 쫑긋 세웠지만 불타는 소리밖에 들리지 않자 시즈코에게 매달려 엄마 가슴에 얼굴을 묻었다.

"엄마, 무서워! 도망쳐."

"아냐, 무서워할 것 없어. 잠깐이면 돼. 아주 잠깐만 이 고통을 참으면 우리는 천국으로 갈 거야. 자, 착하지?"

"엄마, 뜨거워."

"응. 하지만 더 뜨거워지지 않으면 천국에 못 가."

시즈코는 이를 악물고 아들을 꼭 끌어안았다.

견디기 힘든 열기였다.

이제 관 바닥에 불이 옮겨붙을 것이다. 빠지직 판자가 갈라지는 소리와 함께 뚜껑 틈새로 힐끔힐끔 붉은 빛이 지옥의 번갯불처럼 관 속에 비쳤다.

"불이야! 엄마, 불! 얼른얼른."

시게루 소년은 어떻게든 관 뚜껑을 부수고 도망치려고 마구 발버둥 쳤다.

관 속의 공기가 부족했으므로 호흡조차 곤란했다. 하지만 그보다 더 무서운 것은 바닥 판자가 타는 열기였다. 시즈코는 만사 포기했어도 더 이상 참을 수 없었다.

"알았어. 역시 그거였어."

최후의 순간, 시즈코의 뇌리에 불꽃처럼 번뜩이는 것이 있었다.

미타니 씨는 관에 들어가라고 할 때부터 우리가 화장터의 아궁이에서 불타리라는 사실을 다 알고 있던 것 아닐까.

그가 바로 입술 없는 괴물 아닐까. 체취의 일치를 어떻게 해석하면 좋을까.

모든 것이 처음부터 깊이 계획한 악행인지도 모른다. 혹시 사이토 노인의 변사 사건도 교묘한 악마의 트릭으로, 내가 범인이라고 착각하게끔 일을 꾸민 것 아닐까. 너무 오싹하다.

시즈코는 불현듯 뭔가를 깨달은 듯했다.

'그렇다면, 그렇다면 나는 지금 순순히 죽을 때가 아니다. 뭐라도 해서 이 곤경을 빠져나가 억울한 누명을 벗어야 한다.'

얼른 시게루와 함께 관 뚜껑을 부숴야겠다고 생각했다. 그녀는 죽기 살기로 발버둥 치며 말했다.

"시게루, 이제 상관없으니까 마구 소리쳐. 밖에 있는 아저씨한
테 들리게 소리쳐."

두 사람은 울음인지 비명인지 모르게 큰 소리로 울부짖으며
닥치는 대로 관 뚜껑을 발로 찼다.

하지만 아무리 소리쳐도 두꺼운 뚜껑과 철문이 이중으로
막고 있는 데다가 화염 소리에 묻혀 소리는 밖에까지 들리지
않았다. 그뿐 아니라 관 속에 산 사람이 들어가 있으리라고는
상상도 할 수 없었기에 설사 소리가 들리더라도 그걸 신경
쓸 리 없었다.

그러는 동안 이미 관 바닥이 다 타고 시뻘건 불길이 시즈코의
옷자락을 홀홀 태웠다. 두 사람 다 연기 때문에 숨이 막혀 외칠
힘도 없었다.

생지옥, 정말 생지옥이다.

다른 사람이 한 일이 아니었다. 시즈코가 살인죄를 범했다.
그걸 연인 미타니가 기지를 발휘해 관을 요술 도롱이 삼아
절묘하게 저택에서 빠져나왔다. 까딱 잘못하면 이런 불지옥이
기다릴 줄은 시즈코는 물론 미타니도 알지 못했으리라.

사이토 노인을 죽였다 해도 스스로 의식하지 못하는 사이에
일어난 일이었다. 실수든 무엇이든 해명할 길은 있을 텐데 그저
법원이 무섭고 감옥이 무서워서 도망쳐 숨은 것뿐이다. 그런데
교수대보다도 훨씬 끔찍한 불지옥에 빠졌다. 운명이 이렇게
무서운 것이다.

하지만 미타니도 너무 했다. 고심을 거듭한 끝에 도망치게

했으면서 여태 아무 소식이 없다니 대체 어찌 된 일인가.

시즈코가 두려워한 의혹이 맞는다면 미타니야말로 증오할 만한 악마 아닌가. 그는 몇 수 앞까지 생각해 시즈코에게 불지옥의 고통을 주기 위해 관에 숨기는 트릭을 생각해낸 것 아닌가.

그렇다면 시즈코에게 무슨 원한이 있는지 모르지만 그의 계획은 충분히 성공했다고 할 수 있으리라.

시즈코의 고통은 차마 여기 기술하기 무서울 정도였다.

화염은 시즈코의 옷자락과 시게루의 양복바지에 옮겨붙었지만, 피하려 해도 관 속이라 꼼짝달싹할 수 없었다. 게다가 만약 힘을 준다면 불에 타서 약해진 바닥이 당장이라도 으스러질 위험이 있으므로 관을 부술 수도 없었다. 그저 목청껏 울부짖는 수밖에 없었다.

하지만 울부짖는 것조차 불가능해졌다. 독성이 있는 자욱한 연기가 눈, 코, 입을 다 덮는 바람에 숨이 막히고 기침이 났다. 소리치기는커녕 숨이 끊어질 듯한 고통에 시달려야 했다.

어린 시게루 소년은 무참하게 엄마도 알아보지 못하고 마치 철천지원수처럼 시즈코의 가슴에 달라붙어 짐승같이 손톱을 세우고 부드러운 피부를 마구 쥐어뜯었다.

이 무슨 끔찍한 일인가. 자식의 고통을 보다 못한 시즈코는 자신도 죽을 듯이 신음하면서도 비몽사몽간에 양손으로 시게루를 잡고 목을 졸라 죽이려 했다.

바로 그때, 어딘가에서 덜컥하는 소리가 들리더니 지진 난 것처럼 관이 흔들리며 우지끈 갈라지는 소리가 들렸다.

이제 최후다. 살아 있는 신체가 활활 타는 불 속에 떨어져 녹아내릴 것이다. 아, 신이시여 …….

하지만 눈을 떠봤더니 신기하게도 아직 죽지 않았다. 그뿐만 아니라 어느덧 무시무시한 열기와 연기도 없어지고 활짝 열린 관 위에서 그녀를 내려다보는 얼굴이 보였는데, 이게 웬걸 미타니 청년 아닌가.

단말마의 환각인가 생각하는데 소름이 확 끼쳤다.

"시즈코 씨, 정신 차리세요. 저예요. 이런 꼴을 당하게 하다니 정말 면목이 없습니다."

귀에 익은 미타니의 목소리다. 정겨운 연인의 얼굴이다. 결코 환각이 아니다. 살았다. 마침내 그가 구하러 온 것이다.

"경찰의 경계가 심해서 지금까지 빠져나올 틈이 없었어요. 너무 초조했어요. 그래도 가까스로 시간을 맞췄네요."

"미타니 씨!"

시즈코는 가슴이 벅차올라 울음을 터뜨릴 수밖에 없었다.

무덤 파헤치기

그 후 무슨 일이 일어났을까.

시즈코와 시게루 소년은 미타니와 함께 화장터를 몰래 빠져나와 어디론가 사라졌다.

미타니는 화장 담당자의 입을 막기 위해 충분히 사례한 후,

시즈코 대신 위생 표본상에서 사 온 해골을 관에 넣어 뼈를 수습할 때 의심받지 않도록 했다.

아까는 미타니를 의심했지만 이렇게 자신을 구해주는 모습을 보니 터무니없는 의혹에 불과하다는 것이 판명되었다. 시즈코는 그런 생각을 솔직히 털어놓고 진심으로 사과했다.

화장터에서 나온 그들이 하타야나기 저택으로 가지 않은 것은 당연했다. 대체 은신처는 어디에 구해놓았으며 거기서는 또 어떤 사건이 일어날까.

시즈코 모자가 찾아간 은신처는 상상조차 할 수 없는 기괴한 곳이었다. 또한 거기서 일어난 사건이 정말 모골 송연했다. 말 그대로 전대미문의 무서운 사건이었다. 하지만 그 이야기를 하기 전, 잠시 아케치 고고로의 수상한 행동에 지면을 할애하는 것이 우선이다.

사이토 노인의 장례가 있던 날 아케치는 병상에서 일어나 분주히 움직였다. 나갈 때마다 다른 인물로 변장하고 몇 차례나 외출했다.

장례식 다음 날, 쓰네가와 경부가 아케치의 아파트를 방문했다.

"벌써 일어나셨습니까. 괜찮으세요?"

경부는 아케치의 기력에 놀라며 걱정스럽게 물었다.

"누워 있을 수가 없었습니다. 사건이 점점 재미있어지지 않습니까."

아케치는 앉으라고 권하면서 빙글빙글 웃었다.

"사건이라고요?"

"물론 하타야나기가 사건이지요. 입술 없는 악마 건 말입니다."

"아, 그럼 뭔가 범인의 행방에 관한 실마리라도 있습니까. 저는 사이토 노인을 살해한 하타야나기 부인을 찾느라 전력을 쏟았습니다. 잇자국 건도 그렇고 그 부인을 찾아내면 입술 없는 자의 정체도 밝혀질 듯해서요. 여자의 몸으로 아이까지 데리고 잘도 도망쳤네요. 아직은 아무 단서가 없습니다."

쓰네가와 경부는 숨김없이 다 털어놨다.

"저도 아직 확실한 건 모릅니다. 하지만 단서는 차고 넘칠 정도입니다. 그걸 하나하나 찾는 것만 해도 대단한 일이지요. 누워 있을 수가 없었습니다."

경부는 다소 불쾌한 표정을 지었다. 경찰 측의 단서는 그렇게 차고 넘치지 않았다. 그는 직업상 어쩔 수 없이 아케치에게 머리를 숙이고 발견한 단서를 알려달라고 부탁했다.

"이를테면 말입니다."

아케치는 상대의 안색을 살피며 슬쩍 떠봤다.

"전에 요요기 아틀리에에 있던 세 여인의 시체 말입니다. 신원이 밝혀졌습니까?"

"아, 그거요. 우리도 다 찾아봤는데 그 조건에 맞는 가출한 여자는 아직 발견하지 못했습니다."

"그 여인들은 셋 다 심하게 부패해서 얼굴을 알아볼 수 없었지요?"

아케치는 경부의 얼굴을 물끄러미 쳐다봤다.

"그랬습니다."

쓰네가와 경부는 대답하긴 했지만 아케치의 의도를 파악할 수 없어 곤혹스러운 모양이었다.

"그런데 쓰네가와 경부, 마침 여기 계시니 뭐 좀 하나 봐주시겠습니까."

아케치는 또 이야기를 건너뛰었다.

"뭔가요, 보여주십시오."

경부는 얼마나 기이한 물건인지 상상도 못 한 채 가볍게 대답했다.

아케치는 자리에서 일어나 옆방 문을 열었다. 응접실 겸 서재였다.

"이겁니다."

쓰네가와 형사도 일어서 문 쪽으로 갔다. 하지만 서재를 힐끗 보더니 귀신같은 형사라는 말이 무색할 정도로 놀라서 꼼짝하지 못했다.

거기에는 그토록 찾아다니던 하타야나기 시즈코와 시게루 소년이 서 있는 것 아닌가.

얼핏 봤을 때는 아케치의 조수 후미요와 고바야시 소년인 줄 알았다. 하지만 곧바로 그게 아님을 깨달았다. 아마추어 탐정에게 또 당했다고 생각하니 경부는 화가 났다. 이런 연극 같은 쇼까지 할 필요 없을 텐데 말이다.

"왜 당신은……."

무심코 말이 튀어나왔지만 뒷말을 잇지 못했다.

"하하하하하하, 쓰네가와 경부, 착각하지 마세요. 그렇게 놀랄 일이 아닙니다."

아케치는 성큼성큼 시즈코에게 다가가 아름다운 뺨 주위를 손끝으로 튕겼다.

쓰네가와 경부는 또 놀랄 수밖에 없었다. 아케치에게 모욕을 당하는데도 시즈코는 얼굴 근육 하나 움찔하지 않고 서 있었다. 살아 있는 사람이 아니었다. 잘 만든 밀랍인형에 불과했다.

"경부조차 착각할 정도로 잘 만들어졌다니 즐겁군요. 이렇게 밀랍인형을 잘 만드는 공장이 일본에도 있었습니다."

아케치는 만족스럽다는 듯이 빙글빙글 웃었다.

"깜짝 놀랐습니다."

쓰네가와 경부도 웃으며 말했다.

"하지만 어째서 이런 인형을 만드신 거죠? 노리개로 삼으려 한 것도 아닐 테고 좀 이상하네요."

"노리개 같은 게 아닙니다. 나름 훌륭한 용도가 있습니다."

"서양 탐정소설도 아니고 인형 대역이 무슨 역할이라도 하나요?"

경부는 비아냥거리는 말투로 말했다. 아케치의 엉뚱한 수작에 참을 수 없을 만큼 울화가 치밀었다.

아케치는 거기에는 대꾸하지 않고 설명을 시작했다.

"이 양복은 후미요 씨가 싸구려 기성복을 사서 입혔습니다. 인형이라도 나체는 부끄러울 것 같다고 해서요. 그 말인즉슨, 이 인형은 얼굴뿐 아니라 팔다리와 몸통도 진짜와 똑같다는 겁니다."

"대단하네요. 손품이 꽤 들었을 것 같습니다."

"사흘 동안이나 만들었습니다. 몸통은 공장에서 만들어 놓은 걸 썼고 머리 부분만 사진을 여러 장 보고 조각해 거푸집에 밀랍을 부어 만들었지요. 조각은 친구 K에게 부탁했는데 제자의 도움을 받아 하루 만에 완성했습니다. 이런 일은 처음이라고 투덜거리더군요."

"그렇게 빨리 완성을 했다고요?"

경부는 믿을 수 없다는 표정이었다.

"필사적이었지요. 무슨 일이 있어도 오늘까지 해달라고 했으니까요. 대신 비용은 충분히 치렀습니다."

오늘까지 필요하다고 말했다니 아케치는 당장 이 인형을 가지고 뭔가를 할 작정인 듯했다. 대체 이 남자는 뭘 계획하고 있는 걸까. 때때로 어린애 같은 속임수로 시작하지만 결국 그 수법이 주효하는 것이 신기할 따름이다.

경부는 인형의 용도를 물어보고 싶어 견딜 수 없었지만 지금 와서 물어보려니 울화통이 터져 일부러 아무렇지도 않은 척했다.

"그런데 쓰네가와 경부, 부탁이 하나 있습니다. 민간 탐정이 하기에는 좀 적합지 않은 일이라서요."

"아케치 씨 부탁이니 가급적 편의를 봐 드리겠습니다. 수사에 관한 것이라면 중임을 맡죠. 대체 뭡니까?"

"실은 무덤을 파헤쳐 시체를 조사했으면 합니다."

"무덤을요?"

경부는 의아하다는 듯이 되물었다.

"네, 무덤을 네 군데 정도만……."

아케치는 점점 이상한 말을 했다.

"네 군데요? 대체 뭘 조사하려는 겁니까? 누구의 시체죠?"

"첫 번째는 시오바라에서 물에 빠져 자살한 오카다 미치히코입니다."

"네, 그 시체는 시오바라 묘운지妙雲寺 묘지에 매장했기 때문에 조사할 수 있습니다. 하지만 이미 원형을 알아볼 수 없을 텐데요."

"그래도 해골에 치아는 남아 있을 겁니다."

드디어 경부는 아케치가 무슨 생각을 하는지 깨달았다.

"그렇겠군요. 시체의 치아와 고바야시 군이 치과 의사에게 받아온 생전의 오카다 미치히코의 치아 틀을 비교하려는 거군요."

"네, 혹시 모르니까요. 그걸 확인하기 전에는 안심할 수 없습니다. 이 두 개의 잇자국이 일치하는지 확인할 때까지 오카다가 입술 없는 괴물과 동일인이 아니라고 확신할 수 없지요."

"좋습니다. 확인하는 건 무용한 일이 아니겠군요. 무덤을 파헤치는 건 제가 맡겠습니다.…… 하지만 아까 무덤 네 군데라고 하셨는데, 오카다 외에 또 봐야 하는 시체가 있습니까?"

"시체라기보다는 오히려……."

아케치는 슬며시 쓴웃음을 지었다.

"시체가 없음을 확인하려는 것입니다. 즉, 매장된 관이 비었나 보는 거지요."

"네? 그럼 시체가 도난당했다는 말씀입니까? 어디죠? 누구의 시체입니까?"

"누군지 모릅니다. 닥치는 대로 파봐야죠."

아케치는 무슨 말을 하는 걸까. 정신 나간 짓 아닌가.

"닥치는 대로라니 어느 무덤인지도 모르고 어떻게 파헤치나요?"

"저도 압니다. 요즘 도쿄 부근에서 시체를 매장하는 경우는 극히 드물어서 찾기 힘들지 않을 겁니다."

"그럼 이미 그 무덤을 찾아놓으신 거네요. 하지만 대체 누구의 무덤이죠?"

"세 여인의 묘입니다. 전에 아틀리에에서 석고 속에 있던 불쌍한 아가씨들의 관이지요."

"관이라면 관청에서 이미 화장을 끝낸 뒤 아닐까요?"

"그건 저도 압니다. 파헤치고 싶은 건 화장하기 전의 무덤입니다.

"뭐죠? 그럼 그 여자들은 두 번 매장되었다는 말씀입니까? …… 아, 그렇군요. 지금까지 그걸 생각 못 하다니 제가 우둔했군요. …… 그러니까 아틀리에의 시체는 살해한 것이 아니라 이미 죽은 여자들을 무덤에서 몰래 **빼** 와 그 기이한 석고상을 만든 거다, 그런 생각인 거네요."

쓰네가와 경부는 아케치의 상상력에 적잖게 놀랐다.

"그렇습니다. 언제나 겉으로 드러나는 표면 말고 그 이면을 생각할 필요가 있습니다. 뛰어난 범죄자는 종종 그런 수법을 쓰니까요. 입술 없는 남자는 살인을 즐기는 변태인 듯합니다. 그렇게 볼 수밖에 없도록 범행을 계획했습니다. 그런데 이는 어쩌면 범인의 교묘한 연극에 불과한지도 모릅니다. 저는 반대로 범인은 음란하게 살인을 즐기는 성향이라거나 정신병자는 아닐 거라고 봅니다. 이 사건에서는 정말 많은 사람이 살해당한 것처럼 보입니다. 하지만 실제로 범인은 아직 본격적인 살인은 하지 않은 듯합니다. 제 견해는 그렇습니다."

아케치는 점점 엉뚱한 말을 했다.

"그 말은 이 사건이 살인사건이 아니란 말입니까?"

쓰네가와 경부는 놀라서 물었다.

"굳이 말한다면 살인미수 사건이지요."

아케치는 피가로 연기를 자욱하게 뿜으며 말했다.

"미수요?"

쓰네가와 경부는 화들짝 놀랐다.

"하지만 그 세 아가씨는 차치하더라도 벌써 살해당한 사람이 두 명 더 있잖습니까."

"두 명요? 아뇨, 세 명입니다. 게다가 당신이 생각한 인물과는 완전히 다를 수도 있습니다."

"어쨌든 살인이 일어나지 않았습니까."

쓰네가와 경부는 수수께끼 같은 아케치의 말에 애가 탔다.

"결코 미수는 아니죠."

"어찌 되었든 사람이 죽긴 했죠."

아케치는 태연자약하게 말했다.

"하지만 범인은 아직 진짜 목적을 달성하지 못했습니다. 범인에게 지금까지의 살인은, 말하자면 전주곡에 불과합니다. 범인의 진짜 의도는 다른 데 있습니다. 쓰네가와 경부, 기억해 두십시오. 제가 이 사건을 살인미수라고 말한 것을. 언젠가 그것을 입증해 보일 때가 올 겁니다."

쓰네가와 경부가 이 수수께끼 같은 말에 대해 설명을 요구했으나 아케치는 더 이상 말하지 않았다. 또한 쓰네가와 경부도 자신의 무능을 드러내며 꼬치꼬치 캐묻는 우를 범하지 않았다.

"무덤을 파헤치는 건은 알았습니다. 제가 절차를 밟아 실행하죠. 물론 오셔서 자유롭게 보셔도 됩니다."

"부탁드립니다. 하지만, 쓰네가와 경부. 이건 만일을 대비해 결정적인 증거를 수집해두는 것이고, 다른 급한 일이 없는 게 아니죠. 전 그 일을 끝내놓고 묘지로 가겠습니다."

이상하게 대화가 꼬였다. 경찰과 민간 탐정이 같은 사건에 관계된 데다가 후자의 실력이 더 뛰어났기에 어쩔 수 없었다.

다음날, 약속대로 시오바라의 묘운지에 있는 오카다 미치히코의 묘지를 파헤쳤다. 법원 사람들, 경찰청 소속 쓰네가와 경부, 그 지역 경찰서장, 아케치 고고로 등이 입회했다. 예심 판사 S 씨는 전부터 아케치와 아는 사이로 적잖이 호의를 가지고 있었다. 그는 아마추어 탐정의 의사를 순순히 받아들였으므로 일이 술술 잘 풀렸다.

인부가 괭이를 한 번 휘두를 때마다 점차 흙이 파헤쳐지고 그 밑에 조잡한 관 뚜껑이 나타났다. 관은 습기 때문에 거무스름해졌지만 원래 형태는 보존되어 있었다.

이런 일이 익숙한 인부는 망설임 없이 관 뚜껑을 열었다. 열자마자 코를 찌르는 악취, 시체는 썩어 문드러지고 진물이 흘러내려 차마 눈 뜨고 볼 수 없는 형상이었다.

인부들은 관을 조심스레 지상으로 빼내 눈부신 태양 아래 드러냈다. 너무 섬뜩해 무의식적으로 얼굴을 돌릴 정도였는데 그들은 직업상 도망칠 수 없었다.

"어서 치아 틀을."

예심 판사 S 씨의 말에 아케치는 준비한 치아 틀(치과 의사에게 입수했던 오카다 미치히코 생전의 것)을 꺼내 경찰에게 건네주었다.

"시체 입을 벌려라."

경찰은 성난 목소리로 인부에게 명령했다.

하지만 입을 벌릴 필요도 없었다. 시체의 얼굴에는 이미 살이 거의 남아 있지 않고 긴 치열이 드러나 있었다.

"저런, 이건 가요?"

인부는 용감하게 악물고 있는 시체의 치아에 손을 대고 입을 쫙 벌렸다.

경관은 주저앉아 죽상을 하며 석고 치아 틀을 시체 치아에 끼웠다.

입회한 사람들도 머리를 가까이 맞대고 시체의 입을 들여다봤다.

"한 치도 다르지 않습니다. 일치합니다."

경관이 의기양양한 얼굴로 크게 소리쳤다. 시체의 치아와 석고 틀은 누가 봐도 딱 맞았다.

미타니 청년이 의심했고, 아케치를 위시한 경관들도 잠시 같은 의문을 품었지만, 괴짜 화가 오카다 미치히코는 정말로 죽은 것이었다. 입술 없는 남자로 변장하고 악행을 저지르기 위해 다른 사람의 시체를 대역으로 쓴 것이 아니었다. 얼굴이 뭉그러진 익사체는 실연 때문에 자살한 것이 맞을뿐더러 온갖 오명까지 뒤집어쓴 걸 생각하면 마땅히 연민해야 할 인물이었다.

이로써 오카다의 무죄는 밝혀졌지만 그렇게 되면 한편으로 또 새로운 의문이 생긴다.

"독약 결투를 신청한다든가, 시즈코 씨의 사진에 가필해 무시무시한 시체 사진을 기념품으로 보낸다거나, 아틀리에에 시체 석고상을 만들기도 했던 오카다 미치히코가 그까짓 일로 세상 물정 모르는 순수한 청년처럼 자살하다니 심리의 비약이 너무 심해 부자연스러워 보였습니다. 이 점을 확실히 밝힐 수 있다면 그때야말로 입술 없는 괴물의 수수께끼도 자연히 풀리지 않을까 생각합니다."

묘운지의 묘지에서 아케치가 S 예심 판사나 쓰네가와 경부에게 흘린 말이 무슨 의미인지는 곧 알게 될 것이다.

그건 둘째 치더라도 다음날, 요요기의 아틀리에에서 그리 멀지 않은 O초 세이묘지西妙寺라는 절의 묘지에서 뒤이어 발굴이 진행되었다.

어떤 연유인지 O초에는 고풍스럽게 매장 습관이 남아 있어 장례를 치를 때마다 세이묘지의 넓은 묘지에 옛날식으로 봉분을 쌓아 올렸다.

그 말을 들은 아케치가 세이묘지로 가서 조사해보니 나이로 보나 매장 시기로 보나 아틀리에의 세 아가씨에 해당하는 젊은 여자들의 시신이 있었음을 알게 되었다.

그 절의 불목하니를 찾아 이야기를 들어보니 그 아가씨들이 매장된 지 얼마 되지 않아 심야에 묘지를 어슬렁거리는 수상한 사람이 있었다고 한다.

묘지의 상태를 봐도 어딘지 모르게 이상한 점이 있었고, 세 아가씨로 보이는 가출 여성이 없었던 것도 무덤을 파헤치게 된 중대한 이유였다.

그렇다면 발굴의 결과는 어땠을까.

단도직입적으로 말하면 아케치의 추정이 적중했다. 세 개의 관을 파내보니 텅텅 비어 있었다.

아니다. 텅텅 비었다고는 할 수 없다. 관 속에 시체는 없었지만 대신 희한한 것이 들어 있었다.

"이런, 이상한 종이가 떨어져 있습니다."

한 인부가 관 바닥에서 종이를 주워 쓰네가와 경부에게 건넸다.

"뭔가 적혀 있네요. 편지인가 봅니다."

관 속에 편지라니 대체 수취인이 누구란 말인가.

"아케치 고고로…… 아, 아."

경부가 느닷없이 새된 소리를 냈다.

"아케치 씨, 이건 당신한테 온 편지입니다."

아케치가 받아서 읽어보니 내용은 다음과 같았다.

아케치 고고로 군

이 무덤의 존재를 알고 관을 파낸 것은 아마 자네일 테지.
하지만 정말 아쉽게도 자네가 좀 늦었네. 벌써 다 끝났어.
관 속에서 시체를 훔쳐 간 자는 이미 자신의 마지막 목적까지
달성했거든. 자네는 마침내 이 관을 파헤쳤어. 하지만 그게
무엇을 의미하는지 자네도 잘 알 거야.

모두 그자가 짜둔 프로그램이야. 아케치 고고로가 이 관을
파헤칠 때가 바로 최후의 순간이라고.

자네는 이미 죽음의 선고를 받은 거야. 어떤 방어나 적대도
그자에게는 무력하다는 사실을 똑바로 알아둬.

"또야? 놈의 협박장을 받은 것도 이번이 세 번째군. 이 무슨
쇼맨십인가."

아케치는 종이쪽지를 뭉쳐 버리고 쓴웃음을 지었다.

마의 방

불쾌한 묘지 발굴이 일단락되자 법원 사람들이 재빨리 철수했
다. 관할 경찰서 경관들도 불쌍한 아가씨들의 가족을 찾기 위해
흩어졌다.

"뭔가 당신들에게 속은 것 같아 괴상한 기분입니다."

경부가 절의 입구 쪽으로 어슬렁어슬렁 걸으면서 말했다.

"당신들이라니요?"

아케치는 또 빙글빙글 웃었다.

"당신과 입술 없는 남자 말입니다."

쓰네가와 경부도 히죽 웃었다.

"하하하하하하하, 무슨 말씀을 하시는 겁니까."

"당신과 그자가 합심해서 우리를 농락하는 느낌입니다. 당신의 상상은 신처럼 적중합니다. 게다가 그자는 한술 더 떠 묘지가 발굴될 것을 예언하고는 빈 관 안에 당신에게 보내는 편지를 남겨뒀습니다. 당신과 그자가 미리 짠 것이 아니면 불가능한 일 아닙니까."

경부는 농담인지 진담인지 알 수 없는 어투로 말하며 아케치의 얼굴을 바라봤다.

"하하하하하하, 유쾌하군요. 나와 입술 없는 남자가 한패라니, 르블랑 소설의 작법대로라면 내가 일인이역이라 어느 때는 아마추어 탐정을, 어느 때는 입술 없는 괴물로 변해 연기하는 일인극을 하고 있다는 망상도 말이 되지요. 하하하하하하."

쓰네가와 경부도 결국 소리 내서 웃었다.

"소설 이야기가 나왔으니 말인데 이 범죄는 정말 소설 같습니다. 경찰은 그런 것에 약하죠. 등장인물도, 입술 없는 괴물을 비롯해 화가니 소설가니 온통 비현실적인 사람들뿐이죠."

"바로 그겁니다. 항상 뛰어난 범죄자는 소설가지요. 이를테면 방금 관 속의 편지만 해도 이번 사건의 범인이 영락없는 소설가라는 것을 증명합니다. 첫째, 탐정을 상대로 협박장을 쓰다니 결코 현실적인 사람이 할 행동은 아닙니다. 저는 첫 번째 협박장을 받았을 때 이 범인의 성격을 간파했기에 저 역시 그렇게 마음먹고 소설처럼 상상해 추리해본 겁니다."

"아, 당신은 천생 탐정이군요. 방금 이야기는 탐정술 기초네요. 탐정은 범인과 같은 마음이어야 한다. 범인이 학자라면 탐정도 마찬가지로 학자, 범인이 예술가라면 예술가, 정치가라면 정치가로 완전히 변모할 정도의 능력이 있어야 진짜 추리가 가능하다. 하지만 이번 사건을 대하는 형사들 중에는 그런 사람이 한 명도 없었습니다. 저도 다년의 경험으로 일을 할 뿐이라 이번처럼 조금 엉뚱한 범죄를 만나면 속수무책이죠."

쓰네가와 경부는 진심으로 경의를 표했다.

"하하하하하하, 내 요행수를 그렇게까지 칭찬하시면 안 됩니다."

아케치는 얼굴을 붉히며 천진난만하게 말했다.

"하지만 두렵지는 않으셨습니까? 그자의 협박이 빈말은 아닌 듯한데요. 후미요 씨가 그런 험한 일을 당한 것도 협박장에 적힌 대로 실행해 보인 거니까요. 이번에는 경계해야 하지 않을까요?"

쓰네가와 경부는 불안한 듯이 말했다.

"그건 저도 미리 준비했습니다. 이제는 더 이상 그런 실수를 하지 않을 작정입니다. ⋯⋯ 그런데 별다른 차질이 안 생긴다면 지금부터 하타야나기가에 가보시지요. 아마 거기 미타니 씨가 있을 테니 그 후 상황이 어떻게 되었는지 들어봅시다."

"아, 저도 지금 막 그 생각을 했습니다."

두 사람은 문 앞에 대기시켜둔 자동차를 타고 도쿄의 하타야나기가로 갔다. 그들이 위압감을 주는 철문 앞에 내렸을 때는 해가 질 무렵이었다.

주인은 옥사하고 잇달아 부인과 아들이 행방불명된 하타야나기가는 빈집처럼 조용했다.

마침 방문해 있던 미타니 청년이 아케치와 쓰네가와 경부를 응접실로 안내했다.

"이 집은 친척들이 관리하기로 했지만 모두 상황을 모르는 분들이라 고용인들을 상대하는 것조차 힘들어하시더군요. 그래서 제가 종종 둘러보고 있습니다."

미타니는 변명조로 말했다.

"그런데 하타야나기 부인한테는 아무 소식도 없습니까?"

경부가 먼저 물어봤다.

"없습니다. 저야말로 그에 대해 여쭤보고 싶었습니다. 경찰 수사는 어떻게 되고 있나요?"

"경찰은 아직 단서조차 못 찾았습니다. 정말 잘 도망쳤나 봅니다. 아무래도 연약한 여자의 지혜 같지 않아요."

경부는 미타니의 얼굴을 유심히 쳐다봤다.

"저도 놀랐습니다. 그들이 이 집에서 나가는 걸 본 사람이 아무도 없어요."

미타니는 자신이 도망치게 했으면서 천연덕스럽게 놀라는 척했다.

"이 집은 마술사의 마법 상자 같은 곳이군요. 마술사의 상자가 아무 속임수 없는 것 같아도 잘 아는 사람이 보면 어디 어떤 계략이 있는지 다 알 수 있습니다."

아케치가 갑자기 묘한 말을 했다.

"그럼 이 건물에 비밀 장치가 있다는 말씀이십니까?"

쓰네가와 경부가 의아해하며 물었다.

"그렇지 않으면 오가와 쇼이치라는 남자의 시체 분실이나 미궁에 빠진 시즈코 씨의 도망 같은 걸 풀어낼 수 없겠지요."

"하지만 경찰은 오가와 사건 때 한 군데도 빠짐없이 신경 써서 저택 구석구석까지 다 찾아보지 않았습니까?"

"그것이 아마추어의 수색법일 수도 있지요. 마술사의 비밀은 아무래도 마술사가 아니면 모르는 법입니다."

"어쩐지 이미 그 비밀을 아신다는 의미로 들리는데요."

쓰네가와 경부는 어떤 예감이 들어 두려웠지만, 그래도 되묻지 않을 수 없었다.

"네, 그 정도까지만."

아케치는 전혀 어조를 바꾸지 않고 대답했다.

"하지만 왜 지금까지 침묵하신 겁니까? 그런 중대한 일을."

경부는 자기도 모르게 말투가 격해졌다.

"때를 기다리는 겁니다. 섣불리 말하면 오히려 그자가 준비하는 걸 돕는 셈이니까요."

"그렇군요. 그러면 그때가 대체 언제라는 건가요?"

"오늘입니다. 지금이 바로 그때이지요."

그 중요한 사안을 아케치는 또 빙글빙글 웃으며 말했다.

"슬슬 입술 없는 남자를 잡을 때가 온 것 같군요. 그자의 정체를 폭로할 때가 온 겁니다. 쓰네가와 경부, 실은 여기 함께 오자고 한 것도 그 마술사의 비밀을 보여드리고 싶었기 때문입니다. 다행히 미타니 씨도 계시니 기회가 딱 좋군요. 지금부터 마법의 상자에 어떤 계략이 있는지 보시지요."

쓰네가와 경부와 미타니 청년은 예상치 못한 아마추어 탐정의 말에 하도 어이가 없어 대답도 나오지 않는 모양이었다.

"우선 첫 번째로, 오가와 쇼이치가 살해당한 2층 서재를 조사해봅시다. 언젠가 말한 적이 있듯이 이번 사건을 해결할 열쇠가 그 마법의 방에 숨겨져 있습니다."

세 사람은 바로 그 마법의 방, 즉 죽은 하타야나기 씨의 서양식 서재로 가서 불상 앞에 섰다.

그런데 무슨 영문인지 한 서생이 사람 키만큼 큰 지푸라기 인형을 안고 들어왔다.

"자네, 어떻게 된 거야. 왜 그런 요상한 걸 들고 들어온 거지?"

그 모습을 보자 미타니가 깜짝 놀라 서생을 꾸짖었다.

"그러지 마십시오. 제가 부탁한 것입니다. 이쪽으로 가져오게."

아케치가 서생에게 지푸라기 인형을 받아 들면서 또 묘한 소리를 했다.

"실은 이 인형이 오늘 연극의 배우 역할을 할 것입니다."

"연극이라고요?"

쓰네가와 경부와 미타니 청년은 예상치 못한 아케치의 말에 어안이 벙벙했다.

"이 서재가 왜 이번 사건의 중심인지, 여기 마술사의 어떤 속임 장치가 있는지, 말로 설명하려면 좀 복잡합니다. 설명만 들어서는 믿기 어려울 정도로 기상천외한 사실이기 때문입니다. 그래서 범죄를 재연해야겠다고 생각했습니다. 그 모습을 눈으로 보는 거지요. 미리 이야기하지 않았지만 오늘 쓰네가와 경부를 이리로 모셔온 것은 예정된 수순이었습니다. 그걸 위해 무대 준비도 제대로 해놨고 이렇게 배우를 맡을 인형까지 제작했습니다."

쓰네가와 경부는 또 아케치에게 당했다고 생각하니 넌더리가 났다. 이런 연극에서 관객 역할을 하는 것은 그리 즐거운 일이 아니었다.

"관객이 두 분뿐이라 배우들이 불만일 수도 있겠군요."

아케치는 빙글빙글 웃으며 말했다.

"하지만 쓰네가와 경부는 법원과 경찰을 대표한다고 할 수 있고, 미타니 씨는 하타야나기가를 대표하시니 여기 두 분께 연극을 보여드리기에 이런 좋은 기회는 없어서요. 게다가 관객 수가 많으면 애써 준비한 괴기극인데 오싹한 분위기가 안 날까 봐 염려되기도 했습니다."

아케치는 농담까지 섞어 설명하면서 문제의 불상이 늘어선 벽에서 가장 멀리 떨어진 구석에 의자 세 개를 나란히 놓고는 손짓해 두 사람을 불렀다.

"여기 앉으세요. 오늘의 연극을 위한 관객석입니다."

쓰네가와 경부와 미타니 청년은 상대가 상대이니만큼 화를 내지도 못하고 시키는 대로 좌석에 앉았다.

"제1막은 오가와 쇼이치 살해 장면입니다. 우선 무대를 사건 당시와 한 치도 다르지 않게 똑같이 설치해야 합니다."

아케치는 요술의 서막을 열었다.

"실내 조도가 그때와 조금이라도 다르면 안 됩니다. 살해당한 오가와 쇼이치만 빠진 거지요. 그래서 이 지푸라기 인형이 오가와 역할을 맡을 겁니다."

그는 지푸라기 인형을 안고 입구에 섰다.

"오가와는 이 문으로 잠입했습니다. 몰래 들어와 안에서 문을 잠급니다."

아케치는 구멍에 꽂힌 열쇠를 빼고 안에서 자물쇠를 채웠다.

"그러고 나서 이 불상 앞에 서서 뭔가를 시작합니다."

그는 한 불상에 지푸라기 인형을 기대놓았다.

"창문은 이것 하나만 걸쇠가 풀려 있었고 나머지는 다 단단히 잠겨 있었습니다."

아케치는 당시와 똑같이 창문을 잠그고 두 관객 옆의 의자에 앉았다.

"그럼, 모든 것이 그때와 같아진 겁니다. 오가와는 대체 누가, 무엇 때문에 죽였을까요. 지금부터 그걸 실연해 보여드리겠습니다."

창밖에는 어둠이 몰려와 있었다. 넓은 실내에는 아무 소리도 나지 않았다. 소름 끼치는 몇 분이 경과했다.

아무리 생각해봐도 범인은 창문이 아니라면 잠입할 수 없었다. 다른 통로가 없었기 때문이다. 쓰네가와 경부는 걸쇠가 없는 창을 주시했다.

갑자기 부스럭거리는 소리가 나더니 지푸라기 인형이 푹 쓰러졌다.

"저겁니다."

아케치의 외침에 지푸라기 인형을 살펴보니 이게 웬일인가, 어디서 날아왔는지 단검 한 자루가 가슴 깊숙이 꽂혀 있는 것 아닌가.

부쩍 어두워진 방 안은 자욱한 안개에 갇힌 것처럼 흐려진 시야 때문에 가슴 정중앙에 칼을 맞고 쓰러진 지푸라기 인형이 살아 있는 사람처럼 보여 더 섬뜩했다.

대체 단검은 어디서 날아온 걸까. 방 안의 문과 창은 모두 잠겨 있는데 흉기가 어디서 갑자기 솟아났을까. 마술이다. 하지만 마술을 부린 사람은 어딘가 존재할 것이다.

엉겁결에 벌떡 일어난 쓰네가와 경부는 다급하게 걸쇠 없는 창으로 뛰어가 문을 열고 밖을 내다봤다. 누군가 거기 숨어 있는 것 같았기 때문이다.

미타니도 경부를 좇아 그 뒤에서 주뼛거리며 어둑어둑한 정원을 내려다봤다.

하지만 창 바깥쪽 자바라나 아래쪽 정원에 사람은 코빼기도 보이지 않았다.

"하하하하하하, 쓰네가와 경부, 제아무리 마술사라도 잠긴 유리창 밖에서 단검을 던졌는데 유리를 깨지 않을 순 없어요."

쓰네가와 경부는 아케치의 웃음소리에 쓴웃음을 지으며 창에서 물러났다. 그리고 단검을 검사할 요량으로 지푸라기 인형 쪽으로 가까이 갔지만 두세 걸음도 못 걷고 깜짝 놀라 멈춰 설 수밖에 없었다.

혹시 꿈을 꾼 건가. 아니면 아까 본 것이 환각이었나.

정말 희한한 일이었다. 가까이 가보니 지푸라기 인형의 가슴에는 아무것도 꽂혀 있지 않았다. 단검이 사라지고 없었다.

쓰네가와 경부는 두리번거리며 주위를 둘러봤다. 단검처럼 보이는 건 어디에도 없었다.

그런데 문득 주르륵 늘어선 수상한 불상들이 눈에 띄었다.

그는 가까이 다가가 하나하나 꼼꼼히 살펴봤다. 하지만 불상에는 아무런 장치도 없는 듯했다. 설마 불상이 팔을 휘둘러 단검을 던졌을 리 없다. 전부 팔다리를 움직일 수 없는 목각 조각이거나 결가부좌를 한 금불상이다.

역시 환각인가. 의심이 의심을 낳는다고, 어두침침한 방이라 지푸라기 인형이 쓰러진 걸 보고 지레 단검에 찔렸다고 착각한 걸까.

아무래도 의혹이 풀리지 않자 경부는 지푸라기 인형 앞에 웅크리고 앉아 가슴 주위를 유심히 살폈다.

"역시 그랬군."

지푸라기가 조금 찢겨 있었고 단검에 찔린 자국이 확실히 보였다.

"좀 더 자세히 보십시오."

자세히 보라니, 대체 무엇을? 이상하다고 생각하며 지푸라기 인형의 상처를 멍하니 들여다보는데 거기에서 뭔가 검은 것이 배어 나왔다.

그것은 종이를 태우듯 서서히 퍼졌다.

"아, 피다!"

검은색이 아니다. 아주 진한 붉은 색이다. 어둠 때문에 검게 보인 것이다.

가슴을 찔린 지푸라기 인형이 시뻘건 피를 흘렸다.

쓰네가와 경부는 상처를 만진 손가락을 눈앞으로 가져와 창가의 빛에 비춰봤다. 손가락에는 피가 흠뻑 묻어 있었다.

"하하하하하, 별거 아닙니다. 연극을 진짜처럼 보이게 하려고 붉은 잉크를 주입한 고무주머니를 인형 가슴에 넣어둔 것뿐입니다. 하지만 이걸로 오가와 쇼이치가 가슴을 찔렸다는 사실은 확실히 아시겠지요."

아케치가 웃으면서 설명했다.

역시 단검에 찔린 것은 환각이 아니었다.

"그럼 흉기는? 단검은?"

쓰네가와 경부는 무심코 질문을 뱉었다.

"아직 모르시겠습니까? 지금 내막이 밝혀졌잖습니까. ······ 사이토 노인이나 서생들이 오가와 쇼이치의 시체를 발견했을 때 바로 이 상태였습니다. 오가와는 이렇게 가슴에 피를 흘리며 쓰러져 있었습니다. 물론 흉기는 어디서도 발견할 수 없었지요."

아케치가 설명을 이어갔다.

"범인의 모습은 보이지 않았고 흉기조차 사라졌습니다. 하지만 오가와는 가슴에 피를 흘리고 있었습니다. 이 인형도 마찬가지로 가슴이 찔려 쓰러져 있지요. 지푸라기가 찢기고 붉은 잉크가 들어 있던 고무가 파열된 것이 명백한 증거입니다. 인형은 살해당한 것입니다. 하지만 누구에게, 무엇 때문에?

실제로 목격한 당신조차도 확실히 모르겠지요? 당시 사이토 노인을 비롯해 사람들이 그와 같은 미궁에 빠진 것도 무리가 아닙니다."

그러는 사이 실내는 눈에 띄지 않게 조금씩 어두워졌다. 인형의 지푸라기 가닥들이 잘 구분되지 않을 정도였다. 거무스름한 불상이 슬금슬금 뒷걸음질해 벽 속으로 녹아 들어갈 것처럼 보였다.

"신기하네요. 뭔가 꿈을 꾼 것 같군요."

미타니가 유난히 큰 소리로 말했다. 그 소리가 너무 커서 깜짝 놀란 아케치와 쓰네가와 경부가 미타니의 얼굴을 쳐다봤다. 하지만 어두운 땅거미에 얼굴이 가려 표정을 확실히 볼 수 없었다.

"전등을 켜야죠. 이거 너무 어두워 잘 안 보이네요."

경부는 혼잣말을 중얼거리며 스위치 쪽으로 걸어갔다.

"아뇨, 전등을 켜지 마십시오. 이대로 잠시만 참으세요. 진짜 마술은 지금부터 시작되니까요. 무대가 어두운 편이 더 낫습니다."

아케치는 쓰네가와 경부를 저지했다.

"그럼 다시 자리에 앉아 주십시오. 이제 오가와 살인사건의 비밀을 파헤쳐 보여드릴 테니까요."

아케치의 만류로 두 관객은 다시 의자로 돌아갔다.

"사이토 노인은 오가와의 시체를 발견하자 놀라서 경찰에 알렸습니다. 그리고 경관이 올 때까지 누구도 시체에 손을 대지 않은 채 창문에는 걸쇠를 걸고 문을 밖에서 잠그고는 모두 방에서 나갔습니다."

그렇게 말하며 아케치는 방금 경부가 연 창문을 닫고 걸쇠를 걸었다. 그리고 문은 잘 잠겼나 확인한 후 열쇠 구멍에서 열쇠를 빼서 주머니에 넣었다.

"이제 그때와 상태가 똑같아졌습니다. 사람들은 30분간 이 방에서 나가 있었습니다. 그사이에 불가능한 일이 일어난 것이지요. 출입할 수 있는 곳이 하나도 없는 방 안에서 오가와의 시체가 사라진 것입니다. 쓰네가와 경부, 당신은 이날 처음 이 사건에 관계하게 된 것이지요?"

"그렇습니다. 그날부터 전 악마를 잡느라 혈안이 되었죠. 불과 열흘 사이에 국기관 활극, 풍선남 참사, 사이토 노인 살해, 하타야나기 부인의 가출 등 눈이 핑핑 돌아가게 사건이 커졌죠. 게다가 모두 전례 없이 기상천외하고, 비정상적으로 불가사의한 사건들이었습니다."

경부는 겸연쩍음을 감추려는 듯이 낙심한 어조로 말했다.

"그럼 사이토 노인이 이 방을 나간 후 경찰이 올 때까지 약 30분간 어떤 일이 일어났는지 지금부터 실연을 보여드리겠습니다."

아케치는 아랑곳없이 설명을 이어나갔다.

하지만 실연을 보여준다고 한들 여기는 설명을 담당하는 아케치와 두 관객 말고는 쓰러져 있는 지푸라기 인형밖에 없다. 대체 연기는 누가 한단 말인가.

관객들은 여우에 홀린 기분이었다. 시시각각 어두워지는 방 안을 눈이 빠지게 쳐다볼 뿐이었다.

째깍 째깍 째깍, 회중시계의 초침 소리가 요란하게 들릴 정도로 조용했다.

쓰네가와 경부는 문득 방 안 어딘가에서 뭔가 꿈틀거리는 듯한 기척을 느끼고 흠칫했다.

뭔가 있다. 사람이 분명했다. 몸이 온통 시꺼먼, 난쟁이 같은 기형의 괴물이 맞은편 벽을 스르르 기어 내려온다.

난쟁이

머리에서 손발 끝까지 시커먼 의상을 뒤집어쓴 흉측한 괴물이 검은 거미처럼 천장에서 벽을 타고 내려왔다.

주의 깊게 보니 그가 내려오는 격자 천장 구석에는 판자

한 장이 검게 뚫려 있고 거기로 가는 삼노끈이 내려져 있었다. 난쟁이 같은 괴물은 그 삼노끈에 매달려 불상의 어깨를 발판 삼아 소리도 없이 재주 좋게 바닥으로 내려왔다.

얼굴은 눈만 남기고 검은 천을 덮어썼기에 누구인지 알아볼 수 없었다. 물론 아케치의 배우 중 한 사람이겠지만, 어두운 밤중에 기괴한 불상이 즐비한 가운데 천장에서 거미처럼 시커먼 난쟁이가 내려오는 걸 보니 오싹할 수밖에 없었다.

"누군가요, 이자는."

쓰네가와 경부는 무심결에 옆자리의 아케치에게 물었다.

"쉿, 조용. 저자가 무엇을 하는지 잘 보세요."

아케치에게 제지당하자 쓰네가와 경부는 침을 삼켰다. 미타니도 키 작은 괴물에게 시선을 고정시키고 열심히 관찰했다. 두 사람은 진기한 마술을 구경하는 덩치 큰 어린이 같았다.

난쟁이는 쓰러진 지푸라기 인형 앞에 웅크리고 앉아 정말 죽었는지 확인하듯 잠시 상태를 살폈다. 숨이 끊어진 걸 확인하고 나서(그가 교묘히 그런 몸짓을 해 보였다) 인형을 옆구리에 낀 채 발소리를 죽이고 입구로 다가가 주머니에서 여벌 열쇠를 꺼내더니 문을 열고 그대로 복도로 나가 모습을 감췄다.

"자, 이제 저자의 뒤를 밟는 겁니다. 저자가 어디로 갈지 끝까지 따라가 봅시다."

아케치는 나직이 말하고 앞장서서 복도로 달려 나갔다. 두 관객은 영문도 모른 채 아케치 뒤를 쫓아갔다.

검은 난쟁이는 미행당하는 것도 모른다는 듯이 복도를 빠르게 걸었다. 그는 몹시 급하게 걸었지만 신기하게도 발소리가 전혀 나지 않았다. 고무 버선이라도 신은 걸까.

묽은 먹이 번지듯 땅거미가 지는 복도를 시커먼 난쟁이가 옆구리에 지푸라기 인형을 낀 채 미끄러져 가는 모습을 보니 이루 말할 수 없이 괴이하고 섬뜩했다.

복도 끝까지 가니 좁은 계단이 있었다. 작은 악마는 이 계단 입구로 미끄러지듯 들어가 사라졌다.

계단을 내려가 뒷문 쪽으로 난 좁은 복도를 지나니 창고가 있었다. 난쟁이는 미닫이문을 살짝 열고 그 안으로 들어갔다.

아케치를 필두로 세 사람은 차례로 작은 방에 들어가 입구 옆의 벽 앞에 멈춰 섰다.

일부러 미닫이문을 열어놓았으나 석양의 어스레한 빛만 살짝 들어왔기에 물건들 사이로 사람들 모습만 겨우 분간될 정도였다.

독자 여러분도 이 창고를 기억할 것이다. 며칠 전 시즈코와 시게루 소년이 몸을 숨겼던 오래된 우물이 이 창고의 마루 밑에 있었던 것을 말이다. 이미 그 우물의 존재를 알고 그곳에 시즈코와 시게루를 숨겼던 미타니는 지금 어떤 기분일까.

아마추어 탐정도 용케 그 우물을 알고 있었다. 혹시 그는 시즈코의 행방도 한참 전부터 알지 않았을까. 조금 전부터 미타니가 불안감을 감추지 못한 채 안절부절못하는 모습을 보이는 것도 무리는 아니었다.

역시 예상한 대로다. 난쟁이는 지푸라기 인형을 옆에 내려놓고 마루청을 빼기 시작했다. 고심해서 사방 1간쯤 구멍을 만든 다음 마루 밑으로 내려가 낡은 가마니를 치우고 우물 덮개의 포석을 질질 끌어당겼다.

그는 우물 안으로 들어가려는 걸까. 아니면 이 우물에 다른 용건이 있는 걸까.

난쟁이는 무거운 돌 다섯 개를 간신히 치웠다. 포석 밑의 우물 입구에는 굵은 통나무 두 개가 가로놓여 있었다. 그는 그것을 치웠다. 괴물이 포석을 움직이자 숨이 턱턱 막히는 고약한 냄새가 풍겼다. 속이 메슥거릴 정도로 코를 찌르는 썩은 내였다.

무슨 냄새인지 바로 알아차린 쓰네가와 경부는 기겁했다.

'이게 어찌된 일인가. 어쩌면 내가 커다란 실책을 범했는지도 모른다. 이런 곳에 오래된 우물이 있는 것도 알아채지 못하고 그 안에 뭐가 있는지도 전혀 몰랐다니 귀신같은 형사라는 타이틀에 먹칠할 정도로 큰 실책을 범한 것이다.'

그렇게 생각하니 참을 수 없었다. 그는 아케치의 팔을 잡고 소리쳤다.

"아케치 씨, 그 구덩이 속에 대체 뭐가 있는 겁니까. 이 냄새는 뭐죠? 당신은 아시는 거죠? 말해주세요. 그게 대체 뭡니까?"

"쉿 ……."

아케치는 태연자약하게 입술에 손가락을 댔다.

"연극의 순서를 흩트리지 마십시오. 조금만 더 참으세요. 30분 내로 모든 비밀은 폭로될 겁니다."

경부는 우물 안을 좀 더 조사해보자고 말하려 했지만, 그때 난쟁이가 이상한 행동을 하는 바람에 거기에 정신이 팔려 입을 다물고 말았다.

포석을 완전히 치운 난쟁이는 마루에 놓았던 지푸라기 인형을 끌어내려 별안간 우물 안으로 던졌다.

그리고 통나무 두 개를 원래대로 가로질러 놓고 위에 가마니를 가지런히 깔았다.

"진짜는 그 돌도 제 위치에 되돌려놓아야 하지만 시간을 아끼기 위해 그건 생략하겠습니다."

아케치가 조용히 설명했다.

난쟁이는 위로 올라가 마루청을 채워놓고 빠뜨린 것이 없는지 주위를 둘러본 뒤에 조용히 2층 서재로 되돌아갔다. 물론 관객들도 뒤따라갔다.

서재에 돌아온 난쟁이는 관객들이 방에 들어오기를 기다렸다가 문을 잠그고 주위를 꼼꼼히 살핀 후 불상을 발판 삼아 삼노끈을 타고 거미처럼 천장으로 기어 올라갔다. 그가 사라진 후 격자 천장의 구멍은 원래대로 판자가 채워져 있었다.

"이로써 제1막이 끝났습니다."

그렇게 선포하며 아케치가 스위치를 켰다. 방이 밝아졌다. 1막이 끝났다고? 그러면 2막도 있다는 말인가.

"이렇게 오가와 쇼이치의 시체가 분실된 것입니다. 저 검은 옷 입은 녀석이 이 일을 해치운 다음, 쓰네가와 경부, 당신네 경찰들이 여기 도착할 차례지요."

"그럼 오가와를 쓰러뜨린 단검은요?"

"단검은 아까 난쟁이가 천장에서 던진 것입니다."

"그건 압니다. 하지만 그 단검이 어떻게 사라진 거죠?"

"천장으로 다시 올라갔기 때문입니다. 그 무거운 단검에는 질긴 비단 끈이 묶여 있었습니다.

아시겠지요. 현장에 흉기를 남기지 않기 위해 천장 위에서 단검을 던져 상대를 죽인 다음, 묶여 있던 끈으로 다시 끌어올리는 수법입니다. 밀폐된 방 안에서 범인이나 흉기 없이 살인이 일어나다니 더없이 기괴하게 들리겠지만, 내막을 알고 보면 의외로 싱거운 이야기지요."

그렇다. 시체 분실 건은 이걸로 명료해졌다. 하지만 아직도 밝혀지지 않은 것들이 많다.

"그럼 살인범은요? 그 시커멓고 조그마한 녀석은 대체 누구입니까?"

경부가 두 번째 질문을 했다.

"그 검은 복면은 정말 놀랄 만한 인물입니다. 그 누구도 생각지 못했을 겁니다. 저도 불과 2~3일 전에 알게 되었는데, 너무 의외라 상상조차 못 했던 인물이지요."

"그 말인즉슨."

쓰네가와 경부는 답답하다는 듯이 말했다.

"그자가 이번 사건의 진범이라고 말씀하시는 겁니까?"

"진범, …… 그렇습니다. 어떤 의미에서는."

아케치는 말끝을 흐리더니 다시 설명을 시작했다.

"그자가 누구인지 이야기하기 전에 보여드릴 것이 있습니다.

지금부터 오늘 밤 연극의 제2막이 시작됩니다."

"2막이라니 그럼, 아직도 더 남은 겁니까."

"네, 그리고 이번 실연이야말로 당신에게 보여드리고 싶은 아주 중요한 장면입니다."

"허허, 그건."

경부는 또 변죽만 울리는 아마추어 탐정의 태도에 상당히 난감했지만, 사건의 진상을 알기 위해서는 아케치의 연극을 좀 더 지켜볼 수밖에 없었다.

"그럼 이번에는 그다음 사건, 즉 오가와 쇼이치 시체 분실 사건이 있은 후, 2~3일 내로 일어난 사건을 보여드릴 겁니다. 실로 기상천외한 살인이지요. 하지만 이 사건은 완전히 베일에 가려져 경찰은 물론 하타야나기가 사람들조차 전혀 알아차리지 못한 범죄입니다."

"사이토 노인 사건과는 다른 겁니까?"

경부는 깜짝 놀라 소리쳤다.

"다른 사건입니다. 오가와 사건과 사이토 사건 사이에, 이 방에서는 아무도 모르는 살인이 한 번 더 일어났습니다."

막간의 설명은 확실히 대성공이었다. 적잖이 흥분한 관객들은 이제나저제나 2막이 시작하기를 기다렸다.

"잠시 다시 전등을 끄겠습니다. 그 전에 양해를 구하는데 이 방에서 정말로 기묘한 살인사건이 적나라하게 펼쳐질 겁니다. 물론 연극에 불과하니 어떤 무서운 일이 일어나도 결코 말을 보태거나 아무 행동도 하지 마시라고 부탁드립니다."

막간 설명이 끝나자 전등이 꺼져 캄캄해졌다. 창밖은 해가 완전히 저물어 별이 아름답게 반짝였다.

너무 어두워 연극이 보이기나 할까 의아했지만, 맞은편 벽에 커다랗게 원형의 빛이 비치자 음침한 불상들이 환등기 그림처럼 떠올랐다.

어느새 아케치가 회중전등을 준비해놓고 앞쪽 벽에 빛을 비춘 것이다.

둥근 빛은 불상들을 서서히 통과해 벽을 벗어나더니 입구 문 앞에 멈췄다.

그 빛 속에서 문고리가 살짝 도는 것이 보였다. 누군가가 밖에서 문을 열려고 한 것이다.

문고리가 회전을 멈추자 문이 1부씩 1부씩 아주 조심스레 열렸다.

난쟁이는 아직 천장 위에 있을 테니 그는 아닐 것이다. 지금 섬뜩할 정도로 조심스레 문을 여는 자는 대체 누구란 말인가.

귀신같다는 쓰네가와 경부조차 샘솟는 호기심과 형언할 수 없는 공포 때문에 호흡이 가빠질 지경이었다.

1치, 2치, 1자, 2자, 마침내 문이 완전히 열렸다. 바깥에 있는 자가 여벌 열쇠를 소지하고 있었다.

회중전등을 들고 있던 아케치의 고동 소리를 강조하듯 벽의 둥근 빛이 부르르 리드미컬하게 요동쳤다.

그 요동치는 빛 속으로 누군가 불쑥 들어왔다.

두 관객은 아까 아케치가 주의를 줬음에도 불구하고 그를 보자 엉겁결에 비명을 지를 수밖에 없었다.

입술 없는 괴물과 똑같이 검은 중절모와 검은 망토, 커다란 선글라스에 마스크를 끼고 있었기 때문이다.

그 괴물은 둥근 빛 안으로 한 발자국씩 걸어 들어왔다. 그가 앞으로 다가올수록 아케치의 회중전등 빛도 무대 위의 연기자를 따라다니는 스포트라이트처럼 인물과 함께 벽을 기어 다녔다. 이동촬영 영화를 보는 듯했다.

괴물은 난쟁이가 사라진 격자 천장의 한 프레임에 눈을 고정시키고 걸었다. 기묘한 천장 위의 통로를 잘 알고 있는 듯했다.

그는 정면으로 보이는 벽 중간까지 가서 여래좌상 앞에 멈춰서 격자 천장에 계속 시선을 고정한 채 그 자리에 웅크리고 앉았다. 대체 무엇을 하려는 걸까.

마치 신호라는 듯이 천장의 그 부분에서 덜컹, 하는 소리가 들리더니 은빛 막대기 같은 것이 바람을 가르며 웅크리고 있던 괴물을 향해 날아왔다. 아까 그 서양 단검이었다.

아, 두 번째 살인! 이거였군!

그때 마스크를 쓴 괴물이 곡예사처럼 몸을 돌려 단검이 지나가는 궤도를 벗어났다. 눈에 보이지 않을 정도로 재빠른 동작이었다.

그는 단검을 피하면서 순식간에 거기 묶인 끈을 쥐더니 끊어버렸다.

"꺄악."

비명이 들렸다. 이어서 덜그럭거리며 천장을 걷는 발소리. 무기를 빼앗긴 난쟁이가 비명을 지르며 도망치는 소리다.

마스크를 쓴 괴물은 방 한가운데에 있던 테이블을 천장 구멍 아래로 끌고 가서 그 위에 의자 두 개를 쌓아 발판을 만든 후 가뿐히 기어 올라가 천장으로 들어갔다.

그동안 회중전등 스포트라이트가 명배우의 연기를 좇아 이동한 것은 두말할 나위 없었다.

그 둥근 빛 속에서 잠시 괴물이 발을 바르작거리더니 곧 천장 위로 사라졌다.

회중전등은 허무하게 천장 구석을 비췄지만, 관객의 시야를 떠나 컴컴한 천장 위로 모습을 감춘 두 배우는 내려올 기미를 보이지 않았다. 따라서 무대는 한동안 비어 있었다.

대신 소리가 들렸다. 천장에서 쥐가 날뛰는 것처럼 요란한 소리가 났다.

두 괴물이 어둠 속에서 추격전을 벌이는 듯했다.

이윽고 소리가 뚝 멈췄다. 도망가던 난쟁이가 잡혔나 보다.

잠시 사위스러운 정적.

괴물들이 싸운다. 한마디도 하지 않고 소리 없이 땀 흘리며 싸운다. 그 끔찍한 모습이 눈앞에 똑똑히 보이는 듯했다.

무대 감독 아케치 고고로는 꽤 실력이 좋았다.

두 관객은 침을 삼키며 귀를 기울였다. 천장 위에서 무슨 일이 벌어진 듯했다. 너무 조용하다. 어느 한쪽이 이긴 것이다.

죽음 같은 정적 속에서 실낱보다도 가는 신음이 아주 희미하게 들렸다.

어느 한쪽이 목이 졸려 죽었나 보다. 털이 쭈뼛 서는 듯한 단말마의 신음소리였다.

그 가느다란 소리가 등불처럼 소멸해가며 어둠 속에 녹아들자 한층 오싹한 정적이 돌아왔다.

여삼추 같은 수십 초가 지나자 드디어 천장에서 삐걱거리는 발소리가 들리더니 곧바로 삼노끈 한 줄이 구멍에서 내려왔다. 삼노끈 끝에는 사람이 축 늘어진 채 몸이 묶여 있었다.

시체다.

회중전등의 둥근 빛이 시체를 따라 벽을 미끄러져 내려오더니 융단에 흰 타원을 그렸다.

시체는 발판으로 썼던 의자와 테이블을 피해 융단의 흰 타원 안에 조용히 눕혀놓았다.

역시 그러했다. 덩치 작은 자가 진 것이다. 삼노끈으로 내려진 시체는 흉측한 난쟁이였다.

온몸을 새카맣게 두른 작은 괴물의 목에는 끔찍한 상처처럼 빨간 끈 한 줄이 감겨 있었다. 그 끈에 목이 졸려 죽은 것이다.

융단 위의 타원형 빛 속에 놓인 검은 시체, 목의 새빨간 끈, 그로테스크하지만 아름다운 그림 같았다.

마침내 가해자, 즉 마스크를 쓴 괴물이 삼노끈을 타고 내려와 화면 안으로 스르르 들어왔다.

그는 잠시 쭈그리고 앉아 시체를 살펴봤다. 다시 살아날 염려는 없다고 확인했는지 몸에 묶어놓았던 삼노끈을 푼 뒤 테이블과 의자를 밟고 올라가 천장에 감췄다. 그리고 방금 내려온 구멍에 원래대로 판자를 끼우고, 필요 없어진 의자와 테이블을 원래

자리에 돌려놓으며 주의 깊게 범죄 흔적을 지웠다.

이제 시체를 처리할 차례인 줄 알았지만 그렇지 않았다. 마스크를 쓴 괴물은 아까 멈춰 섰던 여래좌상 앞으로 가서 힘을 모으더니 별안간 금불상을 넘어뜨렸다.

여래상이 둔탁한 울림을 내며 대좌에서 빠져 쓰러졌다. 엉덩이 밑이 텅 비어 있고, 남은 대좌 위에는 작은 휴대용 금고가 놓여 있었다.

이제 관객들도 다음 차례를 알 수 있었다. 바로 이 휴대용 금고 때문에 두 괴물이 그런 엄청난 싸움을 한 것이다.

여래상 몸에 넣어둔 휴대용 금고 안에는 엄청난 재물을 숨겨놓았을 것이다.

마스크 괴물은 금고 뚜껑을 열고 안에 있던 물건을 빼서 여기저기 주머니에 나눠 넣었다. 아니, 넣는 모습을 보여줬다.

"나중에 자세히 말씀드리겠지만, 금고 안에는 엄청난 보석들이 들어 있었습니다."

아케치가 설명했다.

괴물은 내용물을 꺼내고 금고는 그대로 놔둔 채 자신의 몸보다도 큰 불상을 원래대로 돌려놓으려 했지만 감당하지 못했다. 그러자 해설을 맡은 아케치가 친절하게 그쪽으로 가서 대좌에 불상 올려놓는 것을 도와주고는 설명을 덧붙였다.

"진짜 범인은 훨씬 힘이 셉니다. 도움이 필요 없었죠."

정리가 끝나자 괴물은 난쟁이의 시체를 안고 방을 나갔다. 세 사람도 뒤따라 나갔다.

쓰네가와 경부는 그 정도는 아니었으나 미타니 청년은 이런 일에 익숙지 않아서인지 연극을 즐기기는커녕 잔뜩 겁먹은 기색이었다.

"미타니 씨, 어디 컨디션이 안 좋습니까?"

눈치를 챈 아케치가 미타니의 얼굴에 회중전등을 비췄다.

"아뇨, 아무것도 아닙니다. 알 수 없는 것투성이라서요, 좀 ……."

미타니는 그렇게 말하고 웃음을 띠었지만, 안색이 백지장처럼 하얘졌다. 이마에는 진땀까지 났다.

"정신 차리세요. 이제 곧 무슨 일인지 알게 될 겁니다."

아케치는 미타니의 손을 끌어당기듯 잡고 기운을 북돋우며 걸었다.

마스크 괴물의 목적지도 창고였다.

그는 조금 전 난쟁이와 같은 순서로 우물 뚜껑을 치운 후 안고 온 시체를 그 안에 던졌다. 아니, 던지는 시늉을 했다.

우물 바닥

좀 전에 오가와 쇼이치(지푸라기 인형)를 처리했던 순서로 이번에는 난쟁이가 우물 바닥에 처박혀야 했다.

그렇다고 정말 우물로 뛰어들 필요는 없었다. 시체라고 해도 그는 극 중의 시체에 불과하므로 우물 입구를 뛰어넘어 창고

구석에 서 있었다.

마스크 괴물도 구석으로 가서 적끼리 사이좋게 서서 대기했다.

"이것이 두 번째 살인입니다."

아케치가 해설했다. 그는 여전히 미타니의 손을 잡고 있었다.

"3막도 있습니까?"

컴컴한 우물을 들여다보던 쓰네가와 경부가 코를 실룩거리며 물었다.

"네, 3막도 있습니다. 하지만 지루하니 3막은 말로 설명하겠습니다."

"그게 좋겠네요."

경부는 즉각 찬성했다.

"하지만 저는 그 전에 이 우물 안을 조사해보고 싶습니다."

그는 더 이상 참을 수 없는 모양이었다.

"구석에 작은 사다리가 있으니까 그걸 우물 안에 세우고 내려가 보세요. 회중전등을 빌려드릴 테니."

무대 감독의 허가가 떨어지자 경부는 얼른 회중전등을 빌려 사다리를 타고 우물 안으로 들어갔다. 우물 바닥에 얼마나 끔찍한 것이 있을지 전혀 예상하지 못한 채.

내려가서 회중전등의 빛을 비추니 가장 먼저 아까 던진 지푸라기 인형이 보였다.

경부는 인형을 주워 우물 밖으로 던졌다.

독자 여러분도 아시다시피 그 아래에는 미타니 청년이 시즈코를 숨길 때 넣어준 이불 두 채가 있다.

"좀 도와주십시오. 이불이 엄청나군요."

우물 바닥에서 쓰네가와 경부의 목소리가 울려 퍼졌다.

아케치는 구석에 서 있는 두 사람에게 도와주라고 지시했다. 그들은 우물 입구로 가서 경부가 아래에서 올려주는 이불을 하나씩 끌어올렸다.

이불 밑에는 무엇이 있는 걸까.

쓰네가와 경부도 연극을 봤기에 시체가 두 구라는 건 알고 있었다. 한 사람은 오가와 쇼이치가 틀림없다. 그렇다면 또 한 사람은? 그 흉측한 난쟁이, 즉 오가와를 살해한 범인은 대체 누구일까. 한시라도 빨리 그걸 확인하고 싶었다.

경부는 우물에 비스듬히 걸친 사다리 하단에 발을 올려놓은 채 회중전등을 갖다 대고 바닥을 들여다봤다.

"으악."

비명이 들렸다.

제아무리 경부라도 놀라지 않을 수 없었다.

"무슨 일입니까."

어둠 속에서 들리는 아케치의 목소리. 그도 우물 속을 들여다 봤다.

"이거다……."

경부는 회중전등을 바닥에 더 가까이 댔다.

시체를 보는 것은 각오한 바였다. 하지만 이런 식의 시체일 거라고는 아무도 상상하지 못했으리라.

늦가을이라 열흘 안에 형태가 뭉그러질 정도로 부패하지는 않았다. 하지만 두 구의 시체는 부패하거나 구더기가 꿈틀거리는 것보다 상태가 더 끔찍했다.

스모선수처럼 부푼 두 거인이 포개져 있었다.

한 사람은 사다리 다리에 복부가 눌려 있었는데, 그 부분이 3치가량 푹 들어가 보였다. 복부가 설탕공예로 만든 너구리처럼 불룩했다.

시체 팽창 현상이었다. 내장에 발생한 가스의 압력이 상당해 고무풍선처럼 시체가 팽창한 것이다.

얼굴 주름도 펴지고 모공이 열린 채 거인국의 아기처럼 부풀어 터질 것만 같았다.

"이게 오가와인가."

복장으로 추정할 수 있었다.

경부는 별생각 없이 나머지 한 구의 시체로 시선을 옮겼는데 얼굴을 보자마자 너무 놀라 비명을 지르며 무심결에 사다리를 올라왔다.

경부가 놀란 것도 무리는 아니었다.

거기 부풀어 있는 또 한 구의 시체는 결코 모르는 남자가 아니었다. 모르는 남자이기는커녕 잊으려 해도 잊을 수 없는 이번 사건의 거물급 인사였다. 그가 참혹하게도 고무풍선처럼 커다란 몸으로 누워 있었다.

경부는 시나가와만에서 그자와 마주친 적이 있었다. 그때 봤던 밀랍 가면. 하지만 지금 발밑에서 뒹구는 인물은 가면을 쓰지 않았다. 정말로 입술이 없었다. 코도 없었다. 얼굴이 벌겋게 벗겨져 번쩍였다. 게다가 살아 있을 때보다 두 배로 부풀어 도저히 형언할 수 없는 몰골을 하고 있었다.

쓰네가와 경부는 정체 모를 혼미함을 느꼈다. 자신의 시각을 믿을 수 없어 불안에 빠졌다.

입술 없는 남자와의 두 번째 대면. 게다가 떨리는 손으로 회중전등을 쥐고 우물 바닥에 불빛을 비춰보니 전혀 예상치 못한, 스모선수처럼 몸이 팽창한 시체를 보게 된 것이다. 경부가 자신도 모르게 도망치려 한 것도 어쩌면 당연했다.

"누구인가요, 이자는?"

가까스로 정신을 차린 경부가 우물 밖의 아케치에게 물었다.

'입술 없는 남자'의 존재는 지나칠 정도로 잘 안다. 하지만 그가 어디 사는 누구인지는 아무도 몰랐다.

"서재 천장 위에서 살던, 오가와 쇼이치를 살해한 자입니다."

아케치가 어둠 속에서 대답했다.

그렇다. 연극을 통해 그것까지는 밝혀졌다. 오가와 쇼이치의 대역인 지푸라기 인형이 검은 복면을 쓴 난쟁이에게 살해당했다. 그 난쟁이가 또 마스크를 쓴 괴물에게 목이 졸려 죽었다. 지푸라기 인형이나 난쟁이 시체 모두 이 우물에 던져졌다.

지푸라기 인형은 오가와 쇼이치다. 그렇다면 나머지 한 사람, 입술 없는 이 남자는 연극에서 난쟁이에 해당한다. 그 난쟁이가 입술 없는 남자 역을 맡아 똑같이 연기했던 것이다.

"그럼 우리가 그렇게 찾아다니던 범인이 바로 이 저택의 천장 위에 숨어 있었단 말입니까?"

쓰네가와 경부는 믿을 수 없다는 듯이 말했다.

"이자는 대체 누구죠? 무엇보다, 왜 하필 이 저택 천장을 은신처로 고른 거죠?"

그는 몇몇 의문이 한꺼번에 떠오르는 바람에 어떤 것부터 물어야 할지 판단이 서지 않는 모양이었다.

"이 남자가 천장 위에 숨은 건 하등 이상하지 않습니다. 누구라도 자기 집이, 특히 자기 서재가 그리운 법이니까요."

어둠 속에서 아케치가 천연덕스럽게 말했다.

"자기 집이라고요? 자기 서재요? 그게 무슨 말입니까, 하타야나기가 이자의 집인 것처럼 들리는데요……."

경부는 점점 알 수 없었다.

"그렇습니다. 이자가 바로 이 집 주인이지요."

"네? 뭐라고요?"

쓰네가와 경부가 고성을 질렀다.

"입술 없는 이 남자가 시즈코 씨의 남편인 하타야나기 쇼조畑柳庄蔵 씨입니다."

"아니, 그런 어처구니없는 일이 어디 있단 말입니까. 하타야나기 쇼조는 형무소에서 병사했잖습니까."

"그렇게 믿었지요. 하지만 그는 부활했습니다. 무덤 속에 묻혀 있다 살아났습니다."

쓰네가와 경부는 우물에서 기어 나와 회중전등으로 아케치의 얼굴을 비췄다.

"그게 정말입니까? 농담 아니시죠?"

"뜻밖이라고 생각하시는 것도 당연합니다. 그는 살아났습니다. 하지만 저절로 살아난 것은 아닙니다. 패거리와 함께 작당한 거지요."

아케치는 엄숙한 표정을 지으며 기괴하기 짝이 없는 이야기를 했다.

"예사롭지 않은 일이네요. 당신은 그걸 알면서 지금까지 속이신 겁니까?"

쓰네가와 경부는 아마추어 탐정에게 선수를 빼앗긴 것이 자못 분해 자신도 모르게 어조가 격해졌다.

"고의로 숨긴 건 아니었습니다. 저도 어제야 겨우 그 사실을 알았습니다."

아케치는 이야기를 하기 위해 먼지가 자욱이 쌓인 창고 천장의 전등을 켰다. 어슴푸레한 5촉짜리 전등이었지만 어둠에 익숙해진 탓인지 창고 안이 눈부실 정도로 밝아졌다.

"그걸 찾아낸 공로자가 저희 후미요 씨입니다. Y 형무소의 의사 한 명을 잘 구슬려 그에 대해 들었습니다."

아케치가 설명을 이어갔다.

"자세한 것은 언젠가 말할 기회가 있겠지요. 아직 연극의 제3막이 남았으니 간략히 말씀드리면 형무소 안의 의국 사람들과 간수, 그리고 두세 명의 병든 수감자가 짜고 하타야나기 쇼조를 죽은 사람으로 만든 것입니다. 그가 중태에 빠졌던 건 틀림없습니다. 하지만 죽지는 않았지요. 마비 상태라 시체나 다를 바 없었지요. 남미 식물로 제조한 쿠라레라는 극약을 아십니까? 아마 그런

종류의 약품이 사용된 것 같습니다. 어쨌든 하타야나기 쇼조는 패거리의 도움으로 살아서 형무소를 나갈 수 있었습니다. 그후 매장되었다가 무덤에서 부활했습니다. 그는 다시 살아나 자신이 훔친 재화를 지키는 귀신이 된 것이지요."

"소설도 아니고 일본의 형무소에서 그런 일이 일어나다니 믿기지 않는군요."

참다못해 경부가 끼어들었다.

"하타야나기는 큰 부자입니다. 몇 사람의 일생을 보장해줄 돈 정도는 아무것도 아닙니다. 평생 안락하게 살 수 있을 정도로 큰돈을 준다면 거기 넘어가지 않을 사람은 없겠지요. …… 무덤에서 살아난 하타야나기는 그 얼굴 그대로 돌아다니다가는 금방 잡힐 것이 틀림없었기에 고통을 참으며 황산 같은 물질로 얼굴에 화상을 입혀 뭉그러뜨렸습니다. 그러고 나서 다른 사람, 즉 입술 없는 괴물이 되어 다시 세상에 나타난 겁니다."

"하지만 이상합니다. 분명 하타야나기의 형기는 7년이었는데 왜 그걸 기다리지 못한 걸까요. 얼굴에 화상을 입히는 짓까지 하지 않아도 ……."

쓰네가와 경부는 아케치의 설명이 도무지 납득이 가지 않았다.

"쓰네가와 경부, 설마 스기무라 보석상 도난 사건을 잊으신 건 아니지요?"

아케치는 빙글빙글 웃으며 갑자기 엉뚱한 이야기를 했다.

"작년 3월이었습니다. 스기무라 보석상의 금고가 부서지고 점원 두 명이 살해당한 것이."

"그렇습니다. 정말 교묘한 범죄였죠. 아쉽게도 지금까지 아무 단서도 찾지 못했습니다."

"그리고 하야세 시계방 도난사건, 유명한 오구라 남작 집 다이아몬드 사건, 기타고지 후작 부인의 목걸이 도난사건……."

"아, 아케치 씨도 그걸 알고 계셨군요. 그렇습니다. 모두 같은 수법이죠. 우리도 범인은 동일인이라고 생각하고 수사했습니다."

당황한 쓰네가와 경부가 대답했다.

"우리는 지금 그 범인을 잡았습니다."

아케치는 점점 더 엉뚱한 말을 했다.

"네? 어디요, 어디?"

경부는 갈팡질팡할 수밖에 없었다.

"여기입니다."

아케치는 발치의 우물을 가리켰다.

"이자가 보석 도둑입니다."

아케치는 쓰네가와 경부가 그 말의 의미를 이해할 때까지 기다렸다가 다시 말을 이어갔다.

"유령회사를 세우거나 사기를 치는 것은 오히려 표면상 내세운 직업이고 하타야나기는 실상 어마어마한 보석 도둑이었습니다. 아니, 그냥 도둑이 아니라 살인이라는 엄청난 죄도 저질렀지요. 그에게는 패거리가 몇 명 있었습니다. 모두 악당이라 언제라도 그를 배신하고 소중한 보석을 훔쳐 갈 수 있었죠. 경우에 따라서는 밀고자도 생길 테고요. 그렇게 보면 두목 격인 하타야나기가 죽은 사람 시늉을 하거나 황산으로 얼굴을 태우는 건 별일 아니지요. 하지만 그것만으로는 안심할 수 없었는지 온전한 수족에 가짜 의족과 의수를 끼고 불구자 행세를 한 것입니다.

그런데 그가 얼굴을 바꾸고 완전히 다른 사람으로 다시 태어나 자기 집으로 돌아왔더니 실로 우스꽝스러운 일이 일어납니다. 그저 사형이 두렵고, 도둑질해놓은 보석만 생각하다가 정신 못 차린 탓에 미처 사랑하는 아내와 자식까지 고려하지 못한 것입니다. 자기 집 문 앞에 도착해서야 비로소 사랑하는 아내나 귀여운 자식에게 무시무시하게 변해버린 자신의 모습을 보이기 부끄럽다는 생각을 하게 된 것이지요. 탈옥이라는 큰 죄도 타개할 용기가 없었습니다.

탈옥 이후 두 달간 후카가와深川의 패거리 집에 몸을 숨기고 있었습니다. (그자의 이름도 잘 알지요.) 그리고 밤을 틈타 자기 집에 잠입해 처자식의 모습을 몰래 지켜보고, 보석 은닉처를 바꾸는 것을 미약하나마 위안으로 삼았습니다. 시즈코 씨가 시오바라의 온천에 가면 뒤따라 가서 같은 료칸에 묵으며 목욕탕 창으로 아내가 목욕하는 모습을 바라보기도 하고, 별 비참한 방법으로 안간힘을 썼습니다.

그가 도둑질한 보석은 아까 연극에서 보신 것처럼 서재의 불상 안에 감춰뒀습니다. 그는 사람들이 접근하는 것을 막기 위해 여러 장치를 해놓았습니다. 음침한 불상들도 그런 장치지요. 보석이 숨겨진 불상의 눈에는 조정 장치를 설치해 놓고 사람이 그 앞에 서 있으면 자동으로 크게 눈을 뜨게 해뒀습니다. 또한 혹시 모를 상황에 대비해 은신처로 천장 위에 암실을 만들어 놓고 격자 천장 한 장을 빼서 출입할 수 있는 장치도 있었습니다.

그는 후카가와에 있는 패거리 집에 두 달 정도 숨어 있었는데, 최근 들어 그 상태로는 도저히 안심할 수 없었습니다. 첫째로 보석에 대한 집착. 그는 광적으로 보석을 사랑합니다. 일말의 부족함이 없는 처지면서 보석 도둑이 된 것도 그 때문입니다. 처자식보다도 소중한 보석과 따로 사는 건 더 이상 참을 수 없었던 것이지요. 패거리 중 한 사람이 보석 은닉처를 알아채고 몰래 손에 넣으려는 것도 알게 되었습니다. 하타야나기 입장에서 보면 미타니 씨가 이 집에 죽치고 있는 것도 틀림없이 불안 요소였겠지요. 그는 도둑처럼 자기 집에 몰래 들어가 과거에 서재 천장 위에 만들어 놓은 은신처에 몸을 숨기고 보석을 지킨 것입니다.

그런 용의주도함은 효과가 있었습니다. 아니나 다를까, 의심했던 대로 어느 날 패거리 한 명이 서재에 잠입해 불상 속의 보석을 훔치려 했지요. 하타야나기는 천장 위에서 기다리고 있었습니다. 미리 끈을 매달아둔 단검이 톡톡히 제 역할을 했지요. 그 상황은 아까 연극의 제1막에서 직접 보신 대로입니다."

"그렇다면 그 보석을 훔치러 온 자는……."

쓰네가와 경부가 무심결에 끼어들었다.

"그렇습니다. 오가와 쇼이치입니다. 물론 가명인데, 두목을 배신한 그자는 비난받아 마땅하겠지요."

제3막

"하타야나기 쇼조가 악인이라는 것은 알고 있었지만 살인까지 했다니 의외군요. 하지만 납득가지 않는 것이 있습니다. 설명대로 범인이 하타야나기라면, 그는 왜 자기 아들을 유괴해서 몸값을 요구하는 악질적인 시늉까지 했을까요. 그 심리에 커다란 모순이 있다고 느껴지는데요."

쓰네가와 경부가 수상쩍다는 듯이 물었다.

"그렇습니다. 그 점을 확실히 밝히기 위해 오늘 밤 연극의 제2막에서 실연을 보여드린 것입니다. 보신 것처럼 하타야나기는 또 다른 사람에게 살해당했습니다. 그 남자가 대체 누구라고 생각하십니까?"

"모르겠습니다. 다만 그자가 안경과 마스크를 쓴 자라는 사실 외에는."

경부는 아까 연극을 본 대로 대답할 수밖에 없었다. 입술 없는 남자 역을 맡았던 검은 난쟁이는 마스크를 쓴 사람에게 살해당했다.

"그러면 그 인물을 보시지요. 자네, 안경과 마스크를 벗어봐."

아케치는 창고의 잡동사니 도구 틈에 서 있던 아까 그 검은 망토의 배우에게 말했다. 쓰네가와 경부와 미타니 청년은 파손된 의자와 테이블이 쌓여 있는 구석 쪽을 유심히 봤다. 침침한 5촉 전등이 검은 옷을 입은 크고 작은 두 사람을 기괴하게 비추고 있었다.

그 말에 따라 검은 망토, 검은 중절모를 쓴 수상한 인물이 고개를 들더니 커다란 선글라스부터 벗었다.

선글라스만 벗었는데도 단번에 얼굴이 기괴하다는 걸 알아볼 수 있었다.

눈은 심한 화상을 입어 뭉그러진 것처럼 벌겋고, 짧은 눈썹에 속눈썹은 다 빠져 있었으며 그 가운데 썩어들어가는 생선처럼 허연 두 눈이 엉뚱한 곳을 쳐다보고 있었다.

쓰네가와 경부는 어떤 예감 때문에 화들짝 놀라 한 발 앞으로 나갔다. 미타니 청년도 마음이 몹시 심란한지 창백한 얼굴을 한 채 의미를 알 수 없는 말을 중얼거렸다.

검은 망토의 괴물은 이어서 얼굴의 반을 가리고 있던 커다란 마스크를 잡아 찢듯이 벗었다.

불그스레한 전등 빛에 얼굴 전체가 드러났다. 상상한 대로 그자의 코는 반밖에 없었다. 뺨에서 턱까지 무참하게 벗겨진 붉은 피부가 번쩍거렸다. 그리고 입술이, 입술이.

"헉, 입술 없는 남자!"

쓰네가와 경부가 새된 소리로 외쳤다.

뭐가 뭔지 확실히 알 수 없었다. 악몽에 시달리는 심정이었다. 경부는 다시 확인하기 위해 회중전등을 들이대고 우물 바닥을 들여다봤다. 입술 없는 괴물, 하타야나기 쇼조의 부풀어 오른 시체는 그 자리에 그대로 누워 있었다.

몽유병처럼 똑같은 괴물이 하나 더 나타난 것이다. 어느 쪽이 진짜이고 어느 쪽이 유령인가.

쓰네가와 경부 입장에서는 사실상 세 번째 '입술 없는 남자'인 셈이다. 첫 번째는 시나가와만에서 불타 죽은 소노다 곳코가 쓰고 있던 밀랍 가면, 두 번째는 방금 우물 바닥에 죽어 있던 하타야나기 쇼조, 그리고 여기 세 번째 괴물이 서 있는 것이다.

"그럼 입술 없는 남자가 입술 없는 남자를 죽였다는 말인데 ……."

그는 당황하며 아케치의 얼굴을 쳐다봤다.

"그렇습니다. 입술 없는 남자가 입술 없는 하타야나기 쇼조를 죽인 것입니다. 즉, 이번 사건에는 입술 없는 남자가 두 명인데 서로 다른 목적으로 별개의 죄를 저질렀지요. 지금까지 우리가 그걸 혼동했기 때문에 사건의 진상을 파악할 수 없었던 것입니다."

"이토록 닮은 불구자가 같은 사건에 연루되다니 너무 어처구니없는 우연이네요."

쓰네가와 경부는 아케치의 말이 아이들 속임수처럼 들려 도저히 수긍할 수 없었다.

"우연은 아닙니다. 두 사람 다 정말 불구자라면 그런 식으로 생각하는 것도 무리가 아니지만, 한쪽은 완전히 가짜입니다. …… 그것을 벗어주세요."

아케치는 앞의 말은 쓰네가와 경부에게, 뒤는 검은 망토를 입은 인물에게 말했다.

지시를 받은 검은 망토 사나이, 아니 여자는 재빨리 모자를 벗어 던지고 턱 쪽으로 해서 손을 귀 뒤까지 갖다 대더니 갑자기 얼굴을 쭉 찢었다.

가면 아래 나타난 것은 (두 관객은 조금 전부터 어렴풋이 느꼈지만) 아름답게 미소 짓는 조수 후미요의 얼굴이었다.

"고바야시 군도 가면을 벗으세요."

후미요는 연극 중에 목 졸라 죽였던 검은 옷의 난쟁이에게 상냥하게 말했다.

난쟁이는 그 말을 듣고 얼굴에 둘렀던 검은 두건을 풀며 경쾌한 말투로 중얼거렸다.

"너무 힘들었어요."

독자 여러분이 상상하신 대로 아케치의 조수 고바야시 소년이었다.

"아, 역시 두 사람이었군요. 연극이 감쪽같아 천장 위에서 나는 비명소리를 들었을 때는 소름이 끼쳤습니다."

쓰네가와 경부는 아마추어 배우들의 노고를 위로하며 후미요의 손에서 밀랍 가면을 빼앗아 잠시 들여다봤다.

"아, 아케치 씨. 당신은 소노다 곳코가 썼던 밀랍 가면의 세공사를 찾았죠?"

그는 다소 놀랐다. 그의 뇌리에는 이틀 전 아케치의 아파트에서 목격한 시즈코와 시게루 소년 밀랍인형이 환영처럼 떠올랐기 때문이다.

"추측하신 대로입니다. 저는 그 세공사를 찾았습니다. 그리고 그 인형."

아케치는 말하다 말고 무슨 까닭인지 미타니의 얼굴을 힐끗

봤다.

"그 인형과 함께 이걸 만들어달라고 했습니다. 틀이 남아 있었으니까요. 네, 그 가면을 처음 의뢰한 사람을 조사해봤냐고 물으시겠지요. 조사했습니다. 그런데 희한하게도 의뢰자는 소노다 곳코가 아니었습니다."

"누굽니까? 이름은 알아냈습니까?"

경부가 조급하게 물었다.

"물론 본명을 숨기고 다른 이름으로 주문했기 때문에 이름을 알아도 소용없었습니다. 인상이나 풍모는 알아뒀지요. 그렇지만 그조차 매우 애매했습니다."

"그럼 당신 말고도 그 밀랍 가면을 주문한 자가 또 있는 겁니까? 그러면 같은 입술 없는 얼굴 가면을 세 번이나 주문한 건가요?"

쓰네가와 경부가 급소를 찔렀다.

"그런데 제 주문을 제외한다면 한 건밖에 없습니다. 저도 그 점이 이상해서 다른 밀랍 세공사도 다 조사해봤지만 이와 같은 가면을 제작한 자는 또 없었습니다."

"그럼 제가 시나가와만에서 벗긴 소노다 곳코의 가면은 범인이 주문한 것이라는 말씀이네요."

경부는 이해가 가지 않는다는 듯이 아케치의 얼굴을 쳐다봤다.

"그렇습니다. 그 소설가는 범인이 아닌데도 불구하고 범인의 가면을 썼던 겁니다. 거기 진범의 놀랄 만한 기만술이 숨겨져 있습니다. 하지만 그에 대해서는 나중에 천천히 말씀드리지요."

아케치는 다시 후미요와 고바야시를 보며 말했다.

"두 사람 피곤하겠네요. 저쪽에서 옷 갈아입고 편히 쉬어요."

그러면서 아케치와 후미요가 의미심장하게 눈을 깜빡이며 신호를 주고받았다. 그걸 알아본 쓰네가와 경부는 이상하다는 생각이 들었다.

후미요와 고바야시 소년이 빼냈던 마루청을 원상복구 해놓고 창고에서 나가는 모습을 보며 아케치가 말했다.

"이제 연극의 제3막을 보실 차례인데, 방금 말한 대로 그건 말로 설명하면 됩니다. 우물 안 시체에 대한 자초지종은 내일로 미루고 어쨌든 이 불쾌한 장소에서 나갑시다."

그는 두 관객을 재촉해 창고에서 나갔다.

창고 문을 잠그고 응접실로 돌아가는데 유모 오나미를 비롯해 나이 많은 하인들이 복도에서 주뼛거리며 기다리고 있었다. 2층에 올라와서는 안 될뿐더러 창고에 가까이 오지도 말라고 아케치가 엄중히 지시했기 때문이다.

아케치와 쓰네가와 경부가 응접실 의자에 앉자 유모 오나미는 수심이 가득한 얼굴로 차를 들고 들어왔는데, 내막을 듣고 싶은 모양이었다.

"유모는 이 방에 있어도 상관없습니다. 대신 다른 사람은 잠시 이 방에 들어오지 못하게 하세요. 그리고 함부로 2층 서재나 부엌 창고를 기웃거리지 않도록 잘 타일러 주십시오."

아케치가 말하자 오나미는 복도에 있던 고용인들에게 그 말을 전하고 허겁지겁 돌아왔다.

"사모님과 도련님은 살아계신 거죠? …… 저, 사모님은 결국 감옥에 가셔야 하는 건가요?"

충성스러운 유모는 그것부터 먼저 확인했다.

"걱정 안 해도 됩니다. 아케치 씨의 수고로 살인범은 따로 있다는 걸 알았으니."

쓰네가와 경부가 위로했다.

"그러면 사모님은 대체 어디에 숨어 계신 건가요. 혹시 돌이킬 수 없는 일이라도……."

"그것도 괜찮습니다. 사모님의 행방은 알고 있습니다. 두 사람 모두 자살 같은 건 하지 않았습니다."

아케치가 믿음직스럽게 대답했다.

오나미는 그 말을 듣고 안도의 한숨을 쉬었다.

"시즈코 씨가 어디 계신지 아신다고요? 어떻게 아셨습니까? 대체 어디에 계십니까?"

쓰네가와 경부는 금시초문이었기에 놀랄 수밖에 없었다. 동시에 아케치의 물샐틈없이 치밀하고 훌륭한 추리 능력이 더욱 무섭게 느껴졌다.

"그렇습니다. 이제 곧 시즈코 씨의 무사한 모습을 볼 수 있을 겁니다. 하지만 그 전에 연극의 결말을 지어야 합니다."

아케치는 오나미가 우려준 홍차를 마시면서 다시 설명을 시작했다.

"제3막은 사이토 노인 살해에 관한 것입니다. 그것도 물론 시즈코 씨가 범인이 아니라 하타야나기 쇼조를 죽인 밀랍 가면의 소행입니다. 천장 트릭을 아실 테니 상세히 설명할 필요는 없고, 범인이 어떤 교묘한 기만술을 썼는지 알려드리지요. ······ 범인은 그때 천장 위에 숨어 또 엄청난 일을 꾸미고 있었습니다. 그의 범죄에 괴담 같은 카무플라주를 가미하기 위해서인지, 아니면 그 얼굴로 거기 들어온 고용인을 위협하기 위해서인지도 모르지만 어쨌든 그자는 천장에 숨어 있었습니다.

그런데 사이토 노인과 시즈코 씨가 언쟁을 하며 그곳에 들어왔습니다. 듣고 있는데 싸움은 점점 격렬해졌지요. 그때 그가 실로 기발한 살인을 생각해냅니다. 단검을 천장에서 던져 사이토 노인을 죽이고 그 죄를 시즈코 씨에게 전가할 음모를 꾸민 겁니다. 그 계획은 감쪽같이 성공합니다.

시즈코 씨는 언쟁하다가 몹시 격앙되었습니다. 노인을 죽이고 싶을 정도로 흥분했습니다. 바로 그런 시즈코 씨의 심정이 밖으로 표출되기라도 하듯 단검이 노인의 가슴에 꽂혔습니다. 방에는 아무도 없었습니다. 단검이 날아올 만한 틈도 없었습니다. 상황이 기묘한 탓에 시즈코 씨는 내가 범인이다, 무의식 중에 상대를 찔러 죽였다, 그렇게 스스로를 의심한 것도 무리는 아닙니다.

검사와 예심 판사가 찾아오고 집 안은 재판소처럼 무서운 분위기가 감돌았습니다. 심약한 여자이니 만약 누가 조금이라도 부추긴다면 가출할 마음이 드는 것도 당연하겠지요."

"그렇군요. 정말 말이 되는 논리네요. 저 역시 그렇게 생각할 수밖에 없군요."

쓰네가와 경부는 일단은 감탄하는 듯했으나, 금방 수긍할 수 없다는 표정을 지었다.

"하지만 논리가 부합되지 않는 점이 있습니다. 대체 무엇 때문에 밀랍 가면을 쓴 범인이 그런 번거로운 짓을 한 걸까요. 그자의 진짜 의도가 무엇입니까. 하타야나기 쇼조를 죽이고 보석을 빼앗은 걸 보면 그게 목적 같지만, 그렇다면 사이토 노인까지 죽일 이유가 없지 않습니까."

"하타야나기를 죽인 것도 사이토 노인을 죽인 것도 그의 진짜 의도는 아닙니다. 전에도 말씀드렸다시피 그는 아직 목적을 이루지 못했습니다. 정말로 그가 음모를 꾸며 죽이려고 한 사람은 따로 있습니다."

"누군가요, 그 인물이?"

쓰네가와 경부는 또다시 정수리를 한 방 얻어맞은 표정으로 경황없이 물었다.

"하타야나기 시즈코 씨입니다. 그리고 시게루 소년도 함께 죽이려 했겠지요."

아케치가 거침없이 말했다.

쓰네가와 경부는 조금 전까지만 해도 시즈코를 살인범으로 체포할 생각이었다. 그런데 약 한 시간 만에 국면이 완전히 전환되어 시즈코의 무죄가 판명되었을 뿐만 아니라, 도리어 그녀가 무서운 살인귀의 먹잇감이었다니. 대체 이게 무슨 일인가.

"이번 사건은 처음부터 시즈코 씨를 살해하는 것이 유일한 목적이었습니다. 다른 범죄는 모두 그 유일한 목적을 달성하기 위한 수단에 지나지 않습니다."

"잠깐만요."

쓰네가와 경부는 쉽게 승복할 수 없었다.

"이상하네요. 그 연약한 시즈코 씨를 죽이기 위해 그렇게까지 수고나 시간을 들일 필요가 있을까요? 무엇보다 시게루 소년을 미끼로 그녀를 아오야마의 빈집에 가뒀을 때 간단히 살해할 수 있었잖습니까. 일부러 사이토 노인 살해 혐의를 씌워 범죄자로 만드는 우회적인 방법을 쓰지 않아도……."

"쓰네가와 경부, 제가 이 사건을 중대하게 생각하는 것이 바로 그 점 때문입니다."

아케치는 돌연 엄숙한 표정으로 눈을 부릅뜨고 경부의 얼굴을 바라봤다.

"이 사건의 진범은 사람이 아닙니다. 사람 가죽을 쓴 맹수이고 독사입니다. 집념이 너무 강해요. 정상인들의 상상력으로는 판단할 수 없는, 짐승의 세계에서나 볼 수 있는 집념입니다.

범인은 고양이가 쥐를 가지고 놀 듯이 시즈코 씨를 가지고 논 것입니다. 아니면, 사랑하는 자식을 유괴하거나 시즈코 씨 본인을 지하실에 가두고, 스스로 끔찍한 살인자로 착각하게 만드는 등 온갖 수단을 동원해서 있는 대로 위협하고, 마음 아프게 괴롭히다가 마지막에 죽이려는 음모를 꾸민 것이지요. 희생자를 단번에 죽이기에는 아까웠던 겁니다. 빨고, 핥고, 상처도 입혀보고, 혹독하게 노리개로도 삼았다가 확 물어 죽이려는 것이지요."

소름이 끼쳐 얼굴이 창백해진 아케치는 진심으로 두렵다는 듯이 말했다.

듣다 보니 쓰네가와 경부도 왠지 오싹해졌다.

"만약 그게 사실이라면 우리는 한시라도 빨리 시즈코 씨를 구해내야 합니다. 시즈코 씨는 어디에 있는 거죠? 무엇보다 그 엄중한 감시 속에서 어떻게 빠져나갈 수 있었던 걸까요?"

경부는 아케치의 침착한 상태를 보고 애가 타서 초조하게 말했다.

"여기서 빠져나가는 건 아주 쉬웠지요. 관입니다. 사이토 노인의 시체를 넣은 관이 마술의 도구로 사용된 것입니다."

"네? 관이라고요?"

쓰네가와 경부는 허를 찔렸는지 놀란 표정을 감출 겨를도 없었다.

"그밖에는 다른 방법이 없습니다. 저택은 경관과 식솔들이 물샐틈없이 지켰습니다. 그날 누가 집을 나갔는지는 확실히 압니다. 그 외에 밖으로 나간 건 관밖에 없습니다. 그러니 시즈코 씨와 시게루 소년은 그 관에 숨어서 여기를 빠져나갔다고 생각할 수밖에 없겠지요. 간단한 산술 문제입니다."

"하지만 그 관에 세 명이나 들어갈 수 있습니까?"

경부가 곧바로 반문했다.

"세 명은 들어갈 수 없어도 여자와 아이 둘은 들어갈 수 있는 크기입니다."

"그러면 사이토 노인의 시체는요?"

"보여드리지요."

아케치는 척척 대답하며 유모 오나미를 돌아봤다.

"유모는 사이토 노인이 있는 곳을 알 텐데요."

당황한 오나미가 눈을 깜빡거렸다.

"제가요? 아뇨, 제가 그런 걸 알 리가 없습죠."

"모른다고요? 그럴 리가 없습니다. 안방에 나란히 놓인 관들 말입니다."

"아, 그거요? 그건 셋 다 텅 비어 있어요. 아까 장의사에서 도착한 거죠. 아케치 씨의 지시라고 들었습니다만, 대체 무슨 일이죠? 불길한 기분이 들어 의심하고 있었습니다."

오나미는 말이 많았다.

"텅 비었는지 어떤지 가보기로 하지요."

아케치는 쓰네가와 경부를 재촉해 오나미와 셋이 안방으로 갔다.

역시나 장식단 앞에 흰 나무관 세 개가 가지런히 놓여 있었다. 평소 잘 사용하지 않는 다다미방이라 어쩐지 썰렁하고 음침했다.

"두 개는 정말 비어 있습니다. 하지만 오른쪽 끝의 관에는 내용물이 있습니다."

아케치는 '내용물'이라는 묘한 표현을 쓰며 오른쪽 끝의 관 가까이 가서 뚜껑을 조금 열어 보였다.

쓰네가와 경부와 유모가 들여다보니 확실히 사람이 웅크리고 있었다. 뚜껑 틈새로 전등 빛이 무두질한 가죽처럼 바싹 마른 흙빛 얼굴 반쪽을 흐릿하게 비췄다.

"뭐야, 정말 사이토 씨네. 어머나, 이를 어째."

오나미는 영문 모를 말을 중얼거리며 친분이 깊은 고인에게 합장했다.

"아, 알았습니다. 이 시신도 역시 우물 속에 숨겨둔 거죠?"

경부가 힐문하듯 말했다.

"그렇습니다. 이 두 이불 위에 있었습니다. 거기 사이토 노인의 시체까지 있으면 연극이 너무 복잡해지니까요. 체계적으로 내막을 밝히기 위해서 후미요 씨와 고바야시 군이 미리 이 시체만 꺼내놓았습니다. 결국 관에 들어갈 것이니까요."

아케치는 그런 식으로 변명했지만 그밖에 다른 이유가 있을지도 모른다.

"그럼 나머지 관 두 개는 하타야나기 쇼조와 오가와 쇼이치를 위해 준비해둔 거겠네요."

아케치의 치밀한 준비에 감탄하며 경부가 말했다.

"이로써 오늘 밤 연극은 막을 내립니다. 다시 말해 사이토 노인의 시체가 불길한 막을 내리는 역할을 담당한 것입니다."

아케치는 일부러 쾌활하게 농담했다.

"그리고 지금부터는 진짜 체포극으로 옮겨가죠."

쓰네가와 경부는 사냥감을 앞에 둔 사냥개처럼 기운차게 외쳤다. 귀신같은 경부의 진면목을 발휘할 때가 온 것이다.

"시즈코 씨 모자의 안위도 신경 쓰입니다. 게다가 무엇보다 범인의 도망이 염려됩니다. 꾸물거릴 때가 아닙니다."

진범

"쓰네가와 경부, 잊으셨습니까. 아까 제가 시즈코 씨 모자의 안전을 장담한 것을."

아케치는 태연자약하게 초조해하는 경부를 제지했다.

"그렇다면 아케치 씨는 시즈코 씨 모자의 은신처를 안다는 의미인가요. 범인은요? 만약 범인이 그곳을 알아내 기습하면 어떻게 합니까. 지금 꾸물거릴 계제가 아닙니다. 어서 그 장소로 안내해주십시오."

쓰네가와 경부는 아케치의 태도가 너무 느긋한 걸 보고 화가 나서 소리쳤다.

"시즈코 씨 모자는 범인이 확보하고 있습니다. 무엇보다 그들을 여기서 도망치게 하고 은신처를 마련해준 것도 모두 범인의 소행입니다."

"네? 뭐라고요?"

경부는 기가 차서 말문이 막혔다.

"그럴수록 지금 더 서둘러야죠. 안 그러면 시즈코 씨가 살해되는 것 아닙니까. 아케치 씨는 대체 무슨 생각을 하시는 거죠?"

"물론 범인 체포에 나설 생각입니다. 하지만 서두를 필요가 없습니다."

경부는 그 말을 듣자 마음이 다소 가라앉았다. 아케치가 아무 생각 없이 이렇게 느긋할 리는 없기 때문이다.

"아케치 씨는 범인을 아시는 겁니까?"

"네, 잘 압니다."

"시즈코 씨를 관에 넣어 여기서 도망치게 한 것도 그 범인의 소행이겠네요. 저는 이해가 잘 안 가지만, 그렇다면 범인이 이 저택 내부 사람이라는 의미인가요?"

"시즈코 씨를 도망치게 한 자라면 분명 시즈코 씨가 가장 신뢰한 사람이겠지요. 그런 사람은 시즈코 씨의 연인밖에 없지 않을까요. 그러니까 이 사건의 범인은 시즈코 씨의 연인, 미타니 후사오였습니다."

"으으으으음."

그 후 쓰네가와 경부는 생각에 빠졌다. 아케치의 추리는 일견 엉뚱하기 짝이 없는 경우가 많지만 잘 생각해보면 늘 논리정연하고 실오라기 하나 흐트러져 있지 않다. 시즈코 씨의 연인이 시즈코 씨의 목숨을 노리는 범인이라는 것은 엉뚱하다 못해 황당무계한 공상 같지만, 아케치가 확실한 근거도 없이 섣불리 그런 말을 할 리 없었다. 어찌 이런 괴상망측한 사건이 있을까. 쓰네가와 경부는 아무리 생각해봐도 이해가 가지 않았다.

"하지만 왜 미타니 씨를 체포하지 않는 겁니까. 그는 아까부터 우리와 함께 있었는데 말입니다. 게다가 범인인 미타니 씨도 자신의 죄를 폭로하는 연극을 태연히 관람하다니 저로서는 뭐가 뭔지 영문을 모르겠습니다."

"아뇨, 미타니 씨는 전혀 태연하지 않았습니다. 눈치 못 채셨습니까. 창고에서 내막을 밝힐 때 얼굴이 창백해지고 이마에는 구슬 같은 땀을 흘리며 바들바들 떨지 않았습니까."

"그러고 보니 거동이 좀 이상했던 것 같군요. 아케치 씨의 추리는 차차 듣는 걸로 하고, 어쨌든 미타니 씨부터 추궁해보는 것이 지름길이겠네요. 그 사람 아직 여기 있을 테니."

"벌써 도망쳤습니다. 아까 창고에서 이 방으로 오던 중 모습을 감췄습니다. 아마 지하 창문을 통해 정원으로 나갔을 겁니다."

아케치는 느긋하게 말했다.

"그걸 알고도 가만히 계셨습니까? 범인이 도망치는데?"

경부는 참지 못하고 험악한 얼굴로 격렬히 따졌다.

쓰네가와 경부가 흥분할수록 아케치는 더 차분해 보였다.

"안심하세요. 저는 그자가 어디로 갈지 잘 알고 있습니다. 혹시 몰라 뒤를 밟으라고 미행까지 시켰습니다."

"미행이라니, 언제요? 누구한테요?"

경부가 당황하자 아케치가 웃으며 말했다.

"달리 그런 일을 부탁할 사람이 어디 있겠습니까. 후미요 씨와 고바야시 군이지요. 그 두 사람은 여자고 어린아이지만, 성인 남자보다 민첩하고 영민하지요. 그자를 놓칠 리 없으니 염려 안 하셔도 됩니다."

"그럼 아케치 씨가 알고 있다는 그자의 목적지는요?"

"메구로目黒의 공단에 있는 작은 공장입니다. 미타니가 실제로 거기에 갔는지는 후미요 씨가 전화해줄 겁니다. 아, 어쩌면 전화가 왔는지도 모르겠네요."

서생이 들어와 전화가 왔다고 아케치에게 알렸다. 아케치는 실내의 탁상전화를 연결해 수화기를 들었다.

"후미요예요. 그 사람, 역시 거기로 들어갔어요. 얼른 와주세요."

"고마워요. 그런데 얼른, 이라고요?"

"그 사람, 아무래도 우리가 따라붙은 걸 눈치챈 것 같아서요."

"잘 되었네요. 그렇다면 당장 쓰네가와 경부와 함께 가겠습니다. 고바야시 군에게 거기 남으라고 하고 당신은 그걸 옮기세요. 그럼."

아케치는 수화기를 내려놓고 쓰네가와 경부를 향해 말했다.

"들으신 대로입니다. 역시 메구로의 공단으로 돌아간 모양입니다. 당장 함께 가시지요."

"그럼 저는 지원할 순경들을 소집할 수 있게 수배해놓죠."

투지가 생긴 경부는 아케치에게 공장 주소를 알아내 경시청과 관할 경찰서에 전화했다.

약 30분 후, 두 사람은 목적지인 공장에 못 미친 곳에서 미리 하차해 문 앞까지 걸어갔다.

어둠 속에서 기다리던 고바야시 소년이 참지 못하고 불쑥 튀어나왔다.

"그자가 이 공장 안에 있는 것이 확실한가."

아케치가 조용히 물었다.

"네, 밖으로 나간 흔적은 없습니다."

고바야시 조수가 사무적으로 대답했다.

관할 경찰서에서 사복형사와 제복 차림의 경관 다섯 명이 도착했다.

"자네들, 담당을 나눠 이 공장 안팎을 감시하게."

쓰네가와 경부는 미타니의 용모와 체격을 알려주며 다섯 명의 경찰들에게 당부했다.

그리고 아케치와 쓰네가와 경부 둘만 컴컴한 공장 안으로 들어갔다.

어두운 밤이었기 때문에 자세히 보이지는 않지만 공장은 몹시 황량하고 초라했다. 판자 울타리는 여기저기 함석판을 덧대어놓은 상태이고, 쓰러져가는 통나무 문기둥에는 작은 가로등이 붙어 있었다.

"세이난西南 제빙회사."

가로등의 어슴푸레한 빛에 겨우 간판 문자를 읽을 수 있었다.

문을 열고 들어가니 어둠 속에서 오뉴도[26] 같은 검은 건물이 있었다. 가건물같이 휑뎅그렁한 공장이다. 아니, 공장의 잔해다.

'살인범과 제빙회사라니 대체 무슨 관계일까.'

쓰네가와 경부는 의문을 참을 수 없었지만 입을 마구 놀릴 수 없었다. 그는 묵묵히 아케치 뒤를 따랐다.

건물 전체가 컴컴했으나 옆으로 도니 깨진 유리창 한 곳에서만 빛이 흘러나왔다.

두 사람은 살금살금 걸어 창문 앞으로 다가갔다.

안을 들여다보니 사람이 있었다. 너저분한 빈방의 낡은 테이

....
26_ 大入道. 스님의 외양을 한 커다란 몸집의 도깨비.

블에 기대어 생각에 잠긴 미타니의 모습이 똑똑히 보였다.

"미타니 씨, 미타니 씨."

아케치가 창밖에서 말을 걸었다.

가엾어라, 미타니 청년이 얼마나 놀랄까. 그는 불쑥 고개를 들어 어두운 창밖을 바라봤다. 흐릿한 그림자만 보일 뿐 아직 아케치를 발견하지 못한 듯했다.

"누구십니까? 누구세요?"

그는 엉거주춤하게 일어서 흥분한 목소리로 거듭 물었다.

"접니다. 아케치요. 문 좀 열어주시겠습니까?"

그 말을 듣자 미타니의 얼굴에는 혈색이 사라졌다. 그는 말없이 건너편 문으로 뛰어갔다.

"거기 서."

쓰네가와 경부는 고함을 치며 창문을 열고 하늘을 나는 새처럼 실내로 들어가더니 도망치는 미타니를 따라가 윗옷을 움켜잡았다. 체포에는 도가 튼 사람다웠다.

"경부님이었습니까. 제가 착각했군요."

도망치지 못할 것을 알자 미타니가 갑자기 태도를 바꾸더니 속이 다 들여다보이는 거짓말을 하며 뻔뻔스레 웃었다. 그는 역시 악당이었다.

"착각? 하하하하하하, 착각이 아니라도 도망쳐야 했을 거야. 우리는 자네를 살인범으로 체포하러 왔거든."

경부는 미타니를 다시 의자에 앉히고 먹이를 노리는 매처럼 그 앞에 버티고 섰다.

"네? 살인범이라니 무슨 말씀이십니까. 제가 대체 누굴 죽였다고요."

"너는 아까 아케치 씨의 연극을 봤으면서도 아직도 그런 말을 하는 거냐. 네 놈이 바로 입술 없는 남자지. 밀랍 가면을 쓰고 하타야나기 쇼조를 죽였을 뿐 아니라 사이토 노인에게 단검을 던진 범인이잖아."

경부가 위압적으로 호통을 쳤다.

"뭐라고요? 제가요? 대체 무슨 증거로 그런 말씀을 하십니까?"

미타니는 애써 태연한 표정을 보였다.

"증거는 지금 보여주지. 하지만 그 전에 하나 묻고 싶은 게 있는데."

아케치가 참다못해 말을 꺼냈다.

"하타야나기와 사이토 외에 조수인 소노다 곳코라는 문사를 죽인 것도 너지? 그건 알지만 오카다 미치히코는 어떻게 된 거냐? 시오바라 용소에서 죽은 오카다 말이다. 그 역시 네 소행이라 생각하지만."

"깜짝 놀랐네요. 말도 안 됩니다. 저는 아무것도 몰라요."

미타니는 뜻밖이라는 표정을 지었다. 아니, 미타니뿐만 아니다. 아케치의 말에 쓰네가와 경부도 적잖이 놀랐다. 소노다 곳코와 오카다 미치히코까지 미타니의 손에 죽었을 줄이야!

"오카다는 자살한 게 아니지. 그가 폭포의 용소에 올라간 것을 보고 기회가 이때라고 생각하고 네가 뒤에서 밀어 떨어뜨린 것 아니냐. 그러고 나서 시체가 하류에 떠오르기를 기다렸다가 얼굴을 돌로 뭉개 오카다라는 걸 알아보지 못하게 만든 거지."

"어유, 제가 참 별난 행동을 했나 보네요."

"하하하하, 정말 너무 별났지. 어쨌든 자네는 그렇게 오카다를 죽여 얼굴을 알아보지 못하게 만들어 놓고, 오카다가 스스로 가짜 시체에 자신의 옷을 입혀 용소에 던져놓고 죽은 척하며 연적인 자네와 시즈코 씨에게 복수하는 것처럼 착각하도록 만들었잖아. 하지만 그렇게 공들인 트릭도 내게는 아무 효과가 없었지. 오카다가 살아서 시즈코 씨를 괴롭힌다고 일부러 내 사무소에 알리러 온 것도 자네였잖아. 내가 그걸 믿는 척하며 실제로는 자네의 행동을 주의 깊게 살핀 건 모르나 본데. 하하하 하하. 너무 별난 놀음 아닌가."

"쳇, 증거는요? 가공의 상상은 누구라도 할 수 있으니까요. 설마 재판관이 그런 걸 모르겠습니까."

미타니는 당황하지 않고 침착하게 맞섰다.

"증거가 궁금한가 보군."

"네, 있으면 보여주시죠."

"좋아, 당장 보여주지. 조금만 참아봐. 금세 고분고분해질 테니."

아케치는 그렇게 말하며 쓰네가와 경부에게 눈짓을 했다.

"이자가 움직이지 못하게 뒤에서 꽉 잡아주십시오. 치아 틀을 끼워야 하니까."

그 말을 듣자 안색이 창백해진 미타니가 의자에서 벌떡 일어섰다. 그는 치아 틀의 의미를 알고 있었기 때문이다. 하지만 도망칠 겨를이 없었다. 그가 일어서자마자 경부는 그의 양쪽 겨드랑이 아래로 두 팔을 쑥 집어넣고 움직이지 못하게 붙들었다.

아케치는 꼼짝 못 하는 미타니의 얼굴을 비틀어 억지로 입술을 벌리게 했다. 그리고 악물고 있던 치아에 붉은 고무처럼 부드러운 덩어리를 끼웠다.

"미타니, 잘 봐라. 이 붉은 것이 지금 네 치아에 끼웠던 틀이다. 그리고 이 흰 것이."

아케치는 호주머니에서 천으로 싼 석고 치아 틀을 꺼내며 말했다.

"이게 아오야마의 빈집에 남아 있던 진범의 틀이다. 이 두 개가 완전히 일치하면 곧바로 네가 진범이라는 물적 증거가 나온다. 지금 맞춰볼 테니 잘 봐라. 이봐라, 한 치도 틀림없이 완전히 똑같다. 이것만 있으면 네가 뭐라고 항변하더라도 나는 재판관 앞에서 네 유죄를 증명해 보일 수 있다."

미타니는 경부에게 붙들린 채 자못 분하다는 듯이 입술을 깨물었다.

"미타니, 내가 어째서 너를 진범이라고 의심한 줄 아나?"

아케치는 빙글빙글 웃으며 말을 이어갔다.

"아까 연극도 그래. 내 목적은 쓰네가와 경부에게 보여주기 위해서라기보다는 자네 안색이나 거동에 어떤 반응이 드러나는지 시험하는 것이었어. 보기 좋게 성공했지. 자네는 연극을 보며 식은땀을 흘리고 부들부들 떨지 않았나.

왜 자네를 시험할 생각을 했냐고? 자네를 의심하게 된 이유가 뭐였을까? 그건 자네의 트릭이 너무 대담했기 때문이야. 쓰네가와 경부가 입술 없는 남자를 쫓던 중 아오야마의 수상한 집 부근 노지에서 놓치고 말았어. 그가 돌연 안개처럼 사라진 거지. 하지만 실제로는 사라지지 않았어. 틀림없이 자네가 거기 있었거든. 순식간에 망토와 가면, 모자, 의수와 의족을 벗어 담장 안의 수풀 속에 던져놓고 맨얼굴의 미타니로 돌아와 대담하게 유유자적 산책하는 척 쓰네가와 경부에게 다가간 거지.

자네는 그와 같은 수법을 여러 번 썼어. 자네가 처음 나를 만나러 왔을 때 문틈에 협박장이 끼워져 있었지. 그건 누군가 밀어 넣은 것이 아니라 자네가 일부러 거기에 떨어뜨려 놓고 주운 거 아닌가.

또한 요요기 아틀리에에서 유리창을 깬 돌멩이 말이야. 역시 자네가 사전에 협박장을 떨어뜨려 놓고 반대로 안쪽에서 유리창을 깬 거지. 그때 내가 열심히 밖을 살펴보는 걸 보고 자네는 퍽 우습다고 생각했을 거야. …… 시나가와만의 풍선남 경우도 마찬가지고, 후미요 씨에게 물으니 그 풍선남은 입술 없는 남자가 아니라더군. 밀랍 가면 속의 맨얼굴이 자네가 아니었던 거지. 자네 조수인 망상 시인 소노다 곳코가 예상치 못한 미치광이 짓을 벌인 것에 불과하지. 후미요 씨를 유괴하는 것이 목적이었을 텐데 자네가 국기관 지붕에 올라가거나 풍선을 타고 도망치는 얼빠진 짓을 하라고 명령했을 리 없을 테고 자네는 아마 그자가 골칫거리였을 거야. 그래서 풍선이 바다로 떨어지자 자네가 현장에서 모터보트를 타고 가장 먼저 달려갔을 테고 경찰 증기선이 가까이 오기 전에 배 안에 있던 조수 소노다를 얼른 교살해서 그 가면을 씌운 후 가솔린을 폭발시키고 자네는 재빨리 바다로 뛰어들어 목숨을 보전한 거지.

다니야마 사부로谷山三郎! 어때, 내 말이 틀리지 않지?"

아케치는 뜻밖의 이름으로 미타니를 불렀다.

미타니의 얼굴에는 놀라는 기색이 확연히 드러났다.

"하하하하하, 내가 자네 본명을 알았기 때문이라면 그렇게 놀라지 않아도 돼. 어떻게 알았을까? 이걸 봐, 자네 소년 시절 사진을."

아케치는 호주머니의 수첩에 끼워둔 명함판 사진 한 장을 꺼내 미타니에게 보여줬다.

"자네 형제가 사이좋게 나란히 찍혔군. 오른쪽이 형인 다니야마 지로谷山二郎고 왼쪽이 자네 아닌가. 이걸 자네 고향인 신슈信州 S초의 사진관에서 찾아냈지."

"그러면, 아케치 씨는……."

미타니는 질겁한 듯 아마추어 탐정의 얼굴을 바라봤다.

"그래, 시즈코 씨에게 신상 이야기를 들었다. 이 사건은 시즈코 씨를 중심으로 발전한 거지. 좀 생각해보니 그런 식의 전개가 보였지만 실제로 범인은 처음부터 시즈코 씨 한 사람을 노린 셈이지. 나는 그걸 알아채고 그자의 과거 생활을 연구해보기로 한 거야. 그래서 찾아낸 것이 시즈코에게 애태우다가 자살한 자네 형 다니야마 지로다. 그의 사랑이 몹시 열렬했기에 실연이 너무도 참담했으리라는 것은 충분히 알 수 있었지. 나는 깨달은 것이 있었어. 시즈코 씨가 살면서 타인의 원망을 산 적이 있다면 다니야마 지로가 유일하다는 것. 시즈코 씨는 한때 동거까지 한 지로 씨에게 꽤 잔혹한 짓을 한 거지. 지금도 몹시 후회할 정도니.

　조금이라도 의심스러운 사람은 한 명도 빼놓지 않고 연구하고 조사하는 것이 내 방식이지. 나는 신슈에 사람을 보내 지로 씨의 가정을 조사하라고 시켜 그 사진을 입수했어. 지로 씨는 일가가 모두 죽고 남은 사람이라고는 소년 시절 악행을 저지르다가 가출한 동생 사부로밖에 없다는 것을 알았지. 사진 속 사부로의 얼굴을 보니 여러 비밀을 알 것 같더군. 나이는 다르지만 사진 속 사부로의 얼굴이 미타니 자네와 똑같았기 때문이지."

　다니야마로 정체가 밝혀진 미타니가 고개를 푹 숙였다. 그는 말할 힘도 없는 듯했다. 경부가 뒤에서 압박하고 있던 손을 떼자 바닥에 맥없이 너부러졌다. 아케치의 추리가 무서울 정도로 정곡을 찌른 것이다.

　"네가 저지른 죄들을 인정한 거다. 항변할 여지가 없지. 하지만 자백해라, 시즈코 씨와 시게루 소년을 어디에 감춘 거냐. 그들은 지금 어디에 있지?"

　쓰네가와 경부가 범인의 몸 위에 타고 앉아 성급히 추궁했다.

　"여기입니다. 이 공장 안에 있어요."

　다니야마는 버티려다가 체념한 듯 말했다.

　"그럼 아직은 어느 방에 감금해뒀군. 안내해라."

경부는 그의 오른손을 잡고 억지로 끌고 갔다.

그는 이제 다 포기했다는 듯이 비실비실 일어나 시키는 대로 앞장서서 사무실을 나왔다. 쓰네가와와 아케치는 범인이 도망가지 않게 주의하면서 그 뒤를 따라갔다.

다니야마는 고개를 숙이고 컴컴하고 좁은 복도를 터벅터벅 걸었다. 복도 끝은 기계실이었다.

시즈코와 시게루 소년은 과연 무사할까. 아케치가 안전을 장담했지만 제빙회사 기계실이라니 너무 이상한 은신처 아닌가. 혹시 복수마 다니야마 사부로는 이미 그들에게 끔찍한 짓을 하지 않았을까. 그럼 사후 약방문 아닌가.

최후의 살인

다니야마는 제빙 기계실로 들어가 전등 스위치를 켰다. 우선 눈에 띄는 것은 커다란 전동기 두 대, 크고 작은 동 실린더 몇 개, 뱀이 기어 다니는 듯한 벽과 천장의 철관들, 기계는 운전을 멈춘 상태지만 어딘지 모르게 몸에 스미는 오싹한 냉기가 감돌았다.

"여기는 아무도 없잖아. 시즈코 씨는 어디에 있지?"

쓰네가와 경부가 두리번거리며 주위를 둘러봤다.

"여기 있어요. 지금 보고 계시잖아요."

다니야마는 약간 섬뜩한 미소를 띠며 말했다.

"하지만 그 전에 저도 자백을 하죠. 내가 왜 시즈코 씨를 이런 꼴로 만들었는지 이유를 들어주시죠."

"아니, 그건 나중에 천천히 듣지. 먼저 시즈코 씨를 데려와라."

경부는 잠시 그가 도망치려는 것 아닌가 의심했다.

"아니, 먼저 제 이야기를 들어야 그 사람을 만날 수 있어요. 그럴 수밖에 없는 이유가 있어요."

다니야마는 고집을 부렸다.

"좋다. 간단히 이야기해라."

아케치는 뭔가 생각할 것이 있는 것처럼 다니야마의 요구를 허락했다.

"저는 실연 때문에 자살을 감행한 다니야마 지로의 동생입니다. 나쁜 놈이죠. 집을 도외시하고 나쁜 짓을 일삼았으니까요. 하지만 나쁜 놈이라도 애정이 없는 것은 아니었습니다. 아니죠, 전 다른 사람보다 정이 깊었습니다. 특히 지로 형과는 의가 좋았기 때문에 형을 위해서라면 물불을 가리지 않을 만큼 애정이 있었어요.

나는 형이 아프다는 소문을 듣고 병문안하러 급히 집으로 돌아갔어요. 형은 치료비도 없고 위로해줄 친구도 없이 홀로 때 묻은 이불을 뒤집어쓴 채 죽어가고 있었습니다.

시즈코에게 살해당한 셈이죠. 그때 시즈코 씨가 얼마나 잔혹한 짓을 했는지, 형의 실연이 얼마나 비참했는지, 말로는 다 표현할 수 없어요.

형은 수염투성이에 옷에는 땟국이 흐르고, 창백한 안색에 몸은 쇠잔해져 귀신이나 다름없었죠. 자리에서 일어날 힘도 없는 형이 눈물을 주르르 흘리며 양손으로 허공을 부여잡으며 울부짖었습니다.

나는 분하다. 시즈코를 죽이러 갈 체력이 없는 것이 원통하다. 시즈코는 가난한 내가 병이 들어 비참해지자 정나미가 떨어졌는지 하타야나기라는 부자 놈의 아내가 되었다. 단지 그뿐이라면 괜찮다. 내가 가장 분한 것은 그런 여자를, 나를 짓밟고 간 그런 여자를, 나는, 나는 3년이나 잊지도 못하고 이렇게 망가져 버린 것이다.

형은 그렇게 말하며 울었습니다.

시즈코는 형에게 일생 단 하나뿐인 연인으로 이 세상의 어떤 보물과도 바꿀 수 없는 소중한 존재였죠. 그런 연인이 헌신짝처럼 형을 내팽개치고 침을 뱉더니 20년이나 연상인 추남에다 사기꾼이 좋다고 시집을 간 거죠.

어느 날, 형은 저 모르게 독약을 마셨습니다. 죽어가면서 형은 심한 기침을 하고 엄청나게 피를 토하더니 피범벅이 된 손으로 내 손을 쥐고 꺼져가는 목소리로 외쳤어요.

나는 참을 수 없다. 나는 죽어도 죽는 것이 아니다. 귀신이 되어서라도 그 여자를 꼭 죽여 앙갚음해야겠다.

목소리가 점차 가늘어져 사라질 때까지 저주의 말을 반복했죠.

나는 시체에 매달려 맹세했어요. 형의 원수는 반드시 내가 갚아드리겠습니다. 그 여자의 재산을 빼앗고, 능욕하고, 그녀를 고통스럽게 죽이겠습니다. 어차피 저는 관에서 찾고 있는 나쁜 놈이라 어떤 죄를 범한들 오십보백보입니다. 형, 형 대신에 내가 저주마가 되어 복수하겠습니다. 그렇게 맹세했죠."

다니야마 사부로는 음침한 기계실 안에서 아케치와 쓰네가와 경부를 앞에 놓고 갑자기 말투를 바꿔 열변을 토하기 시작했다.

"나는 형을 대신해 시즈코 일가를 노리는 복수마가 되었다. 그 준비를 위해서는 어떤 고통이나 죄악도 마다하지 않은 거다. 이미 여러 번 저지른 도둑질을 좀 더 크게 벌였다. 밀랍 가면을 제작한 것도 이 공장을 매입한 것도 그렇게 해서 얻은 돈이다.

처음 계획을 세울 때는 형의 연적인 하타야나기 쇼조도 죽일 생각이었지만, 준비하는 동안 그자가 먼저 옥사했다. 그게 치밀한 트릭이라는 것을 나도 최근에야 알았다. 어쩔 수 없이 나는 또 1년 이상의 세월을 허비했다. 먹고살 돈을 벌어야 했기 때문이다. 그뿐 아니었다. 그립고 가엾은 형에게 이 복수를 제물로 바치기로 했으므로 가급적 눈에 띄게끔 교묘한 방법을 선택해 성공시키기 위해 심혈을 기울였다.

그렇게 해서 마침내 준비를 마칠 수 있었다. 조수로 고용하기 안성맞춤인 미친 문사 소노다 곳코도 찾았다. 그다음부터는 당신들도 아는 대로다. 나는 오카다 미치히코라는 괴짜 화가를 죽이고 내가 그 대역을 할 계획을 세웠다. 더구나 바로 그때 시오바라 온천에 입술 없는 남자가 나타났다. 나는 그가 설마 하타야나기 쇼조라고는 생각지 못했지만, 범죄를 한층 복잡하게 만들 수 있는 행운이라 여기고 입술 없는 남자와 똑같은 밀랍 가면을 제작해 괴담 분위기를 형성하려 했다.

나는 그녀를 공포에 떨게 하고, 슬프게도 하며 실컷 괴롭혔다. 사이토 집사에게는 아무 원한도 없었지만 시즈코를 괴롭히기 위해서라면 그런 늙은이 따위는 문제가 아니었다.

최근에는 생각지 않은 전리품도 발견했다. 천장 위의 수전노, 하타야나기 쇼조다. 나는 탄성을 질렀다. 그자의 의도를 금세 깨닫고 천장에 올라가 단숨에 목을 졸라 죽였다. 그리고 하타야나기가 재산의 절반이 넘는 보석류를 탈취했다.

와하하하, …… 나는 기쁨을 참을 수 없었다. 형과의 약속을 다 지킨 것이다. 나는 지난 이삼 일 계속 형이 나오는 꿈을 꿨다. 형은 꿈속에서 기쁘다는 듯이 빙긋 웃으며 내게 고맙다고 했다. 고맙다고 해준 거다. 와하하하 ……."

다니야마는 손을 휘젓고 발을 굴러 날뛰면서 미치광이처럼 크게 웃었다.

쓰네가와 경부는 복수귀의 독백을 듣는 동안 불안이 엄습했다.

그는 형과의 약속을 다 지켰다고 큰소리쳤다. 형과의 약속 중 가장 중요한 부분은 시즈코를 죽이는 것일 텐데, 그렇다면 이미 그 최종 목적까지 이뤘다는 말인가.

그렇게 생각하니 경부는 문득 섬뜩해졌다.

"시즈코 씨는 어디 있나. 네가 설마 그녀를……."

그다음을 말할 용기가 나지 않았다.

"시즈코는 여기 있다고 하지 않았나."

다니야마는 흥분을 가라앉히지 않은 채 시뻘건 얼굴로 입에 거품을 물고 대답했다.

"여기에 있다고? 되는대로 지껄이는 거면 가만 안 두겠다."

경부는 결국 짜증을 내며 호통을 쳤다.

"하하하……. 이제 와서 되는 대로 지껄이지는 않지. 급할 것 없지 않겠어. 시즈코도 시게루도 도망칠 일은 없으니까. 아니 도망칠 힘도 빠졌겠지."

다니야마는 체념한 듯 웃으며 이상한 말을 했다.

아, 시즈코 모자는 '도망칠 힘도 빠졌다'라고 했다. 대체 어떤 상태이기에 도망칠 힘도 빠졌다고 하는 걸까.

"그럼 시즈코 씨를 만나게 해주지. 여기다."

다니야마는 방의 구석 쪽으로 성큼성큼 걸어가 작은 문의 손잡이를 쥐었다. 옆방과 통하는 문인 듯했다.

"아, 그 방에 감금해놓은 건가."

경부는 문을 향해 힘차게 달려갔다.

"천천히 만나봐. 하지만 함께 데리고 돌아가기에는 너무 무거울 텐데."

다니야마는 비웃듯이 말하며 문을 열어젖혔다. 순간 심상치 않은 냉기가 밀려 나왔다.

"아, 암흑이잖아. 스위치, 스위치는?"

경부가 재촉하자 다니야마는 한 발을 옆방에 디디고 벽의 스위치를 눌렀다.

전등 빛 밝아지자 안이 보였다. 그 방은 기계실의 연장으로 콘크리트 연못 같은 거대한 제빙 탱크가 실내의 반을 차지하고 있었다.

"아무도 없잖아."

경부는 주변을 둘러보며 의심스럽다는 듯이 말했다. 하지만 마음 한구석에는 이미 전율할 만한 예감이 비구름처럼 퍼져나갔다.

"여기 있지."

다니야마는 재빠르게 연못 가장자리를 통해 맞은편 구석의 작은 배전판 쪽으로 가서 딸깍하고 스위치 하나를 켰다.

그러자 동시에 삐걱거리며 톱니바퀴 도는 소리가 나더니 탱크 중앙에서 거대한 아연 각기둥이 고개를 내밀고 빙글빙글 돌며 서서히 천장으로 올라가 공중에 가로로 매달렸다가 탱크 바깥쪽으로 주르르 내려왔다.

바로 그 밑에 뜨거운 물이 가득 차 있는지 또 다른 콘크리트 수조에서 김이 모락모락 올라왔다. 거대한 각기둥은 차츰 수조 속으로 잠겼다.

잠시 후, 각기둥이 수조에서 다시 들어 올려지더니 콘크리트 바닥 위에 놓였다.

전혀 의심 가는 곳은 없었다. 시즈코와 시게루가 무슨 일을 당했는지 아케치나 쓰네가와 경부는 충분히 알 수 있었다.

하지만 살인 수법이 기괴하기 짝이 없어 아무리 귀신같은 경부라도 망연자실했다.

"시즈코와 시게루다."

다니야마는 큰 각기둥으로 다가가 시치미를 떼고 전시물을 설명하듯이 각기둥 맞은편에서 딱딱 부딪치는 소리를 냈다.

그 후 거대한 아연 상자의 밑이 벌어지더니 내용물만 바닥에 남긴 채 스르르 올라갔다.

그리고 그 아래에서 아름답게 반짝거리는 것이 나타났는데 힐끗 보기에는 거대한 꽃 같았다.

예상하기는 했지만 악몽처럼 기괴하면서도 요염한 광경이라 두 사람 모두 탄성을 지르고는 더 이상 말을 잇지 못했다.

어찌 이리 처참하면서도 아름다운 광경이 다 있나.

거기에는 꽃을 넣어 얼린 몹시 커다란 얼음이 전등에 반사되어 아름다운 무지개를 그리고 있었는데 난생처음 보는 광경이었다.

꽃 얼음!

분명 꽃 얼음이었다. 하지만 꽃이나 풀을 넣어 얼린, 흔해 빠진 꽃 얼음이 아니다. 그 안에는 단말마의 고통이 그대로 담긴 인간계의 꽃, 아름다운 시즈코가 실오라기 하나 걸치지 않은 나체로 무참하게 갇혀 있었다.

그 옆에는 알몸의 시게루 소년이 고통스러워하며 시즈코의 허리에 매달린 채 냉동되어 있었다.

사람, 그것도 아주 아름다운 여인과 소년의 나체상을 얼린 꽃 얼음이었다. 지금껏 이토록 잔혹하면서도 요염한 살인 수법을 고안해낸 자가 누가 또 있을까.

아케치는 내색하지 않았지만, 쓰네가와 경부는 인체 꽃 얼음을 보자 정말로 간이 떨어지게 놀랐다.

사건 전체가 과거의 경험을 훌쩍 넘어서는 마술의 연속이라 매번 놀라움이 배가되었지만 악마의 마지막 연출은 놀라움 이상이었다.

경부는 「살인예술론」[27]의 존재는 전혀 몰랐지만 얼음에 쌓인 피해자의 모습이 너무 아름다웠기에 묘한 곤혹감을 느꼈다.

그는 항상 피투성이 시체나 끔찍한 상처, 꺼림칙한 시체 냄새, 죽은 사람의 섬뜩한 얼굴을 봤다. 살인사건은 모두 뒤가 구렸다.

하지만 지금 고통스러운 포즈를 취하며 바로 앞에 서 있는 피해자들은 얼음 기둥의 무지개에 싸여 범죄나 살인, 시체라는 관념과는 거리가 먼, 아주 아름다운 미술품처럼 보였다.

그 광경이 너무 황홀한 나머지, 그것이 놀랄 만한 범죄의 결과이며 그곳에 범인이 있다는 것도 순간 망각한 채 훌륭한 그림을 감상하듯 넋이 나가 아름다운 꽃 얼음을 바라봤다.

하지만 다음 순간 그는 범인의 발상이 너무 섬뜩해 몸서리칠 수밖에 없었다.

시즈코와 시게루는 산 채로 얼려진 것이다. 물속에 갇혀 그 물이 시시각각 차가워지다가 마침내 얼어붙을 때까지 그들은 무슨 생각을 했을까. 얼음이 얼 때까지 생명을 유지하지 못했더라도 점점 차가워지는 물속에서 호흡 곤란을 느끼며 범인의 목적을 똑똑히 깨달았을 것이다.

시체의 상태가 아름다울수록 더 처참한 살인 방법이다. 경부는 얼음 기둥에 갇힌 아름다운 금붕어를 보고 그것을 객실에 전시해놓은 주인의 잔혹함에 놀랐던 경험을 떠올렸다. 더구나

....
27_ 영국의 비평가이자 소설가인 토머스 드 퀸시의 대표작 중 하나인 「예술 분과로서의 살인Murder Considered as One of the Fine Arts」을 지칭하는 듯하다.

지금 눈앞에 펼쳐진 광경은 금붕어가 아니었다. 그가 잘 아는 사람인 것이다.

"와하하하하, 어떤가. 내 발상이 마음에 드나. 살인도 이렇게 아름답게 하고 싶었지."

살인 미술가, 죄악의 미술사는 소리 높여 웃으며 자신의 작품을 뽐냈다.

"두 사람은 내가 도망칠 것으로 생각했나? 내가 뭐 하러 도망칠까, 이런 멋진 미술 작품을 보고 싶었던 건데. 탐정 선생의 조수들이 나를 미행한 것도 잘 알지. 그러니까 나는 두 사람을 이곳으로 유인한 거지. ……내가 아까 시즈코를 데려가기에는 너무 무거울 거라고 한 의미를 이제 알겠나.

탐정 선생. 아니, 아케치 씨, 당신 같은 사람도 역시 조금은 난감한 얼굴을 보이는군. 나는 당신의 허를 찌른 것만 해도 몹시 만족해. 당신은 일본 제일의 명탐정이니까."

다니야마는 얼굴이 시뻘게진 채 입에 거품을 물고 반미치광이처럼 소리쳤다.

"내가 어째서 시즈코를 죽였을까. 이 아름다운 꽃 얼음을 어떤 순서로 만들었나, 그걸 아직 말하지 않았군. 그걸 듣고 싶을 텐데. 나도 말해주고 싶네. 시즈코 모자가 어떤 처참한 꼴을 당했는지를.

두 사람을 사이토의 관에 숨겨 그 집에서 빠져나온 것은 눈치챘겠지. 생각한 대로야. 친절하게도 내가 그렇게 했거든. 그런데 관이 어디로 갔다고 생각해? 말하지 않아도 알 거야.

화장터로 갔지.

　하하하하하하, 화장터로 갔다고. 시즈코를 숨겼던 관은 화장
터 아궁이로 들어간 거야. 나는 옆에서 잠자코 그걸 지켜보고
있었고 …… 관 속에서 소리를 내면 시즈코는 무시무시한 살인
범이니 곧바로 경찰에 인도될 수밖에 없겠지. 그렇다고 잠자코
있으면 산 채로 불타 죽는 거고. 연약한 여자가 그걸 얼마나
고통스러워했을지 상상할 수 있겠지.

　시즈코는 마침내 소리치더군. 교수대보다도 당장 관 밑의
불길이 두려웠던 거지. 시즈코가 얼마나 처참하게 울부짖었는지
몰라. 저세상에 있을 형의 귀에도 확실히 들릴 정도로 숨 가쁘게
소리쳤지.”

　이런, 다니야마라는 자는 정말 엄청난 복수를 한 것 아닌가.
미치광이다. 아니, 귀신이다. 인간이 아닌 흡혈귀다. 아무리
원한이 있다고 해도 인간이 그런 비정한 마음을 가질 수는
없다.

　쓰네가와 경부뿐 아니라 아케치 고고로조차도 지옥의 밑바닥
에서 울리는 듯한 저주의 말을 듣고 오한을 느끼지 않을 수
없었다.

　다니야마는 멈추지 않고 계속 소리쳤다.

　“나는 관 속의 시즈코에게 충분히 고통을 맛보게 한 후 타죽기
직전에 그 여자를 구해줬다. 친절이라고 생각하지는 말아라.
그냥 타죽게 놔두기에는 성에 안 찬 거니까.

　구출된 시즈코는 내 얼굴을 보자 기뻐하며 매달렸다. 나는

그녀의 연인일 뿐 아니라 생명의 은인도 된 거지. 하하하하하하,
내가 말이야. 그래서 두 모자를 이 공장에 데리고 왔지. 시즈코와
시게루는 아무것도 모른 채 부리나케 내 뒤를 따라왔어.

나는 두 사람을 이 방에 데리고 온 지 네댓새나 지나서야
천천히 피 말려 죽이려는 내 본심을 알려줬지. 그때 두 사람이
얼마나 놀라 공포에 질렸는지 처음으로 원수를 갚은 기분이
들더군. 그러고 나서 울부짖는 두 사람을 저 아연 통에 가두고
물을 채웠지. 시즈코는 시게루의 목숨만은 살려달라고 두 손
모아 빌었지만 나는 들은 척도 안 했다. 조금씩 피를 말려 죽이는
거지.

그리고 기묘한 제빙 작업을 시작했지. 나는 이 수조 가장자리
에 주저앉아 물이 채워진 아연 상자에서 흘러나오는, 증오해
마지않는 여자가 단말마의 고통을 겪으며 내지르는 비명을
들었지. 아연 통이 부르르 떨렸어. 물속에서 벌레 울음소리처럼
음침한 절규가 들려오더군. 내게는 그 소리가 미묘하게 음악처
럼 들렸지.

그리고 드디어 오늘 아름다운 꽃 얼음이 완성되었어. 당신들
이 감상해준 덕분에. 나 혼자 즐기기에는 아까운 미술품이니까."

말을 마친 다니야마는 히죽거리며 얼굴에 악마 같은 웃음을
머금고 득의양양하게 그의 말을 듣던 두 사람을 바라봤다.

"하하하하하하."

뜻밖에도 아케치의 입에서 호쾌한 웃음소리가 터져 나오는
바람에 다니야마는 물론 쓰네가와 경부조차 깜짝 놀랐다.

"역시 그렇군. 네가 그렇게 우리를 아연실색하게 만들 생각이었군. 내 코를 납작하게 만들 속셈이었어. 그런데 예상과는 달리 그렇게는 안 될 것 같은데. 네게 묻겠다. 이 얼음 기둥이 어는 동안 쉬지 않고 지켜보긴 한 건가?"

아케치는 범인으로서는 도무지 영문을 알 수 없는 불길한 질문을 했다.

다니야마의 얼굴에서 웃음기가 돌연 사라졌다.

"너는 아연 통을 이 탱크에 담근 후 바로 이 방을 나갔다. 공장 밖에서 이상한 호루라기 소리가 들렸기 때문이지. 너는 혹시 몰라 담 밖을 살피러 갔다. 그때 일을 기억하나?"

다니야마는 급소를 찔린 듯 움찔했다. 무슨 대답을 할지 떠오르지 않았다.

"네가 자리를 비운 동안 이 방에서 어떤 일이 일어났는지 전혀 모르는 모양이군."

아케치는 점점 더 묘한 말을 했다.

다니야마는 불안한 듯 두리번두리번 주위를 돌아봤지만, 불안해할 이유가 없다는 것을 깨닫자 밉살스럽게 반문했다.

"그런데 그게 뭐 어떻다고. 내가 잠시 이 방을 비웠다고 해서 설마 시즈코 모자가 도망쳤을 리도 없고. 내 목적에는 아무 지장도 없을 텐데."

"과연 그럴까. 너는 내가 여기에 방문하면서 아무 선물도 가지고 오지 않았다고 생각하나?"

아케치는 빙글빙글 웃으며 말했다.

"그건 그렇고 이 방의 전등이 좀 어두운 듯한데. 모든 착각의 근원은 이 어두운 전등에 있을 것 같군."

그리고 다니야마의 얼굴을 물끄러미 쳐다봤다.

다니야마는 그 말의 의미를 깨닫지 못하고 멍하니 있었지만 마침내 짚이는 것이 있는지 갑자기 낭패한 기색을 보였다.

"아, 네놈이…… 하지만 그럴 리 없다. 그런 얼토당토않은 일이 일어날 리 없다."

그는 무슨 일인지 꽃 얼음 쪽을 외면하며 소리쳤다.

"하하하하하, 내 선물의 의미를 이해한 것 같군. 얼음 기둥을 차마 못 보는 걸 보니. 갇혀 있던 시즈코 모자를 자세히 보는 것이 두려운 거겠지."

실제로 다니야마는 보기 두려웠다. 그는 새파랗게 질려 소리 쳤다.

"말해줘. 사실대로 말해줘. 너는 대체 무슨 짓을 한 거야. 네 선물이라는 것이 뭐냐고."

"내 입으로 말할 필요도 없다. 네가 저 꽃 얼음 가까이 가서 안에 있는 사람을 자세히 보면 돼."

"그러면 저 안에 있는 사람이 시즈코와 시게루가 아니란 말이냐?"

다니야마는 곁눈질을 하며 얼빠진 목소리로 물었다.

"그렇다. 시즈코 씨와 시게루 소년이 아니다."

아케치가 단호히 최후의 일격을 가했다.

"아냐, 그럴 리 없어. 내가 그런 어처구니없는 말을 믿을 수 없지."

다니야마는 비참하게 억지를 썼다.

"한번 봐라. 얼음 속을 보란 말이다. 잘 보면 바로 알 거야."

다니야마는 이마에 땀이 맺힌 채 필사의 힘을 다해 얼음 기둥을 돌아봤다. 그리고 핏발이 선 눈으로 얼음 속 두 모자의 나체에 시선을 고정했다.

"와하하하, 탐정 선생. 자네 제정신인가. 꿈이라도 꾼 건가. 이게 시즈코와 시게루가 아니면 대체 누구란 말인가."

"아무도 아니다."

"뭐? 아무도 아니라고?"

"인간이 아니라고."

"뭐라고? 인간······."

"밀랍인형이다. 너도 입술 없는 가면을 제작했으니 밀랍 세공 품이 얼마나 진짜 같은지 잘 알 거 아니냐. 나는 벌써 네 계획을 간파했기 때문에 두 사람의 밀랍인형을 만들어 네가 자리를 비운 동안 진짜와 바꿔치기를 했다. 그때 내 부하인 고바야시 군이 너를 불러내기 위해 그 이상한 호루라기를 분 거고."

듣고 보니 얼음에 갇힌 두 사람은 인간의 시체치고는 피부의 윤기가 지나치게 아름다웠다.

게다가 자세히 보니 시즈코나 시게루의 얼굴에는 전혀 고통의 표정이 드러나지 않았다. 다니야마와 쓰네가와 경부는 너무도 기발한 아케치의 묘기에 입을 다물지 못할 정도로 놀랐다.

"아직도 못 믿겠다면 진짜 시즈코 씨와 시게루 소년을 만나게 해주지. …… 후미요 씨 이제 들어오세요."

아케치가 문밖을 향해 부르자 기다리고 있었다는 듯이 세 사람이 들어왔다. 동시에 음침한 방 안이 갑자기 밝아졌다.

아케치의 조수인 후미요를 선두로, 죽은 줄 알았던 하타야 기 시즈코와 시게루가 들어왔다.

도망

그때 다니야마 사부로가 경악하고 분노하는 모습은 보기에도 참담했다.

무리는 아니었다. 아무리 흡혈귀 같은 악마라 할지라도 형의 원수를 갚기 위해 갖은 고생을 다한 끝에 마지막 목적을 달성했 다고 굳게 믿으며 득의양양하게 자신의 교묘한 살인 수법을 과시했는데, 마땅히 죽은 줄 알았던 원수 시즈코가 살아서 그의 눈앞에 나타난 것이다.

냉장고 안처럼 차가운 제빙실이었지만, 그의 창백한 관자놀 이에는 구슬 같은 땀이 주르르 흘러내렸다. 핏발선 눈은 시즈코 의 얼굴을 응시한 채 유리구슬처럼 움직이지 않았다. 바싹 마른 입술을 바들바들 떨며 무슨 말인가 하려 했지만 목소리조차 나오지 않았다.

방금 들어온 시즈코는 죽은 다니야마 지로에게 저지른 죄 많은 자신의 처사가 부끄러운지 풀이 죽어 고개를 푹 숙이고 있었다. 그녀는 사라져 버리고 싶은 심정인 듯했다.

"아케치 씨, 대체 어느새 그런 마술을 부리신 겁니까. 정말 무서운 분이시군요."

쓰네가와 경부는 경탄을 표하지 않을 수 없었다.

"시즈코 씨와 시게루 군의 밀랍인형은 전에 제 아파트에서 보여드렸지요. 이 얼음에 가둬둔 것은 그때 그 인형입니다."

아케치가 설명했다.

"저는 범인이 미타니 행세를 하는 다니야마라는 것을 알게 되었습니다. 그래서 그가 시즈코 씨를 관에 넣어 도망시킬 걸 예상했기에 후미요 씨와 고바야시 군에게 부탁했지요. 두 사람의 노고로 화장터에서 다니야마의 본거지를 알아내는 데 성공했습니다. 그 본거지가 제빙공장이고, 거기에 시즈코 씨 모자를 유폐시켰다는 말을 듣고 그 즉시 다니야마의 무시무시한 계략을 감지했지요.

만약 화장터에서 공장으로 데려가서 곧장 제빙 작업을 시작했다면 도저히 시즈코 씨 모자를 구해낼 여유가 없었을 겁니다. 경찰의 힘을 빌려 공장을 포위하면 된다는 건 압니다. 그러나 시즈코 씨가 살아 있는 동안 그는 권총을 들고 단 1초도 곁을 떠나지 않으며 지키고 있었습니다. 위험해지면 바로 시즈코 씨를 쏴죽일 태세였지요.

나는 경찰에 알렸다가 혹시라도 돌이킬 수 없는 결과를 좌초할까 두려웠습니다. 그런데 다행히 그는 시즈코 씨를 공장에 유폐시킨 후 고양이가 쥐를 가지고 놀 듯이 며칠간 희생자를 살려두고는 실컷 괴롭힐 낌새였습니다.

내가 얼마나 서둘러 밀랍인형을 제작하게 했는지 당신도
잘 알 겁니다. 설사 제빙 통 속에서 죽은 후라도 시즈코 씨
모자를 훔쳐내는 것은 위험했습니다. 범인이 그걸 알게 되면
어떤 난폭한 행동을 할지 모릅니다. 방금 보셨다시피 이자는
반미치광이니까요. 도망치기만 하면 다행이고, 무슨 무시무시
한 복수를 할지 알 수 없었죠. 내가 인형으로 바꿔치기해서
그를 속인 것도 그것이 몹시 두려웠기 때문입니다.

제빙 작업이 시작되자 사전에 계획한 대로 고바야시 군이
범인을 밖으로 불러내 가급적 오래 붙들고 있었습니다. 그동안
나와 후미요 씨가 재빨리 시즈코 씨 모자를 밀랍인형으로 바꿔치
기한 것이지요. 인형은 그 전날 공장 창고에 운반해놓았기 때문
에 바꿔치는 데 별로 시간이 걸리지 않았습니다.

구출해낸 시즈코 씨와 시게루 군은 내 아파트에 숨겨두었습니
다. 범인은 전혀 눈치채지 못했지요. 들여다보는 정도로는 구별
할 수 없는 밀랍인형이 아연 통 안에 들어 있었으니까요."

아케치가 그런 설명을 하는 동안 이미 다니야마는 긴장을
회복한 상태였다. 방심 상태에서 벗어나자 원수를 갚아야 한다
는 분노가 그를 광기로 몰았다. 그는 순식간에 무시무시한 최후
의 수단을 생각해냈다.

경부의 뒤로 달려간 다니야마는 책상 서랍에서 비상시를
대비해 총알을 장전해둔 소형 권총을 꺼내 손가락을 방아쇠에
건 채 사람들 앞으로 돌아왔다. 쓰네가와 경부도 그의 돌발적인

행동을 저지할 틈이 없었다.

"손 들어. 꼼짝하면 쏴버릴 거다. 내가 사람 목숨 따위 아무렇지 않게 여기는 건 너희들이 더 잘 알 거다."

모두 손을 올릴 수밖에 없었다.

"으하하하, 아케치, 천하의 명탐정도 어처구니없는 실수를 하는군."

다니야마는 권총의 총구를 쉴 새 없이 좌우로 움직이며 통쾌하게 비웃었다.

"시즈코가 살아 있는 모습을 보고 내가 이대로 순순히 체포당할 것 같은가? 나는 아직 패배하지 않았다. 시즈코의 목숨은 내 것이다. 권총으로 사살하는 방식은 성에 차지 않지만 상황이 이러니 별수 없지. 자, 방해하면 그 누구도 용서치 않는다."

총을 든 한 사람과 그 표적이 된 사람들은 서로 상대에게서 눈을 떼지 않은 채 방 안을 천천히 반 바퀴 돌았다. 고의인지 우연인지 다니야마는 결국 유일한 출입구인 문을 등지고 서게 되었다.

시즈코는 시게루 소년을 부둥켜안고 벌벌 떨면서 사람들 뒤로 몸을 숨기려 했다.

"탐정 선생, 방해하지 말고 물러나라. 아니면 시즈코를 대신해 네가 이 권총에 맞을 테니."

다니야마의 핏발선 두 눈에는 광기 어린 증오의 불길이 이글거렸다.

"기꺼이 대신 맞겠다. 어서 쏴 보지 그래. 여기? 여기? 아니면

이 주변을 맞는 게 나을까?"

아케치는 무모하게 상대의 권총 앞에 버티고 서서 자신의 이마와 목, 그리고 가슴을 차례로 가리켰다.

후미요와 고바야시 소년의 안색이 돌변했다. 다니야마의 손가락이 조금만 움직이면 아케치가 생명을 잃기 때문이다.

"위험해."

쓰네가와 경부는 참지 못하고 순간적인 기지를 발휘해 아케치를 탄도 밖으로 밀어냈다. 동시에 다니야마의 권총에서 탕하고 소리가 났다. 그는 어리둥절한 얼굴로 연방 탕탕 소리를 내며 방아쇠를 당겼다.

"하하하하하하."

밀쳐진 아케치가 비틀거리며 크게 웃었다.

"그 총은 총알이 발사되지 않나 보네."

다니야마는 곧바로 그걸 깨닫고 권총을 바닥에 던졌다.

"제기랄, 네가 권총 총알까지 빼놓은 거냐."

"추측한 대로다. 나는 이런 방면에 매우 용의주도하지."

아케치가 빙글빙글 웃으며 대답했다.

다니야마는 절망한 나머지 잠시 망연자실하게 서 있었지만, 금세 자신의 위치를 깨닫고는 입가에 웃음을 띠었다. 때마침 그는 문을 등지고 서 있었기 때문이다.

"흥, 어쩌냐, 네 운도 이걸로 끝인걸. 하지만 나는 아직 마지막 카드가 남아 있지. 이렇게 말이야……."

다니야마는 이미 문밖으로 모습을 감췄다.

"으하하하하. 꼴좋다, 쓰네가와 경부, 아케치. 괜히 섣불리 손댔다가 곤경에 빠진 거다. 너희들은 모두 이 방에서 죽게 될 거다."

문밖에서 오싹한 악마의 저주가 울려 퍼졌다.

아케치와 쓰네가와 경부, 후미요, 시즈코 모자, 다섯 명이 꼼짝없이 제빙실에 갇혔다.

다니야마는 그들을 대체 어찌할 셈인가.

제빙실에 갇힌 다섯 명은 무심결에 서로 얼굴을 쳐다봤다.

어떻게 해야 하나. 범인의 함정에 빠진 것 아닌가. 이대로 이들의 목숨을 빼앗을 수 있는 무서운 기계장치가 어딘가 준비된 것 아닌가.

어둑어둑한 전등과 검은 물이 채워진 기묘한 못, 기계가 만들어낸 복잡한 음영, 밀랍인형이 들어 있는 거대한 꽃 얼음, 방에서 올라오는 살을 에는 냉기가 그들을 위협했다.

"하하하하하."

쓰네가와 경부가 미친 듯이 웃었다. 그 소리가 높은 천장에 메아리쳐 이상한 울림을 만들어냈다.

"바보 같으니. 저자가 우리를 가둬두고 도망칠 작정이겠지만 공장 밖에는 앞뒤로 경찰들이 철저히 지키고 있습니다. 저 녀석 지금쯤 이미 형사 누군가에게 잡혀 있을 겁니다."

"저도 그렇게 생각합니다만, 그래도……."

아케치는 어쩐지 불안한 기색으로 말했다.

"어쨌든 우리가 이 방을 나가야 합니다. 그자가 나간 뒤 벌써 꽤 시간이 지났습니다."

"제가 맡기십시오. 이런 문 정도는."

쓰네가와 경부는 위세 좋게 문으로 돌격했다.

쾅.

지진이 난 것처럼 방이 흔들렸다.

그리고 세 번쯤 몸을 부딪자 문의 널빤지가 맥없이 부서졌다.

문이 부서지면서 그 틈으로 바람이 들어왔는데 이상한 냄새가 났다. 타는 냄새였다.

"저자가 혹시……."

아케치가 무심코 중얼거렸다.

문이 열렸다. 다섯 사람은 다 함께 옆 기계실로 뛰어갔다.

"젠장, 여기에도 자물쇠를 채워놨다."

쓰네가와 경부는 기계실 출구로 달려가더니 크게 외쳤다.

그는 또 돌격했다. 엄청난 소리를 내며 방이 두세 번 흔들리더니 문이 경첩에서 떨어져 나가 바깥쪽 복도로 쓰러졌다.

역시 그런 것이었다. 쓰러지면서 누런색 연기가 실내로 모락모락 들어왔다. 화재다. 다니야마가 공장에 불을 지른 것이다.

날카로운 여자 비명소리가 들렸다. 으앙 하고 울부짖는 아이 소리. 시게루 소년이다.

아케치와 쓰네가와 경부는 좁은 복도로 뛰쳐나갔다. 복도는 소용돌이치는 독한 연기로 가로막혀 검붉은 화염이 어른거렸다.

하지만 밖으로 빠져나갈 출구가 없었다. 이 복도 끝은 막혀 있었다.

"얼른 여기를 빠져나가야 합니다."

쓰네가와 경부가 소리치며 앞장섰다.

그 뒤로 시즈코의 손을 잡은 후미요, 울부짖는 시게루 소년을 안은 아케치 고고로가 화염을 향해 돌진했다.

너무 위험했다. 제빙실에서 잠시만 머뭇거렸어도 무사히 빠져나오지 못했을 것이다. 다니야마는 물론 그들을 태워죽일 심산이었을 것이다.

모두들 쓰네가와 경부의 완력에 감사해야 했다. 문을 빨리 부수지 못했더라면 훨씬 험한 꼴을 당했으리라.

다들 정신없이 문밖으로 달려 나왔다. 다행히 아무도 다친 사람은 없었다.

뒤돌아보니 공장의 창이란 창에서는 모두 누런 연기를 뿜고 있었다.

"어떻게 된 거죠. 저 연기는 뭘까요?"

보초를 서던 두 형사가 달려와 물었다.

"방화다. 범인은 어떻게 되었나? 다니야마, 그러니까 미타니 그놈을 잡았나?"

쓰네가와 경부가 숨을 헐떡이며 호통을 쳤다.

"아니요, 아무도 나오지 않았습니다. 뒷문으로 나온 것 아닐까요?"

형사가 대답했다.

"좋다, 너희들은 여기에서 움직이면 안 된다. 꼼짝 말고 여기 있어라. 그리고 어떤 놈이든 사람의 형상을 한 놈이 나오면 무조건 포박해라."

쓰네가와 경부는 자기 할 말만 하고 혼자 뒷문으로 달려갔다.

하지만 뒷문을 지키던 형사도 같은 대답을 했다. 공장에서 빠져나온 사람은 아무도 없었다고 했다.

희한한 일이다. 불길은 이미 공장 전체를 뒤덮었다. 이 화염 속에서 어떻게 숨는 것이 가능할까.

이러저러한 사이 화재 현장이 혼란스러워졌다. 때로는 가까이서 때로는 멀리서 합주하듯 들리는 경고음, 신속히 달려온 소방차 사이렌 소리, 랜턴 빛과 함께 모여든 군중, 엔진 소리, 이리저리 뛰어다니는 소방관, 비처럼 떨어지는 불똥, 우왕좌왕하는 인파, 울부짖는 소리, 아우성치는 소리.…… 어느덧 체포극을 방불케 했다.

그사이 쓰네가와 경부를 비롯한 형사들은 범인으로 추정되는 사람이 도망치지 못하도록 매의 눈을 하고 필사적으로 살폈으나 진화가 끝날 때까지 의심스러운 인물조차 발견하지 못했다.

"혹시 그자가 자살했을지도 모르겠네."

쓰네가와 경부는 허무하게 화재 현장을 바라보며 혼잣말을 했다.

"저도 그 생각을 했습니다."

옆에 서 있던 부하 형사 한 명이 맞장구쳤다.

도망친 자가 없다는 걸 보면 그렇게 생각할 수밖에 없었다. 다니야마는 더 이상 도망치기를 포기한 것이다. 어차피 교수대에 오를 거라면 원수인 시즈코를 비롯해 원한이 쌓인 탐정이나 경부를 길동무 삼아 깔끔하게 자살하려고 결심했으리라. 다섯 사람을 한 방에 가두어놓고 공장에 불을 지르다니 다니야마가 할 만한 발상이었다.

다음 날 아침, 불탄 자리를 수색한 결과, 쓰네야마 경부의 추측이 적중했음을 알게 되었다.

인부들은 제일 먼저 크고 작은 두 시체를 보고 놀랐다.

"윽, 시체다."

처음 시체를 발견한 남자는 괴상한 비명을 지르며 얼른 비켜섰다.

하지만 그건 진짜 시체가 아니었다. 꽃 얼음 속의 밀랍인형이었다. 얼음이 두꺼워 안에 있던 밀랍이 녹을 틈도 없었기에 망가지긴 했지만 나체 인형의 형상은 남아 있었다.

시체가 아닌 것은 알았지만 그런 섬뜩한 대역을 본 인부들은 몹시 신경을 곤두세웠다.

"이번에는 진짜다. 사람 뼈다."

보자마자 한 인부가 외쳤다.

"아, 진짜다. 진짜야."

이번에는 틀림없다는 걸 알 수 있었다.

타서 재가 된 재목 아래 사람 뼈가 여기저기 묻혀 있었다. 건물 안에서도 가장 불길이 심했던 곳이라 살과 장기가 다 타버렸다 해도 이상하지 않았다.

순경이 뛰어왔다.

"역시 범인은 여기서 타죽었나 보다."

잠시 후 쓰네가와 경부가 아케치 고고로와 함께 왔다.

"내가 생각한 대로군요. 그자는 결국 자살했습니다."

경부는 뿔뿔이 흩어진 백골을 앞에서 감정을 실어 말했다.

"그러네요. 그자는 죽었을지도 모르겠습니다. 그런데……"

아케치는 난감한 얼굴로 말을 하다 말고 침묵에 빠졌다. 이 백골이 다니야마의 것이 아니라고 단언할 자신이 없었기 때문이다.

집념

사건은 해결되었다.

흡혈귀 같은 집념을 가진 악마, 다니야마 사부로는 죽었다. 그에게 무수한 괴롭힘을 당하다가 결국은 타죽을 뻔한 하타야나기 시즈코는 가까스로 곤경을 피하고 원래의 무사평온한 생활로 돌아갔다. 해피엔딩이었다. 아무도 그걸 의심하지 않았다.

하지만 단 한 사람, 사건의 해결을 믿지 않는 사람이 있었다. 아케치 고고로였다. 뱀 같은 집념이 그냥 그렇게 사라졌다고는 도저히 생각할 수 없었다. 화재는 시즈코를 불태워 죽이기 위한 것이 아니라 악마가 불을 이용해 자신의 몸을 감추려는 '화둔술火遁術'이라고 생각할 수밖에 없었다.

'화둔술'. 그걸 더욱 진짜처럼 보이게 만든 것이 백골이었다. 다 타고 남은 백골에는 표식이 없기 때문이다. 생리 표본실의 해골을 가져다가 이리저리 던져놓아도 충분히 제 역할을 한다.

그걸 의심하는 사람이 아케치 고고로밖에 없다는 것이 가장 큰 불행이었다. 게다가 화재 소동으로 타박상을 입은 아케치가 그 후 병상에 누운 것이 더 큰 불행이었다.

우연인가. 아니면 불가사의한 하늘의 섭리인가. 아케치의 병은 의외였지만 생각해보니 이 이야기에 몹시 타당한 결말을 가져다줬다. 이른바 '해피엔딩'은 아니었지만 말이다.

어느 날, 쓰네가와 경부가 혼고本鄕의 S병원에 입원 중인 아케치 고고로의 문병을 갔다.

"벌써 보름이 지났군요. 하지만 그리 특별한 일도 아니죠. 다니야마는 화재 현장에서 불타 죽은 것이 맞겠죠. 그렇지 않으면 이렇게 오래 침묵할 리가 없을 테니까요."

경부도 다른 많은 사람과 마찬가지로 다니야마가 불타 죽었다고 믿고 있었다.

"우리는 그 뼈가 다니야마의 것이라는 어떤 증거도 가지고 있지 않습니다. 탐정에게 '아마 그럴 것이다'라는 생각은 허용되지 않습니다. 아무리 사소한 의문이라도 놓치면 안 됩니다. 그것이 정말로 중대한 결과로 이어질 수 있기 때문이지요."

아케치는 침대에 누워 어깨 부상의 고통 때문에 얼굴을 찌푸리면서도 열심히 말했다.

"저희도 경계하고 있습니다. 하타야나기가에는 지금도 형사 두 명이 서생으로 변장하고 잠복 중입니다. 이상한 것은 전혀 없습니다. 시즈코 씨가 몹시 쾌활해진 것 말고는요."

경부가 불쾌하다는 듯이 말했다.

"쾌활해졌다고요?"

"그렇습니다. 시즈코 씨도 참 어쩔 수 없죠. 그런 것에 넌덜머리가 나서 근신해야 할 사람이 보름도 지나기 전에 남자 친구들을 만들어 매일같이 만납니다. 다니야마 지로가 괴로워 죽었다 해도 과언이 아닐 정도로요. 그런 사건을 일으킨 근원은 결국 시즈코 씨인 거죠. 그녀에게도 약점이 있더군요."

시즈코에게도 다니야마의 복수를 정당화할 만한 죄가 있을지 모른다. 아무리 냉혹하고 무참한 살인자라 해도 다니야마만 책망하는 건 너무 가혹할 수도 있다.

쓰네가와 경부와 아케치는 '어쩔 수 없다'라는 데 동의의 눈길을 보내며 침묵했다.

간병하던 후미요도 대화에 끼어들었다.

"저도 가만있긴 했지만 그런 말을 들으니 생각나는 것이 있어요. 2~3일 전에 제국극장 앞을 지날 때 시즈코 씨를 빼닮은 사람이 자동차에서 내려 정면의 입구로 들어가는 것을 봤거든요. 그런데 혼자가 아니었어요. 젊은 남자와 무척 친한지 어깨를 나란히 하고……."

그런 엄청난 사건이 벌어진 직후인데도 시즈코는 넌덜머리가 나지도 않는지 제멋대로 굴기 시작했다. 그 점이 이미 무슨 전조처럼 느껴졌다. 상황이 이러한데 아무 일 없이 끝날 리는 없을 거라고 누구나 어렴풋이 생각했다.

"전 왠지 무섭다는 생각이 들었어요."

문득 후미요가 두려움을 토로했다.

"무섭다니 시즈코 씨의 생활 말씀입니까? 아니면 다니야마가 어디 살아 있다고 생각하십니까?"

침상에 누운 아케치가 점쟁이에게 물어보듯 말했다.

"둘 다예요. 시즈코 씨가 그런 상태인 것도, 더군다나 다니야마가 죽었다는 것도 거짓처럼 여겨져요. 이 두 가지 사태에는 무시무시한 운명이 관련되었을 것 같아요."

후미요는 뜸을 들이며 수수께끼 같은 말을 했다.

"쓰네가와 경부, 나도 그런 생각이 들었습니다."

아케치도 나지막한 목소리로 진지하게 말했다.

"이건 이성적인 것은 아닙니다. 하지만 감각 이상으로 직접 마음에 와닿는 것이 있었습니다. 흔히들 육감이라고 하는 것인지도 모르지요."

쓰네가와 경부는 이상한 기분이 들었다. 두 점쟁이가 모두 음울한 예언을 한 것이다.

이야기 중에 간호사가 들어와 쓰네가와 경부에게 전화가 왔다고 알렸다. 경시청에서 온 전화였다. 그 말을 듣고 경부는 곧바로 직업적인 태도로 돌아가 급히 전화를 받으러 나갔다. 그는 잠시 후 돌아왔는데 안색이 변해 있었다.

"아케치 씨의 예언이 적중했습니다."

"네? 뭐라고요?"

"시즈코 씨가 살해당했습니다."

그 순간, 심상치 않은 침묵이 돌았다. 세 사람은 입을 다물고 서로 눈을 맞췄다.

"자세한 건 알 수 없지만 범인에 대한 실마리는 전혀 없습니다. 몹시 희한한 살인사건이라고 하더군요."

경부는 돌아갈 준비를 하며 말했다.

"저는 어쨌든 하타야나기가에 가보겠습니다. 가서 자세한 사정을 알려드리겠습니다."

"전화 주십시오. 저도 현장에 가지 못하는 것이 안타깝습니다. 하지만 전화실까지는 걸을 수 있으니 부디 사정을 알려주십시오."

아케치는 몸을 일으키더니 간곡하게 부탁했다.

쓰네가와 경부는 택시를 타고 하타야나기가에 갔다. 서생으로 변장한 두 형사가 반색하며 현관에서 맞이했다. 검사국 사람들도 이미 도착해 있었다.

살인 현장은 독자 여러분도 잘 아시는 서양식 응접실이었다. 시즈코는 그곳 긴 의자 앞에 피투성이가 되어 죽어 있었다. 등 뒤에서 왼쪽 폐 깊숙이까지 찔리는 치명상을 입었는데 흉기는 별반 특징 없는 단도였다.

"전혀 모르겠습니다. 왜 이런 일이 일어났는지 정말 꿈같습니다."

응접실에는 울먹이는 시게루 소년을 안은 유모 오나미가 우두커니 서 있었다.

"전 그저 귀신이라고 생각했습니다. 그게 정말로 사람을 죽일 줄이야……."

쓰네가와 경부는 오나미의 말이 심상치 않게 들려 그냥 넘어갈 수 없었다.

"귀신이라니 그럴 만한 것이 있었습니까?"

"네, 사모님이 그걸 보셨다고 하셨습니다. 사나흘 전의 일입니다. 할멈, 꿈일지도 몰라, 이렇게 말씀하시며 사모님이 제게 이야기해주셨습니다. 한밤중에 이상한 사람이 그림자처럼 침대 머리맡에 청승맞게 서서 사모님의 자는 얼굴을 물끄러미 들여다봤다고 하셨습니다."

"흠, 그자는 어떤 모습이라고 하셨나요."

경부는 오나미의 괴담에 흥미를 느꼈다.

"그게 말이죠. 옷은 시커먼 것 같았는데 정확히는 모르겠고, 얼굴은 확실히 미타니, 그자가 틀림없었다고 말씀하셨습니다."

"그래서 사모님은 어떻게 하셨답니까."

"비몽사몽이라 별수 없이 이불을 머리까지 뒤집어쓴 채 떨고 계셨다고 합니다. 잠시 후 이불 속에서 살짝 밖을 봤는데 그때는 귀신이 이미 어딘가로 자취를 감춰버려 아무것도 보지 못했다고 하셨습니다. 역시 꿈인 것 같다고, 이런 말은 아무한테도 하지 말라며 제게만 털어놓으셨습니다."

"할멈은 지시대로 아무한테도 이야기하지 않았고요?"

경부는 약간 비난조로 말했다.

"네, 설마 이런 일이 일어나리라고는 꿈에도 생각하지 못했기 때문에⋯⋯. 저는 사모님이 그런 것을 보신 것도 기분 탓이라고 생각했습니다."

오나미도 시즈코의 헤픈 생활을 보기 힘들었다.

"그런데 오늘 아침, 마침내 알게 된 사실이지만, 사모님이 보신 것이 순전히 꿈만은 아니었습니다."

"그러면 역시 다니야마가 살아서 여기 잠입한 증거라도 있다는 겁니까?"

"하녀인 하나花가 제게 살짝 말했는데, 얼마 전에 부엌 찬장에 넣어놓은 햄이나 달걀 같은 식품들이 밤사이 없어졌다는 거예요. 혹시 누군가 마루 밑에 숨어 있는 것 아닐까요?"

오나미는 소리를 죽이고 말했다.

"그건 언제쯤입니까?"

"그것도 4~5일 전, 사모님이 귀신을 보셨다는 때부터죠."

범죄 현장에는 관할 경찰서의 사법 주임이 돌아다니며 창이나 문, 조명 같은 것을 열심히 살폈다. 사법 주임은 일하면서 오나미의 이야기를 언뜻 들었는지 두 사람 쪽으로 다가와 대화에 끼어들었다.

"마루 밑이건 천장이건 거기서 어떻게 이 방으로 들어왔다가 나갔는지가 문제죠. 그건 할멈, 당신이 증인 아닌가."

"네, 저도 그게 신기할 따름입니다."

오나미는 미간을 찌푸리며 그 말에 동의했다.

사법 주임은 다시 쓰네가와 경부 쪽을 보며 설명했다.

"이 할멈이 피해자와 이야기하고 아이를 데리고 잠시 복도에 나온 틈에 범죄가 일어났습니다. 비명을 듣고 문을 열어보니 피해자는 이렇게 쓰러져 있고 범인은 쥐도 새도 모르게 사라진 것입니다. 그렇지, 할멈?"

"네, 말씀하신 대로입니다. 시게루를 복도에서 혼자 놀게한 것은 겨우 5분밖에 안 됩니다. 그동안 저는 이 문 옆을 떠나지 않았기 때문에 악당은 어디 다른 곳에서 들어온 것이 분명합니다."

"그런데 희한하게도 입구라고는 이 문밖에 없죠."

사법 주임이 그 자리를 떠나며 말했다.

"창에는 쇠창살이 처져 있습니다. 천장은 회반죽이 칠해져 있고, 마루청도 이상 없습니다. 보시다시피 이 방에는 찬장이나 벽장도 없어서 뒤에 숨어 있을 거라는 상상도 할 수 없습니다."

쓰네가와 경부는 설명을 들었지만 그 말이 곧이곧대로 믿기지는 않았다. 전에 이 집 2층 서재에서 실제로 일어난 살인사건도 마찬가지로 범인의 출입이 불가능해 보이지 않았나.

쓰네가와 경부는 바닥을 기고 벽을 더듬어가며 장시간 면밀히 조사했다.

천장에도, 벽에도, 바닥에도 숨겨진 문은 전혀 없었다. 창에도 시즈코가 튼튼한 쇠창살을 새로 설치해 놓았기에 수상한 곳은 없었다.

그렇다면 남은 곳은 입구의 문 하나뿐이다. 오나미도 몇 번이나 취조했다. 하지만 자신의 말을 뒤집지 않고 단호하게 말했다.

"제가 방을 나가고 나서 그 일이 일어날 때까지 그 문은 제 눈앞에 있었습니다. 아무리 제가 늙어빠졌어도 거기로 사람이 지나가는 것을 놓쳤을 리 없습니다."

그렇다면 범인은 공기처럼 가볍고 형태가 없는 자란 말인가.

아니면 시즈코가 자살을 한 건가. 둘 중 하나여야 하지 않는가. 하지만 둘 다 생각할 수 없는 일이었다. 시즈코의 상처는 스스로 찌를 수 없는 위치에 있었다.

쓰네가와 경부는 어찌할 바를 몰랐다. 그런데 아까 병원에서 아케치가 부탁한 것이 떠올랐다.

'맞다, 어쨌든 아케치 씨에게 전화해보자.'

다행히 방에는 탁상전화가 있었다. 경부는 전화를 걸어 병원을 호출하고 잠시 기다리니 아케치의 힘없는 목소리가 들렸다. 아케치는 열이 나는 몸을 끌고 병원 전화실로 가서 전화를 받은 듯했다.

경부는 살인 현장의 상황과 범인의 침입이 불가능하다는 사실을 요령 있게 설명했다.

아케치는 수화기를 들고 잠시 생각에 빠진 듯했지만 이윽고 쾌활한 목소리가 들려왔다.

"시즈코 씨는 그 방의 가구도 새로 바꿨습니까? 가구점에서는 언제 방문했는지도 물어주십시오."

경부는 오나미에게 물어본 후 대답했다.

"전부 다 바꿨다고 합니다. 가구점에서 가구가 운반된 것은 닷새 전이랍니다. 그런데 뭔가……."

"닷새 전…… 다니야마 귀신이 출현한 것도 부엌의 음식이 없어진 것도 딱 그때쯤이군요."

"아, 그러고 보니 그러네요."

쓰네가와 경부는 진상을 파악하지 못했지만 의미심장하게도 날짜가 일치하자 놀라서 대답했다.

"시즈코 씨는 긴 의자 앞에 쓰러져 있었다고요. …… 그렇다면 할멈이 그 방을 나갔을 때 시즈코 씨는 어디에 있었습니까. 긴 의자에 앉아 있었습니까?"

"그렇습니다. 말씀하신 대로입니다."

"그러면 긴 의자 위로도 피가 흘렀나요?"

"흘렀습니다. 꽤 많은 양이랍니다."

아케치는 또다시 침묵에 빠졌다.

통화하는 동안 쓰네가와 경부는 아케치의 추리가 어느 한 지점으로 집중되는 것을 느꼈다. 하지만 그것이 무엇인지는 아직 확실히 알 수 없었다.

"여보세요, 그럼 이만 전화를 끊을까요?"

아케치가 계속 아무 말도 하지 않자 경부가 확인했다.

"아뇨, 잠깐 기다리십시오. 뭔가 알 것 같습니다."

갑자기 아케치의 흥분한 목소리가 들렸다.

"범인이 출입할 만한 곳이 전혀 없습니까?"

"전혀 없습니다."

"범죄가 발견된 후 잠시라도 그 방이 비었던 때가 있습니까? 시체만 남겨놓고 모두 나간 적은 없습니까?"

쓰네가와 경부는 옆에 있던 형사에게 물어본 후 대답했다.

"없었습니다. 줄곧 누군가는 방에 있었습니다."

쓰네가와 경부는 깜짝 놀라 주위를 둘러봤다. 아케치는 전화로 범죄를 해결하려 하고 있다. 게다가 범인이 아직 이 방에 있다는 것이다. 하지만 이 방에는 경찰들이 수두룩하게 많은데 대체 어디 범인이 있단 말인가. 아까부터 조사한 결과 숨을 만한 곳이 없다는 것은 충분히 확인했다.

"여기에는 검사국과 경찰 이외의 사람은 아무도 없습니다."

경부는 말하던 중 문득 이상한 생각이 들었다. 검사국이나 경찰만 있는 것이 아니었다. 유모 오나미도 있다. 그녀는 범죄 직전 시즈코에게 접근했던 유일한 인물이다.

"그 밖의 인물은 유모 오나미뿐입니다."

"아뇨, 범인이 설마 당신 눈에 띄는 장소에 있으리라고는 생각지 않습니다. 숨어 있을 겁니다. 혹시 제 추정이 틀리지 않다면 그자는 몹시 별난 사람이라 아무도 찾지 못할 곳에 숨어 있을 겁니다."

"그런 장소가 전혀 없습니다. 저는 온갖 곳을 다 살펴봤습니다. 설마 제가 사람을 놓칠 리 없습니다."

경부는 약간 짜증스럽게 말했다.

"그런데 당신도 살피지 않은 곳이 있습니다."

"어디요? 그게 대체 어딘가요?"

"쓰네가와 경부, 당신 소노다 곳코라는 소설가 기억하시지요?"

아케치는 돌연 엉뚱한 말을 했다.

"압니다."

"그자가 「의자가 된 남자」[28]라는 소설을 쓴 것을 아시는지요."

"의자가 된 남자 …… 라고요?"

"그렇습니다. …… 소노다는 다니야마의 조수로 일하다가 죽음을 맞이한 사람입니다. 그들은 한때 친구였습니다. 다니야마가 그 소설을 읽지 않았을 리가 없어요. 읽었으면 소설가가 생각해낸, 기발한 공상적인 범죄를 그대로 실행해보고 싶은 마음이 들지 않을까요. …… 왜냐하면, 바로 닷새 전 그 방에 새 가구가 운반되었기 때문이지요."

"가구라고요?"

쓰네가와 경부는 소노다 곳코의 괴기스러운 소설을 읽지 않았으므로 아직은 아케치의 진의를 알 수 없었다.

"시즈코 씨가 살해당한 긴 의자입니다. 그 긴 의자를 잘 살펴보세요."

경부는 수화기를 든 채 그 긴 의자로 시선을 돌렸다. 그리고 의자를 뚫어지게 쳐다보던 중 몹시 놀랐는지 그의 눈이 점점 휘둥그레졌다.

덜컥하고 소리를 내며 수화기가 그의 손에서 미끄러져 떨어졌다.

"저기, 저기를 봐. 저 의자 밑을."

똑, 똑.

어렴풋이 빗방울 떨어지는 듯한 소리가 들렸다.

긴 의자 밑에서 시뻘건 물방울이 바닥에 깔린 융단 위로 떨어졌다. 어느새 융단에는 섬뜩한 피 웅덩이가 생겼다.

....
28_ 에도가와 란포가 1925년에 발표한 「인간의자人間椅子」의 가제였다.

살해당한 시즈코의 피가 아닌 것은 확실했다. 긴 의자의 표면에 핏자국이 있었지만 그건 벌써 다 말랐다. 지금 새삼스레 떨어질 리가 없었다.

게다가 빗방울 같던 피는 시시각각 속도가 빨라지더니 붉은 실처럼 점점 격렬하게 주르륵 흘러내리는 것 아닌가.

커다란 긴 의자가 하나의 생명체처럼 피를 흘렸다.

모두들 숨도 멈추고 피가 낙수처럼 떨어지는 것을 응시한 채 꼼짝하지 못했다.

무생물인 긴 의자가 신음하고 몸부림치는 듯한 기괴한 환상이 그들을 괴롭혔다.

소노다 곳코의 범죄 소설 「의자가 된 남자」를 읽으신 독자 여러분은 이미 악마의 트릭이 무엇인지 눈치채셨을 것이다.

참으로 괴이한 발상이었다. 다니야마 사부로는 긴 의자 안에 몸을 숨긴 채 등받이와 좌석 사이의 깊은 틈새에서 단도를 내밀어 거기에 앉아 있던 시즈코를 살해한 것이다.

그는 소노다 곳코의 소설에서처럼 의자가 된 남자였다.

긴 의자를 부수자 두꺼운 쿠션 밑에는 스프링 대신 죽어가는 다니야마가 길게 누워 있었다.

그는 거기서 쓰네가와 경부의 전화를 듣고는 더 이상 도망칠 수 없는 운명이라는 걸 깨닫고 포기한 것이리라. 딱하게도 무기가 없던 그는 작은 주머니칼로 심장을 찔러 죽어가는 상태였다. 결국 집념의 복수를 이뤘다. 이제는 죽어도 아깝지 않은 목숨이다.

미남미녀, 그들은 과거에 연인 사이였다. 그리고 실상은 지독

한 원수였다. 그런데 두 사람이 거의 동시에 세상을 떠나간다.

"다니야마. 나다, 쓰네가와. 알아보겠나? 남길 말은 없는가?"

경부는 죽어가는 다니야마에게 자비롭게 말을 걸었다.

굳게 감은 두 눈을 가까스로 뜬 다니야마는 쓰네가와 경부의 얼굴을 봤다. 그리고 머리를 조금 움직여 옆에 누운 시즈코의 시체를 바라봤다.

그는 한마디도 하지 않았다. 다만 마지막 힘을 짜내 핏기 잃은 손을 시즈코에게 뻗었다.

그의 손가락 끝이 벌레처럼 아주 조금씩 다가가 마침내 시즈코의 차가운 왼손에 닿았다.

참으로 엄청난 집념이다. 복수귀는 죽어가면서도 적의 시체를 움켜쥐려는 건가.

아니, 그게 아니었다. 그는 움켜쥐려는 것이 아니다. 시즈코의 손을 잡은 것이다. 차가운 손과 손이 맞잡아졌다.

다니야마의 입이 기괴하게 찌그러지고 몸이 오그라들 것처럼 흐느끼는 소리가 흘러나오더니 그의 몸은 더 이상 움직이지 않았다.

사람들은 이상야릇한 감상에 젖어 깊은 침묵 속에서 손을 맞잡은 남녀의 시체를 바라봤다. 더 이상 어떤 적개심도 느낄 수 없었다. 그들은 동반 자살한 아름다운 한 쌍의 남녀처럼 사이좋게 잠들어 있었다.

×   ×   ×   ×   ×

복수마 다니야마 사부로가 교묘하게 마지막 살인 장치로 사용한 긴 의자는 오래도록 경시청에 보존되어 참관자들의 눈길을 끌었다. 독자 여러분도 인연이 닿아 그 진열실에 들어갈 기회가 있다면 아직도 수수께끼의 긴 의자를 볼 수 있으리라.

그 의자를 제작한 가구상도 당연히 취조 대상이었다. 하지만 그는 이미 다니야마에게 막대한 보수를 받았는지 아낌없이 가게를 버리고 행방을 감춘 후였다.

모두들 혼자 남겨진 시게루 소년을 동정했다. 하타야나기 저택을 물려받은 친족이 유모 오나미와 함께 소년을 돌보기로 했는데, 작가는 하타야나기가의 새 주인이 가련한 고아에게 친절을 베풀기 바랄 뿐이다.

아케치 고고로는 이번에도 사건의 수훈자로 신문에 기사가 실렸다. 아케치의 팬인 독자들은 그 기사의 말미에 조만간 명탐정과 그의 연인인 후미요가 결혼식을 올릴 예정이라는 구절을 발견하고 기쁨의 미소를 금치 못했다. 동시에 신혼을 맞은 아케치가 당분간 피비린내 나는 살인사건에는 손대지 않을 것이 틀림없었으므로 유감스러운 마음을 가질 수밖에 없었다.

작가의 말

1. 「탐정소설 10년」 중

이 역시 정확한 날짜가 기억나지 않지만 아마 여름 무렵이었던 것 같다. 고단샤 사장 노마 세이지 씨가 <호치신문報知新聞>을 인수해 경영하기로 했다. 그 기회에 노마 사장이 석간 소설을 내게 맡기고 싶어 한다는 말이 있었다.

전에도 기술했듯이 당시 나는 잡지 연재물을 동시에 세 편이나 쓰고 있어 그것만으로도 이미 녹초였다. 이런저런 의뢰를 많이 받았지만 그 이상은 무리였다. 특히 예전처럼 탄탄한 단편물은 당분간 쓰고 싶지 않았고, 『신청년新靑年』을 비롯해 『개조改造』나 『중앙공론中央公論』과 같은 잡지는 미안하지만 계속 거절을 해왔다. 다만 『에가와 란코江川蘭子』만은 예외였다. 여러 작가의 연작 소설이라 한 회만 쓰면 되기 때문에 그것마저 안 쓴다고 할 수는 없었다.

그런 이유로 신문소설은 전혀 생각도 하지 않았다. 많은 작가는 신처럼 동시에 신문 두세 군데, 그리고 잡지 열 군데, 이런 식으로 대량생산을 했지만, 나는 건강도 안 좋고 기력도 약해 생각만 해도 열이 나는 것 같았다. 물론 나는 거절했다.

하지만 신문이라도 노마 사장이 맡으면 고단샤풍이 된다. 더없이 정중했다. 실로 정교한 말솜씨로 세 번 네 번 의뢰했다.

처음에는 문예부의 나가다이 씨가 방문하더니 이윽고 사장 비서인 미나가와 씨가 사장의 말을 전하기 위해 정말 여러 번 발걸음을 하셨다. 나는 결국 "에라, 그냥 해버려야겠다"라는 마음이 들었다. 나같이 나약한 사람도 그런 대량생산이 가능한지 시도해보기로 했다. 역시 다른 때와 마찬가지로 확실한 줄거리도 없이 쓰기 시작했다.

그러나 이번에는 혹여 잡지는 몰라도 신문만은 중간에 연재를 쉬지 말자고 결심했다. 과거 <아사히신문> 때의 경험으로 보면 연재를 쉬면 신문사에서 몹시 고생한다는 것을 알고 있기 때문이다. 게다가 삽화 작가 이와타 센타로 군과 사전 회의를 했을 때 <호치신문>의 노무라 고도 씨가 "한 회 쉬면 독자가 10퍼센트가 줄어듭니다. 10회 쉬면 100퍼센트 줄어드니 이 소설은 없는 것이나 마찬가지죠"라고 못을 박았다. 예측건대 고도 씨는 <아사히신문> 때의 내 행태를 알고 확인차 말한 것이 틀림없다. 그래서 나는 넉살 좋게 아무리 잘 안 써지고 마음에 안 들어도 절대 중단 없이 쓰리라고 더 단단히 결심할 따름이었다.

그래서 결국 한 회도 쉬지 않고 예정대로 끝낼 수 있었다. (그렇게 말하기는 했으나 삽화 작가에게는 도안 마감을 넘기는 날이 많아 폐를 끼치긴 했다.) 쉬지는 않았던 만큼 글이 지리멸렬한 골칫거리가 되었다는 것은 독자가 잘 아는 바이다.

(1932년 5월)

2. 도겐샤판 『에도가와 란포 전집』 후기 중

1930년 9월부터 다음 해인 1931년 3월까지 <호치신문>에 연재한 작품. 당시 <호치신문>은 요즘처럼 스포츠지가 아니라 도쿄 3대 신문 중 하나였다. 그 당시 <호치신문> 사장을 겸하게 된 고단샤 노마 세이지 사장이 태평양 횡단 비행의 장거壯擧를 주최해 기세를 올렸다. 내 소설은 고단샤의 잡지에서 호평을 받고 있었다. 그래서 <호치신문> 사장이 된 노마 씨가 세 번씩이나 간청하는 바람에 도저히 거절할 수 없어 확실한 줄거리도 없는 채로 무리하게 쓰기 시작했다. 탐정소설이라기보다는 괴기, 잔혹, 모험 활극으로 이야기 진행방식은 역시 뤼팽식으로 쓰려 했다.

1930년에는 전집 제4권에 수록된 『마술사』 외에도 『엽기의 말로』(문예구락부), 『황금가면』(킹)을 연재했는데, 『마술사』에서 싹튼 아케치 고고로와 후미요와의 사랑이 『흡혈귀』에서 결실을 맺기 때문에 그 순서에 따라 이를 제5권에 수록했다.

왜 명탐정을 결혼시켰을까. 당시 무슨 생각으로 그랬는지 잘 기억나지 않는다. 아케치 탐정은 단지 생각만 하는 기계가 아니라 인정과 도리를 겸비한 사람이라는 의미인지도 모른다. 그래 놓고 나는 그 후 아케치의 사생활은 전혀 쓰지 않았지만 말이다.

이 소설에는 아케치의 결혼 외에도 또 하나, 조수 고바야시 소년이 등장한다. 최초의 소년 탐정소설 『괴인이십면상怪人二十面相』을 쓴 해가 1936년인데, 그보다 6년이나 빨리 고바야시 소년을 착안했던 것이다. 이 소년 탐정은 1961년 현재에도 아케치 탐정의 조수로 활약하고 있다. 아직도 13~4세로 능금 같은 볼을 가진 소년은 전혀 나이를 먹지 않았다.

『흡혈귀』는 전쟁이 끝난 후 1950년에 <얼음 기둥의 미녀氷柱の 美女>라는 제목으로 다이에이 영화사에서 영화화되었다. 기획에 세키 코스케, 각본 다카이와 하지메, 감독 세이지 히사마쓰, 주연은 오카 조지와 소마 지에코였다. 제목은 소설의 마지막에 미녀가 얼음 기둥에 갇히는 장면에 중점을 둔 것으로 제빙회사에서 나체 인형을 넣고 커다란 얼음 기둥을 만들어 촬영했고, 그걸 내세워 홍보했다.

(1961년 12월)

옮긴이의 말

아케치 고고로 사건수첩 제7권 『흡혈귀』는 1930년 9월 27일부터 이듬해 3월 12일까지 <호치신문>에 연재한 소설입니다. 이야기는 한 여인을 쟁취하기 위한 두 남자의 결투로 시작되는데, 란포의 가장 긴 장편소설답게 유난히 많은 사건이 일어납니다. 결투에서 진 남자가 익사체로 발견된 날, 때마침 나타난 '입술 없는 남자'는 두 연인의 주위를 맴돌고, 납치와 유괴에 이어 출구 없는 방에서 미궁의 살인사건까지 일어납니다. 신출귀몰하며 끊임없이 도전장을 보내는 범인과 명탐정 아케치 고고로가 대결을 벌이고, 란포에 따르면 "발칸 지방의 전설 '흡혈귀'에도 비견할 만한 인간계의 악마"(<호치신문> 1930년 9월 26일자)라는 범인의 정체가 밝혀지기까지 다채로운 사건들이 때로는 잔혹한 괴담처럼, 때로는 신나는 모험 활극처럼 파란만장하게 전개됩니다.

'입술 없는 남자'가 한 명이 아니었다는 설정을 비롯해, 「거미남」 「유령」 「천장 위의 산책자」 「인간 의자」 등 자신의 소설에서 이미 사용했던 탐정소설의 트릭과 아이디어까지 총망라해가며 매일매일 지면을 서스펜스 넘치게 구성했던 『흡혈귀』는 연재 당시 독자들에게 큰 인기를 누렸지만, 작품 전체를 볼 때 과잉이고 개연성이나 정합성이 떨어지는 것이 사실입니다. 예기치 않게 네 편을 동시에 연재한 데다가 사전에 플롯을 구상하지 않고 집필하였기에 란포 자신도 "지리멸렬하다"고 인정했지만, 평론가이자 추리문학 연구자인 나카시마 가와타로中島河太郞는 이에 대해 다음과 같이 변호합니다.

"란포는 자신의 통속 장편 대부분을 성에 차지 않아 하는 경향이 있는데, 독창성이 부족하긴 해도 탐정소설 특유의 미궁과 추리 해결을 골격으로 한 것이 많다. 때때로 그 중심 플롯에 선정적이고 섬뜩한 요소를 포함시킴으로써 효과를 강조하려고 했기 때문에 독자는 골격보다는 장식적인 부분에 눈을 빼앗겨 그 특질이 왜곡되는 것이 아쉽다. 란포가 너무도 압도적인 갈채를 받았기 때문에 탐정소설의 전형으로 여기지만 그 재미를 일반 독자에게 보급한 것은 대단한 공적이다."

또한, 『흡혈귀』에는 다른 작품들과 연관되는 인물들이 여러 명 나옵니다. 『마술사』에서 예고했듯이 아케치의 연인이 된 후미요가 아케치의 조수로 활약을 하며, 훗날 소년탐정단을 이끌 고바야시 소년이 처음 등장하는 것도 이 작품입니다. 그리고 그들만큼 중요하지는 않지만, 『거미남』부터 『황금가면』까지 아케치와 함께 범인을 추적했던 나미코시 경부 대신 쓰네가와 경부가 새로 등장해 활약하고 있습니다. 그는 다음 작품인 『인간표범』에서도 다시 만날 수 있습니다.

2022년 8월
이종은

작가 연보

1894년
- 10월 21일 미에三重현 나가名賀군 나바리초名張町에서 아버지 히라이 시게오平井繁男와 어머니 기쿠ㅎ〈의 장남으로 태어남. 본명은 히라이 다로平井太郎.

1897년(3세)
- 아버지의 전근으로 나고야名古屋 소노이초園井町로 이사. 평생 이사가 잦았으며 그 회수가 총 46회에 달함.

1901년(7세)
- 4월 나고야 시라가와 진조소학교白川尋常小学校 입학.

1903년(9세)
- 이와야 사자나미巖谷小波의 동화에 심취. 어머니가 읽어준 기쿠치 유호菊池幽芳의 번안 추리소설『비밀 중의 비밀秘密中の秘密』을 학예회에서 구연하려다 실패. 환등기에 매혹되었으며 이후 렌즈와 거울에 빠짐.

1905년(11세)
- 4월 나고야 시립 제3고등소학교名古屋市立第3高等小学校에 입학. 친구와 등사판 잡지 제작.

1907년(13세)
- 4월 아이치 현립 제5중학愛知県立第5中学에 입학. 여름방학 때 피서지인 아타미熱海에서 구로이와 루이코黒岩涙香가 번안한『유령탑幽霊塔』을 읽고 감탄. 나쓰메 소세키夏目漱石, 고타 로한幸田露伴, 이즈미 교카泉鏡花의 작품을 읽기 시작.

1908년(14세)
- 활자를 구입하여 잡지를 제작. 아버지가 히라이 상회平井商店를 창업.

1910년(16세)
- 친구와 만주 밀항을 위해 기숙사를 탈출, 정학처분을 받음.

1912년(18세)

- 3월 중학교 졸업.
- 6월 히라이 상회의 파산으로 고등학교 진학 포기. 일가가 한국의 마산으로 이주.
- 9월 홀로 귀국하여 와세다대학早稻田大学 예과 2년에 편입.

1913년(19세)

- 3월 <제국소년신문帝国少年新聞>을 기획하여 소설 집필 시도.
- 9월 와세다대학 정치경제학과에 입학.

1914년(20세)

- 친구들과 회람잡지『흰 무지개白虹』를 제작. 가을에 에드거 앨런 포, 코난 도일 등 해외 탐정소설에 흥미를 가짐.

1915년(21세)

- 아르바이트를 하며 해외 추리소설 탐독. 코난 도일 번역을 위해 고대 로마 이래 암호를 연구. 가을에 탐정소설 초안 기록을 수제본『기담奇譚』으로 엮음. 습작으로 「화승총火縄銃」 집필.

1916년(22세)

- 8월 와세다대학을 졸업. 미국에 가서 탐정작가가 되려는 꿈을 단념하고 오사카의 무역회사 가토양행加藤洋行에 취직.

1917년(23세)

- 5월 이즈伊豆의 온천장을 방랑. 다니자키 준이치로谷崎潤一郎의『금빛 죽음金色の死』에 감동, 이후 사토 하루오佐藤春夫와 우노 고지宇野浩二의 작품들을 가까이함. 「화성의 운하火星の運河」를 집필.

1918년(24세)

- 미에현 도바조선소鳥羽造船所 기관지 편집을 맡음. 도스토옙스키에 경도.

1919년(25세)

- 2월 도쿄에 상경. 동생들과 혼고本郷 단고자카団子坂에 헌책방 산닌쇼보三人書房를 개업했으나 1년 만에 폐업. 사립탐정, 만화잡지『도쿄팩東京パック』편집장, 중화소바 노점상 등 여러 직업을 전전. 겨울에 조선소 근무 중 알게 된 사카테지마坂手島 출신의 무라야마 류村山隆와 결혼.

1920년(26세)
- 2월 도쿄시 사회국에 입사. 만화잡지에 만화를 기고.
- 5월 조선소 시절 동료와 지적소설간행회知的小説刊行会를 창설, 동인잡지 『그로테스크グロテスク』를 기획하였으나 좌절. 한자를 달리 표기한 江戸川藍를 필명으로 사용.「영수증 한 장」의 바탕이 되는 「석괴의 비밀石塊の秘密」 착수.
- 10월 오사카로 이주. 오사카 <시사신문사時事新聞社> 기자로 재직.

1921년(27세)
- 2월 장남 류타로隆太郎 탄생.
- 4월 상경하여 일본공인구락부日本工人倶楽部 기관지 편집장으로 취업.

1922년(28세)
- 7월 오사카 아버지 집에서 기거. 「2전짜리 동전二銭銅貨」과 「영수증 한 장一枚の切符」을 집필. 『신청년新青年』에 기고.

1923년(29세)
- 4월 『신청년』에 고사카이 후보쿠小酒井不木 추천사와 함께 「2전짜리 동전」 게재. 7월호에는 「영수증 한 장」 게재.
- 7월 오사카 <마이니치신문사毎日新聞社> 광고부에 취직.

1924년(30세)
- 6월 『신청년』에 「두 폐인二癈人」 게재.
- 10월 『신청년』에 「쌍생아双生児」 게재.
- 11월 전업 작가가 되기로 결심하고 오사카 <마이니치신문사> 퇴사.

1925년(31세)
- 1월 『신청년』 신년증대호에 「D자카 살인사건D坂の殺人事件」을 게재.
- 2월 『신청년』에 「심리시험心理試験」 게재 이후 편집장 모리시타 우손森下雨村이 기획 연속단편을 제안, 이후 「흑수단黒手組」(3월호), 「붉은 방赤い部屋」(4월호), 「유령幽霊」(5월호), 「천장 위의 산책자屋根裏の散歩者」(8월 여름증대호) 등을 발표.
- 4월 오사카에서 요코미조 세이시横溝正史와 탐정취미회探偵趣味会를 발족.
- 7월 슌요도春陽堂에서 단편집 『심리시험』 발간.
- 9월 아버지 히라이 시게로 사망. 『탐정취미探偵趣味』 창간호 발간.
- 10월 『구라쿠苦楽』에 「인간의자人間椅子」 발표.

- 11월 JOAK(현 NHK) 라디오에서 「탐정취미에 관하여」를 방송. 대중 문예작가21일회大衆文芸作家二十一日会에 참가, 『대중문예大衆文芸』 창간.

1926년(32세)
- 1월 『선데이 마이니치サンデー毎日』에 「호반정 살인湖畔亭事件」, 『구라쿠』 에 「어둠 속에서 꿈틀대다闇に蠢く」 연재 시작.
- 2월 <아사히신문朝日新聞>에 「난쟁이一寸法師」 연재 시작.
- 7월 『신소설』에 「모노그램モノグラム」 게재.
- 10월 『신청년』에 「파노라마섬 기담パノラマ島奇談」 연재 시작. 『대중문 예』에 「거울지옥鏡地獄」 게재.

1927년(33세)
- 3월 나오키 산주고의 연합영화예술협회 제작의 <난쟁이> 개봉. 시모도츠카下戸塚에 하숙집 치쿠요칸築陽館 개업.
- 6월 자신의 작풍에 절망해 절필을 선언하고 일본해 연안을 방랑.
- 10월 헤이본샤平凡社판 현대대중문학전집 제3권 『에도가와 란포집』 발간, 16만 부 이상이라는 판매기록 수립. 교토, 나고야를 방랑.
- 11월 『대중문예』 동인들과 함께 대중문예합작조합인 단기샤耽綺社 결성.

1928년(34세)
- 8월 『신청년』에 「음울한 짐승陰獣」 연재 시작, 인기를 얻음.

1929년(35세)
- 4월 고사카이 후보쿠 사망 후 『고사카이 후보쿠 전집』 간행에 매진.
- 6월 『신청년』에 「압화와 여행하는 남자押絵と旅する男」 게재.
- 8월 『고단구락부講談倶楽部』에 「거미남蜘蛛男」 연재 시작. 국내외 동성애 문헌 수집에 착수.

1930년(36세)
- 1월 『문예구락부文芸倶楽部』 「엽기의 말로猟奇の果」 연재 시작.
- 7월 『고단구락부』에 「마술사魔術師」 연재 시작.
- 9월 『킹キング』에 「황금가면黄金仮面」 연재 시작. <호치신문報知新聞>에 「흡혈귀吸血鬼」 연재 시작.

- 10월 고단샤講談社에서 『거미남』 출간, 인기리에 판매.

1931년(37세)
- 5월 헤이본샤판 『에도가와 란포 전집』 전 13권으로 발간 시작.
- 8월 에스페란토어 역본 『황금가면』 발간.

1932년(38세)
- 3월 집필을 중단한 후 각지를 여행.
- 11월 오카도 부헤이岡戸武平가 대필한 『꿈틀거리는 촉수蠢〈触手』를 신초샤新潮社에서 발간.
- 12월 이치가와 고다유市川小太夫가 「음울한 짐승」을 연극으로 상연.

1933년(39세)
- 1월 오츠키 겐지大槻憲二의 정신분석연구회精神分析研究会에 참가.
- 11월 『신청년』에 「악령惡靈」 연재 시작(3회로 중단).
- 12월 『킹キング』에 「요충妖虫」 연재 시작.

1934년(40세)
- 1월 『히노데日の出』에 「검은 도마뱀黑蜥蜴」 연재 시작. 『고단구락부』에 「인간표범人間豹」 연재 시작.
- 9월 『중앙공론中央公論』에 「석류柘榴」 발표.

1935년(41세)
- 1월 『란포 걸작선집』 전 12권 헤이본샤에서 발간 시작.

1936년(42세)
- 1월 『소년구락부少年俱楽部』에 「괴인이십면상怪人二十面相」 연재 시작.
- 4월 『탐정문학探偵文学』 4월호 에도가와 란포 특집호 발간.
- 5월 평론집 『괴물의 말鬼の言葉』 슌주샤春秋社에서 발간.

1937년(43세)
- 9월 『히노데』에 「악마의 문장悪魔の紋章」 연재 시작.

1939년(45세)
- 1월 『고단구락부』에 「암흑성暗黒城」 연재 시작. 『후지富士』에 「지옥의 어릿광대地獄の道化師」 연재 시작.
- 3월 슌요도 일본문학소설문고로 발간된 『거울지옥』 중 「벌레蟲」가 반전反戦 성향이 있다는 이유로 삭제 명령. 은둔생활 결심.

1941년(47세)

- 군부에 협조하지 않았다는 이유로 작품 출판이 금지됨. 신문기사 등 자료를 모아 『하리마제연보貼雜年譜』 제작 시작.

1942년(48세)
- 1월 『소년구락부』에 고마츠 류노스케小松龍之介라는 필명으로 「지혜의 이치타로知惠の一太郎」 연재 시작.

1943년(49세)
- 11월 『히노데』에 과학 스파이 소설 「위대한 꿈偉大なる夢」 연재 시작.

1945년(51세)
- 4월 가족과 후쿠시마福島로 소개疎開.

1946년(52세)
- 4월 탐정작가 친목회인 토요회土曜会 창설.
- 10월 「심리시험」을 원작으로 한 영화 <팔레트 나이프의 살인 パレットナイフの殺人> 상영.

1947년(53세)
- 6월 탐정작가클럽 창설, 초대회장으로 취임, 회보 발행. 각지에서 탐정소설에 관해 강연.

1948년(54세)
- 8월 쇼치쿠松竹 영화사 제작 <난쟁이> 개봉.

1949년(55세)
- 1월 『소년少年』에 「청동의 마인青銅の魔人」 연재 시작.

1950년(56세)
- 3월 <호치신문>에 「단애断崖」 연재 시작. 「흡혈귀」를 원작으로 한 다이에이大映 영화사 제작 <얼음 기둥의 미녀氷柱の美女> 상영.

1951년(57세)
- 5월 이와야쇼텐岩谷書店에서 평론집 『환영성幻影城』 발간.

1952년(58세)
- 7월 탐정작가클럽 명예회장으로 추대.
- 11월 미군기관지 『성조기Stars and Stripes』에 아케치 고고로가 일본의 홈즈로 소개.

1954년(60세)
- 6월 오사카 <산케이신문>에 「흉기凶器」 게재. NHK라디오 연속드라마

「괴인이십면상」방송.
- 10월 에도가와 란포상 제정. 이와야쇼텐에서『탐정소설 30년』발간. 슌요도에서『에도가와 란포 전집』전 16권 발간 시작.
- 11월 쇼치쿠 영화사 제작 <괴인이십면상> 개봉.

1955년(61세)
- 1월 「도깨비 환희化人幻戱」, 「그림자남影男」, 「십자로十字路」 집필. 쇼치쿠 영화사 제작 <청동의 마인> 개봉.
- 2월 신토호新東宝 영화사 제작 <난쟁이> 상영.
- 4월 『오루 요미모노オール讀者』에 「달과 수첩月と手袋」 게재.

1956년(62세)
- 3월 닛카츠日活 영화사 제작 <죽음의 십자로死の十字路> 개봉. J. 해리스 번역, 영문 단편집 발간.

1957년(63세)
- 8월 <파노라마섬 기담> 토호東宝극장에서 개봉.

1961년(67세)
- 10월 도겐샤桃源社판 『에도가와 란포 전집』전 18권 발간 시작.

1963년(69세)
- 1월 사단법인 일본추리작가협회 창설, 초대회장 취임.

1965년(71세)
- 7월 28일 뇌출혈로 사망.

아케치 고고로 사건수첩 7

흡혈귀

초판 1쇄 발행 | 2022년 11월 10일

지은이   에도가와 란포
옮긴이   이종은
펴낸이   조기조
펴낸곳   도서출판 b | 등록 2003년 2월 24일 제2006-000054호
주 소   08772 서울특별시 관악구 난곡로 288 남진빌딩 302호
전 화   02-6293-7070(대) | 팩시밀리 02-6293-8080
이메일   bbooks@naver.com | 홈페이지 b-book.co.kr

ISBN 979-11-87036-70-8   (세트)
ISBN 979-11-87036-77-7   04830

값 | 14,000원